JN225879

家康とドン・ロドリゴ

岸本静江

まえがき

このタイトルのドン・ロドリゴとはいったい誰か？　家康と関係する外国人なら、三浦按針という名をもらい、重用されたウイリアム・アダムスではないか、と首を傾げる方もおられよう。アダムスではない。アダムスと同時代に日本に来て、家康と互角に渡り合ったスペイン系メキシコ貴族、ドン・ロドリゴ・デ・ビベロ・イ・アベルーシアである。

十五〜十七世紀の大航海時代、地理上、年代上まさに「時代の申し子」と呼べる人物。コロンブスのアメリカ到達七十年後の一五六四年にスペイン植民地のメキシコに生まれ、十二歳で当時ヨーロッパ一の国力を誇るスペイン宮廷に出仕した。

一五八四年、そのスペインで日本からやって来た少年使節団が熱狂的な歓迎を受けた。宣教師バリニャーノの派遣したローマ法王訪問の一行である。

東洋最奥には洗練された住民と技術を持つジパングという国がある。二十歳のロドリゴは深い感銘を覚えた。いつか自分もこのジパングに行ってみたい、という夢が生まれた。

一五八八年、スペイン海軍士官として英仏海峡でイギリス・オランダ連合艦隊と戦った。この戦いはスペイン・ポルトガルからイギリス・オランダが覇権を交代した世界史上の大事件だった。

敗戦後メキシコに帰国したロドリゴは銀鉱山として現在も有名なタスコ市の首長となり、当時の最新技術だったアマルガム法による銀製錬技術を知悉、推進した。

一六〇八年、臨時総督として当時これもスペインの植民地だったフィリピンのマニラに赴任する。あの四半世紀前、スペインでその存在を知り、いつの日か訪れる事を夢見たジパングと同じ東洋の海域にあるマニラ。ロドリゴは勇躍して新任地に赴任する。

その赴任直後、ジパング皇帝、徳川家康からの書簡が届く。

一六〇〇（慶長五）年の関ヶ原戦勝利以後日本統一途上にあった徳川家康は、その後の日本の国策として国内では統一貨幣としての銀貨鋳造を、対外政策としては貿易立国を目指していた。そのためには新大陸で開発されたアマルガム法による銀製錬技術と西洋帆船築造と操船技術を先進国スペインから是非とも伝授してもらいたい。

それが家康の書簡の内容だった。

しかし、家康のこの要望は、新大陸産銀と造船・操船技術で世界を制覇してきたスペインの絶対に他国にゆずれぬ国是だった。

更にスペインにはもう一つの国是が、ローマ法王の守護国を任じる同国として新大陸やアジア各国にカトリックを伝播しなければならぬ、という国是があった。

一方家康は、カトリックを体制を崩壊させるものとして危険視していた。

両国の利害は真っ向から対立する。

半世紀にわたって隠忍自重の生活を耐え、今まさに天下を得、その天下を不動のものとすべく大量の銀貨鋳造法とそれを経済的武器として海外貿易を模索する家康。

四半世紀にわたって新大陸を、ヨーロッパを、アジアを肌で知り、今まさに家康と祖国の国是をかけて互角に渡り合えるだけの銀製錬法とガレオン船操船技術を熟知しているロドリゴ。

遠い昔、少年達によって触発された夢の国、ジパング。その皇帝との交渉だ。

しかもその交渉にはさらなる喫緊の要素も加わってきた。

奇しくも一六〇九（慶長十四）年夏、スペイン・ポルトガルの宿敵オランダが平戸に初めて到達したのだ。彼らの家康接近を是が非でも食い止めねばならない。

これらを我が手で解決するには書簡の往来だけではラチがあかぬ。

ジパングへ行く！　ジパング皇帝との直接交渉だ！

ロドリゴは決心した。

夢の実現と祖国の国是貫徹という、二匹の虎児を得るため、虎穴に飛び込むドン・ロドリゴ。

ではロドリゴはどのようにジパング行きを、家康との交渉を実現し、その結果はどのようなものだったか？

これは家康との交渉に至るドン・ロドリゴの半生の物語である。

目次

装幀／浅葉克己

第一章　天正少年使節

一

一五八四年十一月十一日、スペインの首都マドリードは日頃の喧騒に輪をかけた大雑踏で、まるで復活祭とカーニバルが一度に押し寄せたようだった。

特に中心地にあるサン・ヘロニモ・エル・レアル王立修道院礼拝堂付近（現在プラド美術館とレティーロ公園の間に聖堂のみ現存）には貴族や司祭の乗る馬車やその供の馬、警護の騎馬警官や必要物資を運ぶ荷車などでごったがえしていた。物々しい警護にもかかわらず物見高いマドリード一般市民に混じってどこから湧いたか、物売り、荷運び、浮浪者、修道僧、路上芸人、野良犬の群れまで押し寄せている。人と人がぶつかり合い、押し合いへし合いし、挙句あちこちで派手な喧嘩や追いかけ合い、駆け回る子供達の甲高い声、犬のほえ声、屋台のひっくりかえる騒ぎや、かっぱらいを追う声、酔っ払いの怒鳴り声、女の悲鳴などが混然一帯となってゴウゴウ、ワアワアと反響し、その音響が礼拝堂のゴシック式尖塔に届くかと思われるほどだった。

喧騒も道理、その日は時の国王フェリペ二世の世継ぎ、皇太子フェリペ（後のフェリペ三世）

の立太子礼が行われる日だった。フェリペ二世はスペインを統一し、コロンブスの新大陸発見に資金提供したことで史上に名を残すイサベル女王の曾孫にあたり、その国王が選んだ晴れの式場もそのイサベル女王の建造になる由緒あるこの礼拝堂だったのだ。

スペイン、ポルトガル、オランダなどを含む広大なヨーロッパの領地のみならず、ブラジルを除く新大陸やフィリピンなどアジアの植民地を統括するスペイン大帝国の皇太子の立太子礼とあれば、ただでさえ国際的にも一大行事、国民挙げての祝賀行事であるのは当然だが、それが更に三十年近くも切望されていた王子のそれ、となればこの祝賀行事がひときわ盛大な催しになるのは容易に想像がつくことであった。

それればかりではない。この年六月、長年スペインを悩ませ続けたオランダのプロテスタント側反乱軍首魁、ウイレム・オレンジ＝ナッソー（通称オレンジ公ウィリアム）が暗殺されたのも、カトリック守護国スペインにとってひとまずは愁眉を開いた思いであった。

「どけ、どけ、そこの道を開けよ。そこは一般人の立ち入り厳禁となっておる。高札がわからぬか」

美々しく装った一隊の騎馬警備兵が押し合いへし合いする物見高い群集を追い払った。

「ちっ、しょうもない連中だ」

一隊を率いる隊長、二十歳のロドリゴ・デ・ビベロ・イ・アベルーシアは舌打ちした。羽飾りのついたつば広の帽子の下の日焼けした頬も、金褐色の口ひげも、十一月というのに汗で光っている。この日のために抜擢された初めての大役、わずかの落度も許されない。今日は朝からすでに何度声を荒げて殺到する群衆を追い払ったかわからないが、追っても追っても人々は堂前広場に殺到する。

礼拝堂に入場する王家の人々や列席する宮廷人、それに外国からの大使公使などを一目でも見たいのだ。一度はロドリゴの大声に蜘蛛の子を散らすように退散しても、警備隊が通り過ぎるとわっとばかりに元いた場所に戻り、更に後からきた連中も加わって人垣はますます膨れ上がる。

フェリペ国王の妹君で神聖ローマ帝国前皇后マリーア陛下、フランス大使、ローマ教皇の代理大使など次々と貴顕の一団が土埃を上げて聖堂前に到着する。その度に儀典長が「○○閣下のお成り～」「××大使ご一行のご到着～」とよく通る声で呼ばわる。一団が入場し終えると、群集がまた道路を塞ぐ。それを警備隊が追い払う、次の一団を通過させる、を繰り返し、ようやく最後の貴賓達が聖堂に吸い込まれるのを確認して、ロドリゴは額の汗を小手で拭った。

もうすぐ今日の主役、フェリペ二世と幼いフェリペ皇太子、およびその異母姉達を乗せた王室一族の馬車行列が到着する。その前に、これら群集を左右の歩道まで後退させ、王家の人々が下車して式場に入るだけの空間を維持しなければならない。

「お着きになられるようです」

脇に控える腹心の部下アントン・ペケーニョが小手を翳して王宮の方角を見ながら告げた。ひしめく群衆の向こう、王宮と式場を結ぶサン・ヘロニモ大通りから、前駆の近衛隊がこちらに粛々と向かってくる。その後ろから重々しい鉄輪の響きと共に馬車の隊列が続く。両側の建物の窓という窓から、陛下バンザイ、王室バンザイ、皇太子バンザイ、の歓呼の声が響き渡った。

「こらっ、前を空けよ。通りを横切るな！」

ロドリゴは鞭を上げて、今しも近衛隊の前を横切ろうとした長いスカートの女に叫んだ。向こう側の人波に危うく逃げ込んだ女の背すれすれに、羽飾りの帽子を被った先頭の騎馬兵が通り過ぎた。その後ろから歩兵、槍騎兵、銃騎兵からなる近衛本隊が粛々と続き、礼拝堂入口の両側に整列すると、いよいよ王家の馬車列が到着した。

「陛下のお成りぃ〜っ」

先触れの声と共にフェリペ二世が馬車から降り立った。群衆から歓呼のどよめきがさらに大きくなった。

見よ、今ヨーロッパ世界のみならず全世界の頂点に立つ大スペイン帝国の帝王が目の前にお立ちになったのだ。

すらりとした中肉中背に黒づくめ、更紗の王冠を頂いた王は群集に片手を上げて応える。いつもはどちらかといえば生真面目で時には憂愁を湛えて見えるその横顔が、さすがに今日はほころんで見えた。ひとしきり群衆の歓呼に応えると、乗ってきた馬車の中を覗き込み、なにやら声をかけた。しばらく覗いている。一瞬静まり返った群集の視線が一斉に王の挙止に注がれる。

何をしておられるのだろう。入口に出迎えた儀典団、司祭たちも不審気に馬車を取り囲んだ。

やがて今日の主役、六歳のフェリペ皇太子が王自身の腕に抱えられて現れた。早朝から続いた立太子礼に伴う諸行事で、幼い王子は馬車の中でぐっすりと眠ってしまったのだ。

その事情が周辺にわかると人々の間になごやかな笑い声がさざ波のように伝わった。王の後ろから馬車を降りた王子の異母姉で十七歳のカタリナ王女が駆け寄り、父の腕の中の王子を揺り起こした。王子は今日の晴れの式を思い起こしたらしく、流石に目を覚まし、父王に手を引かれて大聖堂への階段を上ってゆく。

「…大きくなられた」

ロドリゴは、銀色の礼装に身を包んだその幼い姿を警護隊の最前列で見守り感慨ひとしおだった。

あれはもう四年前だ。このフェリペ王子がわずか二歳の時、母でありフェリペ二世の四番目の妻だったアナ・デ・アウストリア王妃が亡くなったのは。一五七〇年に結婚され、フェルナンド、カルロス＝ロレンソ、ディエゴ＝フェリックス、そしてこのフェリペと立て続けに四人の王子に恵まれたというのに、上の三人は次々に夭折、しかも五番目のマリーア王女誕生と引き替えにご自分のお命をも神に捧げられてしまった。

お優しい王妃さまであられた。

一五七六年、ロドリゴが父に伴われて生地メキシコから一族の故国スペインへ渡り、小姓（こしょう）として初めて宮廷に仕えたのがアナ王妃だった。王妃は当時まだ二十七歳の輝くように若い、しかも生まれながらに神聖ローマ帝国王女としての威厳と気品を備えた女性で、十二歳の少年ロドリゴの目には非の打ち所ない完璧な女性に見えた。

「そなたか、メキシコからはるばる参ったというのは。遠路大儀であった。わらわに仕えるというより、幼いフェルナンドやディエゴ＝フェリックスの遊び相手になって欲しいものじゃ」

アナ王妃は、謁見の間で、父ロドリゴにならって片膝折って拝謁したロドリゴに微笑みかけて言った。

それから二年後の四月十四日に生まれたこのフェリペ王子のことはよく覚えている。丸々太った愛嬌のある顔立ちで活発な王子だった。小姓達はこの王子の「狩りごっこ」に文字通り狩り出され、馬になったり猟犬になったり、獲物のきつねになったり、連日汗だくで走り回ったものだった。

アナ王妃が亡くなり、王妃から遊び相手にと託されたフェルナンド王子、ディエゴ＝フェリックス王子が王妃崩御の前後に相次いで亡くなると、ロドリゴも宮廷を離れた。肝心の主人がこの世を去ったということもあるが、すでに十六歳、小姓の年齢ではなくなっていたし、この機に七つの海を制するスペイン大艦隊に加えてもらいたい、との青年らしい意欲に燃えてもいたのだ。海の警備こそ、大西洋を隔てた故国メキシコとスペインを繋ぐ、自分に課せられた使命だと思ったからだ。

折しもスペイン海軍は地中海沖レパントでのオスマントルコとの海戦（一五七一年）後、それまでの帆と櫂とで操船するガレアス船から帆のみで操船するガレオン船へと船舶史上一大転換する途上にあった。史上名高いスペイン「無敵」艦隊は、サンタ・クルス伯爵の指揮下でまだ編成中だったが、ロドリゴは幸い伯爵直属の艦隊に配属され、艦隊指揮、海戦の戦略・戦術を学ぶことができた。

一年の見習い期間を経た後、今度は「権勢並びなき」と称えられ王よりも王らしい、と言われたアルバ公爵指揮下の大艦隊の参謀見習いに配された。

「あのお方も今日までご存命であられたら、どんなにかこの立太子礼をお喜びであったろうに」

ロドリゴは親しく仕えたアルバ公爵の痩躯を思い起こし、今父王に手をひかれて聖堂入口の階段を上がるフェリペ王子の幼い後姿を目で追った。この王子が生まれた時、公爵は我が腕に嬰児を抱き、その頃はまだ存命だった七歳のフェルナンド王子、三歳のディエゴ＝フェリックス王子を両脇に歩かせ、まるで自分がアナ王妃の実祖父のような得意顔で産褥の妻を見舞うフェリペ二世に拝謁したものだった。実際、そのアナ王妃とフェリペ二世との結婚を取り持ったのがアルバ公爵だったのだ。

王家の貴賓達が聖堂に吸い込まれるのを見送って、これで参列者の到着は終わり、と見てとった群衆が道路に飛び出した。式後の退出者を間近に見るために、今から見物席を確保しようというのだ。ロドリゴは彼らを道路わきに押し戻した。

「まだ参列者がある。道を開けよ」

「どなた様じゃ、今頃お着きになるなんて」

群集から不満気な声が上がった。ロドリゴがそれに答えず、部下の騎馬兵を道路際に配置し終えた直後「太陽の門」広場から土埃を上げて一団の馬車列が近づいてきた。

「やはり来ましたね。来られるようになったのですね」

アントンがロドリゴに念を押した。

あらかじめ儀典長から渡された参列者名簿によれば、後衛の近衛兵到着で参列者は最後になるはずだったが、

「ひょっとして最後に珍客が参列するかもしれぬ」

儀典長が名簿の最後のページを指して言った。

「そちも聞いておろう。ジパングからの使者達が半月前トレードより到着したことを。当初の予定では、彼らは当日晴れの式に参列するはずじゃった。が一行のうち一人がトレードで天然痘にやられての。ようやく癒えてマドリードに到着した、と思うたら今度は別の一人がやられた。式に参列できるかどうかは今のところわからぬ。じゃによって、この名簿には載せておらぬゆえ、もし参列できるようなら知らせる」

この年、トレードでは天然痘が流行し、死亡した子供の数は二千人を越えた。トレードでの流行が首都マドリードに伝播してはならぬ、世紀の祝典前にこの死神の跳梁を許してはならぬ、マ

ドリード当局はおおわらわだった。その悪疾がよりによってジパングからの使節に取り付くとは！

「陛下もご心痛なされての。ご自分の侍医をトレードまで差し向けて瀉血（しゃけつ）させたり、マドリードでは彼らの宿舎に祈祷僧まで遣わされた。それが功を奏したようじゃ」

今朝届いた情報だった。使者達が当初の予定通り式典に列席できるという。

先頭の騎馬がローマ法王旗とスペイン王室旗を高く掲げ、続く馬車列の前後左右を王室付き武官が守っている。目ざとく見つけた群衆が我がちに道路に走り出た。

「ジパング人だ、ジパングからの使者たちだ」

「遠い東洋の国から陛下に拝謁しにきたそうだ」

どこから情報を得たのか口々に叫んで、垂れ幕を下ろした馬車の中を覗き込もうと背伸びしている。

「前に出てはならぬ。下がれ、下がれぇ！」

ロドリゴは声を枯らして群集を道路際に押し戻しながら、自分も馬上小手を翳して近寄ってくる一団を見つめた。

群集を蹴散らしながら、その馬車列は目の前を猛烈な勢いで駆け抜けた。まるで王族一行が内陣から自席に到着する前に自分らも着席してしまおう、といわんばかりだった。

聖堂前で下車した一行を近衛兵の一団がたちまち取り囲み堂内に導く。騎乗のロドリゴからは彼らの小柄な体と長い袖がちらりと見えただけで、たちまち入口に待機した警護兵と司祭らが彼らを取り囲み、一塊となって足早に内陣へと姿を消した。

彼らの姿が見えたのだろう、内陣内からどっと歓声が上がり、やがてそれがブラーボォ、ブラーボォ、世界に君臨するフェリペ陛下バンザイ、神に栄光あれ、の一大賛辞に変わった。

やがて大聖堂のブロンズの扉が外側からピタリと閉ざされ、いよいよ立太子式が始まったようだった。参列者がすべて入場し、いよいよこれからミサと皇太子への忠誠を誓う宣誓式が執り行われるはずだ。

扉が閉ざされても興奮した見物人は一向に解散せず、それどころか群れをなして聖堂前に押し寄せた。参列した貴顕の噂話で暇をつぶしながら、これから何時間かかるかわからぬ世紀の式典の終了を待ち、式後退出する列席者たちを再び見ようというのだ。

ロドリゴは、時折彼らを押し戻したり屋台の車を追い出したりしながら耳をそばだてた。民衆の口より早い伝達方式はないのだ。

一際大きな人垣の中心にいて得意顔でしゃべっているのは免罪符販売僧の供らしい旅の男だ。

彼によると、丁度三月前の八月十一日、ポルトガルの首都リスボンに東洋から帰ったイエズス会の宣教師一行が到着した。二年半の歳月をかけてジパングという東の地の果てから四人の若者を連れて来たとのことだった。一行はリスボンから東へ東へと陸路ポルトガルを横断し、スペインへ入国、聖地グァダルーペ、古都トレードを通っていよいよここマドリードへ到着したのだ。

途中彼らが立ち寄った町々ではさまざまなエピソードが残された。

「エーヴォラでは、ホレ、おめえさん方は行ったこともなかろうが、ポルトガルとスペインの国境の大きな町よ。大司教座教会のパイプオルガンで有名だ。そのエーヴォラの大司教一族、ブラガンサ家のカタリナ妃は熱烈にその少年達を歓待してよ」

男は自分がそのブラガンサ家の一員であるかのように酒焼けした団子鼻をひくひくさせた。

そのカタリナ妃は少年達の着用したジパング伝統衣装がことのほか気に入り、仕立て屋にそっくりの衣装を作らせ、王子たちに着用させたそうだ。ミサの折には少年達が見事な腕前でパイプオルガンを弾いたものだから、列席者一同は天使が彼らの姿を借りて天から舞い降りてきたんだ、と感涙に咽(むせ)んだんだと。また彼らは、自分らの国の言葉とは全く違う言葉なのに正確なラテン語で話し、また聖書の言葉をきちんと暗誦したそうだ。

へぇぇと、周囲の女達は感心した。

「それじゃウチのホセよりずうっとましだよ。いくら教わったってラテン語どころかスペイン語の『主の祈り』が覚えられないんだから」

「あんたんところのホセじゃ無理さね」

女達のどっと笑う声が聖堂の尖塔のてっぺんにまで立ち上っていった。

その夜、ロドリゴは式に列席した父ロドリゴ・デ・ビベロ・イ・ベラスコからも式典の模様をつぶさに聞いた。父は、メキシコの第六代副王ペドロ・モヤ・デ・コントレラス閣下の供をして、はるばる海を渡り参列したのだ。

その父によれば、式自体が延々五時間に及んだ。それは式後の参列者の退出時の警護も担っていたロドリゴには更に長い緊張の時間だった。五時間に及ぶ式が終了し、国王一族の馬車が退出し終えてからも、すべての参列者の退出が終了するのにさらに二時間もかかったからだ。

感激した人々は内陣を出てはまた祭壇近くへ引き返し、その流れと出口へ歩を進める人々がぶつかり、笑い、抱擁し合って、なかなか予ねての手はず通りの順番で馬車に乗ってはくれなかったのだ。

父は宿舎で思い出し笑いをしながら言った。

「式がそんなにも時間がかかったのは立太子礼に先立つミサだけでも長かったからだ。ミサを司るキローガ猊下(げいか)、そちも存じておろう、トレードの大司教で枢機卿のあのお方だ、が機転をきかせて祈祷の文句や聖歌を大分端折(はしょ)ったが、そのためかえって合唱隊や打鐘係りがあわてての、足並みが揃わなかった。打鐘係りは妙なところで鐘を鳴らすし、合唱隊はサンクトスを間違える。…それでも式が短くなったのはなによりであった」

そうそう、と父は更に眼を細め声に出して笑った。

「問題はその後の立太子式じゃ。皇太子殿下への忠誠を誓う宣誓の儀が延々と続いた。九十二人もの人々が一人ずつ拝礼したのじゃから、あれでは大の大人でも途中で閉口してくる。それにな、陛下の妹君で神聖ローマ皇帝皇太后マリーア陛下が、幼い殿下の御前に膝を折って御手に接吻しようとされた時じゃ。いつもは幼いながら騎士として女性方の手に接吻するように躾けられた殿下は、あわててご自分が陛下に接吻しようと陛下に抱きついてしまわれた。『叔母上さまぁ』と叫ばれた御声がまだ耳に残っておるわ。抱きつかれた皇太后陛下は、日頃から殿下を目に入れても痛くないほど可愛がっておられたから、ご自分も抱きしめられる。それにならって後続の女性方も皆、殿下に接吻する、殿下が抱きつく、女性方が抱きしめる、の繰り返しになっての。そのため、折角キローガ枢機卿がミサで縮めた進行時間がどんどん延びたわけじゃ」

ロドリゴにはその光景が目に見えるようだった。自分が四年前王宮を去った時、王妃もフェルナンド王子もすでに亡くなっていたが、次男のディエゴ＝フェリックス王子が丁度五歳の時でフェリペ殿下は二歳、あの時の幼い王子たちの立ち居振る舞いを思い浮かべれば容易に想像がつくことであった。

「その後次々に王族の方々、名門二十五家の当主たちとその家族、ローマ法王の名代の枢機卿達、それに続くヨーロッパのスペイン領王国の統治者達、ペルー、メキシコなど新大陸植民地の副王と余のようなその供の者たち、友好国の大使たちが殿下の前に延々と列を作り、次々ご挨拶申し上げる。侍従長ドン・クリストーバル・デ・モーラ伯が彼らを一人一人紹介する。幼い殿下はその小さな御手を差し出して接吻させるのだが、今言ったように、ご婦人方が御前で膝を折って手を差し伸べると、あわててご自分がその手や頬に接吻されるものじゃから余計時間がかかっての。もっとも途中からその儀式に飽き飽きした殿下は、もういやじゃ、と駄々をこね、守り役は大弱りじゃった。まだ六歳であらせられるのだから、無理もない話じゃが」

八年ぶりに故国の土を踏み成人した息子の顔を見た父は褐色の髭をしごき、やはりヘレスのぶどう酒はうまいのぉ、と何杯目かのグラスを口に運んだ。

「ところで、ジパングという国から珍客が来ましたが父上は一行をご覧になりましたか。実は明後日、彼らが陛下に直々に拝謁する際、彼らを宿舎よりオリエンテ宮まで警護する任務を命じられておりまする」

ロドリゴもグラスのぶどう酒を一口飲んで訊いた。思えば父と酒を酌み交わすのは初めてだった。父に伴われてスペインに渡った時はまだ十二歳の少年だったのだ。

「おう、見た見た。姿形といい装束といい、誠に珍奇な一行であった」

父は飲みかけのグラスを置き、目を丸くして驚いた表情を再現して見せた。

「そちも知っての通り、余も陛下の御代のお蔭で世界中あらゆる場所に出かけ、あらゆる人種を見て参ったが、あのような珍奇な人種に会うたは初めてじゃ」

それに陛下ご自身が彼らジパング人に並々ならぬご関心を示されての、と父は再びグラスを干した。まだまだ父上はご壮健だ、この飲みっぷりでは、とロドリゴは自分もグラスを口に運びながら思った。この分では故国へ家督相続に帰らずともスペインに当分留まっていられる。

「王室ご一家が着席なされた時は、列席者用の席はほとんど埋まっておった。ただ聖壇に向かって左手、二階桟敷席の一郭が二十席ほど空席になっており、そこだけが目立っての。いったいどなたの席かと皆いぶかっておった。大概の貴賓貴顕はすでに着席しておったし、その席は誰が見ても高貴なお方が占めるべき場所だったからだ」

「そこへ座ったのですか、ジパング人一行は」

ロドリゴは先回りをして言った。最後に聖堂に入ったのはあのジパング人一行しかいなかったからだ。

元々その席はアベイロ侯爵夫人の占めるべき席だったそうじゃ、と言いかけて父はロドリゴの顔を見た。年若い息子がそのアベイロ侯爵夫人についてどこまで知っているか窺っている様子だった。ロドリゴは頷いた。知らぬ者などいない。アナ王妃の崩御以来独身を貫いておられる陛下のご身辺のお世話をする未亡人だ。一説によると、アナ王妃お輿入れ以前からご寵愛、という。

「ジパング人一行用にそのアベイロ夫人のバルコニー席を陛下直々に譲らせたということじゃ。それが伝わったから、ジパング人一行が到着した時はもう大変な騒ぎじゃった。全員総立ちになっての。彼らの通過する回廊脇の通路には立錐の余地もないほど人が立ち並んでしもうた。幸い余の席は回廊に近い場所であったから、わずかながら彼らを垣間見ることができた」

だが垣間見ただけでも充分彼らの異形の程が知れた、とデ・ベラスコは自らグラスに酒を注ぎ足しながら言った。

「顔つきからして我らヨーロッパ人とはまるで異なる。アフリカ人とも、新大陸の原住民とも、インド人ともまるで違う。そうじゃな、強いて申せばフィリピンなど東南アジア系に似ておるが彼らよりずっと色白じゃ。そればかりではない。彼らの衣装がまた…」

どのように彼らの異装ぶりを説明したものか、とデ・ベラスコは言葉を探すようにグラスを宙にかざした。

「はっきりとは言えぬが、どっしりした支那絹に金糸の縫取りがしてある豪奢なものであった。上着といいズボンといい、まるで我らの見慣れた意匠ではない。と言うて、どぎつい原色や奇抜な意匠でもない。明らかに別の、そうじゃ、別の文化圏に属しておると言うか。…それと見たこともないサーベルを腰に付けておった。それも何故か二本、左右ではなく左腰に下げておったようじゃ」

武人として長年オランダ遠征やメキシコ、パナマなど新大陸の海岸線警備にあたっていた父の目は、ジパング人たちのサーベルにいち早く目が止まったようだった。

「それになにより驚愕したことは、そのジパング人たちが年端も行かぬ少年達であったことじゃ。左様、全員がそちよりずっと年下の、せいぜい十四、五歳位かのぅ」

別の文化圏から来たわずか十四、五歳の少年達…。

父の言葉にロドリゴの胸の何かがピクリと反応した。

二

ロドリゴ・デ・ビベロ・イ・アベルーシアは一五六四年、当時世界一の強国として君臨したスペインの植民地メキシコ（スペイン語でヌエバ・エスパーニャ、新スペインの意味。日本ではノビスパンと言った）に生まれた。

日本では桶狭間で勝利した織田信長が着々と地歩を堅めつつあった時代だ。

十六世紀と言えば後の世界史上「大航海時代」と呼ばれ、ヨーロッパが世界の七つの海に進出した時代、それまではそれぞれ孤立していたヨーロッパ、南北アメリカ、アジア、アフリカが一つの地球として認識された時代、それまでは大障壁としてそれぞれの地域を分断していた海が、逆に各大陸を、各地域を結ぶ大動脈として認識された初めての時代だった。

きっかけはルネッサンス。新思潮と技術革新によってコロンブスはカリブ海の島々を発見（一四九二年）。続いて起こった宗教改革（一五一七年）によって台頭著しいプロテスタント（新教）に対抗するため、カトリック（旧教）勢力が旧大陸から新大陸、次いでアジアへとその活路を求めて世界中へ進出した。手短にいえばそれがこの時代を総括する言葉になるかもしれない。

そのカトリック勢力のアジア進出の一環が、一五四九年のフランシスコ・ザビエルによる日本布教であり、その後の日本とヨーロッパ世界の交渉史となってゆく。

この新しい時代にいち早く世界の大舞台に躍り出たのがコロンブスを援助し、カトリックの守護国を任じたスペインだった。スペインはポルトガルと共に新大陸を植民地として支配し、その原住民の富を収奪し、その富によってヨーロッパ世界の覇権を握った。

ロドリゴの父の名はロドリゴ・デ・ビベロ・イ・ベラスコ。メキシコの第二代副王、ルイス・デ・ベラスコ（任期一五五〇～一五六四）の甥であった。（一四七頁の図参照）

副王とは、スペイン領植民地を統治するスペイン王家の高級官僚にして植民地での筆頭権力者。メキシコ、ペルー、コロンビアそれぞれの副王領に各副王が在任、その土地の政治・司法・行政を一手に掌握していた。

母はメルチョーラ・デ・アベルーシア。一五二一年メキシコを征服したスペイン人エルナン・コルテスの従兄弟で、その忠実な秘書でもあったアロンソ・バリエンテの二度目の妻だった。アロンソ・バリエンテの死後、若きメルチョーラはプエブラ州テカマチャルコ地方の八千人もの農奴を有する豊かな荘園を相続した。そのメルチョーラが再婚したのがロドリゴの父ロドリゴ・デ・ビベロ・イ・ベラスコで、二人の間に生まれたのが本書の主人公ロドリゴ、正式にはロドリゴ・デ・ビベロ・イ・アベルーシアだった。

スペイン人の名前について説明すると、ロドリゴは個人の名前、すなわちファーストネーム（これを二つ持っている人もいる）。次に父姓のデ・ビベロ、最後に母姓のアベルーシアが来る。イは父姓と母姓を繋ぐ、英語で言えばアンドにあたる。これだけでも長く覚えにくいのに、長男は父のファーストネームを受け継ぎ、長女は母のファーストネームを受け継ぐことが多いので、父子、母娘が紛らわしい。では親子の名前をどこで区別するかというと最後の母姓で区別することになる。
ロドリゴ父子の場合ロドリゴ・デ・ビベロまでは父子同じ、父の母姓がベラスコ、子の母姓がアベルーシアとなる。さらにそこに身分の高い男性にはファーストネームの前にドンという称号が付く。ドン・フワン、ドン・キホーテなどである。我々がよく知っているセニョールという、英語のミスターにあたる称号は姓の、あるいはフルネームの前に付ける。

女性の名前は更に複雑である。未婚の場合は男性と同様個人名、次いで父姓、次いで母姓と並べるが、結婚すると母姓が消えて（残す人もいるが）その代わりに夫の父姓を付ける。身分高い女性にはファーストネームの前にドーニャという敬称を付ける。セニョーラという敬称は夫の姓の前、もしくはフルネームの前に付ける。今でも正式の会合や式典の際の招待状などの宛名は猛烈に長い。一行では書ききれないくらいだ。

本書では、混乱を避けるために父をデ・ベラスコ、息子をロドリゴと呼ぶことにする。

話をその時代背景に戻そう。

当時メキシコは、スペイン王の代理にあたる副王はじめスペイン系貴族達が上流社会を形成していて、本国からの移住者、すなわち一世、と純スペイン人系の両親を持った植民地生まれの二世（彼らをスペイン語でクリオーリョ、英語でクリオールという）、それにスペイン人貴族の血統の色濃い混血人種などにより構成されていた。

その支配階級の下には原住民系の色濃い混血人種、原住民貴族、次いで原住民の農民・平民、最後にアフリカからの黒人奴隷やその混血人種、などの下層民がヒエラルキーの底辺に存在していた。それぞれの階層は互いに団結し、自分達より下級の階層を見下し、支配していた。

両親からスペイン名門貴族の血と大荘園からの富を授かったロドリゴは、メキシコでも飛び切りの最上流家庭の一員として、乳母や大勢の召使、従者が恭しくかしずき何一つ不自由のない貴族生活を送ってきた。

十二歳に達した一五七六年（邦暦天正四年、織田信長の安土城築城の年）、父は息子を本国宮廷に出仕させようと考えた。将来息子がスペインにしろメキシコにしろ安定した生涯を送るには、本国での一定の宮仕え経験が必須だったのだ。父デ・ベラスコは、伯父ルイス・デ・ベラスコを通じておそらく様々の運動をしたであろう。その結果、幸いにもフェリペ二世の四番目の妻、オーストリア出身のアナ王妃付き小姓の道が開かれた。

かくして少年ロドリゴは、父に伴われて生まれて初めて大西洋を渡り、父祖の地を踏むことになった。

スペイン国王フェリペ二世。十六世紀の半世紀にわたって大帝国を支配していたこの王については一冊の本が書けるくらいの数奇な運命の人物であった。

父王はスペイン王カルロス一世（一五〇〇～一五五八）。オーストリアを基盤とするハプスブルグ家の血も引いているということから、同時に神聖ローマ帝国のカルロス五世皇帝となった人物。

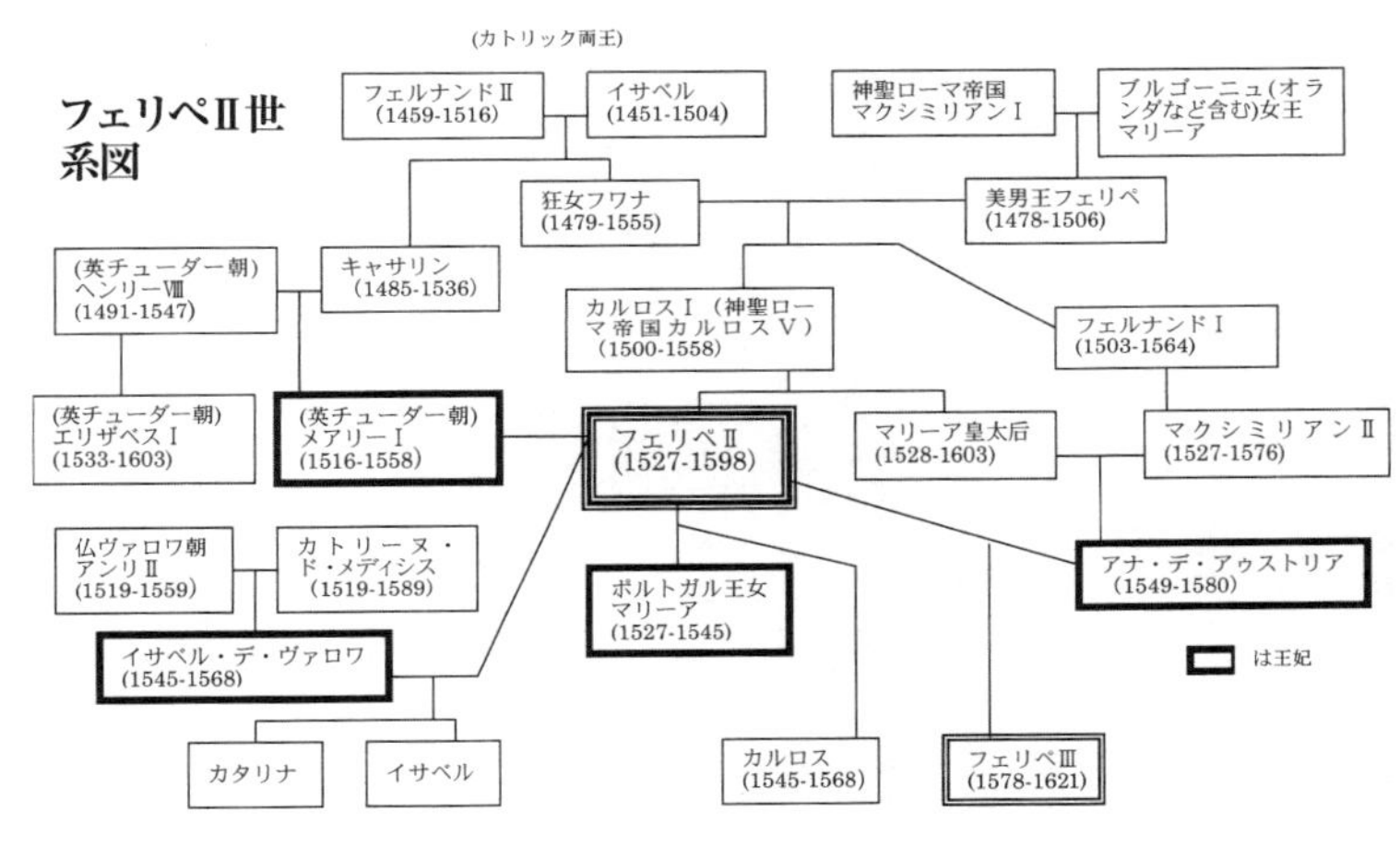

カルロス王の父は神聖ローマ帝国の「美男王」と呼ばれたフェリペ一世であり、その父母はハプスブルグ家のマクシミリアン一世とオランダ国女王マリーア。

一方、カルロスの母は「狂女」と呼ばれたフワナ。スペイン統一を成し遂げ、カトリック擁護者として名高いフェルナンド王とイサベル女王夫妻の娘。

というわけで、ヨーロッパ主要国の名だたる国々の支配者は血縁関係で結ばれ、一人の王、女王が何カ国もの王、女王を兼ねる、という時代だった。

フェリペ二世は、父カルロス五世が神聖ローマ帝国の支配を確立するため領土内を経巡り駆け巡り、戦いの明け暮れを繰り返している間の一五二七年五月に、ポルトガル女王イサベルを母としてスペインの古都バリャドリッドに生まれた。生まれながらにして諸国の王であったが、さらに結婚を介して多くの国の王となった。

結婚を介してと述べたが、この王ほど結婚運の悪い人物も他にいないのではなかろうか。

同時代のイギリスのヘンリー八世が自分の恋愛沙汰から何人もの王妃を取り替えたのと違い、このフェリペ二世は、正式な結婚を経ながら次々と王妃が早逝してしまうという悲劇に見舞われ、ただしその度に領土が増える、という稀有な運に恵まれたのである。

まず最初の妃はポルトガルのマリーア王女。がこの妃は王子カルロスを出産直後の一五四五年、わずか十八歳でこの世を去ってしまった。

次の王妃はイギリス女王メアリー。彼女の母は悪名高いヘンリー八世の最初の王妃にしてスペインのカトリック両王の娘カテリーナ（英名キャサリン）。神聖ローマ帝国皇帝カルロス五世の母「狂女フワナ」の妹にあたる。

父王ヘンリー八世が母を幽閉したり虐待した結果、異母妹のエリザベス（後のエリザベス一世）の侍女にさせられるなど苦難の前半生を送った。しかし、異母弟のエドワード六世がわずか十五歳で早逝すると、後継者争いのごたごたから一転して女王の座を射止めることになった。

即位したのは一五五三年、三十七歳の時だったが、それまでの被迫害の生涯のため、一見したところ五十歳にも見えたという。

王位に就くと、直ちに母方の国スペインの国教カトリックをイギリスでも復活させた。父王が愛人や離婚問題でローマ教皇から破門され、独自のイギリス国教会を設立するなど、カトリックをないがしろにしたことを恨んでいたからだ。さらにカルロス五世の子フェリペ二世と結婚するに及んで、その信仰はますます強固なものとなり、プロテスタント信者三百人を処刑するなど新教徒を迫害、「血みどろメアリー」と呼ばれた。

この二人の結婚に際しイギリスは、単に皇太子で公爵という肩書きしか持たないフェリペ二世と、イギリス女王という偉大なる肩書きを持つメアリーを結婚させるのは不釣合い、と主張した。政略上是が非でも息子の結婚を成立させたいカルロス五世は、一五五五年、兼位していたスペイン王位を退位、その領土をそっくり息子に譲ったほどであった。

従兄弟カルロス五世の王位をかけた求婚でメアリーはフェリペ二世と結婚したのだが、卵巣腫瘍のため、即位後わずか五年後の一五五八年、四十二歳で世を去った。夫の領土スペインには一度も足を踏みいれぬままであった。

またもやフェリペ二世は寡夫となったが、妻の死により、その領土はイングランドおよびアイルランドをも併合。かくして、スペイン王、ポルトガル王にして、ミラノ侯爵、ナポリ王、イギリス王、オランダ諸国王、ブルゴーニュ公爵、シシリア王、そしてメキシコ、ペルーなどスペイン領新大陸諸国の王、となった。

次にフェリペの王妃となったのはフランスのヴァロワ朝の王女イサベル（一五四五～一五六八）。

彼女の母は、サン・バルトロメの虐殺で名高いカトリーヌ・ド・メディシス。イタリアはフィレンツェの名門メディチ家出身で、当時ヨーロッパ最先端を誇っていた高い文化をフランスに持ち込んだ。が、フランス宮廷ではその実家メディチ家を「たかが薬屋、たかが金貸し」とさげすまれ、また夫のアンリ二世の愛人問題に生涯苦しんだ。夫亡き後は黒衣の王妃として一転フランス宮廷を取り仕切った女性。

そのカトリーヌの娘であるイサベル王妃は、フェリペ二世との間に二人の王女を出産した後、たった九年の結婚生活の後、亡くなった。

三人の妃に次々に先立たれたフェリペ二世には、唯一の男系後継者として最初の妻との間に皇太子カルロスがいた。

ところがこの王子は祖母の「狂女」フワナの血が発現したのだろうか、あるいは度重なる血族同士の婚姻の結果なのだろうか、いつの頃からか精神を病むようになっていた。それにつけこんだフランドル（オランダを中心にしたスペイン領低湿地地帯）独立派にそそのかされ、そのフランドルを抑圧した実力者アルバ公爵に父王の面前で切りかかったものだ。その場で父王自身に羽交い絞めにされ幽閉された皇太子は、獄中で憤激、断食して死亡してしまった。その時の父フェリペ二世の「アレはひもじくなれば食べるじゃろう」という言葉は有名で、この王は後に「慎重王」という異名をとったが、慎重というより冷酷という言葉がぴったりだ。

この王の言葉を聞いたかどうか不明だが、皇太子カルロスと年齢も近く、彼の境遇に深く同情していた三番目の王妃イサベルも、この年カルロスの後を追うように亡くなった。

四十一歳となったフェリペ二世の最後の王妃はオーストリアのアナ王女。フェリペ二世の従兄弟の神聖ローマ皇帝マクシミリアン二世と、同じくフェリペ二世の妹マリーアとの間に生まれた王女だった。

彼女はフェリペ二世との間に四男一女を恵まれたが、一五八〇年、十年の結婚生活の後、亡くなった。

一五七六年、少年ロドリゴが宮廷の王妃付き小姓として仕えたのは、このフェリペ二世の最後の王妃アナだった。

すでに五十一歳となっていたフェリペ二世は、もはや五度目の妻を迎えることもなく、第四番目の王妃アナの遺児フェリペ三世を後継者と指示し、一五九八年九月十三日、七十一歳で波乱に充ちたこの世を去った。

奇しくも遠い日本での豊臣秀吉の死に先立つことわずか五日であった。


少年ロドリゴに戻ろう。

初めて踏むスペインの大地。立ち並ぶ重厚な石造建築群。尖塔天を突くかの如きカトリック寺院群。ひときわ他を圧する壮麗な王宮。当時のスペインはヨーロッパ世界に君臨する第一の国、しかもこの十六世紀は後に「黄金の世紀」と呼ばれるスペイン絶頂期にあった。

父に連れられて初めて踏んだ本国のマドリード宮廷は、少年ロドリゴが育った副王領植民地メキシコとは比べものにならないほど絢爛豪華であった。

フェリペ二世がその版図を様々な国や地方にまで広げていたため国際色豊かでもあった。

スペイン本国の貴族は、我こそ支配者という態度で、その高く尖った鼻を天井に向けて歩いていた。王妃が神聖ローマ帝国皇帝の王女、すなわちヨーロッパ世界の王族を一族で固めるハブスブルグ家直系の王女である、ということで、オーストリア出身者達もやはり宮廷内を大股に闊歩していた。

また第二番目の王妃、故イギリス女王メアリーが一度も妻として夫の領地スペインの土を踏まなかったという事実でわかるように、常に尊大な態度を崩さぬイギリス外交団の人々。

ナポリ公国から派遣されてきた大使一行は、シシリア公国の外交団と小雀のさえずりのようなイタリア語で終始さえずっている。スペイン支配下にありながら、隙を見ては反乱と小競り合いを繰り返すフランドル地方のオランダ人達。

そして新大陸からの世にも珍しい宝石類、アジアからの香料や織物、薬などをインディオに捧げ持たせてやってくる植民地の副王や新大陸生まれのスペイン人貴族達…。

人々の頭上に十字架をかざして祝福したり、互いにラテン語でささやき合ったりするローマ教皇膝下のイエズス会司祭達。

宮廷には、それら外交団や高級官僚、貴族達、カトリック関係者が闊歩していたばかりではない。

画家、詩人、劇作家、建築家などの芸術家も宮廷内のそこここでサークルを形成していた。新大陸からもたらされる金銀財宝により、ヨーロッパ中から文化芸術が水の低きを求めるようにスペインに滔々と流れ込んで「黄金世紀」と言われる絶頂期を謳歌していたからだ。

いわゆるルネッサンスの新思潮は保守的なスペインでは大きく受容されていなかったが、その代わり「スペイン・ルネッサンス」と言われる独特の芸術が花開いていた。特にフェリペ二世は、その擁護者として数多い芸術家を身辺に侍らせていたし、そればかりでなく彼らを外交の重要な持ち駒としても用いていた。後年になるが、スペインの誇る大画家、ディエゴ・ベラスケスが宮廷画家として王族一家の、特に王子・王女の肖像画を描いたのも、その肖像画を各地の宮廷に持ち込み、政略結婚のいわば見合い写真としていたのもその一例だ。

その他にも広い領土のそこかしこに、画家のティチアーノ、アントニオ・モーロ、ブリューゲル（父）などが地方色豊かな作品を残し、劇作家ではローペ・デ・ベーガ、そしてなにより世界三大小説の一、と言われる「ドン・キホーテ」を世に出した作家セルバンテスがいくつかの小品を世に問い始めていた。


そのような多彩な人々の中に混じると、新大陸メキシコからやって来た少年ロドリゴは自分がとるにたりない、世間知らずの田舎の子供に思えてならなかった。

スペイン本国出身の父は、古巣に帰った気安さで旧知の人々の誰彼となく闊達に久闊を叙している。それにひきかえ自分は、年齢にしては小柄で華奢な体つき、言葉遣いも、そもそも標準語たるマドリード語とは発音からして違う。だからこそ父は、自分を将来スペイン本国貴族として立身させるべく宮廷に入れたのだ。それがわかっていても、父に従って着飾った貴婦人達の輪の傍らを通り過ぎる時はつい下を向き、無意識に足早になった。

「王妃さまのお出まし～っ」

宮廷付きの道化師が矮小な体に似合わぬ野太い声で触れ回る。その声に今まで大広間のそこここでさんざめいていた大使、公使、騎士や貴族、司祭、芸術家達、それに貴婦人達が一斉に動きを止め、威儀を正した。

正面奥の大扉が左右にさっと開かれ、その奥からすらりとした若い女性が数人の侍女たちにかしずかれながら姿を現した。

アナ王妃は芳紀二十七歳。オーストリアのハプスブルグ家直系の王女だけに優雅で気品高い物腰、すらりとした華奢な肢体で誰からも敬愛されていた。

輝くような金髪を高く結い上げ、その秀でた額にティアラが煌く。ほっそりした顎は高いレースの襟飾りに埋まり、その下のモスグリーンの緞子のドレスは彼女の白い顔をいやが上にも際立たせていた。メキシコの鮮やかだが、その分いささか野暮ったい衣装の女性達を見慣れていた少年ロドリゴは、しばらく呆然として王妃の姿から目を放すことができなかった。これこそが貴婦人の中の貴婦人というものだ。

「これはこれは、王妃様にはご機嫌麗(うるわ)しゅう」

真っ先に歩み寄ったのは、長身で栗色の髪や顎鬚に白髪が混じった堂々たる老人。威風あたりを払わんばかり。

これこそ権勢並びない、と言われた通称アルバ公爵、フェルナンド・アルバレス・デ・トレド・イ・ピメンテル。彼こそ、このスペイン王宮でフェリペ二世の片腕として軍事、政治の実権を握り、広大なスペイン王家の版図を差配し、ヨーロッパ世界を駆け巡った中心人物であった。故カルロス皇太子に父王の面前で切りつけられたのもこの公爵だったが、カルロスの死後も大帝国の内政外交両面を取り仕切っていた。

しかし、この皇太子乱心事件のきっかけとなったフランドル地方の新教徒の反乱に手を焼き、王の信頼もやや失墜、さしも辣腕を振るったアルバ公爵の命運も最盛期に比べればこの時期かなり傾きかけてはいた。とはいえ、宮廷での威風はまだまだ余人の敵するところではなく、なによりアナ王妃の絶大な信頼があった。

次々に王妃を失うという悲運に巡りあったフェリペ二世と第三番目のイサベル王妃、四番目の現アナ王妃の婚姻を実現させたのもこのアルバ公爵だったのだ。

アナ王妃は今咲き誇る大輪のバラのようだった。輿入れ翌年に生まれたフェルナンド、その二年後に生まれたカルロス＝ロレンソこそ夭折したが、前年八月に生まれたディエゴ＝フェリックスはスペイン王室およびその領土全般の後継者となるべくすくすく育っているし、自身もほっそりしているが二十代の健康な体だ。夫であるフェリペ二世の前妻三人のように子がなかったり、あっても女の子だったり、イギリス女王メアリーのように醜く年寄りでもない。後ろ盾としては、父であり夫の従兄弟でもある神聖ローマ帝国皇帝のマクシミリアン二世がいる。

「ロドリゴ、お目見えだ、付いて参れ」

あでやかな王妃と威風あたりを払うばかりのアルバ公爵に圧倒され見とれていた少年ロドリゴは、父の声に促され、あわてて後を追った。

「王妃さま、お久しぶりでござります。倅をお傍にお仕えさせるべく新大陸からはるばる罷り越しましてござりまする」

さすがに父デ・ベラスコは落ち着いていた。丈高くがっしりとした体躯は、この宮廷の並み居る男達に伍して見劣りせず、しかも新大陸にスペインの上流貴族として君臨しているという自負が口調からも感じられた。王妃の前に進み出ると、恭しく跪き、白い手に口づけする。王妃はにこやかにそれを受け、次いで父の背後に隠れるようにしてたたずむロドリゴに目をやった。

「今日からそなたは私の小姓ですか？　名は何と申す？」

父に促され一歩前に出たロドリゴに年齢を聞いた王妃は、ほっそりした小首を傾げ微笑みかけた。

「私の小姓というより、王子達の相手をしてくれた方がよさそうね」

「それは王妃さまのお望みのように」

言いながら父は、従者に運ばせてきたメキシコ出土の大粒のオパール玉やカリブ海産の天然真珠などを献上し、王妃を取り囲む貴婦人達や侍女達がうらやましげに覗き込んだ。王妃は満足げにうなずき、小姓頭のデニア侯爵家の長男フランシスコにロドリゴを引き渡すと、ゆっくりと謁見を待つ人々の輪の中に歩を進めた。

「こちらに参るがよい」

フランシスコはロドリゴを大広間の奥の王妃の私室のある内宮に導く。

いよいよスペイン王室に仕えるのだ、これからは自分で自分の運命を切り開くのだ。フランシスコの後ろ姿を見失わないように小走りに付いて歩きながら、十二歳のロドリゴは武者震いが止まらなかった。

ロドリゴの小姓生活はそれからわずか四年で終わった。十六歳、すでに小姓の年齢ではなくなった、という事情もあったが、何より仕えていたアナ王妃がふとした風邪のため三十一歳という若さで崩御したためだった。皇太子と目されたディエゴ＝フェリックス王子も亡くなり、ロドリゴが仕えてから生まれた最後のフェリペ王子を残し、その妹のマリーア王女を産んだ産褥の床での死だった。

結局フェリペ国王は、四人の妃と五男三女に恵まれたにもかかわらず、その妃と子供達を次々失った。その原因は当時の医学・衛生面の遅れもさりながら、系図にもある通り、ハプスブルグ家の存続に関わる幾年代にもわたる近親結婚にその原因があると思われる。

それにしても、ロドリゴにとって思いもよらない早すぎるアナ王妃の崩御。

その前後の唐突なアルバ公爵の失墜・追放・名誉回復・逝去（一五八二年）。宮廷に出仕してから振り返ればあっという間の八年間だった。

だが八年ぶりに再会した父デ・ベラスコは、別れた時は小柄で頼りなげな少年だった息子がいまや自分を越す背丈と広い肩幅を持ち、サンタ・クルス伯爵配下の近衛軍の一隊長として堂々たる若者に成長していたことに喜びを隠せなかった。

「どうじゃ、メルチョーラ、儂（わし）の思う通りじゃったろう」

あの時、幼い息子を一人本国へ送り出すことに反対し涙にくれていた妻に言ってやりたかった。

三

ロドリゴがジパング人一行を間近に見たのは立太子礼から三日後の十一月十四日午後だった。

今度は垣間見るだけではない。その異国人の警護を任命されたのだ。あの日以来ますます高まるジパング人たちへの世間の評判を聞くにつれ、自分も折さえあらば彼らを間近に、と思っていたので、サンタ・クルス伯から命を受けた時は小躍りしたい気持ちだった。

当日午後早く、ロドリゴは配下の一隊とジパング人一行を乗せる四頭立ての輿（こし）馬車二台を率いて彼らの宿泊しているマドリード市内サン・ベルナルド通りのイエズス会修練所に向かった。

東洋からの貴公子一行がヨーロッパに到着、ローマに向かう途中宮廷に参内する、ということはすでに物見高い下町住民にあまねく知れ渡っていた。

「騒ぎを避けるため市民の午睡時（シエスタと言い、今に至るもスペイン人の習慣となっている午睡）王宮着、とせよ」との陛下からの直々の命令とのことであった。

「王宮に到着したら、一行に中庭をゆっくりと歩ませよ」

ロドリゴの父デ・ベラスコは、息子が警護の任を拝命したと聞き、国王の性癖を息子に喚起して言った。

フェリペ二世には王宮の中庭を見下ろす上階に潜み、参内する珍客・賓客をこっそり盗み見するという奇癖があった。

「拝謁する来客の服装、人品、供揃え、をご自分の目で確認し、いざ正式な謁見時には相応な対応ができるように、という国王陛下ならではの見上げたお心得。あらためてそちに言わずともわかっておろうが」

ロドリゴは、上司のサンタ・クルス伯からも同じ警告を受けていたので神妙に父親の助言に頷いた。

「今回も陛下は必ずご覧になる。王門が近づいたらどのようにして一行を案内するか考えておくことじゃ。なにしろご自分の結婚式の時でさえ花嫁の行列を前もってご覧になっておった、というお方じゃ」

王宮に入る前までは人目につかぬよう馬車の窓には垂れ幕を下ろしておく、王門通過後は陛下がよくご覧になれるよう来客を馬車から降ろし、ゆっくりと歩を進ませる。我ら護衛の者達は一行と少し歩間を空けて歩むことにしよう。

父の助言を聞きながらロドリゴは胸算用した。

「馬車の垂れ幕の件にはもう一つ目的がある」

と命を下す時サンタ・クルス伯はロドリゴに言った。

外から覗かれない、ということは外を覗かせない、ということでもある。王宮からほど遠からぬ地区とは言え、イエズス会修練所のあるサン・ベルナルド通り周辺は街路も入り組み、途中貧民街も通らねばならぬ。どんな薄汚い連中が馬車を取り囲むやもしれぬ。

「一行をジパングから送り出したイエズス会のアレハンドロ・バリニャーノ神父は、稀に見る細心のお方でな。一行を率いるディエゴ・デ・メスキータ師に、少年達にはできうる限り西欧世界・キリスト教世界の豪華な面、壮麗な面を見せるべし。他方、不潔で乱雑な面は極力見せてはならぬ、と厳命したということじゃ。もし少年達がそのような負の面を一目でも見てしまうと、西欧世界、なかんずくカトリック世界に失望し、帰国後もカトリック信者のさきがけとしてジパング国宣教の任を放棄してしまうやもしれぬ、と申されての」

当日イエズス会修練所への街路は見たところ落ち着いていた。いつも賑わう「太陽の門」広場もこの時刻閑散としている。シエスタ時を選んだ甲斐があった、とロドリゴは周囲に油断なく目を配りながら内心安堵した。

ロドリゴと警護の一行二十名が修練所の石畳の中庭に到着し、整列すると、待ちかねていたように総勢十名の一行が姿を現した。

父の言があったとはいえ、実際の彼らの姿はまさしく衝撃的なものだった。

十名のうち七名がジパング人。少年六名に付き添い一名ということだったが、ロドリゴの目には七名全員が少年に見えた。背丈は一様に低く痩せている。顔つきは扁平で髭がなく、顔色は青白かった。これは途中二人が天然痘にやられ一時は重態だった、ということもあろう。

目を奪われたのはその豪華な衣装だった。襟元を何枚も重ねた上着、ゆったりと垂れ下がる袖、くるぶしまである幅広いズボン。それらはみな、メキシコでもここスペインの宮廷でも珍重される東洋のずっしりと重たげで光沢のある絹地だった。それに豪華な金銀の刺繍が施され、目もまばゆいばかりだ。このような豪華な衣装をジパングの人々は男女を問わずまとっているのだろうか。

そういえばポルトガルの大学都市エーヴォラでは、あまりにもこの衣装が見事なので、カタリナ・デ・ブラガンサ公爵夫人は仕立て屋に同じようなものを作らせ次男のドゥアルテ公に着用させた、と先日の免罪符売りが言っていた。

頭にはビロードの帽子。これはヨーロッパ上陸後に誂えたに違いない。が、これでは彼らがどのような髪型をしているのかを窺い知ることはできない。おそらく我々ヨーロッパ人とは違う結髪型なのだろうに。

ゆったりと羽織ったコートの左裾から長短二本のサーベルの先端が覗いている。父デ・ベラスコの言った通りだ。ずっしりと重そうで、最も小柄な少年はそのため体がやや左に傾いて見えるほどだ。こんなにも重たげな武器で実際に戦えるのだろうか。

ロドリゴは、羽飾りのついた帽子をとって胸にあて、片膝をついた。

「サンタ・クルス侯爵配下の近衛兵ロドリゴ・デ・ビベロ・イ・アベルーシアと申す。フェリペ二世陛下の命によりお迎えに参った。これよりオリエンテ宮へお供仕える」

その挨拶に応えて、黒衣に黒い帽子、短い顎鬚を生やしたヨーロッパ人が進み出た。

「私めはディエゴ・デ・メスキータと申すポルトガル出身の司祭にござります。七年前にジパングに渡り宣教に従事して参りました。このたびイエズス会東アジア巡察使、アレハンドロ・バリニャーノ師の命により、遠路ローマ教皇猊下(げいか)およびその守護者たるスペイン帝国のフェリペ二世陛下に拝謁のため、ジパング国の王子達のお供をして参った者。本日はお役目ご苦労に存じまする」

これが引率者のメスキータ司祭か。ほっそりした顎と羊のような穏やかな目つき。はるばる遠い東洋の国まで宣教の志に燃えて出かけたにしては勇猛果敢というより「学僧」と言った方がふさわしかろう。低い声も大聖堂の正面祭壇で大勢の信者に説教するより小さな礼拝堂で信者の告解に耳を傾ける修業僧タイプだ。

その穏やかな声のままメスキータ師は言った。

「ご紹介いたしまする。まずこちらがこの度の正使を務められるドン・マンシオ・イトー。ジパングはブンゴ国の王子にござります」

マンシオ・イトー、と言われた少年は一歩進み出て腰を折り、ロドリゴに深く礼をした。ロドリゴの肩にも届かぬ背丈にも関わらず臆する色もない。さすが一国の王子だ。年齢は十五歳、と聞いた。ロドリゴと五歳しか違わぬはずだが実際は十二歳ほどの子供に見えた。

次はドン・ミゲル・チヂーワ、これもヒゼン国の王子にて、やはり正使にござりまする、とメスキータ師は紹介した。全員が貧弱な体躯の一行のうちでもこのドン・ミゲルは一番か細そうで顔色も悪かった。まだ初聖体拝受（カトリックで洗礼後初めてキリストの肉体を象徴するパンとぶどう酒を司祭から与えられる儀式。通常は八歳前後）前の少年といっても通用するかもしれない。よくぞ二年半もの長旅をこなしてきたものだ。

「次なるお二人は副使にてドン・フリアン・ナカウーラにドン・マルティーノ・ハーラ。いずれもジパング国内の諸国王から遣わされました」

予め聞いてきたとはいえ、ジパング国の姓はロドリゴには発音も難しく、到底覚えられるものではないので紹介される度に、ドン・マンシオ、ドン・ミゲル、ドン・フリアン、ドン・マルティーノと洗礼名だけを復唱し覚えることにした。

ドン・フリアンは、ひょろりと背が高く、きりっと結ばれた唇が一目で意志の強さを表している。

ドン・マルティーノは、丸い頬に丸い体、全体に健康そうな色がみなぎっていて、丸い目が生き生きと輝き、いかにも賢こそうな印象だった。

コンスタンティーノ・ドラードとアグスティーノの二人は従者らしく、ドンという敬称も出身地を示す姓も紹介されなかった。四人の正・副使の衣装に比べやや豪華さで見劣りする衣装を身に付け、挙止全体が控えめだった。

最後は引率者のジパング人修道士ヘオルグ・ロヨラ。引率者、というがロドリゴと年齢的にはほとんど変わらない若者で、陽気な声でよろしく、とポルトガル語で言った。このヘオルグがメスキータ師と共に道中の通辞を務める、とのことだった。

その他スペイン人のフワン・サンチェス修道士と二人の中国人少年が加わっている。

一行を二台の馬車に分乗させると、ロドリゴは自身で注意深く窓の覆いを確認し、アントン・ペケーニョを先導役に、自分は馬車脇に付き添った。

イエズス会修練所から王宮まではいくらの距離でもない。なるべく隠密に、目立たぬよう小規模に、裏道を抜けて、とロドリゴは自分なりに予め描いた道筋を慎重に辿って行った。が、王宮前の広場に差し掛かった時、初めて、しまった、甘かった、とほぞを噛む羽目になった。

近頃は、ただでさえ立太子礼の機を利用して内外の大使・公使や諸王が頻繁に登城する。その見物に毎日物見高いマドリード子が繰り出しているが、今日はさらに輪をかけた大騒ぎだ。ジパングという東方からの珍客が陛下に拝謁するという情報はいったいどの辺りから洩れたのだろう。

「道を開けよ、賓客のお通りぞ」

アントンが大声をあげたのがかえって火に油を注ぐことになった。

「やっぱりな、そろそろだと見当をつけてたんだ」「待っていた甲斐があったわ」「どれどれ、どれがその馬車だ」「押すな！」「危ない！」など、喧騒は大きくなるばかりで、なかには馬車の前に立ちふさがる者まであった。

「閣下、援兵を頼んで参りまする」

列を先導していたアントンが群集をかきわけながら叫んだ。それが聞こえたのか城門の内側から騎兵の一隊が現れて群集を蹴散らした。

城門をくぐると石畳の閲兵広場へ出る。門番兵に制止されて、さすがに群集はここには入れない。門の鉄柵をゆさぶって騒いでいるばかりだ。

広場にも貴族とその従者、近衛兵、召使達などかなりの数の人々が待ち構えていた。馬車はその人々の開けた一筋の通路を粛々と宮殿の入口に向かって進んだ。

侍従長ドン・クリストーバル・デ・モーラ侯が自身供を連れて迎えに出てきた。

ロドリゴは入口まで五十歩のところで馬車を停めさせ、一行に降りるよう促した。先頭のドン・マンシオが青いズボンに白い上着の姿を見せると周囲からどよめきが広がった。

「おお、これがジパングの王子達か」「たしかに珍しい衣装ですこと、どのように着付けるのでしょう」「どう見ても皆十二、三歳にしか見えぬ。年端もゆかぬこんなに幼い人々が万里の波濤を越えてなぁ」「東の果てから二年もの歳月をかけてはるばる来たとはのう。陛下のご威光が世界中に鳴り響いておるのじゃな」

人々注視のうちに次々に少年達が馬車から降り立つ。それぞれ献上品らしきものを胸に抱えていた。一人が降りる度にどよめきが起こる。陛下がどこからでもご覧になれるようロドリゴは我勝ちに近寄ろうとする人々に道を譲らせながら入口に向かった。

が、広い宮殿の数多い窓やバルコニーのどこから陛下がご覧になっているのかは結局わからなかった。

宮中もごったがえしていた。あちこちでさんざめいていた人々が、一行が通過する度に歩みや会話を中断し、息を呑む気配がした。遠くの者達は伸び上がって一行を見物した。

使節一行も初めて見るスペイン大帝国の本拠たるこの宮殿の豪華さ、広大さに内心驚愕しているはずだった。

が、表面的には何の感動の色も見せず、ひたすら正面を向いて歩んでいた。足に履いた扁平な履物のせいか足音一つ立てない。

大した度胸だ。ロドリゴはすぐ傍らを歩くドン・マンシオの冷静沈着な顔つきを盗み見て密かに感嘆した。自分がメキシコから初めて登殿した時は十二歳だったが、このように落ち着き払ってはいなかった。父の後ろについて歩きながら終始おどおどしていた…。

モーラ侯の先導で次々と部屋を通り過ぎる。いつも陛下が外国からの賓客や代表団を謁見される大広間や舞踏会用の鏡の間も通り過ぎた。

「どのお部屋で?」

ロドリゴはモーラ侯に追いついて尋ねた。かつて宮殿内をアナ王妃の後ろについて走り回った四年の歳月。勝手知ったあの頃と何も変わっていない。それなのに、通常外交使節を迎えるどの謁見の間も通り過ぎてしまった。それとも別の謁見の間があったのだろうか。

「陛下のご寝室の隣りの間じゃ」

ロドリゴは耳を疑った。陛下の私室の中でも特別にご家族しか招き入れられない居間だった。こじんまりとした調度品が置かれ、いかにも寛ぎ易く親密な感じのする部屋だ。亡きアナ王妃が王子達に囲まれながら陛下に珍しいお菓子などを勧めておられたあのお部屋か。

「陛下は今回の使節に格別の思い入れをお示しになられておるのでな」

言いながらモーラ侯は先に立ってその部屋に一同を導き入れた。ロドリゴは従者のコンスタンティーノとアグスティーノを部屋に入れるべきかどうか迷ったが、モーラ侯が頷いたので、二人を通して最後に部屋に入った。

フェリペ二世は中央のマホガニーのテーブルに寄りかかっていた。黒いビロードの上着、真珠のような光沢を放つ繻子の半ズボンに白い絹の靴下、耳まで届く白いレースの襟飾り、深紅の踵まであるマント、腰には細身のサーベル、エナメルの黒い靴、首からはハプスブルグ家の象徴たる金羊毛勲章を下げている。

これは、とロドリゴは驚愕の声を押し殺した。陛下は第一正装をしておられる。まるでフランス国王かイギリス女王の謁見式のようだ。たしか一昨日のフェリペ皇太子の立太子式でもこのような服装をしておられた、と聞く。あの時との相違は王冠を頂いておられるかどうかだけだった。世界でもその地位第一と称されるスペイン国王にしてポルトガル、ナポリ、シシリアはじめヨーロッパの王、新大陸諸国の王であられるフェリペ二世陛下が、東洋の果て、絶海の孤島といわれるジパング島国王からの使者に過ぎないこの少年達に、こんなにも敬意を表されるとは！

ロドリゴの驚きはそれだけにとどまらなかった。

王は周囲にいた二人の王女、十八歳のイサベル王女と十七歳のカタリナ王女（二人とも三番目の妃だったイサベル王妃の忘れ形見）、それに立太子式を挙げたばかりのフェリペ皇太子をはじめ、寵愛するアベイロ夫人など、その場にいた全員に起立して使節を迎えるように手で合図したのだ。

驚いたのはロドリゴばかりではなかった。長年陛下にお仕えしてきたモーラ侯でさえ滅多にないこと、とばかり小さく肩をすくめ両手を広げた。

しかしそれはその日の異例続きの出来事のほんの序の口に過ぎなかった。

正使のマンシオが進み出て国王の前に跪き、その手に口づけしようとした時だった。王は、それには及ばぬ、と言い、身振りで立つようにと促した。マンシオが立ち上がると、あたかも遠い旅路から帰国した王子を抱擁するかのようにマンシオの体を抱擁したのだ。

マンシオばかりではない。フェリペ二世は同じく正使のミゲルにも副使のフリアンやマルティーノにも、さらに引率者のヘオルグ・ロヨラ修道士、果ては従者のアグスティーノやコンスタンティーノまで抱擁したのだ。

おそらく使節たちの誰が正使であり、引率者であり、従者であるか、あまりにも一行の服装や容姿がヨーロッパや新大陸の人々と違っているので識別するのが難しかったからだろう。王が一行をこのように遇したので、続く王女達やアベイロ夫人も同様に一同を抱擁し、それだけでも長い時間がかかった。

一同の微笑を誘ったのはフェリペ皇太子で、前々日の立太子式で、父陛下以外すべての者は自分に臣下の礼を尽くすべきもの、との認識が出来上がったのだろう、背伸びして卓に寄り掛かり、小さな手を差し出して一同に接吻させたことだった。

その間国王は、マンシオを傍らに侍らせ、よほど彼の衣装が珍しかったのだろう、長い袖に手を触れたり金糸銀糸の刺繍の文様を訊ねたりした。

「これは支那の絹か。刺繍や裁断も支那で行うのか?」

「絹は支那産でござりまするが、染め付け、刺繍、裁断はことごとくジパングで行いまする。ジパング人は驚くほど手先が器用で、また長時間細かい仕事を続けることにも決して倦(う)むことはありませぬ」

メスキータ司祭が言った。衣装のキモノ以外でも、例えばこれをご覧下さりませ、とマンシオに上着を脱ぎ、腰のサーベルをはずさせ、王に恭しく差し出した。

「これはカタナというサーベルにござります。ジパング人はサーベルという戦いの道具すら一種の芸術品にまで高めてしまいます。このサーベルの切れ味の凄さは、畏れながら申し上げれば、ヨーロッパの騎士方のサーベルどころかアラビア人の半月刀以上、と申せましょう。人体を頭のてっぺんから爪先まで一刀両断にしてしまうほど威力のあるものでござりまする。そのような武器に、ご覧下さりませ、この鞘（さや）から鍔（つば）にいたる刀身すべてに細かい細工が施してござりましょう」

フェリペ二世はメスキータ師の両手からこのサーベルを受け取り、重いの、とマンシオに微笑みかけた。テルシオスという槍兵隊、歩兵隊、銃兵隊、スペイン陸軍三軍の総帥だけに格別の興をそそられた様子だった。

たしかにずっしりと重そうだ。傍に侍るモーラ侯はじめ侍従達、騎士達は皆、首を差し伸べて王の手元を覗き込んだ。

ロドリゴも近衛兵として人々の背後から首を差し伸ばさずにはいられなかった。今の説明によれば、人体を頭のてっぺんから爪先まで一刀両断にしてしまう、と言う。そんなサーベルがこの世にあるだろうか。

国王はまず黒光りする鞘をしげしげと点検した。ウルシという塗料が塗られておりまする、とメスキータ師が説明した。

国王は頷き、護拳(ごけん)がないの、と傍らのモーラ侯に言う。たしかにサーベルには必須の指や拳を守る半円形の金具がない。その代わり柄には丈夫な絹紐がきっちり巻いてあった。鍔(つば)には精巧な透かし彫りが施されている。王は鞘(さや)を払おうとしたが刀身はびくとも抜けなかった。

「抜いてみせよ」

とマンシオに直接命じたので、マンシオはメスキータ師の、次いでモーラ侯の顔色を窺った。宮中で、しかも国王の面前でサーベルの鞘を払うなど流石に遠慮したのだろう。モーラ侯が、私めが抜きましょう、と言いマンシオから抜き方を教えられると用心深く刀身を抜き出した。

おう、と国王が声を上げた。

赤々と灯された燭光の下、刀身全体がぬめぬめとヘビの体のように光っている。鍛え抜かれた鋼ならではの光沢だ。一目見た男達は、メスキータ師の言葉が誇張ではない、ということを即座に理解した。誠に恐ろしい武器だ。

「怖い！」

とイサベル王女がカタリナ王女の肩にしがみついた。

「ジパングでは鉄も産出し、それをかように鍛える技術も備えておると申すか」

カタナを切っ先から鍔元まで仔細に点検しながら国王はマンシオに訊ねた。御意、とマンシオは短く答える。

「かように左腰に二本も下げておるのは何故じゃ。重くて戦場では敏捷に動けまいに」

「最初のカタナが折れたり敵に奪われたりした場合の備えにござりまする」

メスキータ師の答える前に、

「これは何じゃ」

いつの間にかマンシオの背後に回ったフェリペ皇太子がマンシオのズボンの背についた奇妙な板に触って甲高い声を上げた。上着を脱いだので目についたのだ。

「腰板と申しまして一種のズボンの飾りでござります」

「硬いんだね」

皇太子は、その幅五センチ長さ二十センチほどの背板をこつこつと叩いて感心した。

ミゲルの足元を見たカタリナ王女が姉君のイサベル王女にそっと同意を求めた。耳ざとく国王もマンシオの足元に目をやった。マンシオは頷くとまだ何も言われないのに自分で履物を脱ぎ陛下に捧げた。

「これはサンダル？」

こんなにも奇妙な履物があるだろうか。たしかに靴というよりサンダルと言った方があたっている。甲を覆う物は何もなく、ただ靴裏から通した二本の紐で足を固定しているばかりだ。ロドリゴは故郷メキシコの原住民の履くサンダルを思い出した。ただし彼らは素足で履くのだが、このジパング少年達は指の部分が親指とその他の指とで二つに分かれた絹の靴下を履いていた。

「何もかも珍しいものばかりじゃな」

フェリペ二世は誰にともなくつぶやいた。このような奇妙な品々を身に付け、このような武器を産出するジパングとはどのような国であろうの。

「ジパング人はご覧のようにあらゆるものに美々しく装飾を施しまする。今回は長旅の上、渡航までの準備期間も短かく、折角かようにご賞玩いただく光栄をいただきながら、みすぼらしい品をしかもわずかしか持参することができませんでした」

メスキータ師の言葉を合図に少年達が進物を捧げ持って次々に献上した。言葉とは裏腹に献上品の見事さはその場の人々を魅了せずにはおかなかった。

手の込んだ細工を施し金銀箔やウルシで仕上げた木箱、陶器の酒器、竹製小籠、花鳥を染め出し更に金糸銀糸で刺繍を施した「フクサ」というナプキン…。それぞれが精緻を極め、ジパング人職人の技術の高さを示すものばかりだった。

「おお、これは!」

アベイロ夫人が声を上げた。聖書ほどの大きさの薄い箱で蓋を左右に開き立てかけると卓上用聖龕(せいがん)だった。正面には聖母マリアと幼子イエス。聖母は頭にまばゆい王冠を付け、褥(しとね)で眠る幼子を礼拝している。聖母の背後から両手を合わせて礼拝しているのは大工聖ヨセフと洗礼者聖ヨハネであろうか。全体にウルシと真珠貝でびっしりと装飾が施され、ただでさえ神々しい人物が更に神格を高めて見えた。

何世紀もこの聖なる人々を祀ってきた西欧のどの教会の聖画、聖像にも劣らぬ手の込んだ精緻な聖龕だった。

一同は思わず跪き、胸で十字を切った。

「これもジパング製か？」

跪いて礼拝した国王が我に返って尋ね、同じく跪いたメスキータ師は頷いた。

「わずか半世紀にも満たない以前、イエズス会のフランシスコ・ザビエル師がジパングで布教を始められた直後、ローマの本部に書き送られた報告書がございます。それには『ジパング人は今まで私が接した国民の中で最良の国民であり、キリスト教国以外でこれほど優れた国民が他にいるとは考えられない』とあるそうにございます。七年の布教生活を経、私めもこの先達のお言葉がまさに正鵠を射ている、と実感いたしました。そして『キリスト教国以外で』というザビエル師のお言葉も近い将来なくなるかもしれませぬ。と申しますのは、私めもジパング各地で布教をいたしまして、主のみ言葉が砂漠に浸み通る慈雨のように、人々の胸に染み渡るのが実際目に見えるからでござります。まこと、ジパングがキリスト教国になるのももはや時間の問題と申せましょう」

ヨーロッパ最大のカトリック守護国を任じる国王は何度も胸に十字を切りながら深く頷いた。

最後にメスキータ師が運び込ませたのはかなり大きな包みだった。

「先ほど陛下はジパングとはどのような国か、とご下問なされましたが、この絵をご覧いただければ、多少はご理解いただけましょう」

言いながら自ら幾重にも覆われた包みを開いた。覆いが解かれる度に一同が息を呑み、次いで感嘆の声を上げた。箱そのものや包装紙、包装布がそれぞれ見事な品々だったからだ。絹のような薄葉紙、錦織の布。それらは贈り物を単に道中の破損の危機から保護する、という役目からではなく、布、紙、箱自身が工芸品として独立した価値を誇っているようだった。それら貴重な工芸品を紐解いた最後に、いよいよ肝心な贈品が現れた。

幅三十センチ、長さ百五十センチほどの紙製の軽い板状のものだったが、少年達がそれを立てて横に広げるとたちまち幅百八十センチほどの大きな画面になった。箱の中で六つに折り畳まれていたのだ。畳んだタペストリーを展げるのと同じだった。しかもそれが二枚。一対になっているらしい。それぞれに黒いウルシ塗り金具の枠が付いている。

「これはビョンボと申しましてジパングでは部屋の間仕切りに使ったり、風除けに枕元に置いたりいたしまする。折り畳んで幅を調節できますので便利ですし、簡単に持ち運びもできます。たいていはかように美しい絵が描かれております る」

国王は一歩下がって絵全体を検分した。金色の雲があちこちに描かれその隙間から、あたかも天国から神が人間界、下界を見下ろしている、という奇妙な構図だった。そしてその下界の風景はもう一つの天国のようだった。

中央の雲の下、海か湖を背景に黒屋根の曲線を持つ巨大な宮殿風の建物がまず目をひいた。宮殿へ至る道には大勢の人々が歩いている。その人々の衣装は今ここに謁見を許されている少年達と同様だったが、婦人たちと思しき人々は長い髪を後ろに束ねたり頭からすっぽりマント風の上着を被ったりして長い裾をひきずっている。

「これはジパングの首都か」

国王の背後から覗き込んだモーラ侯が尋ねた。

「いいえ、これはジパングの一番強い領主、オダドノの城、新しい壮麗なアヅチ城でござります。私もその城下町、この辺りでござりましょうか、に設けられたセミナリオでバリニャーノ師と共に宣教の任にあたりましてござります。神のご加護により大勢のジパング人が信者となりました…。どうぞ、こちらもご覧下さいまし」

もう一枚の方は港の風景らしい。やはり金色の雲の隙間から紺碧の海が覗き、帆を巻き上げたガレオン船と、船から上陸し港町を行進するヨーロッパ人の宣教師や船乗りの一団、それを出迎えるジパング人の姿が精巧に描かれている。

「おお、これは我がガレオン船団らしいの」

再び国王が声を上げた。

「左様にござります。ジパングの港にはスペインの船が多数到着し、多くの宣教師が上陸。ジパング各地で教皇グレゴリオ十三世猊下(げいか)と守護者たる陛下の御名の下、天なる主の御教えを広めております る。この私めも、かようにして七年前ナンガサキの港に着しましてござります。…ご覧くださりませ。右手のこの楼は教会として使うております建物にござります」

メスキータ師は、初めてジパングの地を踏んだ感激の日を思い出したかのようにやや上ずった声音で言った。それを聞いた人々はあたかも自分達自身がナンガサキの港に上陸したかのような錯覚に襲われた。

「この絵もむろんジパング人画家が描いたものでありましょうの」

人々の肩越しから遠慮がちに別の声が言った。

ドメニコス・テオトコポウロス。クレタ島生まれのギリシャ人画家で八年前にスペインに移住してきた。あまりにもその名が発音しづらいのでみんなから単に「エル・グレコ（ギリシャ人）」と呼ばれている。

四年前に描いた「胸に手を当てる騎士像」でフェリペ二世に認められ、宮中出入りを許された。が、竣工なったばかりのエル・エスコリアル修道院の壁に描いた「聖マウリシオの殉教」が、陛下のお気に召さない、という評判だった。いや、宮廷付き画家のアロンソ・サンチェスに妬まれ、讒訴（ざんそ）されたせいだ、とも言われている。

「ヨーロッパの油絵や壁画とは構図も技法も絵の具も何もかも違っている」

エル・グレコは仔細に絵を点検し、独り言を洩らした。

「これがジパングか…」

ロドリゴはそのエル・グレコに並んで首を伸ばし、絵を覗きこんだ。

メキシコに生まれ十二歳でスペインに渡り、両文化の差異をヨーロッパしか知らぬ人々よりはわかっているつもりだった。しかし今、この絵に描かれた風景、人々の暮らしの一端はメキシコともスペインともまるで違っていた。見つめているとその風景に吸い込まれるような気がした。なんという風景だろう。エル・グレコのように構図だの技法だのはわからない。ただ二枚の絵から垣間見えるジパングという国の有様に、その人々の生活の一端に息を呑まずにいられなかった。

金色の雲の下、壮麗な城、鮮やかな群青色の海、港町での様々な商品を商う商店や工房とそこで働く商人達、職人達、その商店街を闊歩する人々の色とりどりの衣装や姿態がまるで自分を誘っているような気がした。

「行ってみたい…。行ってこのような奇妙な人々と直に交わってみたい」

不意に強い感情がわき上がり、ロドリゴはその絵の前に立ち尽くした。自分の任務をしばし忘れた。

ジパング、黄金の国。

十四世紀にイタリア人マルコ・ポーロによって西欧世界にもたらされた黄金国ジパングの存在。思い巡らせば自分の父祖は、このジパングの黄金を夢見てスペインを出航し、新大陸に辿りついた。ジパングはこの地、と思い込んで新大陸を開拓したのだ。

自分にもその開拓者の血が流れている。

しかも自分は若い。天なる神が将来どのような運命を自分に用意してくれるかわからぬが、願わくば生あるうちにこのジパングの地を踏み、これらの人々の生活を実見したいものだ。いつの日か、このジパング人達の辿った航路を逆に辿りジパングへ行く。そのような日は果して来るだろうか。

…きっとその日は来る。

必ず来させてみせる。このような少年達でさえ海を渡ってやってこられたではないか。自分にできないはずはない。

ロドリゴは、その日の到来を、座して待つのではなく、必ず自分の手で掴み取ってやる、という強固な意志が身内にわき上がるのをひしひしと感じた。

周囲の笑い声に我に返ると、エル・グレコと自分以外の人々はすでにビョンボの前を離れていた。人々は、ジパングからの親書を原文のまま読み上げるロヨラ修道士の奇妙な抑揚に腹を抱えて笑っているのだった。

第二章　無敵艦隊

一

一五八五年一月七日、二十歳のロドリゴ・デ・ビベロ・イ・アベルーシアはスペインの地中海沿岸アリカンテ港でローマへ向かうジパング少年達を見送った。前年十一月のフェリペ王子の立太子式以後二カ月に及ぶ彼らのスペイン滞在中の警護の任を無事務めあげたのだ。

マドリードに戻ると、元通りサンタ・クルス伯率いる海軍へ帰任した。今後も故郷メキシコとスペインとの往還は必至、海軍こそわが進路と思い定めたからだ。

それに加え、伯個人の従者という地位も獲得した。

それには誰にも明かせぬ密かな動機があった。伯の娘、アニータ姫にいつしか心を寄せる自分がいたからだ。

アニータ姫。アニータ・デ・バサン・イ・スニガ。サンタ・クルス伯とその最初の妻フワナ夫人の二番目の娘。

フワナ夫人がアニータを生んだ産褥で亡くなり、祖母である伯の母アナ夫人に育てられたというので、伯爵は不憫でならなかったのだろう、軍務の合間に帰宅しては姫を傍らに呼んでひととき の団欒を楽しみにしていた。

伯爵家は代々スペイン艦隊提督の家系で、マドリードとカディスの中間にあるシウダー・レアルの居城にはそこかしこに船の彫刻や海景の壁画があり、なかでも大広間壁面の荒海と戦うガレアス船の雄姿は見事だった。

そのフレスコ画を背に肘掛け椅子に座ったサンタ・クルス伯は、膝にもたれた娘の金髪を撫でる。

「そちが男だったらのう、アニータ、こたび新造したわしの船に乗せてやろうものを」

「お父上様。おなごはどうして船に乗ってはいけませぬ？　私も乗ってみたい」

伯は傍らに侍るロドリゴを指さしアニータを慰める。

「そちはメキシコに参ったらよい。おなごでも軍艦でのうて普通の船なら乗れる。ロドリゴの母者も幼い頃スペインからメキシコへ渡られた由。かの地には珍奇なものが仰山あるそうじゃ。わしも一度は行かねばと思うておる。…そうじゃ、その時はそちと共に参ろう」

アニータ姫はスミレ色の瞳を輝かせた。頬が紅潮している。

「お父上様とメキシコへ？　お約束いたしましたよ」

ロドリゴは十二歳で小姓としてスペイン宮廷に仕えて以来、出身地メキシコについては文化的に劣る片田舎という劣等感をいかにしても拭うことができなかった。宮廷の空気も植民地出身の人間を軽んじる傾向があった。

その空気の中で、ロドリゴは懸命にスペイン本国の人間になろう、メキシコなまりを忘れようと努力してきた。

しかし今伯爵父娘の会話から、そうだ、この二人にいつの日かメキシコを見せてやろう、と、にわかに愛郷心がわき上がって来るのをおぼえる。

メキシコの荒々しいが雄大な天地、広大な我が荘園、テカマチャルコ。放牧地の何万頭もの牛馬や羊、軒を連ねる製糖所、トウモロコシ畑やサトウキビ畑で終日働く八千人もの奴隷達、年中咲き乱れるブーゲンビリア。春の訪れを告げるジャカランダの藤色の花。熟したマンゴーやバナナ、トマト、トウモロコシ…。思い出すと久しく忘れていたそれらなつかしい故郷の味が喉元によみがえり、唾が口中に湧き上がる。その味を必ずこの姫に味わわせてやろう。姫なら、この活発な姫ならわかってくれる、メキシコの大地を、風を。

そうだ、伯爵はともかくアニータ姫には是非とも故郷を案内したい。そして、姫には…姫だけはそのまま残ってもらいたい。我が母メルチョーラがそうしたように。

幼かった母は祖父マルティン・デ・アベルーシアと祖母レオノール・デ・ペジセールに伴われメキシコに渡り、そのままメキシコ人となったのだ。

「お約束いたしまする。必ずやお二人を我が故郷メキシコへお供つかまつりまする」

ロドリゴは胸を叩いて言った。

しかしメキシコは遠い。姫を案内するどころか、まだまだ自分一人でさえ帰る時期ではない。

それでもいつか必ずその日は来よう。


ロドリゴが帰隊した一五八五年春、アニータ姫は十五歳になり、首都の王宮に近い伯爵邸で盛大な誕生パーティが催された。スペインでは一般に女の子は十五歳になると一人前の女性とみなされ、なかには早くも婚約・結婚する娘もいた。姫もその日からマドリードの貴族界にデビューするのだ。近々陛下の謁見も賜わる予定だった。

客間に父と並んで立ち、大勢の客人の祝意や抱擁を受ける姫は金髪を高く結い上げ、レース襟のついたサテンの白いドレス。花嫁とも紛うまばゆい美しさだった。

庭に設えたテーブルには、ぶどう酒や山海の珍味が山と盛られ、音楽隊がワルツを奏でる。早くも若い貴族や騎士の一団がバラにたかる花アブのように姫の周りを取り囲んでいる。ロドリゴはその一団を見やりながら、暖炉の近くで従者仲間と盃を手に狐狩りの話に興じていた。興じているふりをしていた。が、目は知らず知らずアニータ姫の挙止を追っている。

やがて姫は晴れやかな笑みを浮かべ一団を率いたまま近づいてきた。

「ロドリゴ、私をメキシコへ連れて行くと申したあの約束は覚えておろうの?」

小首を傾げていきなりロドリゴに言った。

「今新大陸の話が出たので、私も父上のお供でメキシコに参ります、と皆様に申し上げたところじゃ」

「忘れたことはございませぬ。ただ姫のお供を仕える前にイギリス野郎をやっつけないと」

ロドリゴは胸に手をあて跪いて言った。自分達は旧知の間柄だ、今日初めて姫を見初めた殿方とは違う、と動作で取り巻き連中を牽制する。

「私は海の向こうの知らない国や土地を見たいのです。ロドリゴ、まずそちの国メキシコへ行く。それからインディアス諸島、ペルー、そしてその先の国々へ」

姫は新大陸の地図を諳（そらん）じているように指を折った。さすがに海軍総督の姫だった。

「そうじゃ、ジパングへも行こう。…ところであのジパング人たち、ホラ、先々月までそちが警護した、あの東洋の貴公子たちはどうしたであろうの？」

「今頃はローマで法皇猊下に謁見されている頃でございましょう」

「私も見たかった。とても珍しい一行だったそうじゃの」

姫の言葉にロドリゴは、あの日以降の彼らとの同行の日々をまるで昨日のことのようにまざまざと思い出した。あの昨年十一月十四日午後の宮廷の一連の出来事が皮切りだった。

ジパングの少年達の見事な挙止に加え、精緻極まりない献上品の数々。なかでもロドリゴに衝撃を与えたビョンボ（屏風）に描かれた風景画。呪文のようなジパング語の口上。その折の幼いフェリペ皇太子殿下の「ソウロー、ソウロー」という口真似までいまだに耳に残っている。

謁見後も陛下は彼らをお帰しにならず、茶菓でもてなされ、お身内だけの晩祷にも誘われた。あの時の少年達の朗々としたラテン語での主の祈りの見事さ。

少年達の評判が高まるにつれ、翌日からの日程はまさに殺人的だった。

宿舎にいれば、前代未聞の陛下の行幸をはじめ、大貴族、外国大・公使、大司教など一刻も気の抜けない賓客を迎えねばならない。

一方、マドリード市内外の表敬訪問も数知れずだった。

一行と行を共にするうち、ロドリゴは次第に少年達がやつれ、足を引きずりだしているのに気がついた。

無理もない。彼らは二年前の一五八二年二月ジパングを出立以来、成人男性でさえ命がけというアジアからの旅を続け、ポルトガルのリスボンに到着したのは八四年の八月末、それ以来イベリア半島横断の長道中を馬車で揺られ続けてきたのだ。

しかもトレードで重い天然痘に罹り、回復しないうちにマドリードに移動、連日の公式行事と接待攻めだ。

なかでもミゲルは憔悴しきった顔つきをし、顔色も土気色を呈している。四人とも同じ十五歳とは聞いたが頑強な体付きのマンシオやフリオ、マルティーノなどに比べ、ミゲルはいかにもか弱そうな、見たところ十二歳とも十三歳とも思える小柄な少年だ。

マドリードから五十キロ離れた山中のエル・エスコリアル修道院に宿泊した翌朝、少年達は朝食を断ってきた。前夜の夕食が遅かったのでまだ食欲がわかない、という。

さすがに彼らの疲労に気付いた引率のメスキータ師が、無理にでも食べなさいと厳命すると、ようやく食堂に姿を現した。が、恐らく脂っこい食べ物のにおいを嗅いだ途端だろう、ミゲルが嘔吐の発作を起こした。

ロドリゴは、体を二つに折り曲げて何度も嘔吐の発作を繰り返すミゲルを担いで、あてがわれた部屋に案内した。

ベッドに寝かせ窮屈な襟飾りをはずす。このヨーロッパ式の堅くて首筋全体を締め付ける襟飾りだけでも、あのゆったりしたジパング服を着て育った少年達には苦痛以外の何物でもなかろう。

ミゲルは涙を一杯浮かべた瞳でロドリゴを見た。乾ききった唇がわずかに動き、覚えたてのスペイン語で、「グラッシャス（かたじけない）」とつぶやいている。

「カタジケナイ」

ロドリゴもジパング語で言った。この数日間少年達と接して覚えたわずかなジパングの言葉だ。

ミゲルが驚いた目をしてロドリゴを見た。ロドリゴは頷いてみせた。

自分にも覚えがある。十二歳でメキシコからスペインに渡り、宮中に出仕、それを見届けて父がメキシコへ帰ってしまった後だ。心細さと慣れぬ宮仕えとで高熱を発した。それまで健康そのものだっただけに、その時の心細さは今思い出しても胸が締め付けられる。

テカマチャルコの館のポーチに佇み、いつまでも手を振っていた母メルチョーラの姿が夢枕から消えなかった。

言葉も生活習慣も故郷メキシコと大差ないスペイン本国の生活ですらそうだったのだ。それが言葉や生活様式がまるで違う異郷の旅路で病に倒れたら、その心細さ、苦しさはいかばかりか。母恋しの念も一入だろう。

ロドリゴの心に少年達への同情の念と親愛の念が芽生えてきていた。が、それをどのように伝えればよいのか。

せめて自分が「カタジケナイ」以外にもっとジパング語を解していたら、わずかながら力になれただろうに。

もっと身を入れてラテン語を学んでおけば、ラテン語を学んできたこの少年達ともっと意志の疎通が図れ、彼らの苦しみを多少なりとも和らげ、その故国についてもっと知ることができただろうに。

ミゲルの瞼に手を翳して窓からの光をさえぎってやりながら、ロドリゴは国王の私室で見たジパングのビォンボの風景画を再び思い起こした。雲の隙間から見下ろす紺碧の海、奇妙に反り返った城郭の黒屋根、優雅な衣装を身に付けた人々。町のにぎわい。

ミゲルは涙を浮かべながらも寝息を立て始めた…。

その後の一カ月半の警護の旅路。ロドリゴの心配りは一層細やかになり、アリカンテ港での一行との別れは肉親との別れのように辛かった。

「今頃はバチカンで教皇グレゴリオ十三世猊下から謁を賜っていることでしょう」

ロドリゴは跪いたままアニータ姫に言った。

「余が聞き及んだ限りではイタリア到着後も各地で大歓迎。予定外の日程になり、ローマでは教皇猊下がしびれをきらしてお待ちかねだったと言うことじゃ」

取り巻きの一人が口をはさんだ。フランシスコ・デ・スニガ・イ・メンドサ。通称ドン・パコ。名門スニガ家の一員でアニータの亡母の縁筋にあたる青年だ。

「教皇猊下もご高齢。お体も弱られ、お気も短くなっておられる」

以前、教皇庁に勤務したことのある若者が相槌を打った。

「一行がローマに到着した時は大騒ぎだったそうだ」

ロドリゴがアリカンテで一行に別れて二カ月後の三月二十二日だった。スペイン滞在中は目隠しをした輿馬車で人目につかぬよう旅していたのに、ローマでは教皇庁の枢機卿や司教達、スイス人近衛兵隊、軽騎兵隊、各国大使など美々しい行列に囲まれ、しかも黄金の鞍を置いた馬にまたがって登庁したという。

「まるで東方三博士の再来じゃな」

一人が言い、いかにも、と一同はうなずいた。キリスト生誕の折、東方より三人の天文学者が宝物を満載した馬にまたがり遠路エルサレムまで幼子を礼拝しに来た、という故事だ。

「我が国で国王陛下にあのようにもてなされたのが評判になり、負けてはならじ、とて法王庁挙げての歓迎式だったというぞ。謁見もあの『帝王の間』で行われたとか」

それは、それは、と一同は法皇の歓迎ぶりをその数ある謁見の間の段階によって推測した。「帝王の間」は各国元首が法皇猊下から謁見を賜る時の最高級の部屋ではないか。しかも少年達が献上したビョンボはバチカンの最高陳列室「地理画廊」に飾らせたという。

それを聞きながら、いつの日か彼らの辿った航路を逆に辿りジパングへ行く、その日の到来を必ず招き寄せてみせる、自分はこの手でその日を掴み取ってやる、という誓いが新たにロドリゴの胸に蘇って来た。

だが、その時、このアニータ姫との、姫をメキシコに案内するという約束はどうする?

ロドリゴは目の前にあでやかに微笑むアニータ姫の姿に一瞬この誓いが揺らぐ気がしたが、即座に頭を振った。

姫は姫のこと、ジパング行きはジパング行き。

いずれにせよ両方共が目下は夢のような話だ。

その時、慌しくサンタ・クルス家の執事がこちらに向かって来るのが見えた。忍び足で伯に近寄るとそっと耳打ちする。先ほど上機嫌で来賓に娘を紹介し、良き伴侶をと願う挨拶をしたばかりだった伯がただならぬ顔つきになった。何事ならんと一同は息を詰めて伯を見つめた。

伯は一同に向かい呻くような声を振り絞った。

「教皇猊下が薨去(こうきょ)されたそうじゃ…」

ジパング少年達が法皇に初拝謁した半月後、ビョンボを献呈したわずか一週間後の四月十日、法皇グレゴリオ十三世が突然世を去った、という。

サンタ・クルス伯と来客の貴族達は急ぎ王宮へ参内する準備を始めた。ロドリゴもアニータ姫とそれ以上親しく言葉を交わす間もなく伯に従って参内した。

ローマカトリック最大の擁護者であるスペイン宮廷が法王の急死後どのように対処するか、国王および聖職者達の会議が直ちに開催されるのは焦眉の急だったからだ。

八十四歳という高齢とはいえ法王がそれまで健康そのものだったため、その急死に不審の念を抱く者もあったが、東方からの少年使節達の到来、というカトリック世界にとって近頃稀な大慶事が高齢の法皇の心臓に強い衝撃を与えたのかもしれぬ。

このグレゴリオ十三世は新たな暦の制定でその名が後世に残っている。それまでのユリウス暦では春分の日を基点とする復活祭の日付と実際の太陽の運行が十日ほどずれてしまう。それを修正すべく一五八二年二月二十四日、法皇は自分の名を冠した暦を制定、これが現在の太陽暦となった。(奇しくもこの四日前、同年同月二十日、四人のジパング少年達が長崎を出帆している。)

カトリックに対抗するプロテスタント諸国は当初この暦の採用に抵抗したが、実際の自然現象と比較し、その優秀性が判明するにつれて次第に採用するに至った。

ちなみに日本では、それまでの太陰暦の明治五年十二月二日の翌日をこのグレゴリオ暦明治六年一月一日（西暦一八七三年）として採用、世界の暦と足並みをそろえた。

ともあれ同法王の死は直ちに枢機卿互選による次の法王選出の「コンクラーベ」開催につながり、その結果で大保護国スペインのカトリック世界に於ける影響力は大きくも小さくもなる。スペイン王家が後継法皇の選出に尋常ならざる関心を抱くのも当然であった。

四月二十五日、モンタルト枢機卿が新教皇シクストゥス五世として選出された。


ロドリゴは、そのような一連の慌しい動きにまきこまれながらも、アニータ姫への恋心を次第に募らせていった。

とは言え、大きな障害が二人の間には横たわっていた。

身分違い。

サンタ・クルス伯爵家はスペイン王家を取り巻く貴族の中でもアルバ公爵家、メディナ＝シドニア公爵家などと並ぶ名門。しかも現当主のアルバロ・デ・バサン・イ・グスマン伯はオスマントルコとのレパント沖海戦（一五七一年）の勇者。王が絶大な信頼を寄せる大貴族だ。

この当時、貴族間の結婚は王族間の結婚同様、多分に政略結婚の様相を帯びていた。アルバ公爵家の長男ファドリケが王夫妻の命で王妃の侍女マグダレーナ・デ・グスマンと婚約していながらその命に背き、密かにマリーア・デ・トレードと結婚した、というカドで逮捕投獄され、それもあってアルバ公爵父子は一時ウセーダに追放された、という例がある。

伯爵家の姫アニータに対して、ロドリゴのスペインに於ける身分は比ぶべきもなかった。新大陸の副王を歴任するベラスコ一族の端に連なり、メキシコでは最上流階級に属するとはいえ、彼自身はいまだ爵位を持たぬ一介のイダルゴ（騎士、日本で言う侍）にすぎない。

しかも恋敵がいた。ドン・パコことフランシスコ・デ・スニガ・イ・メンドサ。姫の継母のマリーア夫人など、早くも彼をアニータの婚約者と目している。

「お母上様、私にはまだ結婚など考えられませぬ。お父上様のお供でメキシコへ参るつもりです。ロドリゴが案内（あない）すると申しておりまするし…」

アニータ姫は遠慮がちに言う。が、夫人はロドリゴの存在など眼中になかった。たかが植民地生まれの若者、名門サンタ・クルス家の姫の婿になど考えられない。

会うたびに美しさを増すアニータ姫。その傍でいかにも恋人然と振舞うドン・パコ。その二人を遠目に見ながらロドリゴは自分の恋慕の情を抑えるのに懸命だった。

アニータ姫が遠くの存在に思えれば思えるほど、ロドリゴの心は燃え上がる。我ながら空の月を欲しがる子供の願いにも似ている、と思う。所詮はかなわぬ望み、あきらめよう、と自分に言い聞かせる。なるべくサンタ・クルス伯邸には近づくまい、と思う。

そうは誓ってもロドリゴを目ざとく見つけ、屈託なく駆け寄ってきては、ロドリゴ、メキシコの話を聞かせよ、と声をかける姫のスミレ色の瞳を見ては再び胸をとどろかす。彼女を得るにはどうすればいいのか。

爵位だ。彼女に求婚するに足る爵位がいる。爵位を得るには、…そうだ、手柄を立てることだ。母メルチョーラの最初の夫、アロンソ・バリエンテの従兄弟エルナン・コルテスはメキシコ征服の功により伯爵という爵位を得た。が、アロンソ自身はその配下ということで生涯「イダルゴ」の身分だった。ロドリゴの父もそうだ。大伯父でメキシコ第二代副王のルイス・デ・ベラスコ・イ・ルイス侯は公爵だったが父に爵位はない。このままでは姫はむざむざパコの妻になってしまう。

ロドリゴは頭を抱える。なんとかして手柄を立てねば。

二

アニータ姫の成人式の折、ロドリゴの言った「イギリス野郎をやっつける」は絵空事ではなかった。

イギリスとの対立は、フェリペ二世がチューダー王朝のメアリー一世との結婚によって一時解消したかに見えたが、メアリーの死後、跡を継いだ異母妹エリザベス一世の治世の間に険悪の度を深めていた。

メアリーがスペインはカトリック両王の血を引く熱烈なカトリック信奉者であったのに比して、エリザベスはイギリス国教会を創立した父王ヘンリー八世の信仰を継ぐプロテスタント、しかも母はアン・ブーリン。メアリーの母でフェリペ二世の大叔母にあたるキャサリンを正当な王妃の座から引き摺り下ろした女性だ。

フェリペは、このいわば僭主であるエリザベスをイギリス女王の座から追い落とし、ヘンリー八世の父方で正当な王位継承者であるスコットランド女王、メアリー・スチュアートをイギリス女王位に就けようと画策した。

が、それを阻止するためにエリザベスはメアリーを幽閉・処刑。一五八七年のことで、ここにスペインはイギリス王家への干渉権を失った。

しかしスペインは、それで引き下がるわけにはいかなかった。世界中の海陸で両国は激しい競合を繰り返した。

一五六八年、スペイン領ネーデルランド（現在の南部オランダ、ベルギー）で大規模な反乱が起き、鎮圧のため莫大な軍資金を積んだスペイン輸送船団がイギリス沿海を航行すると、イギリスはこの船団と軍資金を差し押さえてしまった。

それればかりではない。イギリスの私掠（しりゃく）船団が新大陸と自国間の物資輸送を担うスペイン船団を海上のみならず各地のスペイン領港湾まで押し入って掠奪、暴行の限りを尽くしていた。

その私掠船団の頭目が世に名高いプリマス出身のフランシス・ドレーク。彼は一五八一年、イギリス人待望の世界一周を成し遂げ、その間スペイン・ポルトガル領の港湾を侵略した。その略奪で得た莫大な戦利品（百五十万ペソに相当する物品、黄金で満杯にした箱五個、銀二十トン、その他大量の宝石類やコイン）を女王に献上。密かに彼らに出費していた女王は四千七百パーセントの配当を受け、財政赤字をすっかり解消してしまったし、その功でドレークはサー（騎士(ナイト)）の称号を得た。

ロドリゴの出身地メキシコもこのイギリス船団の出没に悩まされた。ドレークは当時スペイン、ポルトガルだけが独占していたアフリカから新大陸への黒人奴隷の売買に手を出し、またタスコやグワナフワト産出の莫大な銀を輸送するスペイン艦隊を何度も襲撃したからだ。
ただ、スペインもやられっ放しというわけではなかった。

一五六八年、ドレークに率いられた五隻のイギリス船団が嵐を避けるためカリブ海に面したメキシコの玄関口ベラクルス港内サン・フワン・デ・ウルーア要塞に入港、スペイン守備隊に散々の攻撃を受けた。三隻が撃沈され、生存者わずか十五名という痛手で命からがらプリマス港へ逃げ帰った。これが「サン・フワン・デ・ウルーアを忘れるな」という合言葉になり、イギリス人のスペイン人に対する敵愾心に火がついた。

今やスペイン・イギリスの険悪な関係は一触即発の様相を帯びてきた。

特にスペインでは「世界に君臨する覇者としての面目をかけて、イギリス本国を討たねばならぬ」の世論が沸騰した。それを受けて海軍総督サンタ・クルス伯は「無敵艦隊」（これは後世の名称で、当時はフェリペ二世により『最高の祝福を受けた大いなる艦隊』と名付けられた）の編成にピッチを上げた。

伯へのフェリペ二世の信任は厚く、「イギリスとの会戦は必定、その海戦、および海上輸送指揮には汝しかおらぬ」ということで、新たに構成される艦隊の建造計画の総指揮を任せられていたのだ。

侯も勇躍してその責務を受任、一五八六年にはその艦隊の総計画を発表した。それによると船舶数七百九十六隻、予算総額十五億三千万マラベディー。キリスト教世界とイスラム世界の一大衝突と言われたレパント沖海戦総支出の七倍という。あまりの巨額さにフェリペ二世も流石に二の足を踏み、規模を縮小するよう命じたほどだった。

その縮小案にサンタ・クルス侯は大いに不満だった。

王は宥めた。

「今回はイギリス本土攻略が目的じゃ。甥のアレハンドロに陸兵三万の総司令を命じた。汝の艦隊はその陸上部隊をイギリス本土へ輸送、護衛するのが主たる任務じゃ」

パルマ侯アレハンドロ・デ・ファルネシオ・イ・ハプスブルグはフェリペ二世の甥で四十三歳。並々ならぬ戦略的才能の持ち主でネーデルランド反乱軍の鎮圧に大功を立てた。

「現在アントワープに駐屯しておるアレハンドロを陸路移動させ、汝の艦隊とはダンケルクあたりで合流させよう。無論きゃつら『海乞食』どもはその輸送路を断たんとするであろう。それを阻止するのも汝の任務じゃ」

「海乞食」とは支配国スペインがネーデルランドの反乱海軍を呼んだ言葉で、ちなみにイギリスのエリザベス女王は自分の配下の海軍＝海賊を「海の猟犬（シードッグ）」と呼んだ。

パルマ侯となら、とサンタ・クルス伯は王の命令をしぶしぶ承諾した。

その動きを察知したドレークは一五八七年春、二十三隻の船団を率いスペインの艦隊基地カディスを奇襲、停泊していたガレー船（人力で漕ぐ船）三十三隻を撃沈した。

この奇襲でスペインが蒙った痛手はガレー船の撃沈だけではなかった。大量の船舶用乾燥樽材が炎上、スペインはその代替として急遽新しい生木材で樽を製造せざるを得なくなったが、これが後の遠征中の食料腐敗を招き、乗組員の苦しみを倍加する原因となった。

またこの事件は、遠い海上や新大陸での掠奪戦ではなく、フェリペ二世のお膝元、スペイン本国での敗北のため、世に「スペイン王の髭焦がし事件」と呼ばれた。

この攻撃で艦隊の出撃は予定より一年遅れ一五八八年一月、ようやくリスボン港を解纜（かいらん）、ということになった。当時ポルトガルはスペインに併合されていたからだ。

ところが痛手は更に続いた。出陣を目前にした二月十五日、サンタ・クルス伯がリスボンで亡くなったのだ。六十二歳。腸チフスだった。

出撃前夜の突然の総司令官の死。出撃はまたも延期され、王は急遽その任をメディナ＝シドニア侯アロンソ・ペレス・デ・グスマン公爵に託した。

ところがこのメディナ＝シドニア侯、三十八歳の働き盛りというのに、「自分は海の男にあらず、ましてや戦の男ですら」と王に解任を嘆願したものである。が、王は、

「我が艦隊の指揮は余自らの身代わりとしてそちのような高位の者でなくては務まらぬ。そちしかおらぬ」
と厳命、侯もやむなくその命を奉じたのだった。

こうしてスペイン大艦隊は一五八八年五月二十八日、粛々とリスボン港を出航した。総司令官メディナ＝シドニア侯アロンソ・ペレス・デ・グスマン公爵、参謀本部長ディエゴ・フローレス・デ・バルデス侯、副司令官フワン・マルティネス・デ・レカルデ侯。兵員数三万、二十隻のガレオン船（帆船）、四隻のガレー船、四隻のガレアス船（帆漕併用船）など大型軍艦二十八隻、キャラック船およびハルク船など中小軍艦約七十隻、さらに随伴船三十四隻が従った。カノン砲など重砲二千四百三十一門。

これらおびただしい船舶がテージョ河口に面したリスボン港内外にひしめいて川面が見えないほどだ。無数の帆柱で対岸のセトゥバル半島も視界を遮られている。

二十四歳のロドリゴも、メディナ＝シドニア公爵率いる旗艦船サン・マルティーニョ号に勇躍乗り込んだ。主が代わってもそのまま総司令官に仕えたのだ。

アニータ姫の成人式から三年。筋骨はあの頃よりさらに逞しくなり、陽光と海風にあぶられた褐色の肌はどこから見ても凛々しい海軍士官だった。

サン・マルティーニョ号は一千トン、四本マスト、全長四十メートル、幅員九メートルのガレオン船。砲四十八門を備え乗組員百六十一名、陸海兵士三百八名。その他従軍司祭、船底近くのコックピットには船医と看護兵、調理室には料理長以下司厨員数名。

三層からなる甲板、船首と船尾にはそれぞれ高々と楼を構える。船首楼には掌帆長や砲手、水兵など、また船尾楼には艦隊総司令官メディナ＝シドニア侯、航海長（船長）、それに陸軍司令官および海陸両軍のロドリゴなど高級士官が乗り組む。

二層の砲甲板にはカノン砲や全カルバリン砲など重量の重い砲が装備してある。この時代まだ砲弾そのものに火薬が充填されていないので、これらはもっぱら敵艦や敵城に大穴を開けたりマストをへし折ったりの役割であった。両砲とも飛距離の短い短射砲なので充分敵艦に接近してから発射する必要がある。

後年大型の望遠鏡が配備されたがこの時代はまだない。その代わりマストや船首には敵艦の発見や狙撃のため常に水兵が五人ほど配置されていた。

ロドリゴの居室は船尾楼のメディナ＝シドニア侯の居室の向かいにあった。狭いが快適に作られた部屋で窓からは波止場が一望できる。

見下ろすと波止場はごったがえしていた。輜重車（しちょうしゃ）がわだちをきしらせ、接岸している各船に物資を運び込んでいる。小旗を掲げた伝令が馬を飛ばして接岸している船々を駆け巡っている。物売りが伝令の馬に危うく蹴飛ばされながら艀（はしけ）に駆け寄っては早口で商品を捌いている。

見送りの女達が甲高い叫び声を上げて岸壁を離れ行く船にハンカチを振っている。その女達の一団に目をこらしながらロドリゴはつぶやいた。

「アニータ姫…お待ち下さい。きっと手柄を立ててお迎えに参りまする」

三

五月二十八日にリスボンを出航したスペイン「至福の艦隊」が連日の荒天でイベリア半島の西北端に近いサンティアゴ・デ・コンポステーラ沖に到達したのは三週間後だった。ここには軍神サンティアゴ（聖ヤコブ）を祀る大寺院がある。日本の武士が「南無八幡大菩薩！」と唱えて敵陣に突撃したように、スペイン人は数世紀にわたる国土回復戦争でイスラム教徒と戦った折、「サンティアーゴ！」と叫んで敵陣に突撃した、と言う。

「七月二十五日のサンティアゴ祭までにはマドリードに凱旋させたまえ」

メディナ＝シドニア侯はじめ諸将は早期の凱旋を祈願した。ところが軍神は信徒を早々に凱旋させるつもりはなかったらしい。ビスカヤ湾を経てフランスのブルターニュ半島をぐるりと周航、大西洋に出ると荒波は更に激しさを加え、落伍したり、損傷する船が続出し始めた。出陣が遅れたため夏の暴風雨期に差しかかっていたのだ。

総司令官メディナ＝シドニア侯はあせった。パルマ侯率いる三万の陸上軍がすでに合流予定地カレーで待機しているかもしれない。もはや大海原では味方陸軍との連絡は不可能なのだ。

七月三十日、スペイン艦隊は風雨の幕越しにイングランド本島の姿を認めた。それは激しく上下を繰り返す波の彼方、灰色の空と水平線の間にへばりつくかさぶたのように見えた。

総司令官室に各船隊長が集まり作戦会議が開かれた。

「この機に乗じてプリマス港を襲撃、イギリス艦隊を殲滅の上、その後方の補給路まで断つべき絶好の機会でありましょう。なんとなれば、イギリス艦隊は東南から吹き付ける強い風と上げ潮にプリマス港に集結したまま身動きできぬとの報であります。それに比して我が艦隊は風上に位置し、しかも潮流はこちらからプリマス港へ流れ込んでおりまする。夜陰に乗じて攻撃すれば敵はひとたまりもありませぬ」

参謀本部長ディエゴ・フローレス・デ・バルデス侯が進言した。彼はブラジル・アルゼンチンを探険した根っからの海の男で、メディナ＝シドニア侯が艦隊総司令官への王命を固辞した際、この侯を参謀とするから、という条件でフェリペ二世は無理やり受諾させたのであった。

しかし、折角の参謀長の進言をメディナ＝シドニア侯は退けた。出航以来の荒天で「海の男」ならぬ侯は激しい船酔いと嘔吐の発作で苦しみ続けていた。それを押し殺して侯は言葉を励ました。

「ならぬ。左様に卑怯な、敵の弱みに付け込んだ夜襲は我が君の名声を、我が艦隊の名誉を、我が偉大なるスペイン帝国の歴史をも汚すことになる。余がこの大命を拝した折、陛下は『我が偉大なる至福の艦隊』は常に正々堂々、大海原での決戦に臨むべし、間違うても敵の弱みに付け込んではならぬ、と厳命された。港に避難中のたかが海賊共の寄せ集め船隊に攻め込んだ、とあっては後々の世までの笑い草となり果ててしまうであろう」

「お言葉ですが、閣下、そのようなことを申されては戦はできませぬ。この風向、この潮流、どれを取りましても、天が我らに味方してくれている、としか思えませぬ。今こそ攻撃には絶好の機会と存じまする…」

言いかけたドン・ディエゴをメディナ＝シドニア侯は血走った目でにらみつけた。サーベルの柄頭に手をかけている。日頃は温厚で部下の言をよく用いる、と評される侯だが、不慣れな海戦を前に悪天候、船酔い、それに王への面目がその判断を狂わせたものらしい。

「余に背くは我が君の命に背くというに他ならぬ。それに四十隻もの船がこの嵐でビスカヤ湾にて行方知れず、というではないか。彼らの艦隊復帰を待たねばならぬ」

「戦闘には何より機というものが勝敗を決しまする。一分隊の行方不明など我が艦隊の数から申せば物の数ではありませぬ。いずれ復帰するものと…」

言いつのりかけたドン・ディエゴにメディナ＝シドニア侯は腹案を披露した。

「まずプリマス沖を北上し、ドーヴァー海峡ダンケルクにて陸路待機しておられるパルマ侯と合流する。彼の陸軍と我が海軍、海陸呼応し正々堂々敵艦隊と大勝負に出るつもりじゃ。しかも我が艦載砲は強力な全カルバリン砲やカノン砲じゃ。狭い海峡で至近距離から敵艦をねらえば必ず命中し、敵は動けなくなる。その機に乗じ接舷戦法を取り、敵艦へ切り込みをかける。亡きサンタ・クルス伯のレパント沖海戦の折に取った戦法じゃが、もし伯ご存命なりせば、必ずやこの戦法を取られたことであろう」

「伯ご存命なれば、今こそ機ぞ、とて率先してプリマス港を攻撃なされるはず…」

ドン・ディエゴ参謀長も、今こそ進言時と血相を変えて言い募った。他の指揮官達は何も発言せず双方の顔色を窺っている。メディナ＝シドニア侯はテーブルを叩いた。

「黙れ、黙れ、新大陸の野蛮人どもを征伐しただけの、たかが成り上がりのそちが、我が命に背くつもりか。そちの任務はプリマス夜襲など小手先の勝利にかかずろうより、我が艦隊を率い一刻も早うにダンケルク沖に到達することじゃ」

一瞬緊迫した沈黙がその場を支配した。

やがてドン・ディエゴがきっぱりと言った。

「さらばご命令通りにいたしまする。まずは陸軍と合流を目途といたしましょうぞ」

「敵からの無益な陽動作戦に右顧左眄（うこさべん）すな。ただひたすら東上するのじゃ」

メディナ＝シドニア侯は表情を緩め一同に申し渡した。

嵐の中大船団は衝角（しょうかく）（敵艦に引っかけて接舷、甲板に切り込むため船首に取り付けた突起部分）と前を航行する船の船尾楼が接するほどの密集集団となってプリマス港を遥か左方にしながら英仏海峡を粛々と東上した。

その払暁、自室で仮眠を取っていたロドリゴは、遠く砲声を聞いて跳ね起きた。嵐はまだ続き、吹きすさぶ風雨と荒れ狂う波は巨船サン・マルティーニョ号を上下左右に揺さぶっていたが、その自然の轟音とは明らかに異なる腹の底に響き渡るような音だった。

枕元のサーベルをひっつかむとメディナ＝シドニア侯の居室に駆けつける。すでに侯は船尾楼総司令官室中央の卓を前に見張りからの報告を聞いていた。それによれば、イギリス軍はスペイン艦隊の中左翼、アンダルシア艦隊後方を砲撃中という。

「陽動作戦ではありませぬ。我がアンダルシア艦隊は苦戦しておりまする」

見張りが上ずった声を張り上げた。侯は駆けつけた航海長に、ただちに本隊を左翼救援に向かわせよ、と下知（げじ）した。航海長は船首楼にすっとんで行った。

やがて船はゆっくりとその巨体の針路を真北へ向け始めた。夜が明けてきた。夜明けの薄い光を浴びて密集した船隊が洋上に姿を現した。左翼を行くアンダルシア船隊だ。その船隊の旗艦船サン・フワン号と次艦グラン・グリン号が集中砲撃を受けて大きく風下に傾いている。その向こうにイギリス艦隊の船影が浮かび上がってきた。

「行け！　あの二艦を援護するのじゃ」

メディナ＝シドニア侯も船首楼に移り航海長に直接叱咤した。船酔いもどこかに消し飛んだとみえ、蒼白だった顔色が今は朱を注いだように紅潮していた。

風は逆風の西風に変わっていたが、サン・マルティーニョ号は大波を蹴立て前線へ躍り出ようとした。長年真の「海の男」故サンタ・クルス伯の下で鍛え抜かれた航海長は、前後左右に大きく揺れる巨艦を十数枚の大小様々な帆とそれを結ぶ数十本の帆綱を熟練した操帆兵に操らせ、侯の命令通り最前線へと導いてゆく。

砲撃が開始された。片舷二十四門の全カルバリン砲が一斉に火を噴く。ただ射程距離の短い重砲なので敵が遠のくと弾が届かない。敵艦隊との間に空しく幾筋もの水煙が上がるばかりだ。砲手長が、もっと船を寄せよ、と怒号した。接舷せよ、と陸軍隊長が抜刀して叫ぶ。だが寄せることも、まして接舷などできる話ではない。

敵も発砲してくるのだ。が、彼らの半カルバリン砲など軽砲ではこちらのマストに当たったところで大した被害にはならない。しかも双方とも一発発射すると次の砲弾を装填するのに時間がかかる。その時間を稼ぐために左舷の砲門から発砲すると敵前で一度旋回、今度は右舷の砲門から発砲する、という戦術を取らざるを得ない。

押しつ押されつ二時間もの攻防が続いた。やがて、

「イギリス艦隊が遠のいて行きまする」

見張り台の兵が叫んだ。攻撃の矢面に立っていた二艦の無事も確認された。

「よし、ひとまず攻撃中止じゃ。陣容を整えよ」

メディナ＝シドニア侯が下知した。最初の戦闘で手ごたえを得たのか凛とした声音だった。その時、船尾楼から陸軍伝令士官がずぶ濡れのまま駆けつけてきた。

「申し上げます。サン・サルバドール号およびヌエストラ・セニョーラ・デル・ロサリオ号が船隊より離脱いたしました！」

メディナ＝シドニア侯が目をむき大きく顎鬚を振るわせた。この二艦はそれぞれギプスコア艦隊、アンダルシア艦隊の中心艦であるのみならずスペイン艦隊全体の主要艦でもあった。特にサン・サルバドール号には全軍の財政を担う大型金庫とその統括主計官が乗船している。

この艦の戦線離脱は以後の大艦隊移動の経営に重大な頓挫をきたすはずだ。

サン・マルティーニョ号は直ちに二艦の捜索に向け針路を変更した。いったん東北上した英仏海峡を西南下する。その間次々と伝令船が後方の様子を伝えてきた。

それによると、サン・サルバドール号は火薬庫が爆発し炎上、船尾楼の大半が破壊され、航海不能となった。水兵と陸戦用兵士数百人が負傷という。爆発の原因は不明。

一方ヌエストラ・セニョーラ・デル・ロサリオ号はイギリス艦隊と応戦中自軍の船と二度も衝突。第一斜檣（しゃしょう）やフォアマストに損傷を負い、これまた航海不能という。

「海より生まれたと豪語しておったきゃつらが敵船と一戦も交えずして、船を損傷するとは何たるザマじゃ。どいつもこいつも…」

罵っているうちにメディナ＝シドニア侯は次第に自信を取り戻したようだった。長年「海の男」を標榜し「世界の海を制覇」「原住民を蹂躙（じゅうりん）」「プロテスタントの海乞食共を撃沈した」と豪語してきた連中のこの無様な失態はなんだ。これでは素人の自分の方が戦上手ではないか。

明け方から始まった戦闘の一日がようやく暮れようとしていた。終日猛威を振るった嵐もいくらかその矛先を収めたようで、サン・マルティーニョ号の乗組員一同もようやく緊張の糸がほぐれてきた。

自室に遅い夕食が配られてきた。ワインと干し肉、それに固パンと米のスープ。

「なんだ、このワインは?」

ワインを一口含んでロドリゴは吐き出した。なんともいえぬ酸っぱい味と臭い。ワインは美食家のメディナ＝シドニア侯好みのポルトガル産最上級ワインのはずだ。

メキシコ時代から変わらずロドリゴにつき従うアントン・ペケーニョが調理場へすっとんで行った。

「司厨長が申しますには、樽材が充分乾燥しきらぬうちにワインを詰めたため生木の臭いがついたのだろう、とのことでございました」

昨年イギリスの海賊フランシス・ドレークがスペインのカディスを襲撃した折、食糧備蓄用の乾燥樽材をことごとく焼失させた。「スペイン王の髭焦がし」と揶揄された事件だ。スペイン艦隊は急遽生木材で作った樽を補充したのだが、それがワインの味を損ねたのだ。

「ドレークめ!」

ワインの味を損ねることはスペイン人にとって主食のパンを取り上げられる以上の恥辱だった。イギリス人海賊への憎しみが倍加した。代わりに水を飲む。これればかりは無限にあった。もういらぬ、と言っても灰色の空から絶え間なしに降り落ちてくる天水だ。

「かような状態でイギリス艦隊との決戦は継続できるものだろうか」

ベッドに寝転び次の戦に備えて眠ろうとした。が、体はくたくたに疲れているのに眠りはなかなか訪れない。

烈風と波のうねりに不規則な振動を繰り返す船の揺れに身をまかせながら思うのは、これからの戦闘の行方だ。

目を開けて天井を見上げる。アニータ姫の姿が何の脈絡もなく浮かんだ。白い額、スミレ色の瞳、バラ色の唇。

姫は今頃どうしているだろう。生きて再びまみえ、約束通りメキシコに案内することができるだろうか。

五カ月前にはこんなことになるとは思いもしなかった。しかもまだ行軍半ばだ。これからどんな運命が待ち構えているかわからない。が、自分は姫のために生きる。どんなことがあっても生きる。死んでたまるか。そして武勲を立てる。貴族の称号をもらえば、姫を…。

ロドリゴは火影に揺れる船室の天井をじっと見つめた。姫の笑顔がちらついた。

四

漠然としたロドリゴの不吉な予感は的中した。

八月二日、ポートランド沖での戦闘。

八月四日、ワイト島沖の海戦。

ことごとくスペイン側の敗戦に終わった。

しかもその間、別の悲報が入ってきた。火薬庫爆発で操船不能に陥り漂流していたサン・サルバドール号がイギリス艦隊に拿捕されダートマス港に曳航された、と言う。

また自軍の船と衝突、マスト損傷で航行不能となっていたヌエストラ・セニョーラ・デル・ロサリオ号がドレークの船と遭遇。ウェイマスへ曳航された、と言うのだ。

これら二艦がせめて海洋で沈没していたらまだしも、漂流中敵に拿捕されるとは！

「きゃつらは海の追いはぎでございます。たとえいかなる激戦中であっても、金品を満載した船を目撃すれば、迷わず戦列から離脱、追撃、乗っ取るのでございます。初めからねらっていたに相違ございませぬ」

これまで幾度となくイギリス海賊に苦杯をなめさせられた航海長が言った。それより、と膝を進める。

「当初の作戦通り一刻も早く大陸側のカレーを目指しましょうぞ。カレーかダンケルクではパルマ侯の陸軍が我らをお待ちかねのはず」

「パルマ侯は何故誰も寄越してはくださらぬ。我らが到着はすでにわかっておるはずじゃ」

メディナ＝シドニア侯は狭い総司令官室の端から端まで大股に往還しながら言った。

「そもそも我らの任務はパルマ侯陸軍によるイギリス本土攻撃の際の兵站運搬、補給および援護攻撃のはずじゃ。それじゃのに主力部隊たる陸軍が何故来ようとせぬ」

偵察艇の情報によれば、パルマ侯はオステンド（現ベルギー）を制圧、シュリューに迫ってはいるが反乱軍の首魁ユスティヌス・ファン・ナッサウ提督率いる快速艇群がスペイン陸軍の艀(はしけ)を海上封鎖している、という。

「反乱軍の小舟などにかかずらわる侯でもなかろう。再度侯に弾薬、兵糧の補給を要請せい。いったい陸からの補給なしで海戦ができるものかどうか、立場を変えてみればようわかるはずじゃ。初期の予定通りなら侯の率いる陸軍こそがイギリス本土を攻略、その陸軍がイギリス本土に上陸すれば、我ら海軍が大陸からの物資を運ぶ責務を負うわけじゃからの」

夏とはいえ嵐の日の日没は早い。すでに空も海面も真っ暗で依然ごうごうと吹き荒れる風雨の中、大艦隊は互いの船の帆の白さと点々と灯された松明の火を頼りに粛々と進んだ。

「ダンケルクはもう目前でござりますが、この辺りは浅瀬や岩礁が多(おお)ござりまする。昼間でも一瞬たりと気を抜けぬ難所。まして夜間の航行は避けるべき、と愚考いたしまする」

航海長は焦るメディナ＝シドニア侯に進言した。

「いずれにせよ、この夜間、この荒天、どうにも動けませぬ。我らも、敵も、パルマ侯も」

スペイン艦隊が渡り鳥の群が羽根を休めるように暫時休息した場所はフランス領カレー近くの寒村沖だった。

フランス王室はこのスペイン＝イギリス戦に中立を宣言していたが、この村がフランスのゴールダン領であることを聞いたメディナ＝シドニア侯が膝をたたいた。

「たしかゴールダン領主はジーロウ・ド・マウレオン侯。熱烈なカトリック教徒で、しかも三十年前の仏英戦で片脚を失い、イギリスに並々ならぬ敵愾心を抱いているという。フランスがカレーをイギリスから奪還した時じゃ。余も幼き頃、父上からこの戦が死闘の連続であった由聞いておる。カレーはイギリスの唯一の大陸拠点じゃったし、フランスは反カトリックのイギリス王ヘンリー八世が自国領を侵略するのは耐えられなかったからの」

そうじゃ、とメディナ＝シドニア侯は部下一同の顔を見回して言った。

「誰ぞゴールダン侯に使いをして参れ。侯に助力を請うのじゃ」

人々は互いに顔を見合わせた。この嵐、この難所、しかもフランスは様々な事情からスペインとは対立している。イサベル王妃ご存命ならばのぅ、と誰かがつぶやいた。フランス王室出の前々王妃が逝去されてすでに二十年。故王妃の顔を覚えている者も少ない。

「それがしが参りましょう」

ロドリゴは侯を取り巻く人々の後ろから声をあげた。驚く人々をかきわけて侯の前に跪く。今だ。今こそ手柄を立てる絶好の機会だ。

「若輩ではございまするが、この使命それがしにお申し付けいただきたい。命にかけてゴールダン侯に助力をお願い申す所存」


メディナ＝シドニア侯の親書を携えロドリゴが快速艇(ピナッサ)サン・ロレンソ号で陸地に向かったのは八月五日の深夜だった。供はフランス語を解する兵一名。

風は相変わらず強かったが幸い雨は小降りになっていた。陸地は東の方向にあるはずだが実際は真の闇で東西南北すらわからない。灯りは漕手長が舷側の水面近くに下ろしたランタンの灯だけだ。六人の漕ぎ手は水先案内人の合図でフランドル堆と言われる岩礁間の狭い水路を巧みにすり抜けて進んだ。時々漕ぎ手のオールの先がカツンと岩にあたる。船底にかすかに岩と接触した軋り音がする。その度にロドリゴは肝を冷やした。

やがて水平線上にぼんやりと姿を現した陸地には灯り一つ見えなかった。闇の中で目をこらすと、両側に低い堤防が見えた。水面と陸地の高低差がほとんどないので気付かなかったが、艇はいつのまにか海に注ぎ込む運河を遡っていたのだ。その向こうには、おそらく畑か人家でもあるのだろうが、ただひたすらの闇の中だ。オールの音だけが馬鹿に大きく響く。眠っていた水鳥がその音で驚いてギャーギャーと騒ぐ。静かにしてくれ…。

艇が堤防のわずかな草地に舳先を突っ込んで止まった。水先案内人と操手長の、ここまでしかお供できませせぬ、との言葉にロドリゴは兵と共に艇を跳び降りた。ひと月半も大地を踏んでいなかったので体がまだ揺れている感覚だ。

流れに沿って堤防の内側を歩く。ここはどこなのか。本当にフランス領カレーなのか。無事に総督館へ辿りつけるのだろうか。堤防の彼方、闇の中に目をこらしても総督館らしい大きな建物の影は見当たらない。誰か住民に案内させなければならない。このあたりはニシン漁に出る漁師がいるはず、と兵が言う。あるいは埋立地を耕す農民もいるだろう。

しばらく歩くと小さな水車小屋があった。忍び足で小屋の軒下に張り付き、内部の様子を窺う。水車の回る音の合間にかすかな話し声が聞こえる。主人夫婦がすでに起き出している気配だ。兵がフランス語です、と耳元でささやく。オランダ人ではない。が油断はできない。たとえ熱烈なカトリック教徒の領主をいただく領民でもユグノー（フランス人新教徒）かもしれない。フランスは三十年にも及ぶ宗教戦争（ユグノー戦争）真っ只中だ。

一か八か。兵に戸を叩かせる。内部で一瞬沈黙があった。身構えている気配だ。

「開けてくれ。怪しいものではない。頼みがある」

兵がフランス語で呼びかけた。が、なかなか戸を開けない。幾度も呼びかけさせるとようやく戸口が拳ぐらいの幅で内側から開けられた。その戸を更に押し開き、ロドリゴはすばやく中に躍りこんだ。かすかなランプの灯に目をこらす。水車の歯車の下に大きな石臼が見える。粉屋か。

小柄で初老の亭主が妻を後ろ手にかばい後じさりした。

「怪しい者ではない。ご領主のジーロウ・ド・マルレオン侯に取り次いでもらいたい」

ロドリゴは夫婦の緊張を取り除くべく微笑を浮かべて言った。スペイン語が通じなくても声音でわかろう。ここで夫婦を怯えさせてはならない。反乱軍側に通報させてはならない。必死だった。兵がロドリゴの言葉を伝えた。通じるか？

「ご、ご領主さま、ジ、ジーロウ・ド・マル…」

亭主が震え声で反復した。よかった。ここはどうやら目差すフランスのゴールダン領内らしい。ロドリゴは肩の力を抜いた。しかもこやつはカトリック教徒だ。壁の窪みに祭壇がありマリア像が祀ってある。ロドリゴはその像に向かって十字を切ってみせた。

「スペインのカトリック教徒が助力をお願いしたいと申しておる、と門番に伝えるのじゃ」

「お城はここではありませぬ。砦があるばかりにござります」

「砦か…。ならばそこまで案内せい。後は我らが直接話す。悪いようにはせぬ」

粉屋は抵抗しても無駄、と観念したか身支度した。小屋の外に出ると夜明けの薄い光が三人の歩行を助けた。

堤防を乗り越えると細い道に出る。道の両側は湿地帯で、埋め立てた区画だけが畑になっている。低湿地国(ネーデルランド)とはよく言ったものだ。遠くに小さな集落が薄白くなった夜明けの光にぼんやりと見える。

砦はもっと大きな運河の河口にあるという。

「砦の主はどなたじゃ？」

「侯爵さまのご子息で同じくジーロウ様」

侯の子息ならば話は通じやすい。三人は堤防に沿う小道を歩いた。

「この辺りにオランダ兵は出没するのか？」

「時々現れますする。砦の守備兵と激しい戦闘になることもありまする」

そうか、油断はできぬ。やはりここは国境地帯なのだ。

「パルマ侯率いるスペイン軍がこのあたりに集結しているとは聞かぬか」

粉屋が返事をしようとした時だ。突然行く手の薄闇から馬に乗った数人の人影が立ち現れた。

ロドリゴ達もはっと身を堅くし小腰をかがめて前方を窺う。相手も立ち止まりこちらの様子を窺っている。砦の守備兵かオランダの反乱兵か、どちらかわからぬが見咎められたらしい。

じっと薄闇を透かし見ていた粉屋が後退りした。

「オ、オランダ兵だ」

とたんに相手側が馬上で抜刀した気配だ。相手もこちらを怪しき者と認識したのだ。五、六人はいる。こちらは二人。しかも短いサーベルしか携行していない。かかって来られたら到底敵わない。逃げよう。夜明けの薄闇の中、前方に砦らしき建物がぼんやりと姿を現していた。先頭の兵を倒してその隙にとにかく砦に走り込むのだ。五百メートルはあろうか。

ロドリゴも抜刀した。粉屋がガチガチと歯をならしている。それを聞くと不思議に気が落ち着いた。三歩先に窪地が見える。あそこに誘い込もう。

「跳び込め！」

まず自分が窪地に跳び込む。兵が粉屋の襟髪を引きずって同じく窪地に跳び込み、突き飛ばして伏せさせる。

相手は突然人影が消えたので用心深くこちらに近づいてくる。道が狭い上、騎乗なので一列にしか来られない。

もう三歩だ。一、二、三。ロドリゴは窪地から飛び出し、馬の腹を目掛けてサーベルを突き出した。馬が悲鳴を上げて棹立ちになった。乗り手が馬にしがみつく隙にその脇をすり抜ける。馬腹に刺したサーベルを引き抜く余裕もなかった。先頭に続く二騎目、三騎目がロドリゴに襲いかかった。二騎目の男がロドリゴ目掛けてサーベルを振り上げ突き出した。やられる！

ロドリゴは直感し、とっさに左へ跳んだ。男のサーベルの切っ先がロドリゴの頬すれすれをかすめる。まさに間一髪だった。男の体がバランスを崩し馬上で体勢を立て直す。その隙にロドリゴは堤防を駆け上がり岸辺の狭い道に駆け下りた。ここなら馬は来られない。砦からは遠くなるが迂回するしかない。

追手をかわすため休む間もなく上流へ向かって駆ける。頬を伝う雨の雫を手の甲で拭うとべっとりと血糊がついた。自分の血なのか馬の血なのか、わからない。

それにしてもこんなにも堂々とオランダ兵が騎馬で隊を組んで徘徊するとは！

ロドリゴは走った。後ろで足音がするが、それが自分の部下なのか追手なのか振り返る余裕もなかった。部下であったとしても振り返り、待つわけにはいかない。その後から来る追手に追いつかれる。自分の任務は砦に駆け込むことだけだ。運河沿いの道を闇雲に走る。

ぬかるみに足をとられ幾度もつまずいた。久しぶりに陸上を走るので心臓が喉元から飛び出しそうだ。雨が激しくなった。雨粒が目に入り目が開けていられない。

前のめりにどれほど走っただろう。目の前にさっきの男の顔がちらつく。あいつが追ってくる。あいつの血走った目を再び見るということは、今度こそやられる時だ。足が止まりそうになる度にロドリゴの目の前に男の顔がちらつき、恐怖心が推進力となった。

夜が完全に明けた。気が付けば追手はあきらめたか付いて来ない。が、部下の兵もいなかった。たった一人だが懐の親書も無事だ。雨が土砂降りになった。

ロドリゴが雨と泥にまみれ砦に倒れこんだのはそれから小半刻後だった。

フランス側の輜重（しちょう）船が食料や水を満載してスペイン艦隊に補給し始めたのは翌八月七日からだった。

任にあたったのはジーロウ・ド・マウレオン侯の従兄弟のアスコリ公爵。

フェリペ二世の三番目の王妃、フランスはヴァロア朝出身のイサベル妃、の縁でメディナ＝シドニア侯ともスペイン宮廷やフランス宮廷で幾度か顔をあわせている。

「かかる折に貴公に助けられるとは真に神の恩寵じゃ」

メディナ＝シドニア侯はアスコリ侯を抱きかかえ目に涙を浮かべた。

アスコリ侯は飲食料提供の他、パルマ侯に関する貴重な情報も提供してくれた。それによるとパルマ侯は現在ベルギーのブリュージュに陣を張っているとのことだった。

「ブリュージュと申せばすぐ目と鼻の距離ではないか」

メディナ＝シドニア侯は地図を確認した。アスコリ侯は頷いた。

「そうよ。この地図上ではの。ただし実際には地の利が悪い。パルマ侯の艀(はしけ)隊はフランドル地方一帯に広がる運河網や川を使って海へ到達せねばならぬが、なんと申してもゲリラと申す連中は土地の利、不利をよう飲み込んでおる。大軍の移動を察しては先回りして橋を破壊し、または浅瀬に誘い込む、という戦法でパルマ侯は翻弄されておるという有様じゃ。この調子だとカレーまで十日、悪ければ半月もかかる」

それにしてもフランスのアスコリ侯とは連絡が取れているパルマ侯。

「何ゆえ我が艦隊に連絡をしてはくださらぬか。殿下にはこれまでも度々使者を遣わしておりますが、ご返答を賜りしことはかつて一度としてござりませなんだ。あまつさえ、過去数通に及ぶ我が書状を落手した、とのご連絡すらいただいておりませぬ…」

メディナ＝シドニア侯の怒りを添えた親書を懐に、更に自分の怒りをも重ねて使者のホルへ・

マンリケ主計長はブルージュめがけすっ飛んで行った。ロドリゴもその怒りに共感した。地理不案内の上、単身敵地に赴いた自分でさえフランス守備隊と連絡が取れたというのに。

フランス側の補給はその日一杯かかり、その恩恵でスペイン艦隊は見習い兵にいたるまで久しぶりに新鮮な食料にありついた。メディナ＝シドニア侯はアスコリ侯から贈られたボルドー産ワインに舌つづみを打った。

しかしスペイン軍の幸運はその時までだった。以前とて幸運と呼べるものは少なかったが、それ以後の事態を考えると、その時までの不運はまだ序の口、とさえ言えた。

八月八日払暁、グラブリーヌ沖でのイギリス軍による火船攻撃。樹脂、硫黄、タールなどの可燃物を満載させた小舟に火を放ち風上から敵陣に送りつける戦法で、アスコリ侯も警告していたし、メディナ＝シドニア侯もそれに対抗する防御措置は取っていた。

その結果、直接的な損害はほとんどなかったが、暁闇の中、烈風にあおられて燃えさかる舟が自分達の船に激突してくる、という恐怖は抑え切れるものではなかった。

それをきっかけに混乱し、錨を失い、僚船と衝突、浅瀬に座礁、またそれに乗じた敵艦に攻撃され、拿捕された損害の方が大きかった。百三十隻の大艦隊のうち三十隻ほどの船が失われたのだ。

八月十二日、軍議が開かれた。参謀長ディエゴ・フローレス・デ・バルデス侯が進言した。

「我が艦隊は弾薬もほぼ尽き、再び集結することも、ましてや敵と戦いを交えることも不可能と存ずる。さればとて英仏海峡を引き返すことももはや叶いませぬ。このまま北上し、スコットランド沖を西進、大西洋に出てアイルランド沖を迂回、ひとまずスペインへ戻り、再び体勢を立て直す、これしか当面取るべき方策はございませぬ」

なんと、とメディナ＝シドニア侯は気色ばんだ。

「もはや戦わぬ、と申すか。たしかにパルマ侯と合流するという当初の我が艦隊の目的はあきらめねばならぬ。が、このままなんの面目あって帰国できよう。引き返し、今度こそきゃつら血迷った邪教徒どもに真のクリスチャンとはどのようなものかを知らしめねばならぬ」

「左様なお言葉、プリマス港沖の夜襲を進言いたしました際に聞きとうございました。もしあの折…」

言いかけた参謀長にメディナ＝シドニア侯は苦い顔をした。

「あの折の失策あればこそじゃ。それにあの時はパルマ侯の陸軍をイギリスへ運ぶことこそ最大の任務と心得ておった故、途中で手間どることを畏れておった。今回は我が艦隊のみで戦うゆえ、陸との連絡は不要じゃ。もう一戦乾坤一擲(けんこんいってき)の勝負に出る」

フワン・マルティネス・デ・リカルデ副司令長官が膝を進めた。

「アイルランドは我らと同じカトリック教国。彼の地に集結し、船を修理、物資を補給してはいかがかと存ずる。もう一戦交えるか、本国に帰還するか、はその後で決定すればよかろうかと」

あちこちから賛意を洩らす声が聞こえた。

スペイン艦隊は敗走を始めた。スコットランド沖を遥か北上してからアイルランド沖を南下、イベリヤ半島へ向かう。ここまではもはやイギリス艦隊も追撃しては来るまい。ようやく乗組員達の緊張が緩み始めた。

八月下旬、艦隊はアイルランド沖に到達した。ただ、新たな苦難が生じた。船の腐朽と食料の不足だ。

先の大嵐と海戦で、ある船はマストを損傷し、ある船は敵の砲弾で損傷した船腹から絶えず浸水。防水のため帆布や兵員の寝具、衣類まで穴に詰めこむ仕儀となった。

崩壊を防ぐため船体自体を太綱で固定したり、友船に曳航してもらう船もあった。

船の負担を減らすため貴重な大砲や軍馬を海中に投じる船もあった。逆に軍馬を食料にする船も出た。カレーでマウレオン侯から供給された食料もたった一日だけの補給では全艦隊の飢えを満たせず、しかもそれすら生木の樽では腐敗に抗しきれなかった。肉はウジが湧き、野菜はどろどろに溶けて原型すら判然としなくなった。

今や水だけが命をつなぐ唯一の食料だった。押し寄せる大嵐の唯一の恵みが大量の水の供給だったからだ。

すでに病人の吐瀉物と下痢便の臭気が船底や船首楼、船尾楼にまで充満し、それに耐えきれず、ほぼ全員が甲板に横になっている始末だった。

連日死者が出た。かれらは全身を青黒く膨張させた姿のまま、同じように溺死の仲間の手で海中に投じられた。

従軍司祭すら船尾楼の祭壇の前で絶命していた。

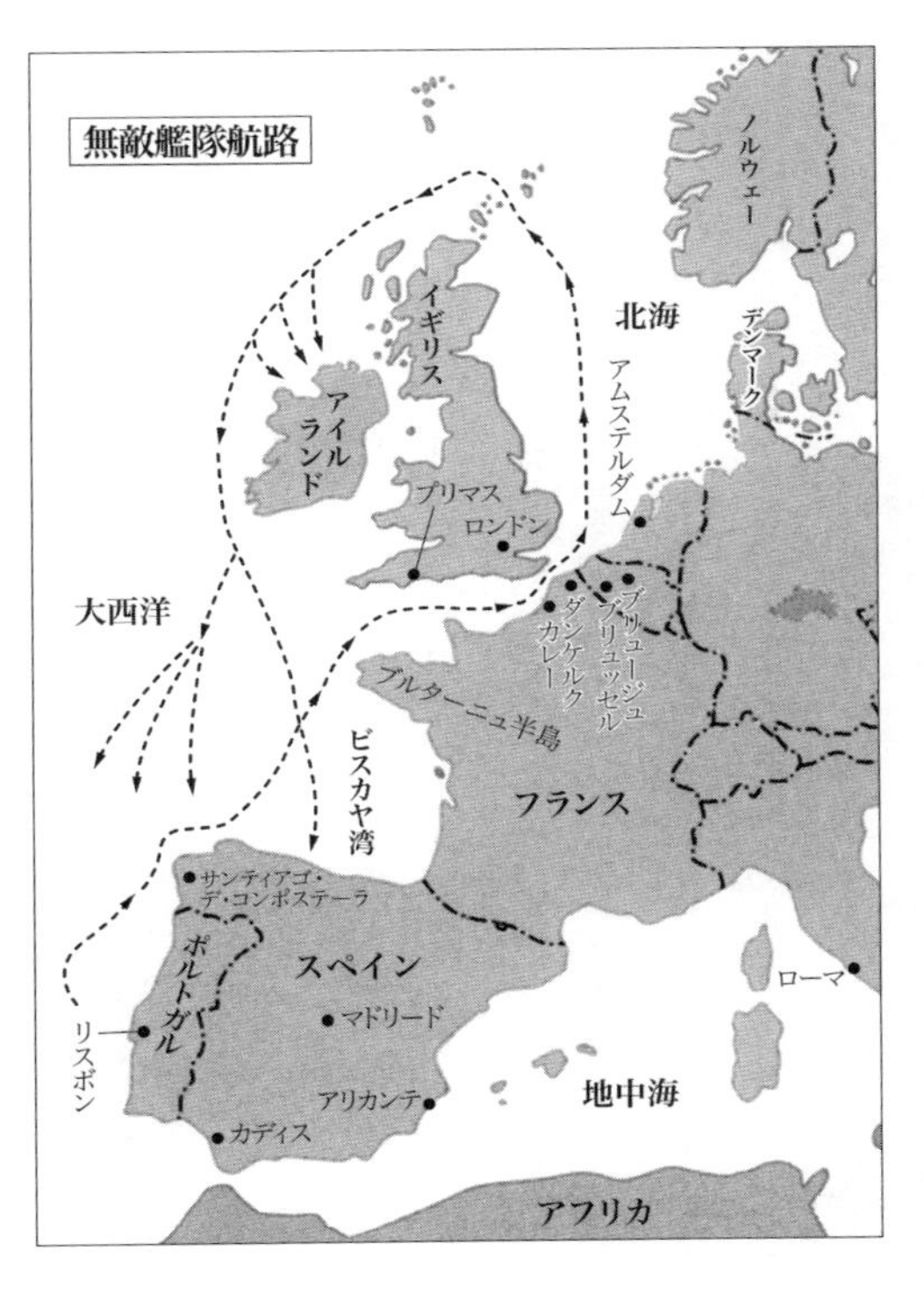

九月二十二日、旗艦サン・マルティーニョ号はビスカヤ湾沖に辿りついた。航海長がメディナ＝シドニア侯の前に跪いた。
「閣下、ご覧下され。我らは故国に戻って参りましたぞ」
「おう、おう、おう」
メディナ＝シドニア侯は船首楼に立ち、うめき声とも喜びの声ともつかぬ声を発した。

三十八歳の偉丈夫が目は落ち窪み、栗色だった髪や髭に白いものが混じっている。

ロドリゴも侯の後ろに立ち、水平線の向こうに幻のように立ち現れるサンタンデールの町を見つめた。夢ではないか…。何度も目をこすり、瞬きした。航海中あまりの飢えから陸地や食物の幻影を見、狂喜して海中に躍りこむ兵も数知らずいたのだ。

「殿、我らは本当に帰って来られたのでしょうか」

背後のアントンも目を見開き、紫色に霞む水平線を凝視しながら訊ねた。それを聞いてロドリゴは夢ではない、と確信した。自分だけではないのだ、陸地が見えるのは。

「帰ってきた。帰ってきた。生きて帰って来られた…」

振り返ると、今まで甲板上に横たわり瀕死の息を継いでいた男達も船具や手すりにしがみつき立ち上がっていた。アーメン、アーメン、の声が期せずして甲板中に沸き上がった。

五

「祝福を受けた大いなる艦隊」の遠征は無惨な結果だった。

船舶数百三十隻、兵士・乗組員・漕手など総数三万人、総砲門数二千四百三十一門の史上最大とされた大艦隊が遠征を終えてみれば船舶数六十七隻、兵員数約一万人と減っていた。それも半数近くの船は再航行不可能なほど損傷し、兵は半病人、という有様だった。

その上、悲報も相次いだ。

まずアイルランドを目指した船隊は、この島の沿岸も大陸沿岸同様岩場ばかりの海岸であることを知らなかった。陸地目前で暗礁に乗り上げ大破したり、狭い水路に迷い込み、進退窮まる船が続出した。立ち往生しているスペイン船をアイルランド土着兵の小舟がハイエナのように襲撃、掠奪を欲しいままにした。

さらに苦々しいニュースが待っていた。まだスペイン軍が全面的敗北を認めていない八月十八日、イギリスのエリザベス女王がテムズ河口ティルベリーへ赴き、自ら全軍を鼓舞したというのだ。後年の歴史に残る「ティルベリー演説」だ。

「なんという鉄面皮女だ。イギリス人全体が海賊だ。あの女はその海賊の首領ではないか」

「しかも我々の財宝を奪った海賊というばかりではない。本来ならスペイン王家一族の血を引く正当なイギリス王位をも簒奪した山賊じゃ」

「その上、我らスペイン軍をイギリス・オランダ連合軍は撃破した、と喧伝しているそうじゃ。我らは時ならぬ嵐に痛めつけられただけで、断じてヤツらに敗れたわけではないに」

ロドリゴら若手士官は歯噛みした。

「それにしても時代は変わった。もはや手漕ぎのガレー船や帆漕併用のガレアス船の時代ではないの」

久しぶりにありついた薄紅色の酒を一息に飲み干した男が膝を進めて言った。

「武器も短距離砲ばかりでは駄目じゃ。衝角で敵艦を引っかけ接舷、切り込む戦法も時代遅れかもしれぬ」

もう一人が言うと、皆は一様に頷いた。今回の海戦のように接舷する以前に遠距離砲で攻撃されては従来の戦法は役に立たない。たしかに時代は動いているのだ。

「それにしても何度も繰り返すようじゃが、パルマ侯の陸軍は何故来なかったのじゃ」

誰もが抱く疑問だった。が、それはすでに仲間内では何度も取り上げられた話題で、ここで蒸し返しても新しい話題は何もなかった。国王陛下ご自身、パルマ侯に度々お指図し、その命がその都度くるくる変更、さしも戦略家のパルマ侯も断を決しかねたらしい、という密かな説が有力だった。が、真相は不明だ。

ところで、と一人が声を潜めて言った。

「陛下は我がメディナ＝シドニア侯をどう処遇されるおつもりかの」

「侯は、すべての責めは我が身にあり、いかようのご処置にも従う覚悟、と陛下には申し上げたそうじゃ」

領地召し上げ、国外追放、投獄、自領蟄居(ちっきょ)、ロドリゴにも次々に不吉な予想が浮かんだ。

…まさか死を給うことはあるまい。

誰かが陰気な声でつぶやいた。

その侯に信じられないことが起こった。フェリペ二世が侯の罪を咎めなかったことだ。王は侯の最初の王命拒否を覚えていた。例の「自分は軍人ではない、ましてや海軍の将では」という王命撤回を懇願した手紙である。

それを敢て握りつぶし、侯を総司令官に任命した責めはまず自分にある、とさすがに痛感したのだろう。

それにあのプリマス港奇襲こそ面子に拘って勝機を逸したが、その後の侯の勇猛果敢な指揮振りはいまや語り草にまでなっている。

だから「戦闘中メディナ＝シドニア侯は船尾楼下の防壁に囲まれた自室で怯え過ごしていた」というイギリス側の流した流言に士官達は憤りを抑えきれなかった。

さすがに陛下は、敵のその流言や味方からの讒訴にも耳を貸さず侯をお咎めにならなかったのだ。しかも従容として膝下に跪いた侯を抱擁し、大儀であった、しばし領地で休養せよ、とのお言葉まで賜ったという。

それに反して参謀長ディエゴ・フローレス・デ・バルデス侯への沙汰は容赦なかった。投獄。追放。「戦にはズブの素人のメディナ＝シドニア侯への補佐が不充分で消極的だった」との理由というが、果たして誰がそれを陛下の御前で証言したのか。

その後の侯の行方は不明のままだ。

十月、ロドリゴもマドリードに戻ってきた。

秋風が王宮前広場のマロニエの黄葉をカサカサと乾いた地面に掃きおろしていた。ベンチに腰を下ろし足元を見つめる。あの大戦を境に世間全体ががらりと変わってしまった。あれほど負けるはずがない、と信じていた我が艦隊、神から祝福され、世界の七つの海を支配している、と豪語していた我がスペイン大帝国の艦隊が、たかが「海の乞食」「海の猟犬」どもにやられてしまった。

たしかに大嵐に見舞われ続け（プロテスタント共は「これぞ神風、旧教への神の懲罰じゃ」、と喧伝している）、出陣前夜に艦隊総司令官サンタ・クルス伯爵を突然失い、海戦にはズブの素人のメディナ＝シドニア侯が後任となった、など幾つかの敗因は挙げられるが、いくらそれらを列挙しても言い訳にしかならない。

いや、変わったのは世間だけではない。自分が変わってしまった。自分はこれからどう生きていけばよいのか。

どうしようか、とこの半月迷っていた。

半年間の留守中に届いていたのは、そろそろメキシコに帰国せよ、との父、ロドリゴ・デ・ビベロ・イ・ベラスコからの手紙だった。

わしも年を取った。そなたの母もめっきり弱っておる。テカマチャルコの荘園も拡張して、わし一人の経営ではきつうなったし、そなたもそろそろ荘園経営のイロハを学ばねばならぬ。そなたの伯父、わしの従兄弟であらせられるルイス・デ・ベラスコ・イ・カスティッリャ閣下もフィレンツェ大使を離任、お父上の後を継ぎ次の第八代メキシコ副王閣下に内定されておられる。お供をして同じ船にて帰国をしたらどうかの…。

メキシコに帰るか。父が結婚したのも現在の自分と同じ二十四歳だった、と聞く。アニータ姫への密かなあこがれも、所詮はかなわぬ恋。帰国してみれば、姫はあのフランシスコとの婚約を公にしていた。近々陛下のお許しを得て結婚式を挙げるという。命を賭してのカレー行きの手柄も敗戦後は誰の口の端にも上らず、爵位授与の望みなど消し飛んでしまった。

帰るか、ともう一度つぶやいた時だった。目の前に人の影がさした。

「お若い旦那、何を思案顔しておられるのさ」

耳障りなほどのしわがれ声だった。やせた黒衣の女で黒いベールと逆光で顔立ちはわからない。がアンダルシア訛りが強いところからジプシーに違いない。

「なにやら迷っておられるご様子。よかったらご運を占ってやるよ。アタシの見るところ、旦那は新大陸のお方だね。お国の心配事でもあんなさるんじゃないのかい」

すでにスペイン滞在十二年。メキシコ訛りもすっかり消え、むしろ宮廷訛りと海軍士官の軍装で、宮仕えのお方ですかとか、艦隊士官で？とか訊かれることが多い。この女は何故一目見ただけで自分を新大陸出身者、と見破ったのだろう。第一、言葉も交わしていない。

「断っておくけどアタシは魔女でも異端でもないよ。ちょいと人の運勢を読み取ることができるだけさ。どうもあんたの様子がただごとじゃなさそうだから、見てやろうと思ってね」

こっちへ、と女はロドリゴの返事も待たず歩き出した。

マドリードの下町、太陽の門広場から放射状に延びた大通りの裏は網の目状に狭い小路が走り、その小路の両側には庶民用の肉屋、パン屋、八百屋、靴屋などが軒を連ねている。さらにその裏道は人一人がやっと通れる路地になり、通りに面した二階のガラス窓からは年齢不詳の厚化粧の女達が通りを覗き下ろしている。

女は物慣れた歩き振りで袋小路に入り、どん詰まりの建物の古びたドアを開けた。ロドリゴに入るようにあごをしゃくる。

明るい街路から暗い部屋に入ったので何も見えない。

女が手早くランプを灯した。狭い部屋の中央に赤い布覆いをかけたテーブルがあり、卓上にはマルメロの実ほどの水晶玉や占い用のカードが置いてあった。

女はロドリゴを卓の前に座らせると自分は向かいに座り、無言で水晶玉に目をこらした。ロドリゴも目をこらすと、ランプの炎を受けてなにやら玉の内部でメラメラと炎とも泡ともつかないものが七色に揺らいでいる。

なんだこれは？

「思った通りあんたの運勢は随分面白いよ。…まず海だね。今までだって海に縁があったろう？　これからもいろんな海に行くよ」

この俺の日焼けした顔と海軍士官の服装を見れば、多少でも海に、艦隊に関係あり、とはマドリード市民なら誰だって見当がつくはずだ。ロドリゴはフンとあごを撫でた。女は頓着なく言葉を続ける。

「まず『北の海』（大西洋）を越えなさる。あんたの故郷が新大陸のどのあたりかアタシにゃさっぱりわからない。けどこの玉がそう言ってるからね。その後また別の海へも行くよ。大きな海や小さな海、浅いのも深いのも。嵐にも凪にも遭う。男らしい面白い人生だよ」

嵐？　もう嵐などまっぴらだ。女はロドリゴの顔色を見て話題を転じた。

「あんたは想う人のことはあきらめたのだろうけどね、その人はあきらめちゃいないよ」

なんだと？　ロドリゴは目をむいた。なぜこの女はアニータ姫を知っている？

「アニータ姫はドン・パコと婚約したはずだ。でたらめを言うな」

ロドリゴはテーブル越しに女の細い肩を掴んで揺さぶった。女は揺さぶられながらも、

「若殿、あんたときたら女のことなんかこれっぽっちもわかっちゃいないね。女なんてものはね、誰と結婚しようが、亭主は亭主、好きな男は好きな男、子供は子供。女の心には引き出しが一杯あってさ、それぞれの引き出しに、それぞれの男が入ってるってわけさ」

放しておくれよ、と女はロドリゴの手を乱暴に剥がしながら言った。

「アタシは想う人、と言っただけでそのお方がなんとかいう姫さまでドン・パコがどなた様なのか、知ったこっちゃない。ただこの玉がそう言ってるのを伝えただけさね」

ロドリゴは女の言葉を半分しか聞いていなかった。

アニータ姫が自分をあきらめていない、それはどういう意味なのだろう。自分への恋心なのか、それとも自分とのメキシコ行きの約束なのか？

ロドリゴの胸に一度はあきらめたはずのアニータ姫への想いが沸々と湧き上がってきた。

姫、姫、私はやはりあなたを愛しております。今こそわかりました。

おお、どのようにしてこの想いをあなたにお伝えできましょうや。

あなたがドン・パコと結婚なさる。それはサンタ・クルス家とスニガ家との結婚であって、真にあなたとドン・パコの心の結び付きではないはずだ。今この女がそう言った。こうしてはおられぬ。あなたを連れてメキシコへ帰る。あなたを私の妻にする。

ロドリゴはそれ以上聞かずに部屋を跳び出した。強い西日で一瞬めまいがした。

「お待ちよ。まだ占いは終わっちゃいない。アンタは遠い国へ行くよ。見たことのない国へ。そこでは一人の男が待っているはずだ」

女が叫んだが外へ飛び出したロドリゴの耳には届かなかった。

第三章　メキシコの大地

一

濃い霧の立ち込めた山中の曲がりくねった道を辿り、ようやく峠に至ると不意に視界が開ける。見上げると、どこまでも青い空が広がり前方は見渡す限りの平原だった。

乾いた風が吹き渡っていた。

ロドリゴは馬を止め大きく息を吸った。

この道は、メキシコ湾岸に面したベラクルス港から首都メキシコ市に向かう「王の道」と呼ばれる道だった。ヨーロッパから首都メキシコへの物資や情報を運ぶ幹線、現在の国道一四〇号線である。ベラクルスを出ると、道は険しいシエラ・マドレ・オリエンタル山脈に入り、山中の大宿場町ハラパから次の宿場町プエブラに抜け首都に至る。その街道をプエブラの手前で左に折れると、そこにロドリゴの故郷、テカマチャルコがある。

帰ってきた。帰ってきた。我が故郷メキシコへ、テカマチャルコへ。

ベラクルス港で下船した時はそれほどの感慨は覚えなかったのに、今こうして緩やかにうねる

平原を馬上から見下ろしていると、一歩毎に故郷の風、故郷の香り、故郷の空気が自分を取り巻くのを肌で感じる。

やはり自分は新大陸の人間、メキシコ人だ。思えば自分が今新大陸人だと、メキシコ生まれの二世だと思えるまでに、スペイン人が新大陸に根を下ろすまでわずか七十年しか経っていない。

あのジェノバ人、クリストーバル・コロン(クリストファー・コロンブス)がスペインのセビッリャ港を出てカリブ海の島々を発見したのが一四九二年。

その二十五年後の一五一九年、英雄エルナン・コルテス侯は初めて新大陸のベラクルスに降り立ち、今自分が辿っているこの道からアステカ帝国征服の途についたのだ。

そして二年後には強大なアステカ帝国を滅

ぼし、我がフェリペ二世陛下の父君カルロス一世陛下にこのメキシコの全土を「新スペイン（ヌエバ・エスパーニャ、日本ではノビスパンと言った）」の名を付けて献上した。

今の自分と十歳しか違わない三十四歳の頃という。

それから三十年後、一五五四年には父が、同じ頃母が、やはりこの道を辿りメキシコに、テカマチャルコに根を下ろした。自分が、弟達が、生まれた。

波打つトウモロコシ畑やサトウキビ畑、そこに働く八千人もの原住民農民。メキシコ最高峰オリサバ山からの雪解け水を集めた幾筋もの流れ。巨大な水車がサトウキビの茎を砕き、それを目隠しされたラバやロバが終日石臼で挽く。搾られた甘い液は大鍋で煮られ、やがて乾いたサラサラの砂糖となって首都へ運ばれる。

牧場や厩舎には数千頭の牛馬、二万頭もの羊。

執務棟には大勢のメスティソ（スペイン人と原住民の混血）の事務員が大量の書類と格闘し、農牧場管理人や仲買人、製糖機や農機具の修理人達が頻繁に出入りする。

そしてスペイン様式の母屋。スペインから帰ると、それがいかに征服者達や移住者達の「故郷恋し」の情から建設された住居だったか、しみじみ実感する。

ポーチにはもう明かりが灯っているだろう。中庭（パティオ）を突っ切って裏庭の厩に馬をつなぐ間にも食堂から暖かいスープの匂いが漂ってくる。食堂と台所で大勢の召使を指図しながら母メルチョーラは、しきりにポーチを気にしているだろう。しばらくぶりの長男の帰りを今か今かと待っているはずだ。

「母上！」

母は別れた時と同じように美しかろう。十二年前ポーチに立ち、自分たちの姿が見えなくなるまで手を振っていた母。黒い髪、黒い瞳。ほっそりした姿。

あの頃自分の背丈は母の胸までしかなかった。今、日焼けし、並の男より首一つ抜きんで、肩幅もがっしりと広くたくましい我が子をご覧になったら、どんなにか驚かれるだろう。

そして母のスカートの周りにまといついていた幼い二人の弟たち、フワンとフランシスコ。別れた時、フランシスコはまだよちよち歩きだった。それがフワンはもう二十歳、フランシスコは十五歳か。スペイン渡航前の自分よりすでに年長になっている。フワンは父の荘園経営を補佐し、フランシスコは首都のフランシスコ会修道院で修業中という。二人ともどんな若者になったか。会いたい！　ロドリゴは胸元にせき上げてくるものを感じ、馬首を巡らした。

「参るぞ」

後ろに付き従うアントン・ペケーニョに声をかける。彼も感慨にふけっていたのだろう。はっと我に返った顔つきで頭を下げると、同じく馬首を巡らした。

父に会ったのは五年前の一五八四年秋、父がフェリペ王子の立太子式参列のため当時の副王ペドロ・モヤ・デ・コントレラス侯のお供をしてスペイン本国へ帰参した時だった。あの時自分はジパング少年達の警護を任せられるなど、立派に成人した姿を見せることができた。

母は想像通り、十二年前と変わらず美しく若々しかった。

「お帰り、ロドリゴ！」

あとは無言で息子を抱きしめる。どんなにご心配だっただろう。十二歳だった最愛の長男と別れ、十二年間も会えなかったのだ。夫や周囲の人々から息子の消息を聞くたびに胸をとどろかせ、再会の日を指折り数えていたことだろう。自分も旅立ったその日から母が恋しかった。

マドリードまで送ってきた父と別れ、一人取り残された後、どんなにこの母を慕い、心細さに夜ひとり、枕を濡らしたことか。

フワンは少々他人行儀で兄を抱擁した。広い世界を見て来た兄が眩しそうだった。

食卓には母の心遣いの料理が並んだ。トマトのスープ、トウモロコシパン、カカオ豆のソースで和えた七面鳥の丸焼き。すべて新大陸の特産品だ。

「どうじゃ、ロドリゴ、テキーラをやるか？」

父がグラスを渡し、透明な液体を注いでくれた。

「そちが国元を離れた時はまだ幼かったゆえ、この味は覚えさせなんだが、これぞメキシコの酒じゃ」

まだ口をつけるな、儂（わし）が作法を教えて進ぜよう、と父は上機嫌で言った。まず塩をひとなめ、次にレモンを口中に絞り込み、一息にグラスの液体を飲み乾すのじゃ。

ロドリゴも父にならった。強烈な香りが口中を満たし喉が焼け付くようだ。

食事が済み、ひとしきり土産話の後、母は微笑んだ。

「ロドリゴ、あなたもそろそろ結婚を考えなければね」

ロドリゴにグサリと突き刺さる言葉だった。

ロドリゴは思わず父の顔を盗み見た。父は素知らぬ顔で横を向き、まだ結婚は早い、と言った。

「ロドリゴはこれから多くのことを学ばねばならぬ。まずは首都に上って副王閣下にお目通りし、特にご用がなければ、我が荘園の経営のイロハから覚えねばならぬ」

ハッ、とロドリゴは頭を下げた。

母の言葉で今ロドリゴは一番思い出したくない事件を、自分が引き起こし、それがため逃げ帰ってきた、それがためメキシコ第八代副王に内定されていた父の従兄弟にあたる「若殿」、ルイス・デ・ベラスコ・イ・カスティッリャ閣下の着任を遅らせ、なによりあのアニータ姫を失った半年前の事件を、努めて自分の心の奥底にしまい込みたい事件を、再び眼前に突きつけられた気がした。

幸いなことに、あの事件を母上はご存知なさそうだ。よかった、とロドリゴは密かに胸をなでおろした。

狭い限られたスペイン系貴族社会の常だ。いずれは知られてしまう。しかし今はまだあの事件は生々しすぎる。もう少しほとぼりがさめてからだ。母上が、「昔そなたにもそんなことがあったのね」と微笑みながらおっしゃる、そして自分も「若気のいたりでした」と苦笑して顎を撫でる、そんな時間の経過があってからだ。

今はまだ早い。ロドリゴはそっと両手を見た。

べっとりと血塗られた我が右手。ドン・パコ、フランシスコ・デ・スニガ・イ・メンドサの血にまみれたこの拳。あれほどあっけなく彼が倒れるとは！

マドリードでジプシー女の占いを聞いた後、夢中で駆け出し、サンタ・クルス伯邸に駆けつけたロドリゴを居合わせたドン・パコは冷笑で迎えた。

伯邸への道すがらロドリゴは胸算用していた。

まずアニータ姫に長年の思いを打ち明ける。姫ならわかってくれているはずだ。自分が長年姫を想い続けていたことを。姫の亡父、サンタ・クルス伯爵の率いる海軍士官となって姫の存在を知って以来、姫に憧れ、姫に近づきたいばかりに伯の従者の地位まで獲得したことを。そして願い通り、姫の歓心を勝ち得たのだ。

そうだ、あの女占い師も言ったではないか。姫は自分を想い続けていてくれる、と。

今こそ自分の想いを打ち明け、姫に自分に従ってメキシコに来て欲しい、と懇願するのだ。あの聡明な姫のことだ、わかってくれるに違いない。

夢中で走るロドリゴの頭の中は、姫の前に跪きメキシコ行きを懇願する自分の姿と、それにうなずく姫の姿しかなかった。ドン・パコの存在はなかった。彼がいるとは思いもしなかった。

息を切らせてサンタ・クルス伯邸に駆け込んだ時、婚約者同士は中庭の木陰のベンチに腰を下ろし、周りにはそれぞれ一名ずつ従者と侍女が侍っていた。考えてみれば婚約者同士だ。二人が一緒に居ても決しておかしくない。

今はまずい。今はその機会ではない。逸り立ったロドリゴだったが、ひとまず様子を見ようというだけの分別はあった。肩で息をついた。

ところが形勢が変わった。

「どうした、ロドリゴ、血相変えて駆け込んでくるとは。そちは近々メキシコへ帰るそうじゃの。クリオーリョの血がそちを故郷のジャングルに呼び戻したか?」

ドン・パコの毒を含んだ言葉を聞いてロドリゴの頭に再び血が上った。同じ純粋なスペイン人の血を持つ者でありながら、本国スペインから新大陸に渡った者は「半島人」(イベリア半島出身者、一世)と呼ばれ、両親が生粋の「半島人」であっても、新大陸生まれの者は「クリオーリョ」と呼ばれ、本国人からは一段低く見られる。

当時のスペインは、他のヨーロッパ諸国に比べ雑多な混血人種の国だった。一口に白人種と言っても、ローマ起源のラテン系、ハプスブルグ王家の血を引くゲルマン系、イギリスなどからのアングロサクソン系、かつてヨーロッパ大陸に広く分布しヨーロッパ人の土台となったケルト系、度重なる迫害と融和政策に翻弄されるユダヤ系、アフリカ大陸から渡来したアラブ系人種と黒人種、さらにそれらの人々の混血人種が血統と宗教上の対立・融合で複雑に入り混じり、当時の社会を構成していた。

しかも各人種は互いに優劣を競い合い、ヒエラルキーを構成していた。なかでも王家を中心としたハプスブルグ一族とそれを取り巻く生粋の半島人は、他の人種の頂点に君臨していた。彼らは自分たちの血の純潔さを競い、少しでも他人種の血が混じれば、それが何代も前の先祖の血統であれ、混血人種として見下すのだった。

それが根強いスペイン特有の純血主義だ。

ドン・パコの挑戦的な言葉にロドリゴは思わずサーベルの柄頭に手を掛けた。彼が日頃から名門貴族という家柄を鼻にかけ、ロドリゴを見下す態度には我慢ができなかった。たとえ恋敵でなくても、自分とは一生ソリの合う人間ではない。

しかもロドリゴが傍らに控えている時は、これ見よがしにアニータ姫の額に口づけする。姫の腰に手をまわす。

姫は額に垂れた髪をかき上げる振りをして、ドン・パコの体から身を外すのだが、その動作はぎごちなかった。

その時代、他にどんなに愛する恋人がいようと、どんなに気に染まぬ相手であろうと、貴族の姫としての運命は親や身内の決めた相手との結婚以外許されなかった。

顔も知らぬ相手との婚約を親同士、家同士で取り決められ、それが年齢不相応の伴侶でも、長年の宿敵だった家同士の和解のための政略結婚であっても、従わねばならなかった。誕生と同時に敵国の王家との結婚を約された王子王女は数知れなかった。

「クリオーリョはクリオーリョでも、そちの母方の祖父上（じじ）はモーロだとか。その証拠にそちの母姓、アベルーシアはアル・ラシッドと申すモーロの英雄の名から来ておるそうじゃな。道理で、そちも先の海戦で手柄を立てたわけじゃ。そちの体内にはアル・ラシッド以来英雄の血が脈々と流れておるに相違ない」

ドン・パコは冷笑した。この場でアニータ姫のロドリゴに対する恋心を徹底的に粉砕してやろう、という魂胆が見え見えだった。

モーロとはアラブ系アフリカ人。イベリア半島を数世紀に渡り支配したが土着のスペイン人の国土回復運動により次第に南下、一四九二年、グラナダのアルハンブラ城が陥落し、そのスペイン支配に終止符を打たれた人種。

多数はアフリカ大陸に逃れたが、イベリア半島に残り、イスラム教徒からキリスト教徒に宗旨替えをした人々はモリスコ（モーロ人改宗者）と呼ばれ、純粋なスペイン人から見れば一段も二段も低い階級の人種であった。

一度は冷静になったロドリゴだったが、ドン・パコの挑発に再び頭に血が上った。

「なんと仰せられる。いくら名門スニガ家ご一族のお方とは申せ、今のお言葉、聞き捨てにはできませぬ。我が家系は名門ベラスコ一族につながる家系、スニガ一族と比べて遜色のない家柄でござる。それがしに対する侮蔑であれば見逃しもいたしましょうが、我が祖先に対するそのお言葉、今すぐ取り消して頂きましょう」

「二人共やめて！」

アニータ姫が割って入ろうとした。それがむしろ二人の男の対立の炎に油を注いだ。

「姫はお下がりください。我が先祖を侮辱されておめおめ引き下がることなどできませぬ。さ、ドン・パコ、サーベルをお抜きください。それとも今すぐそれがしの足下に跪き、我が祖先に謝罪していただきましょうや」

言うが早いかロドリゴはサーベルを引き抜いた。

従者はドン・パコを守るように自分もサーベルの柄頭に手をかけ、若殿、お下がりくだされ、それがしがお相手いたす、と叫んだ。侍女は悲鳴をあげて姫の腕をとり、館へ連れ戻そうとした。姫はその手を振り払い、二人の間に割って入ろうとした。

危ない！　ロドリゴは叫んだ。

「姫はお下がりを。これは男と男の勝負でござれば」

ドン・パコはロドリゴの動きに目を凝らしながら、下がれ、と従者を制し、自分もサーベルを引き抜いた。

「姫、このクリオーリョを、新大陸の野蛮人を人間と思すな。野蛮人の分際で高貴な姫に想いを寄せるとは不届きなやつ、いざ参れ！」

野蛮人、の言葉を聞くやいなやロドリゴが雄叫びを上げてドン・パコに襲いかかった。ドン・パコはそれをサーベルの中央で受けた。金属と金属のぶつかる甲高い音が響いた。二人は同時に後ろに飛びすさった。ロドリゴは身構える間もなく再び前進して二の太刀を突き出した。ドン・パコは危うくそれをかわしたがロドリゴのサーベルの切っ先が左胸深く突き刺さり、どっと前のめりに倒れた。

勝負はあっけなく片付いた。ロドリゴは呆然としてその場に立ち尽くした。

ドン・パコはその晩、息を引き取り、ロドリゴはベラスコ家の館に預かりの身となった。

決闘は男の習い、それで相手の命を奪うのは罪にはあたらない。この時代、決闘は貴族社会のみならず一般庶民まで侮辱に対する雪辱の手段として当然の帰結とされた。

男たちは常にサーベルやナイフを持ち歩き、それが誤解から生じた侮辱であれ、侮辱に対する復讐であれ、簡単に腰の武器を抜き放ち、相手に襲いかかった。相手が自分より上の階級の者でも容赦はなかった。唯一例外は王から発せられた命令や侮辱だけだった。王権は神から発せられたもの、王命すなわち神命だったからだ。

「そちも思い切ったことをしてくれた」

ベラスコ一族の長ルイス・デ・ベラスコ・イ・カスティッリャ侯（通称「若殿」、ロドリゴの父ロドリゴ・デ・ビベロ・イ・ベラスコの従兄弟）は苦笑した。

「陛下には儂から申し上げておく。お咎めはあるまい」

ただし、と親指を立てる。

「儂の赴任時に供を、と思うておったがそちはできるだけ早うにメキシコに帰るがよい。ドン・パコの兄弟がいつ襲ってくるやも知れぬし、儂も第八代副王としてメキシコ赴任のご内定を受けてはおるが、正式着任はまだひと航海、ふた航海先になるであろうゆえ」

こうしてロドリゴは一五八八年の暮れ、メキシコへ向かうガレオン船団の一船客となってセビッリャを後に十二年振りの故郷へ、ベラクルス港へと向かったのだ。

供はアントン・ペケーニョ、メキシコを発つ時からの忠実な従者のみだった。

傍らに立つはずだったアニータ姫の姿は、なかった。一目でもメキシコを、我が故郷を見せたい、とあんなにも切望していたアニータ姫。

姫はドン・パコの死亡が確実になると、そのままサンタ・クルス家の邸宅を後にマドリードの「太陽の門」近くの修道院へ駆け込んでしまった、という。

王立跣足（せんぞく）派女子修道院。フェリペ二世の妹フワナ王女が創立した貴族の姫のみ入院を許可される修道院だ。（ちなみにこの院の付属礼拝堂で一六一五年二月、伊達政宗の遣欧使節支倉常長が受洗している。）

この院の戒律は厳しく、いったん入院すれば外出も手紙のやり取りも制限され、父や夫、兄弟、息子以外の男性は面会も許されないのだ。

こんなことになるとは…。こんな結末を迎えるとは思いだにしなかった。

もしや遠目でも姫の姿が垣間見られるのではないか。ロドリゴは幾度も修道院の入口に人目を忍んでたたずんだ。がこの堅固な建物に出入りできる者といえば馬車で中庭に乗り付ける修道女の家族か、裏口から出入りする下級修道尼か女召使ばかりだ。これはかりは男性の、見るからに猛々しい門番が近づく者を居丈高に追い払う。

こんなことになるとわかっていたら、ドン・パコの妻としてのアニータ姫を見る辛さの方が再び顔を見ることも叶わぬ今の状態より、どんなにかよかっただろうに。

いや、これでよかったのだ。アニータ姫を妻として我が物顔に見せつけるドン・パコを見れば、いずれ決着をつけずには置かなかったろう。今更後悔はすまい。

二

ここでメキシコの歴史を少々紐解かねばなるまい。

三万五千年前の氷河期、ユーラシア大陸とアメリカ大陸はベーリング海峡部分でつながり、その狭い陸橋を越えてアジアの北東端に居た人々がアメリカ大陸に移住した、と言う。この人々は温暖な地域を求めて大陸を南下、各地に集落や国を造り、遂には南アメリカの南端に達した。

その南下した人々のうち、現在「メキシコ」と呼ばれる地域に分布した人々は今筆者が取り上げている十六世紀までどのような歴史を辿ってきたのだろうか。

最初の文化・文明は紀元前十三世紀頃メキシコ湾岸ベラクルス地域周辺に発生し繁栄したオルメカ文明である。

この文明は四、五十トンもする巨大人頭などの巨石文化で知られるが、硬い石を彫刻する鉄器も車や牛馬という運搬手段もなかったのに、どのような技術で巨石を彫刻し百三十キロメートルも離れた産地から現在地まで運搬したか、それどころか彼らがどのような経緯で歴史の表舞台から姿を消したのか、いまだに謎である。

メキシコ南部からユカタン半島全域とグアテマラ一帯にも紀元前十世紀頃から別の文明、マヤ文明が発達していた。彼らは焼畑農業の必要性から積年の天文観測により正確な暦を作成した。現在我々の使っているグレゴリオ暦は一年を三六五・二四二五日と計算したもので三千三百年間で一日のズレができる。ところがマヤ暦は一万年に一日しかズレが出ないという。

このように高度な文明を持ったマヤ人だが、紀元十世紀には各所にあったピラミッド型神殿も破壊され、都市そのものも放棄され、遂にはマヤの人々自体行方不明となってしまった。原因は諸説あるが定説は未確定である。

一方、紀元前二世紀頃海抜二千メートルのメキシコ中央高原では別の文明が発生していた。メキシコ市から北東約五十キロメートル、現在メキシコ観光の目玉となっている巨大な太陽と月のピラミッドを持ったテオティワカン文明である。紀元五～七世紀にかけて最盛期を迎え、人口はらしい。

二十万人、同じ頃の唐の長安やビザンティン帝国のコンスタンティノープルと同規模の都だった

しかし八世紀の中頃、原因不明の大火で一挙に壊滅、住民の行方も不明となっている。

紀元十世紀頃、そのテオティワカン文明衰退の地にトルテカ人が勃興した。彼らはトゥーラに都を定め、太陽神を最高としながらも、その他に文化一般を司るケツァルコアトル神（羽毛を持つヘビ）を信仰し、その神殿となるピラミッドを建設した。

九六八年、トルテカ王トピルツィンは自らをケツァルコアトル神の化身と名乗り、それまでメキシコ文明に一般的だった人身供御を禁止、代わりにヘビ、鳥、蝶を生贄として捧げるよう人民を教化した。ところが軍人を主勢力とした反対勢力が台頭、九八七年トピルツィン＝ケツァルコアトルとその信奉者を東方に追放した。

トピルツィンは「一の葦の年（西暦一五一九年）自分は必ず帰ってくる」と言い残して東の海岸から沖へ去った、と言われ、これが後のアステカ族の世になっても長く人々の脳裏に刻み込まれ、スペイン人侵入の際の戦意喪失に繋がった。

一方、トルテカ王国自体は、その後二百年の間にメキシコの東西海岸まで支配するに至った。

その間、彼らの太陽神信仰は恐怖の信仰へと変わっていった。農業国家トルテカ王国にとって太陽神は生殺与奪の源だった。太陽神が夜の闇の神に打ち勝って翌朝出現するには、栄養となる人間の心臓とそこから流れ出す血とを捧げねばならない。彼らは生贄獲得のためにのみ「花の戦

争」と称して他部族を襲った。

この無茶な戦争のせいか、十四世紀初めトルテカ王国は衰退、代わりにテスココ湖周辺にアステカ族が台頭した。

彼らは「鷲が留まるサボテンの島」に建国せよとの神託を信奉、テスココ湖中に予言通りの小島を発見し、一三四五年、首都テノチティトランとした。テノチティトランとはサボテン（テノチトリ）の生える土地の意味だ。現在の赤・白・緑のメキシコ国旗の中央に描かれている国章がそのヘビをくわえた鷲のデザインである。

彼らは自分たちの神「ウィツィロポチトリ（太陽と戦争の神）」をメシカと呼び、自分たちを「メシカの民」と呼んだ。現在の国名メキシコの起源だ。

十五世紀半ばテノチティトランは人口十万人を数える大都市となった。テスココ湖は塩湖のため、飲料水は対岸から地下に埋設された水道によって供給された。島と周辺を結ぶ堤道はカヌーの通行を妨げないよう各所で分断され、歩行者はその切断部分に木の板をかけて渡った。車も牛馬も存在しなかったため、すべての運搬・往来は人力で行い、したがって広い車道も頑丈な石道も不要だったのだ。

アステカ王国の住民はそれまでの諸部族同様、人間を太陽神に捧げる、という残酷な宗教を除けば当時の世界の他の大都市と同じように平和裡に暮らしていた。

一五〇二年、モクテスマ二世が即位した頃王国は一大繁栄期を迎えていたが、同時にトルテカ族から引き継いだ恐ろしい予言の年「一の葦の年」が近づいていた。

歴史の偶然か、まさにその頃、旧大陸からの航海者が新大陸に迫っていた。クリストファー・コロンブスだ。彼は国土統一したばかりのスペインのイサベル女王の資金援助を得て、大西洋を西に向けて出航、一四九二年ついに新しい陸地を発見した。カリブ海に浮かぶ西インド諸島である。

コロンブスは終生新大陸の土を踏まなかったが、その後二十年間にスペイン人はカリブ海をほぼ制圧した。

一五一九年二月、エルナン・コルテス（一四八五～一五四七）と配下の兵士五百人はキューバを出発、奥地にあるという「黄金境（エル・ドラード）」を求め北米大陸探検の途についた。

途中、マヤ語を話すスペイン人修道士ヘロニモ・デ・アギラール師に遭遇、その道案内でメキシコ湾岸、現在のベラクルス港付近に上陸し、大規模の基地を建設、ベラクルス（真の十字架）と名付けた。スペイン人が新大陸に建設した初めての都市であり、以後ヨーロッパから新大陸への船舶の玄関口となり現在に至っている主要港だ。

一行はユカタン半島の付け根タバスコで原住民と初めて一戦を交えたが、大砲や小銃、鋼鉄製のサーベルで武装した彼らは、弓矢や黒曜石のナイフで刃向かう約三万人のタバスコ兵なども の数ではなかった。二日間の戦闘の後、タバスコ族は降伏し、大量の黄金と二十人の若い女性を差し出した。その中にアステカ族の公用語のナワトル語とタバスコ族の話すマヤ語を操る娘、マリンチェがいたのはコルテスにとりこの上ない幸運だった。聡明な彼女はたちまちスペイン語にも上達し、コルテスの片腕としてなくてはならぬ存在となった。

その上さらに別の幸運が彼らを待っていた。奥地で強大な勢力を張るアステカ族の、トルテカ族から植えつけられた恐ろしい伝説、例の「一の葦の年、復讐のためケツァルコアトル神が帰ってくる」という伝説である。

伝説におびえるアステカ族とは逆に彼らの暴虐に苦しんでいた周辺部族は待望の神が上陸したと聞いて小躍りした。彼らは自ら「戻ってきた神」に接近してきた。

コルテスも喜んだ。強大で一枚岩だと思っていた原住民がいくつかの部族に分かれ対立しているという事情がわかったからだ。これを利用しない手はあるまい。

一五一九年八月一六日、コルテスは三百人の歩兵、一五人の騎兵、二千人の原住民兵士を従え、いよいよアステカ族の首都テノチティトランをめざし出発した。

三百キロの道中はけわしい山道や悪天候で難渋を極めたが一行の士気は衰えなかった。目の前に黄金の瓦、黄金の柱を持つ家々がちらついた。

途中の反アステカ群落で住民を懐柔したり、親アステカの町で住民を大虐殺したりしながら、一行はひたひたと首都テノチティトランへ迫った。

この報にアステカ王モクテスマは一計を案じた。ひとまず平和裡に彼らを首都に迎え、様子を見るにしくはない。

一五一九年十一月八日、モクテスマは首都への堤道上でコルテス一行を出迎えた。

道中スペイン人達は沿道のアステカ人の生活をつぶさに観察することができた。

市場には主食のトウモロコシパンやリュウゼツランから作るテキーラ酒、金銀の宝飾品などの品物があふれ、人々はカカオ豆の通貨で取引している。口に加えた草の棒の先に火をつけ、その煙を吸い込んでは吐き出す奇妙な人々もいる。

石造りの壮麗な宮殿、ドーム屋根の天体観測塔、住民達の見事な衣装、清潔な街路。市場の片隅には公衆便所まであった。当時のヨーロッパにはトイレの設備がなく、人々は大小便を庭や階段の隅で済ませるか、あるいは便器に取った排泄物を窓から街路に投げ捨てていたのだ。

スペイン人たちの緊張が緩みかけた時だった。

「あれはなんだ?」

一行の一人が指を上げた。目の前に巨大な建造物が立ちはだかり、大勢の人々が取り囲んでいる。見上げればその頂上には異形の神像が祀られ、その正面の台の上に一人の男が仰向けに横たえられている。白い衣装の神官が黒曜石のナイフをその男の胸に突き刺し、まだ脈打っている心臓を祭壇に恭しく捧げた。

「生贄の儀式だ!」

一人の兵士が身震いしながらうめいた。その儀式については既に聞いてはいた。が実際に目にするのとは衝撃がまるで違う。一同は声もなくその光景から目を背けた。

「悪魔だ。ここは悪魔が支配している国だ」

アギラール師が胸の前で激しく十字を切った。一刻も早くこの忌まわしい神殿を打ち壊し、我らの十字架と聖母子の像を祀らねばならぬ。

コルテスは違った。彼は市場の金銀細工やそれらを身に付けた貴族や庶民に目を奪われていた。たしかにここは黄金境だ。自分は今その真っ只中にいるのだ。

しかも戦士達の武器の貧弱さはどうだ。美々しい羽飾りを付け、ナイフや大弓で武装しているが、銃も大砲もなく、馬もいない。征服しようと思えば、ひとひねりだ。

十一月十四日早朝、コルテスはモクテスマを襲い捕虜とし、諸国から金銀を運び込ませた。神殿は破壊され、代わりに巨大な十字架と聖母子像が建てられた。

一方、アステカの人々の間に不審の念と反抗の念が次第に湧き起こってきた。おかしい、あの白い人々は本当にケツァルコアトル神なのか？　たしかに生贄の儀式はなくなったが、奇妙な十字形の木材と裸の子供を抱いた女の像を崇拝せよという。しかも今まで神にも等しいと拝跪させられていたモクテスマ王があの白い人々に唯々諾々と従っている。

新王を立てよう。モクテスマの弟のクイトラワクを新王に戴き、その指揮下に偽の神々を追い払い、アステカ王国を再建するのだ。

翌年一五二〇年、人々は五月の大祭礼の準備にかこつけ密かに反乱の準備を整え始めた。戦士達は「花の戦争」用の衣装を身に付け、進軍太鼓を打ち鳴らした。町中にかがり火が焚かれ、生贄からはがした生皮を被って踊る神官の異様な姿がその炎に浮かび上がった。

折からコルテスは一時ベラクルスに引き返し、わずか百人足らずで留守を預かっていたスペイン人達は驚愕した。気が付けば周囲は数万人の言葉も通じない「生き物」に囲まれている。

当時のスペイン人にとって原住民は単なる「生き物」だった。彼らにとって「人間」とは理性を持ち、キリスト教の神から祝福された者たちであった。

一方、原住民にとってもスペイン人は人間ではなかった。馬を知らない彼らにとってスペイン人騎馬兵士は二つの頭、六本の足を持ち、火を噴く棒を持つ邪神であった。

原住民反乱の報を聞いてコルテスが駆け戻った時、スペイン人達は宮殿に幽閉されていた。コルテスもワナにかかり同じく幽閉された。

六月二十六日、新王を戴き士気も高揚したアステカ軍の総攻撃が始まった。反乱軍を説得しようとしたモクテスマは戦士たちの投石と槍の標的となり息を引き取った。

千人を越えたスペイン人のうち、生きてベラクルスに戻れたのは半数ほどだった。

ところがアステカ人の恐怖心が再び強まる出来事が勃発した。クイトラワクはじめ周囲の者達が原因不明の高熱と全身を覆う腫物でのたうち回りながら死んだのだ。スペイン人が持ち込んだ天然痘が原因だった。この病はそれまで新大陸には存在しなかったため、原住民はこれに対する抵抗力も療法も持たなかった。

やはりあの人々は神ではないか？

人々は再び疑心暗鬼にとらわれ始めた。

一方、命からがらベラクルスに戻ったコルテスは反撃を開始した。十二月、テスココ湖岸の都市や集落を大砲で陥落させ、首都への堤道や水道管を切断した。

新王クワウテモクはモクテスマの甥にあたる二十五歳の勇猛な青年だった。コルテスがいくら大砲や小銃で攻撃しても地の利を熟知したアステカ兵は都を防衛した。

しかし湖岸との連絡を断たれた籠城軍は次第に食料、飲料水、武器の欠乏に悩まされ始めた。人々はなんでも食べた。が、水の不足は致命的だった。万策尽きたクワウテモクは脱出を試みたが、たちまち捕虜とされた。

かくて一五二一年八月十三日、アステカ帝国は滅亡した。

この光景は二十世紀にメキシコ人画家ディエゴ・リベラが首都中心部の大統領宮殿（旧副王館）二階に描いた大壁画によって今も想像することができる。

三

スペイン人はアステカ征服を終えるとメキシコの地に徐々に定着していった。この地は略奪した金銀以外にも計り知れない富が埋蔵されている、とさとったからだ。

まず広大な地、温暖な気候があった。トウモロコシ、トマト、熱帯の果物、タバコ、唐辛子、ジャガイモ等々旧大陸にはない食料や嗜好品がいくらでもあった。

本来、征服者達は、新大陸の原住民（コロンブスが発見地をインドと誤認したため、彼らはインド人、「インディオ」、と呼ばれた）をカトリック教徒に教化する義務を本国政府から「委託」され、その報酬として原住民の労力を一定期間使用できる、という権利を得たにすぎなかった。

しかし命を賭して新大陸を征服した彼らが、本国の王やその官僚達の勝手な政策に、はい、左様ですか、と服従するはずがない。

彼らはまず征服地を仲間内でそれぞれに分配し、農場や牧場にあてた。馬、羊、牛などの家畜を旧大陸から持ち込んだ。サトウキビやコーヒーもこの地に根付かせた。新しく金銀鉱山も開拓し、鉄鉱山も開発した。

征服当時約千五百人だったスペイン人は、その後五百ほどの委託地（エンコミエンダ、後に荘園とも言われた）を所有し、あたかも封建領主のように振る舞った。獲得した土地に先祖から居住していた原住民にカトリックを強制した上、奴隷として牛馬のように酷使した。

原住民は過酷な労働と旧大陸から伝染された天然痘や結核などの疫病のためバタバタ死んでいった。

メキシコ中央高原に約百五十万人いた原住民が五十年後にはわずか三十五万人に激減したという学者もいる。

この状況を見かねた同じスペイン人の宣教師ラス・カサスは『インディアス破壊を弾劾する簡略なる陳述』（邦訳―現代企画室）という著書で征服者達の横暴を本国政府に告発した。が、その告発というよりインディオ人口の減少と征服者達の王権無視の専横に対し、政府は一五四二年、インディアス新法を成立、荘園の制限とインディオの奴隷化を禁止した。

特に「新スペイン総督」の名称を濫用、メキシコ王のように振る舞うコルテスをこれ以上のさばらせるわけにはいかない。官吏を派遣し、新大陸をスペイン本国の直轄地とし、王室に直接新大陸の富を導入しなければならぬ。

この動きを察したコルテスは本国に戻り、執拗にメキシコ征服者としての名誉と権利を主張したが、政府は彼のメキシコ再渡航すら認めなかった。一五四七年、この新大陸征服者は失意のうちに六十二歳の生涯を閉じ、かくしてスペイン人のメキシコ征服史は第二段階に入った。

一五三五年十一月、初代副王として大貴族アントニオ・デ・メンドサ・イ・パチェコが派遣された。

副王とはスペイン国王の代理人として新大陸のメキシコ、ペルーに派遣される高級官吏のことで、名門貴族が任命されるのが常だった。

以後、副王以下高級官僚がメキシコ市（かつてのテノチティトラン）を中心にスペイン宮廷と同じような支配体制を構成し、各地の原住民を征服、広大なメキシコを次々に植民地として開拓していった。

初代副王メンドサ・イ・パチェコは有能な官吏だった。

メキシコ市を副王領の首都としてインフラを整備した。征服者達を副王宮廷の官吏に取り立て、少しずつ彼らの権限や荘園を縮小していった。インディオ達の待遇を改善する法令も制定した。彼の治政十五年間にメキシコの支配体制はほぼ確立、その体制は一八二一年、メキシコがスペインから独立するまで実に三世紀近く続いた。

第二代副王ルイス・デ・ベラスコ・イ・ルイス・デ・アラルコン（通称「老公」）も篤実な人柄で誠実に治政に当たったが、任期中の一五六四年、メキシコで逝去した。

その「老公」の妹アントニア姫とスペイン本国で結婚したのが、本書の主人公ロドリゴの祖父で騎士（イダルゴ）階級出身のロドリゴ・デ・ビベロ（母姓は不詳）であり、その息子で「老公」に従ってメキシコの地を踏み定着したのがロドリゴの父、ロドリゴ・デ・ビベロ・イ・ベラスコだった。

ロドリゴの母メルチョーラ・デ・アベルーシアも幼い頃両親と共にメキシコに渡った。その父マルティン・デ・アベルーシアがどのような経緯で新大陸に渡り、どのような事績を積んだのかは定かではないが、メルチョーラは十六歳になった一五六二年暮れ、コルテスの従兄弟にして秘書だったアロンソ・バリエンテと結婚した。

アロンソは征服者として広大なテカマチャルコの荘園とその荘園の八千人もの原住民を支配する特権を与えられていた。

テカマチャルコは肥沃な農地、四季を通じて温暖で乾燥した気候、オリサバ山から流れてくる豊富な水量に恵まれた土地で、アロンソはその地の利を生かし、旧大陸から運んだ数万頭の牛馬や羊を飼い、サトウキビを植え、水源近くに製糖工場を建てた。

そのアロンソが最初の妻フワナ・ルイス・デ・マンシッリャに先立たれ、生粋のスペイン女として征服者達の憧れの的に成長した若く美しいメルチョーラを娶(めと)ったのは、いったいどのような理由だったのだろう。しかも八十二歳という高齢で。

結婚後わずかひと月後の一月六日、アロンソは亡くなった。先妻との間にも子供を持たなかった彼は、遺産としてテカマチャルコの荘園をそっくりメルチョーラに残した。

アロンソの死からわずか三カ月後の三月二十五日、メルチョーラはその遺産を持参金として弱冠二十四歳のデ・ベラスコと再婚した。この結婚の経緯も詳らかではない。

そして翌年一五六四年の暮れ、生まれたのが本書の主人公ロドリゴ・デ・ビベロ・イ・アベルーシアである。父からは同じクリスチャン・ネームと名門ベラスコ一族の父姓と血統をもらい、母からは祖父の姓アベルーシアとテカマチャルコの荘園の後継者として。新大陸生まれの二世として。メキシコの最上流支配階級の一員として。

そして十二歳でスペイン本国宮廷に出仕、イギリスとの海戦など我々が見て来た様々な体験を経て、二十四歳の今、生まれ故郷のメキシコに帰ってきたのだ。

ロドリゴ帰国の翌年一五九〇年一月、副王が交代した。

新任の第八代副王はロドリゴの父デ・ベラスコの従兄弟にあたるルイス・デ・ベラスコ・イ・カスティッリャ侯。ベラスコ一族の長であり、第二代副王、「老公」、の息であり、なにより今回ロドリゴがドン・パコ殺害の折、身柄を預かってくれた大恩人でもあった。

「いよいよ我らが一族の『若殿』が新副王の任に就かれた。なんと申しても一族から副王閣下が任命されるというのは名誉なことじゃし、これからは何事につけ我らを擁護してくれよう。『老公』ご逝去後はベラスコ一族の副王はおられず、その後の副王閣下は我らに対し若干よそよそしいお扱いじゃった。が、これからは我らの『若殿』が執政される。『若殿』は『老公』の副王時代補佐官として仕えられ、我が荘園もようご存じじゃ」

ロドリゴの父デ・ベラスコは、新副王着任の報が届いて以来すでに何回となく繰り返した言葉をまた繰り返した。

前副王アルバロ・マンリケ・デ・スニガ侯がテカマチャルコの領地拡張の際それほど大きな特典を与えてくれなかった上、ロドリゴが殺害したドン・パコとスニガ家は同族、双方が気まずい間柄だったのかもしれない。

父上には申し訳ないことをした、とロドリゴは内心忸怩（じくじ）たる思いだった。

副王は、本国政府の意図を汲んで公明正大な政治を行うのが義務で、初代からの副王はほぼ忠実にそれを遂行していた。が、その遂行のためには命を賭して仕えてくれる一門同族の人々が必要だった。その代わり、その人々の荘園その他の諸権利を保証、副王府の官吏に登用、本国宮廷官吏に斡旋するのだ。

デ・ベラスコが新副王着任の祝意を兼ねて、ロドリゴを伴い、早々に副王府に出府するのもその目的であった。

「そちの留守中に首都も随分変わった。副王宮殿や大聖堂に囲まれた中央大広場を見れば、本国の地方都市とさして変わらぬ佇まいじゃろう」

馬を進めながら父デ・ベラスコは感慨深げに言った。

その言葉にロドリゴは首都メキシコ市に向かうプエブラ街道を改めて見回した。

十二年前初めて副王宮殿目指して辿った頃はたしかにこの街道はまだ狭く、所々ぬかるんだり埃が舞い上がっていたが、今は大型馬車がすれ違えるほど幅も広く、石畳と紛うほど固く踏み固められていた。

道の両側には誰の所有か広大な農園がどこまでも続き、トウモロコシや小麦が豊かな葉を茂らせている。遠くの牧場には牛や馬、羊の群れがのんびりと草を食み、その先にはさらにポポカテペトル、イスタクシワトル両火山が噴煙を上げていた。ヨーロッパにはない雄大な風景だ。

プエブラ街道を抜け、メキシコ市を取り巻く外輪山の峠からメキシコ盆地を遥か眼下に鳥瞰した時、ロドリゴは再び目を見張った。

父の言葉通り、今見下ろすメキシコ市は首都としての威容を整えつつあった。テスココ湖はほぼ埋め立てられ、そこにスペインの伝統的な碁盤目の街路区画が出来上がっていた。

原住民にこれまでの文明が新しい文明と根本的に変わったという意識を植えつけるため、アステカ王国の政治的・宗教的心臓部だった神殿・王宮を徹底的に破壊し、その跡地に破壊した建物の石材を用いて新首都の心臓部を建設したのだ。

中央部に矩形の現在ソカロと呼ばれている大広場、その東面に副王宮殿（現大統領宮殿）、北面には建設途上の大聖堂、南面にメキシコ市庁舎、西面には商店や旅館が配置されている。

ロドリゴは父について大広場へ馬を乗り入れた。マドリードの大広場や太陽の門広場にも劣らぬ大変な賑わいだった。顔つきも骨格も肌色も様々な人間たちが、それぞれその階層や出身地に相応しい服装で歩いている。原住民の短身と黄色い肌。ヨーロッパ系の長身、白い肌。アフリカ系の頑健で黒い肌。それらの混じり合った人々。

豊富な商品を並べた屋台や敷物から商人たちが大声で客を引き、トウモロコシパンの強烈な臭いがあたり一帯に漂っている。山と積まれたマンゴー、パパイヤ、トマト、オレンジ。イギリスとの海戦時、渇きに苦しむ夢枕や幻影に幾度も現れた果物群だ。

ロドリゴは大きく息を吸い、広場一杯から立ち上る祖国の臭いを吸い込んだ。

第八代副王ルイス・デ・ベラスコ・イ・カスティッリャ侯は副王宮殿謁見の間でロドリゴ父子を迎えた。五十歳。細面で長身、典型的なスペイン貴族だ。

「ご無事なご着任、祝着至極にござります。このたびは私事でご迷惑をお掛け致しました」

ロドリゴは片膝をつき、深々と頭を下げた。侯はロドリゴを抱擁し、親しげに背中を叩いた。

「帰国したからには旧大陸のことは忘れ、ここでしかできぬ働きを見せてもらおう」

ベラクルス港内サン・フワン・デ・ウルーア要塞警護の任だった。ヨーロッパと新大陸との出入口、エルナン・コルテスが初めて新大陸へ足を踏み入れた地、イギリス人海賊に何度も襲われるなど歴史的、地理的にスペインにとり、またメキシコにとり、最重要な要塞だ。

「余は手始めにこの要塞の増強を命じた。これまでは貧弱過ぎて要塞と呼べる代物ではなかった。海賊共にねらわれるわけじゃ。対岸のベラクルスの町も拡張する」

ドン・ルイスは一息に言った。新任の地で名副王と言われた父にも勝る政治を、との強い意気込みが伝わって来る。

「要塞警護の上、キューバ総督と共に本国との往還船団のカリブ海航路全般の警護じゃ」

若いロドリゴにとってこれ以上名誉な職はない。ロドリゴは丁重に命を奉じた。

サン・フワン・デ・ウルーア要塞はベラクルス湾内の、アステカ時代からウルーアと呼ばれた小島を堅固な石垣で固めた五角形の砦だった。一五六八年、嵐を避けるため入港したイギリスの海賊船団六隻はスペイン守備隊に撃破され、四隻が沈没、五百人が命を落とし、これが一五八八年のスペイン・イギリス海戦の発端となった。

海賊どもはその大戦後も相変わらずカリブ海を荒らし回り、スペイン側船舶や港湾施設を破壊、略奪していた。

ロドリゴの任務はその海賊達をメキシコ沿岸やカリブ海の島々から追い払い、新大陸の富を本国に運搬するスペイン艦隊を彼らの襲撃から守るという大任だった。

着任のその日からロドリゴは沖合遥かに見える船影を敵か味方か見定め、敵なら追い払い、味方なら港に誘導する、一瞬とも気の抜けぬ任務の日々を送ることになった。

カリブ海域は熱帯性気候のため一年中蒸し暑かった。

ベラクルスには後年シンボルとなった白壁赤瓦のコロニアル風家屋はまだ少なく、原住民の住居にならってシュロの葉で葺いた屋根、板壁の家が整然たる区画で並び「板壁の町」と呼ばれていた。

日中人々はその板壁の家屋に閉じこもり、強烈な暑さをやり過ごす。夕方スコールが通り過ぎ、町中にさわやかな海風が吹き渡ると街路や広場に繰り出し、長い熱帯の宵を楽しむのだ。

任務について半年、宵の涼風と共にロドリゴは町に出た。久し振りの陸地、久し振りの平和で快適な束の間の休息だった。

町長に宴に招待されていた。大理石造りの町庁舎は板壁の家々を睥睨(へいげい)するかのように豪壮だった。なんと言っても大スペイン帝国の新大陸における玄関口の庁舎だ。

入口から大広間まで明々とシャンデリアが灯され、白髪の町長夫妻が広間入口で恭しくロドリゴを迎えた。挨拶が済むと、待ちかねたように軽快な音楽が始まった。スペイン宮廷で習い覚えたワルツやポルカでなく、メキシコ特有のリズムだという。

「閣下、ご紹介申し上げます。私どもの遠縁にあたりますレオノール・デ・サーベードラ。今宵の閣下のダンスのお相手を申しつけました」

夫人は一人の若い娘の手を取ってロドリゴに引き合わせた。その娘が深く膝を折って顔を上げた瞬間、ロドリゴは思わず息を呑んだ。

アニータ姫……。

スペインで恋焦がれ、その婚約者ドン・パコをそのために殺害、揚句、修道院に逃げ込まれ、一生顔を見ることも不可能になった、あのアニータ姫。

なぜ姫がここに？　夢ではないか、そんなはずはない。

ロドリゴは頭を強く振り、我に返った。

レオノールと呼ばれた娘が不審げにロドリゴを見上げていた。娘の金髪がシャンデリアの灯りにまばゆい。

どんなにかこのような宵を想像したことだろう。

若い娘を抱き、音楽に合わせて踊る。ただその若い娘はアニータ姫でなければならなかった。しかしもはや姫はいない。ここはメキシコの地だ。あんなにも姫を案内したかったメキシコの地だ。そして代わりに姫の化身のようなレオノールが目の前にいる。

ロドリゴはレオノールの手を取った。踊りは苦手だったが、貴族のたしなみだった。レオノールは、しなやかな身のこなしで巧みにロドリゴを新しいリズムに慣らしてゆく。しかもこのリズムは簡単だった。太鼓の低音に合わせてステップを踏みかえさえすれば、誰にでも踊れる。二人は続けて三曲踊った。

町長夫人がレオノールと交代した時、ロドリゴは何気なく彼女の素性を尋ねた。

「アロンソ・デ・ロブレド船長（カピタン）とベアトリス・サーベードラのお子なのです。ま、庶子でございますね。ただ正夫人たる奥方さまが嫉妬深いお方で認知や相続をお認めになりません。船長（カピタン）もお困りになり、遠縁にあたる私どもが当地に赴任の折、お預かりしました」

小柄な夫人は背伸びしてロドリゴの耳元にささやく。

サーベードラと聞いて、ロドリゴは先の海戦時たった一度だけ紹介された二十歳も年上の貧相な男の顔を思い浮かべた。ミゲル・デ・セルバンテス・イ・サーベードラ。（この時から十年後不朽の名作「ドン・キホーテ」を著わしてシェークスピアと並び世界文学に不動の地位を築いたスペインの文豪。）遠い祖先は同族かもしれない。

「十八歳になりそろそろ結婚を、と思っているのですが、亡くなった母親の出自が平民で遺産もなく、結婚に必要な持参金もございません。私どもも少々頭を痛めております」

当時スペインでは、結婚に際し、花嫁は相当な額の結納金を花婿側に支払わねばならなかった。娘の結婚のため財産を手放したり、莫大な借金を背負う父親も少なくなく、またその力もない家の娘は泣く泣く結婚をあきらめ、修道院に身を投じることさえあった。

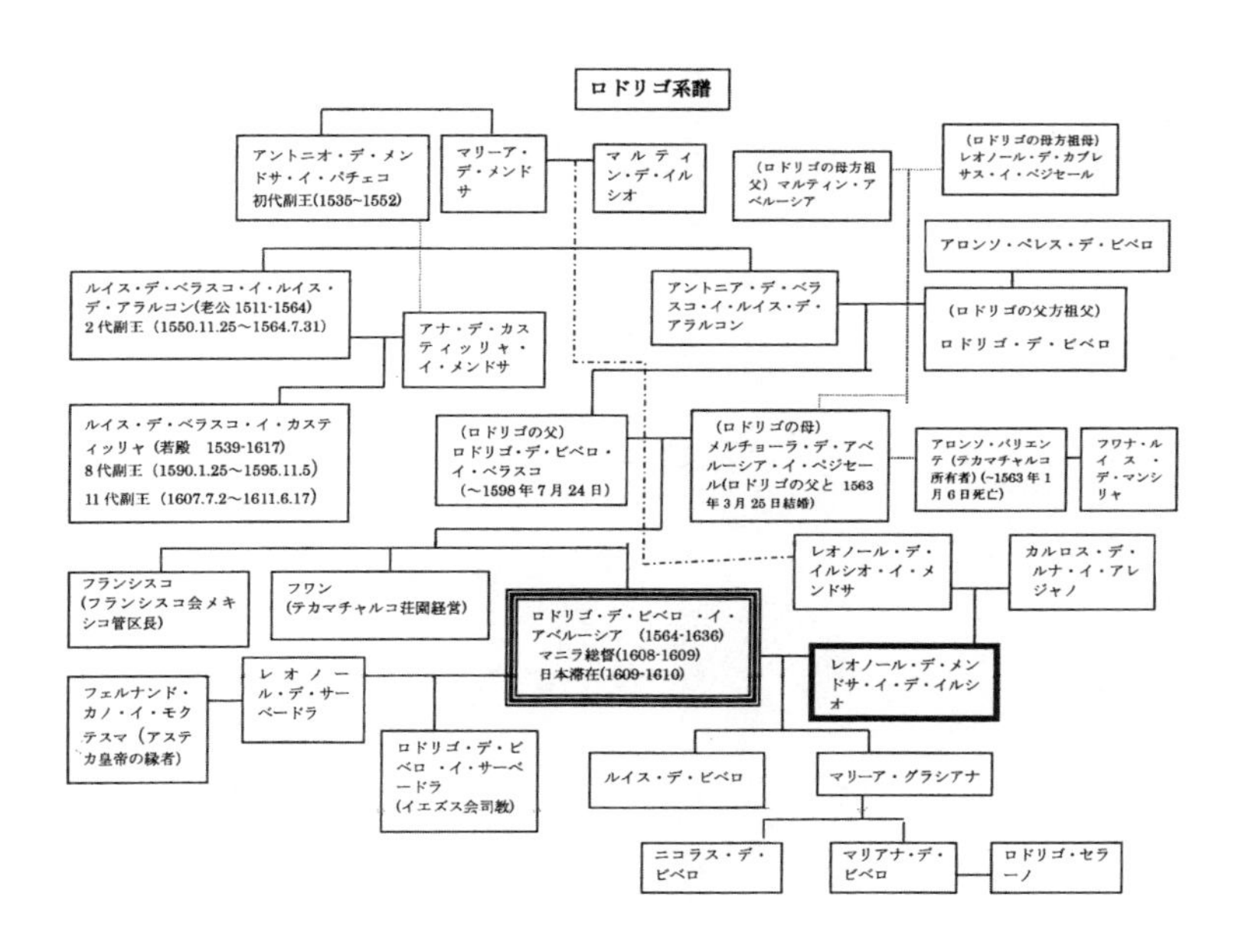

持参金か。持参金などいらぬ。彼女を我が物としたい。

二度目にレオノールと踊った時、ロドリゴはすでに彼女のスミレ色の瞳から目をそらすことができなかった。

二人の恋は急速に進んだ。任務の合間ロドリゴは足しげくレオノールを誘い出した。

ベラクルスの町は拡張中とはいえ、街路を抜けるとすぐ海だ。二人は馬を並べ、ある時は海岸線に沿って北上し、ある時は南下した。

当初はアニータ姫の化身と思っていたレオノールがようやく一人の別人格と思えるようになった時、ロドリゴはレオノールの妊娠を知った。

彼女を妻にできぬか、真剣にそう思い始めた頃「若殿」から結婚を言い渡された。

相手はレオノール・デ・メンドサ・イ・デ・イルシオ。ここベラクルスのレオノールと同名だが、初代メキシコ副王アントニオ・デ・メンドサ侯の妹マリーア・デ・メンドサ姫の孫姫にあたる。父は征服者で後ユカタン半島総督になったカルロス・デ・ルナ・イ・アレジャノ。これ以上の縁組はあるまい、と「若殿」はご満悦だという。

主命には背けない。そうかといって今自分の子を宿しているレオノールと別れることもできない。なによりこのレオノールはいとしい。

ロドリゴは生まれて初めて煩悶した。

レオノールもこの結婚話を聞き、泣いた。自分が庶子でこの世に誕生し、父からは認知されず、財産も後ろ盾もない。ようやくロドリゴという伴侶を得て一子まで授かるというのに、自分はその伴侶と正式に結婚もできず、その子まで誕生すれば庶子として扱われるのか。

「心配すな。たとえ副王閣下のご命令で結婚したとしても、そちこそ我が正妻と思うことには変わりない」

泣きくれるレオノールの背を撫で、抱きしめるがどうすることもできない。

しかもレオノールの出産より早く転任命令がやってきた。メキシコ市よりさらに北方の、いまだスペイン政府に従属していない原住民の討伐に進攻せよ、という。

ベラクルスからメキシコ市に至る宿場町ハラパやプエブラ、また近年続々開発されたサカテカスやグアナフワトなどの銀鉱山付近は、いち早くこの七十年間で植民地建設が終了していた。が、それ以北、後のアメリカ合衆国に至る広大な地域はまだまだ未開の地で、原住民が折あらば逆襲、とて各所で火の手を上げていた。その原住民を討伐、スペイン王の威光とキリスト教を知らしめよ、というのだ。

その折、父のデ・ベラスコから使いが来た。

ベラクルスのレオノールのことは承知している。生まれる子はテカマチャルコで育てよう。そちがレオノール姫と結婚、原住民征服から帰任しても当分は宮仕えでメキシコ市に留まることになろうし、また別の任務につくこともあろう。そちに庶子がいると姫に気づかれても実際に会うことはまれであろうし、世間にそんな例はいくらもある。

ロドリゴは驚嘆した。父上はなにもかもご存じだ。

もっともここベラクルスは、テカマチャルコとは険しい山地こそへだてているが、距離的にはわずかの距離だ。父上はとっくに私の行状を誰かから報告されているのだ。

レオノールは無事男の子を出産し、その子はロドリゴの名を取ってロドリゴと名付けられた。

当初レオノールは自分の手元で育てることを主張した。が、町長夫妻に、

「子供の将来を考えよ。ビベロ家に認知してもらい、テカマチャルコで育ててもらうがよい」

という言葉に、泣く泣く赤ん坊を手放すことに同意した。

デ・ベラスコはレオノールをさすがに哀れと思ったのだろう。引き取った子供に父姓を付ける

ことを許し、子供は正式にロドリゴ・デ・ビベロ・イ・サーベードラと名乗ることになった。

デ・ベラスコはまた莫大な持参金を付けて彼女に相応しい夫を見つけた。フェルナンド・カノ・モクテスマ。モクテスマという母姓からもわかるように滅亡したアステカ王の遠縁にあたる若者だった。父はエルナン・コルテスに従ったカノ姓の征服者。典型的なスペイン系と原住民系混血だった。

その間、ロドリゴは首都でレオノール姫と結婚した。これはまさにスペインの名門貴族数家系を結ぶ政略結婚そのものだった。これによりロドリゴは栄光の一族として、ある時は北方地域の蛮族を平定し、ある時は副王宮殿内で「若殿」の傍近くに侍従として仕えた。

レオノール姫はいかにも高貴な家系の血を引く華奢な体付きの淑(しと)やかな女性だった。たまにテカマチャルコに行くことはあっても親族の住まう首都の館を好んだ。

まもなく男の子が生まれ、ロドリゴはこの子に「若殿」ドン・ルイスにあやかってルイスと言う名を付けた。

ただこの子は生来虚弱体質だった。透き通るような白い肌、抱くと折れてしまいそうなか細さ。妻のレオノールは不憫でならないらしく、この子の養育は乳母はじめ誰の手にもまかさず、片時も手元から離さない。

久し振りに首都の自邸へ戻ったロドリゴは一向に成長の跡の見えぬ息子を抱き上げた。

「ルイス、これは父の持ち帰りし黒曜石の短剣ぞ。切れ味は鋼鉄のサーベルにも負けぬ」

原住民討伐の折に持ち帰った敵首領の短剣を持たせようとしたところ、ルイスが自分の差し出す短剣の方向とは違った方向に手を差し延ばすのに気づいた。

「どうした、ルイス、これが見えぬか」

ルイスは目をいっぱいに見開いて父の声のする方向へ、か細い両手を差し出す。

「どうやらこの子は視力が弱いようでございます」

レオノールはロドリゴの顔を傍らから見上げて言った。彼女は次の子供を妊娠していたが、自分の体調より長男の遅い成長ぶりが気がかりでならない様子だった。

「なんの、大事ない。ルイス、肉は食べておるか。祖父上の牧場で育った極上の牛やトリの肉ぞ。そうじゃ、たまにはテカマチャルコへ連れて行って馬にも乗せよう。祖父上と三人で広い牧場や製糖工場を見回るのじゃ。祖父上も楽しみにしておられようぞ」

言いながら、それにしても自分の言葉に一言も答えない息子が気がかりだった。この子は視力以外にも、聴力に、ひょっとして知能にも異常があるのではないか。

この子が一人前に成長した暁、副王の高級官吏職やテカマチャルコの荘園経営が務まろうか。どちらを継承するにもそれ相当の覚悟も体力もいる。それに一度は本国の国王陛下にお目見えの上、できれば宮廷にも仕えさせたい。

それなのに視力や知能、体力に障害があるとしたら…。

レオノールはロドリゴの手からルイスを抱き取った。子供は母親の首筋にしがみついた。

「あのテカマチャルコのロドリゴが正嫡子だったら…」

ひ弱なルイスを見るにつけ、ロドリゴは妻には言えぬ庶子の小ロドリゴのことを密かに思わずにはいられなかった。故郷の父母の庇護下ですくすく育っている息子は、もう馬を疾駆させ農場を駆け回っているという。

ただ残念だったことは、この庶子の後ろ盾になっていた父のデ・ベラスコが一五九八年七月二十四日、静かにこの世を去ったことだ。

「父上…」

振り返れば父の功績は偉大だった。一五五四年、スペインから新大陸に渡り、様々な経験を経て現在の莫大な財産を築き、それを自分たちに残してくれた。自分をスペイン宮廷に出仕させ、本国とのパイプをつないでくれた。自分が決闘でそのパイプを自ら切り捨て、逃げ帰ってきても嫌な顔一つしなかった。その上、自分の不始末から生まれた小ロドリゴを引き取って育ててくれ、その母の結婚については持参金まで持たせてくれた。

今更ながら父の大きな愛を思わずにはいられなかった。

ロドリゴが父の葬儀を終えた同年九月十三日、スペイン本国ではフェリペ二世が治政四十年の長きを経てこの世を去り、フェリペ三世が大スペイン帝国の後を継いだ。

天正少年使節が参列した一五八四年十一月に立太子式を挙げたあの六歳の皇太子だった。

日本では同年八月十八日（西暦九月十八日）、太閤秀吉が波乱に満ちた生涯を閉じた。

四

新王の即位と同時にロドリゴはタスコ銀山の市長兼判事の任務に命じられた。

銀の需要は増す一方だった。スペインは底抜けの胃袋を持つ怪獣のように銀をいくらでも欲した。

コロンブスのアメリカ発見後、スペインが世界で強大な力を発揮できたというのも新大陸で産出される膨大な金銀を独占、ヨーロッパでの覇権争いの戦費として湯水のように使ったからだ。

アステカ時代からの銀山に加え、サカテカスとグアナフアトにも銀山が開発され、それを皮切りに次々と銀山が開発された。ペルー副王領のポトシ（現南米ボリビア）からの銀と相まって新大陸産出の銀量は世界一と言われ、当時ヨーロッパ随一の産出量を誇った南ドイツの十倍、全ヨーロッパ産出銀の八十パーセントに及び、そのためヨーロッパ諸国の大インフレ、貨幣大暴落の原因となったほどだ。

（ちなみに日本産の銀量も十六〜七世紀には世界の総産出量の三分の一にまで達している。）

ロドリゴは着任すると改めてタスコ銀山の規模の大きさに目を見張った。

タスコは首都の南、標高千七百七十八メートル。メキシコ征服直後の一五二四年、エルナン・コルテスは、この地域に大規模銀鉱山あり、と本国に報告している。

征服以後拡張が続き、一五七〇年代には現在の大観光地の基盤となる大鉱山町が形成された。銀の製錬法も従来の「灰吹き法」に代わって「水銀アマルガム法」という新しい技術が開発され、またたく間に新大陸の鉱山にひろがった。

従来の灰吹き法は、金銀を含む砕石に熱した鉛を混入、多孔質の平たい容器で空気に触れさせながら七百～八百度に加熱する。すると鉛混合物だけが液状の酸化鉛となり、容器の孔に吸収され、粒状の金銀の合金だけが容器の底にたまる。硝酸でその合金を溶解させれば金銀が分離する。

一方アマルガム法とは、金銀を含む鉱石粒に水銀と塩、媒溶剤(ばいようざい)を混ぜ泥状にしたものを巨大なポット状の引き臼で撹拌、アマルガム化する。その後、水銀その他の夾雑物(きょうざつぶつ)を水で洗い流し、純金・純銀を得るという方法だ。

これにより銀の産出量は飛躍的に増大した。

タスコ市の規模も日毎に膨れ上がっていったが、それにつれ様々な問題も噴出した。

なかでも労働力不足は深刻だった。元々貧弱な体力の原住民は水銀中毒、長い地底での労働時間、生存に足るカツカツの食事、不衛生な環境等劣悪な条件には耐えられなかった。その上、旧大陸から伝染された結核などの疾病が蔓延し、それらに対し免疫を持たない彼らはバタバタ死んでいった。

代替としてアフリカから頑健な黒人奴隷が輸入された。これにより労働力不足は改善したが、その代わり常にどこかで人種間対立、賃金争い、宗教対立が始まった。金銭、酒、鉱夫争奪、少数の女をめぐる刃傷沙汰が起こった。

ロドリゴの市長兼判事はそれらすべてを裁かねばならなかった。逃亡奴隷狩りをし、土地をめぐる訴訟を裁決し、黒人奴隷の集団暴動も鎮圧しなければならなかった。

かたわら銀の採掘法、製錬法も少しずつ学んだ。わからねば判事の役割が果たせなかった。

更に別の重任があった。銀を首都やアカプルコまで輸送することだ。特にアカプルコへの輸送は細心の注意が必要だった。タスコ＝アカプルコ間の道路は険しい山々をめぐるカーブだらけの崖道で、重い銀を積んだ馬車は道中の崖崩れや落石でしばしば難渋した。眼前に落下してくる大岩で幾度肝を冷やしたことだろう。

その難路を踏破し、遥か眼下に明るく開放されたアカプルコ湾を見下ろすと、安堵の気持ちと共に改めてロドリゴの胸は高鳴る。

海はいい。自分はテカマチャルコという山間の盆地の真っただ中に生まれたが、北の海（大西洋）を渡り、スペイン本国では海軍で鍛えられた。地中海も経験した。北の海では嵐と海戦で散々の目にあったが、それでも海を見ると気宇壮大になる。

「あんたはいろんな海に行くよ。凪の海、嵐の海、見たこともない海に行くよ」

あのジプシー女の予言が甦る。それによれば、自分は未知の海へ出かけるという。あんな異端のジプシー女の予言など頭から信じてはいない。が、この海を見ると血が騒ぐ。海が自分の未来を招き寄せてくれるようだ。

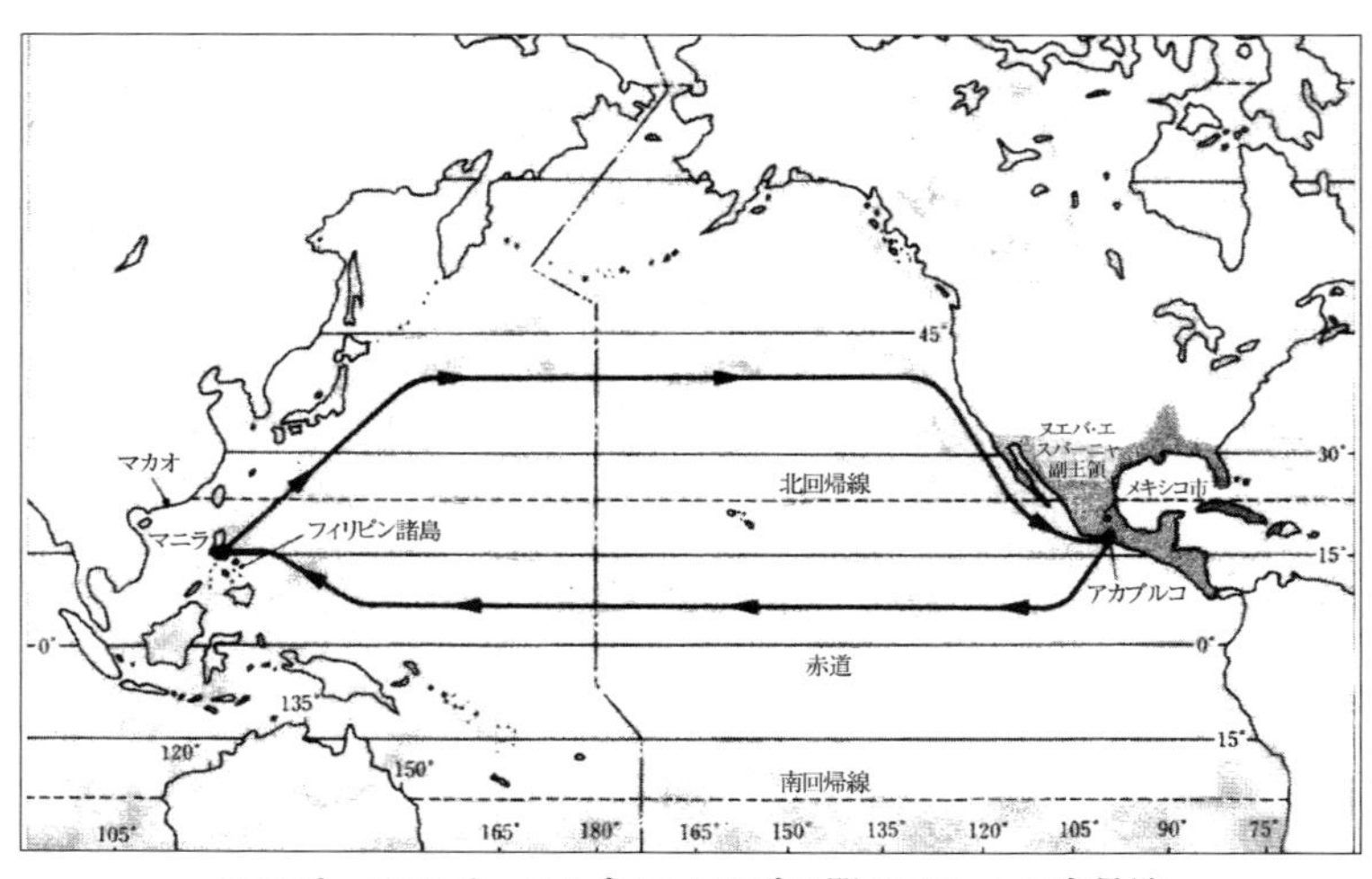

ヌエバ・エスパーニャとフィリピン間のガレオン交易路
（「日本見聞記」たばこと塩の博物館より）

アカプルコはアステカ時代ほとんど人の居住しない小集落だったが、一五二〇年代にスペイン人によって開拓され、東洋貿易の発展を見込んで港としての体裁も整った。しかし「中南米＝東洋」貿易を実施するには往復航路が開拓されねばならない。当時の遠洋航海はもっぱら風と海流に頼る帆船航海である。

一五二一年、南米からアジアへと世界就航を成し遂げたマゼランは東から西へ、すなわち新大陸からアジアへの海流は発見したがアジアから新大陸へ戻る海流は発見できなかった。アカプルコからフィリピンのマニラまでの往路は海流に乗って約三カ月で太平洋を横断できるのに対し、復路はグアムはじめ、あちこちの島々で風を、海流を探しては短航路を繰り返し、その結果四〜五カ月を要した。

四十年後の一五六五年、アンドレス・デ・

ウルダネタとミゲル・ロペス・デ・レガスピがフィリピン諸島から北上、黒潮に乗って太平洋を西から東へと一気に横断できる航路を発見、ようやく新大陸＝アジア往復航路が完成した。
その成果は甚大だった。西欧諸国が夢見た東洋の産物がポルトガル人によるアフリカ回りだけでなく、スペイン人によるメキシコ経由で運ばれるようになったのだ。
かくてアカプルコは東洋貿易の最大の港となった。
アカプルコよ、汝の地でスペインとチナ、
イタリアとジパングは結ばれ、遂には
交易と文化で全世界は一つになった
と、詩人ベルナルド・デ・バルブエナ（一六〇一年「偉大なるメキシコ」）は謳っている。
年に一度、そのアカプルコに東洋からのガレオン船団が到着する。積荷はモルッカ諸島からの胡椒や丁子（クローブ）、チナ産の絹や磁器、ジパングからの屏風、刀剣類等である。
一方、アカプルコからはロドリゴが護送するタスコその他の鉱山から産出された銀が船積みされる。この銀が東洋貿易の元手になるのだ。
船団着岸中の二〜三カ月間、アカプルコは突然の賑わいに沸き返る。首都からの貿易監督官や特許状をもった大商人ばかりではない。珍しい東洋の物産が庶民にも販売されるというので、はるばる首都から駆けつける大勢の商人や見物人達もいた。狭い街路は荷馬車でごった返し、借りごしらえの商店や宿屋まで出現する。

「閣下、市長とのお約束の時間です。急ぎましょうぞ」

ロドリゴの傍らに立ったアントン・ペケーニョが促す。彼も結婚していたが相変わらずロドリゴの配下として常に付き従っている。完璧な従者だ。

市庁舎は高台にあり、窓からはアカプルコ湾が一望できる。待ちかねたように市長夫妻が二人の男を引き合わせた。

「東洋船団の艦隊司令官セバスティアン・アギラール閣下、それに船団主艦のフワン・セビーコス船長にござります」

長身の艦隊司令官はロドリゴと同年配か。フィリピン周辺ばかりでなくティドーレ島、テレナテ島など香料諸島を含む東南アジアの島々の警護に当たっているという。

船長はずんぐりした体躯の、いかにも荒波で揺れる船に脚を踏ん張ってきた、というガニ股の男だった。

三人の客は海を見下ろす食堂へ案内された。

アカプルコに来る大きな楽しみの一つは東洋産香料をふんだんに用いた海の幸の数々が振る舞われることだ。

炭火で焼いた巨大なエビ、丸ごと揚げた鯛、レモンとトマトで和えた生イカ。それらが東洋産食器に見事に盛られ、口福と眼福を同時に味わえるのだ。

「チナの磁器と申しても実はジパング製と聞き及びまする。我らの目から見ればチナもジパングも同じ東洋でございますが、いずれにしても見事なもので、首都の方々の、ましてやスペイン宮廷の皆様方の垂涎の的だそうで」

市長がワインを注ぎながら言った。ジパングの磁器。

ロドリゴは、十数年前スペインで見たジパング少年たちと、彼らの献上した繊細な製品をまざまざと思い出した。

そうだ、彼らはあれからどうしただろう。無事に祖国に帰還できたのだろうか。

自分は彼らを警護後海軍に復帰、「至福の艦隊」に加わり、イギリスとの命がけの海戦を経てマドリードに帰還、アニータ姫の許婚者ドン・パコを殺害。メキシコに帰国後はベラクルスのウルーア要塞の警護、レオノール・サーベードラとの間に一児を設けながら別のレオノール姫と結婚、二児を設けた。目まぐるしい十数年だった。

彼らとてこの歳月、やはり同じように目まぐるしい経験をしたのではないか。

ロドリゴの想念と関係なく客たちは東洋の海賊の話に熱中していた。

「なにしろ警護の海域がとほうもなく広い上に、我が海軍の兵数は驚くほど少ないのです。しかも敵の数は増え続けています」

この任務について三年という司令長官が言う。

「イギリス・オランダ海賊の他に、南のジャワ島やスマトラ島からはイスラム教徒軍、マニラに近づくと北西からジパングのワコウというさらに獰猛な海賊が襲ってきます。チナはワコウのあまりな乱暴狼藉にとうとう国を閉ざしてしまいました」

船長が言う。スペインのカンタラピエドラ出身、セビッリャ育ち。小太りで顎がしゃくれ、それが頑固一徹な印象を与える。アカプルコ＝マニラ往還のベテランだ。

ジパング、東洋の幻の国。ロドリゴの心中にあるジパングは優雅な衣装を着、繊細な工芸品を生み出し、あの少年達のように勇敢で熱心なカトリック教徒の国ではないか。

それを言うと、二人とも顔の前で激しく手を振った。

「閣下はワコウの残虐さをご存じありませぬ。海上で出会えば船もろとも乗っ取られ、乗組員は虐殺されるか奴隷に売られ、積荷は乗組員の下着に至るまで剥ぎ取られます」

ロドリゴは唸った。信じられなかった。たしかにあの時、少年達の腰に差したカタナというサーベルは人体を頭から足の先まで真っ二つに断ち切るほどの切れ味だという。

あのカタナを振りかざして乗り込まれたらひとたまりもあるまい。

「カトリック教徒は迫害されておりまする。先年までジパングを支配していたのはタイコサマという暴君で、国内ではカトリック教徒を迫害、国外では近隣諸国に服属を強要。自分が攻めればマニラなど一日で陥落できる、と恫喝(どうかつ)し、マニラの総督閣下は象などの献上品を贈って事なきを図っておられた始末にござります」

「閣下はジパングに漂着したサン・フェリペ号の事件をご存じありませぬか?」

いや、とロドリゴは首を振った。三人の話によれば、この暴君は嵐でジパングのウランド（浦戸）という浜に漂着したスペイン船サン・フェリペ号の積荷を没収した。

「それればかりかカトリックを邪教だとしてスペイン人、メキシコ人宣教師とジパング人信者合わせて二十六人をひっとらえ、ナンガサキという貿易港の高台で磔刑に処したのだそうです。なかにはいたいけな子供まで含まれていたとのことで」

「なにゆえそのような残虐な仕打ちを？」

客たちに料理を取り分けていた市長夫人が眉をひそめ、胸の前で十字を切って言った。

「元々ジパング人は好戦的なのです。特にそのタイコサマは暴君の上、交易に行ったスペイン船の船長に、『汝らがかように遠隔の東洋にまで命を賭してカトリックとやらを弘めるにやってくる理由は何じゃ』と訊ねたところ、船長が『まずその国の民にカトリックを広め、カトリックを信奉するにはスペイン王の臣下にならねばなりませぬ、神はスペイン王を介在として信者を天国に導くからにござります』と申したので、タイコサマは激怒。『カトリックとはかくも油断のならぬ宗教であったか、我がジパングをスペイン王の臣下に、とな』とて以後は宣教師とみれば捕縛、信者とみれば迫害するという有様でして」

するとあの少年達、もうすでに成人して三十歳にはなっているはずの彼らの運命はどうなったのだろう。

あの華奢なミゲル、しっかり者のマンシオ、生真面目なフリアン、陽気で頭脳明晰なマルティーノ、みんな今頃はもうジパングに戻ってローマやスペインでの体験を生かし、司祭として布教に邁進しているはず、と思っていたが。

ロドリゴは咳き込んで自分と彼らの関係を語り、彼らの安否を、所在を訊ねた。

「さぁ、聞いたこともありませぬ。私はアカプルコとマニラの往還を専らとしておりまして、マニラ＝ジパングの往還は他の船長が担当しておりまする」

セビーコス船長は、ジパングなどに興味はない、という顔つきで言った。

「そちは彼の国へ行きたいとは思わぬか？　東南アジアの他の国々と比べ、ジパングは文明も発達し、昔ザビエル師がヨーロッパ人にも比肩できる文化的な人種だ、と称えた人々ではないか」

自分が憧れたジパングと、今ここで聞くジパングの評判との大きな違い、これはいったいどういうことだ？　どう違う？　自分の目で確かめてみたい。行って見ねばならぬ。

不意に強い衝動が突き上げてきた。

ロドリゴは船長に向き直った。

「セビーコスとやら、余をジパングへ連れて行ってくれぬか。今の任が果てたら副王閣下にお願いしてみる。以前から行きたいと思うておった」

「ジパングにお供？　滅相もない。私はいかなるご命令でも、かような恐ろしい国には近づきとうもありませぬ。一刻も早うに任果てて故郷スペインに戻りとうござります。東洋は私には向いておりませぬ」

セビーコスは肩をすくめ、心底いやそうな顔をした。

その顔つきでロドリゴは、自分の長年抱いていた夢が踏みにじられたような気がした。

「生粋のスペイン人である私と違い、閣下のようにメキシコ生まれのお方には東洋もそれほど違和感をお持ちにならないかもしれませぬが」

彼の言葉の端々に、植民地生まれの人間を本国人と差別する意図が感じられた。

「そなたはどうじゃ、東洋地域をどう思うておる?」

ロドリゴは船長を無視して艦隊司令官に向き直った。

「ワコウは危険ですが、東洋は私にはなかなか面白い地域、と見受けられます」

司令官は船長の言葉に抗うように言った。

「私はペルー生まれのクリオーリョにござりますが、ペルーの原住民とマニラの原住民は顔つきや体格に似通ったところがあるやに存じまする。彼らは人懐こく、また独特の生活習慣を持っております。その上、かの地にはチナ人、ジパング人、インド人、様々な人種が共存したり、混血したりして、彼らの営む商店や市場に参りますと、様々な言葉が飛び交い、見たこともない食べ物が並び、終日飽きることがありませぬ」

なるほど、この司令官は自分の東洋を見る目と同様な見方をしているようだ。生国は違え、同じクリオーリョだ。

「そちはジパング人を見たことがあるか?」

「はい、かれらはマニラのスペイン人居留地イントラムーロス近くのディラオと申す地区にジパング人町を作って結束して暮らしておりまする」

「そちはかれらをどう思うか？　そのジパング人町に参ったのか？」

ロドリゴは身を乗り出し、矢継ぎ早に質問した。

「残念ながら私自身は参ったことはありませぬ。ただ聞き及びますところ、その町全体が一つの家族のように統率されており、他の居留地とはまるで異なる空気が感じられ、一目でそれとわかる、とのことでござります」

「左様、結束が固く、スペイン人やチナ人など他国人と常に悶着を起こす厄介者だ、と」

セビーコス船長が口をはさんだ。一瞬、司令官は鼻白（はなじろ）んだが船長は構わず言い続けた。

「それにマニラはじめスペイン領植民地にはイエズス会の勢力が及んでおらぬようで、どこへ参ってもフランシスコ会派の宣教師や教会ばかり。我らイエズス会の者は礼拝に参る教会もなかなか探しあてるのが難しうござります」

こやつ、イエズス会派の者か。虫が好かぬやつと思うた。

ロドリゴはそっぽを向いた。末弟のフランシスコが首都の大聖堂の副司教としてフランシスコ会派の指導者となっているロドリゴにとって、許せぬイエズス会派なのだ。

同じカトリックの会派にも関わらず、イエズス会派とフランシスコ会派の対立は本国、植民地、どこの地でも激烈で、異教徒同士、あるいは新旧キリスト教徒の反目以上に反目していた。

市長のとりなしで険悪な空気はひとまず収まり、話はひとしきり東洋の現状に及んだ。

スペインは東洋ではフィリピン諸島のルソン島マニラを拠点に香料諸島などを植民地としているが、ポルトガルはインド大陸のインド洋に面した沿岸地帯を占拠、東洋海域でもスペインと覇権を争っている。

一方、後発のイギリス・オランダは海賊として当初は南北アメリカ沿岸のスペイン領、ポルトガル領の港や沖合で略奪行為を繰り返していたが、

「先年（一五九六年）とうとうオランダ人がスンダ海峡に出没、ジャワ島のバンテンを占拠、東南アジアに本格的な根拠地を築こうとしているとか。彼らはアフリカ大陸を回り、マダガスカル経由でインド洋を横断、直接ジャワ島に来る、という航路を発見いたしまして、我がガレオン船団の交易品も狙われ始めました」

「またあの一帯は十一世紀頃からイスラムの勢力圏に入り、特にジャワ島には強固なイスラム王国がすでに建設されておったようにござります。その後のスペイン・ポルトガルのカトリック教徒、イギリス・オランダのプロテスタント教徒、それに元々この地域に浸透していた仏教徒、と三つ巴四つ巴の宗教対立、領土対立、経済対立があり、スペインはむしろ劣勢にあるのでござります」

と二人の東洋地域の担当者は口々に語った。

スンダ海峡、ジャワ島、スマトラ島…。ロドリゴには初めて聞く地名ばかりだった。このアカ

プルコから臨む茫漠たる海のかなたに、そのような国々、島々が存在することすら信じ難い。ジパングはその海のかなたにあるのか？

ジパングの情報をさらに聞きたかったが二人からはそれ以上の情報は得られなかった。ただそのタイコサマがフェリペ二世陛下の崩御とほとんど同日に死亡、現在はダイフサマ（内府様）という別の皇帝が国を治めているようだ、という漠然たる情報しか得られなかった。

（この内府という内大臣を指す言葉は戦国から江戸時代にかけては「だいふ」と呼ばれ、秀吉から慶長元年内大臣に推挙された家康は「江戸のダイフサマ」と呼ばれた。明治になって木戸孝允が内大臣に任命されてからナイフと清音で呼ばれるようになった。）

「閣下も東洋の海を一度ごらんになるとよろしゅうございます。それは珍しいものですし、ジパングについての情報も山のように得られまする」

アギラール艦隊司令官は熱心に言った。が、セビーコス船長は強硬に反対した。

「私だったらお勧めできませぬ。ま、アカプルコ＝マニラ航路はよろしい、といたしましょう。が、ジパングへのお供だけは御免こうむります」

ロドリゴがタスコの市長兼判事の任を終えて首都に戻ったのは、「若殿」がペルー副王として転出されて間もなくだった。

ロドリゴの公務も少なくなり、その分、自分の荘園経営に専念できるようになった。留守の間は次弟のフワンに任せていたが、どうやら彼には経営の才がないらしい。使途不明の四万ペソもの借財をして、危うく一部の製糖工場も農地も人手に渡るところだった。

彼には任せられぬ。

また家庭内では、息子のルイスの成長が著しく遅かった。首都の邸に帰るたびに妻のレオノールが涙を浮かべて夫に訴え、そのつどロドリゴは言い聞かせた。

「余も幼き頃はか細く、十二歳でスペインに渡る頃は母上が『かように小さくては宮仕えはできませぬ。なにとぞ今一度お考え直しを』とて父上に泣きついたということじゃ。それが今では並の男より頭一つ抜きんで肩幅も広い。ルイスもこの父のように今に大きうなる。たくましゅうなる」

ルイスの後に生まれたマリーア・グラシアナは、幸い心身健康な娘で何の心配もないが、女の子では跡継ぎになれない。

レオノールにそれ以上妊娠の兆しはなかった。

一方、テカマチャルコの小ロドリゴは逞しく成長し、顔つきも自分に似てきたという。

「十二歳になるか。そろそろ今後の身の処し方も考えてやらねばならぬ」

それにしても近頃は、なんとイエズス会派の教会に出入りしているという。

「イエズス会はいかん。ハテ、母親のレオノールはイエズス会派だっただろうか」

思い出せなかった。が、我が一族は昔からフランシスコ会派の熱心な信者だ。領内には同派の修道院もある。

そういえば、思い出すだけでも胸糞が悪いあの船長セビーコスもイエズス会派だった。

ロドリゴは、セビーコス船長のガニ股の短身、人を斜めに見上げる小ずるそうな顔つきを思い出し、それだけで不愉快になった。生粋のスペイン本国人を鼻にかけ、我らクリオーリョを小馬鹿にする奴めが。しかもあの男、ジパングは野蛮だ、ジパングの海賊、ワコウは世界一残虐だ、と言う。あやつに何がわかる。

それにしてもアカプルコではあんなにも手の届くように見えた東洋の海、東洋の島々、東洋の国々が、副王宮廷や家庭に戻れば遠い幻の天国か地獄のように思えた。

そうだ、自分の夢を追うのは今や不可能なのかもしれぬ。夢の実現などは、不可能事に過ぎぬのか。それ故にこそ夢は「夢」なのだ。たやすく実現できれば、夢などとは言えぬ。


そのロドリゴに諦めかけた東洋への夢の実現を促したのは、再度「若殿」が第十一代副王として戻って来た一六〇七年七月のことだった。侯は六十八歳という高齢にもかかわらず、卓抜な手腕を買われ再任されたのだ。二八〇年に及ぶスペイン統治下のメキシコで、歴代六十三人の副王の中でも再任されたのはこの「若殿」のみだった。

「フィリピン総督の座がなかなか埋められぬ。前総督ペドロ・デ・アクーニャ閣下が昨年夏マニラで暗殺され、後任のフワン・デ・シルバ閣下は陛下から正式の任命を受けながら、なかなか本国を出立せぬ。目下は公訴院の院長が兼務しておるが、それもすでに一年余。彼の地は我がスペインの東洋における要衝の地、スペイン領香料諸島や東アジア一帯を管轄する主島ぞ」

就任後初の謁見の席で「若殿」はロドリゴに言った。

「そちも知る通り、彼の地はまだまだ紛争の絶えぬ地域じゃ。東洋人同士の争いもあり、さらにポルトガル、イギリス、オランダなどのヨーロッパの国々も進出して我が国の権益を日毎に脅かしおる。彼の地を死守せねば我がスペイン帝国のアジアにおける足がかりは危うい。とは申せ、本国からはあまりにも遠隔地、大勢の兵を送り込むのは物理的に無理じゃ。その上、現体制では緊急時の対応ができぬ」

フィリピン諸島を含む東洋のスペイン領植民地経営はメキシコ副王の管轄下に置かれていたが、その総督や高級官僚の任命権は本国政府に握られていた。

「若殿」の言う「現体制」というのはこの指揮系統の複雑さを指した。

「一朝事あらば当地から援軍を出さねばならぬ。にもかかわらずその指揮は本国から任命された総督閣下が執る。歯がゆいことじゃ。しかも兵力は限られておる」

ロドリゴの知る限り、その戦略拠点マニラにはわずか五百人のスペイン兵しか駐留していない。彼らが東洋の雑多な人種のるつぼの中で日々緊張を強いられていることも聞いていた。

しかもそこに、ヨーロッパから宿敵イギリスやオランダの海賊、いや政府の手先が進出してきているのだ。

エリザベス英国女王は一六〇三年、四十四年間に及ぶ統治の末逝去したが、海賊共はあの大海戦後のスペイン海軍力の衰えに乗じ、大西洋、南北アメリカ大陸沿岸、インド洋、太平洋一帯と世界中の海を我が物顔に荒らし回り、イギリスは一六〇〇年、オランダは一六〇二年、東インド会社を設立、今やその食指を東南アジアにまで伸ばそうとしていた。

「両国は最近ジャワ島のバンテンやパタニ王国に商館まで建設し、更にインドでもスワトやらに進出していると申す。このままやつらの跳梁を許すと、我がスペインの権益がどんどん脅かされる。現にアンボイナ、ティドーレなどの我が占有香料諸島海域まで出没しておるとの報じゃ」

ロドリゴの脳裏に二十年前の「至福の艦隊」のイギリスとの海戦がまざまざと浮かんだ。オランダ兵との肉弾戦を思い出した。彼らは単にスペイン帝国の敵であるばかりか、自分にとってもにっくき不倶戴天の仇だ。

「せめて儂が直接ルソン総督をこの地より送り出せれば、手っ取り早くカタがつく事例も度々じゃ」

「若殿」の目がロドリゴの褐色の瞳の底を覗き込んだ。

行ってくれるか?

ロドリゴも「若殿」の顔を見つめた。

喜んでお受けいたす。

いよいよ来た。それも自ら望んだわけでもなく、しかしあたかも望んでいたような形で。自分個人の夢の実現ではなく、副王命で。

今こそ東洋の海へ大命を帯びて出かけるのだ。フィリピンへ、ジパングの地に続く東洋へ。

荘園経営はひとまず置こう。

ルイスの成長も時間しか解決しない。

「ただし、そちはあくまでも『臨時』という肩書でだ。シルバ閣下の着任までじゃぞ」

「若殿」は念を押した。フィリピン総督の任命は本国政府の権限で、副王といえどもそれを差し置いての措置は越権行為となるのだ。

心得ておりまする。

ロドリゴは深々と頭を下げた。

第四章　マニラの日々

一

フィリピン諸島の最大にして最北の島ルソン島の首都マニラ。マニラ湾はユーラシア大陸にあたかも呼びかけるように西に口を大きく開いているが、その湾の南端、更にカビテ半島に抱かれるようにしてカビテ港はある。湾の中の湾、冬の南シナ海の強い西風にも夏のモンスーン季の台風にも被害を受けない天然の良港。

西暦一六〇八年六月十三日早朝。メキシコ出身、スペイン系貴族、四十四歳のロドリゴ・デ・ビベロ・イ・アベルーシアは、フィリピン臨時総督および軍最高司令官、在諸島国璽尚書（こくじしょうしょ）としてこの港へ入港した。

黒紺だった海の色は明け行く空の輝きを映し群青に、更に日が昇るにつれてエメラルド色が濃くなり、それが砂浜に打ち寄せる度に白いレースのようなさざ波に縁取られる。白砂の浜辺を取り囲んだヤシの木が南国の蒼天に亭々と弧を描き、名も知らぬ鳥達が波間をかすめて旋回する。

ロドリゴは船の舳先に立ち、初めて見るアジアの港風景に目を奪われた。カビテ港の繁栄ぶりは以前から聞いてはいたが、実際に我が目で見るまではこれほどの殷賑(いんしん)さとは思わなかった。これまでの四十四年の生涯で見たメキシコのベラクルスやアカプルコ、スペイン本国のセビッリャやカディスなど、世界屈指の港のどれにも劣らぬ賑やかさだ。

港内の船の種類も形体も雑多だった。ヨーロッパや新大陸の港では大小こそ違え、白帆を高々と張った三本マストのフリゲイト船や四本マストのガレオン船ばかりだったが、ここではそれに加えて四角い布帆や竹帆を持ち、箱を浮かべたような平底船が、あるものは港を後にしようとし、あるものは波止場に横付けになり、またあるものは沖に停泊している。

「あれはジャンクというチナ(明国(みん))の船です。我らの船より船足は遅いですが、平底で積量・安定性に優れています」

ロドリゴの視線の先をとらえてフワン・セビーコス船長が言った。アカプルコ＝マニラ間往還のベテランだ。

「連中はあの船でアジア一帯、インド、アラビア、アフリカ辺りまで航海して行くのです」

「ジパングの船もかような船か?」

「左様でござります。船の形態は同じですが乗っているのは恐ろしい連中です」

「それはワコウという海賊であろう。一般の商人はそんな無法なことはするまい。…どうじゃ、このままジパングまで行ってみるか」

「滅相もござりませぬ。以前申しました通り、ジパングへのお供はご免こうむります」

セビーコス船長はしゃくれた顎を突き出して牽制した。

「まだジパング嫌いは治らぬか。あれから幾度も東洋との往復を繰り返したであろうに」

「ますます高じて参りました。わざわざジパングにまで行かぬとも、ジパング人は東洋の海のみならず、陸地まで荒らし回っておりますれば」

頑固なやつじゃな。ではなぜその嫌いな東洋航海を続けておるのか、実は内心ワクワクしておるのではないか、とロドリゴは皮肉を込めて揶揄した。

「ご冗談を。早いところこの苦行を終えて修道院にでも入りとうござります」

彼はなにかにつけ、ロドリゴに突っかかってくるようだった。二言目には、

「私は閣下のようなメキシコ名門貴族の方々とは違いまする。腕一本で世を、海を渡っておる、しがないスペインはカンタラピエドラ者でございますよ」

「メキシコ」と「スペイン」にわざとアクセントを置く。閣下は御身分は高いがメキシコ人の二世、私は生粋の本国人、とイベリア半島人であることを誇っているのだ。

腹が立ったが仕方がない。海上では船長たる彼の権限に任さざるを得ない。

思い起こせばジパングへの憧れを抱いてから何年経っただろう。スペインで二十歳の海軍士官だった青年時代の一五八四年、ジパングからはるばる四人の少年が当時のフェリペ二世陛下を表敬訪問したことがあった。ロドリゴは警護役として二カ月間彼らを警護し、その間わずか十五歳のこの少年達の挙措の見事さ、忍耐強さ、信仰心の篤さ、向上心の強さに、また彼らがスペイン

王やローマ法王に奉呈した献上品の精緻さに強く心を動かされ、それらを生んだジパングという国への強烈な興味を掻き立てられたのだ。

ところが生国メキシコのアカプルコで、このセビーコス船長、アギラール艦隊司令官から聞いたジパング国の悪評、残虐性。

十年前、時の皇帝タイコサマによる二十六人のカトリック教徒への磔刑(たっけい)、東南アジア一帯に出没し、外国商船の乗組員を殺戮し、財宝を略奪するという海賊ワコウ…。

しかしそれはロドリゴのジパングに対する憧れに水を差し、反発や恐怖心を掻き立てるものではなく、逆に更なる興味をそそるものとなった。

これら悪評と、自分が四半世紀前実見した四人の少年達の見事な挙措と、どこでどう違うのか。自分の目で確かめたい。その国へ乗り込んで確認したい。そう思ってこの総督赴任命令を喜んで受諾したのだ。

波止場に近づくにつれサン・フランシスコ号は乗組員の一刻も早く堅固な地面を踏みしめたい、との気運が乗り移ったかのようにぐんぐんと陸地に迫ってゆく。

港の桟橋に目をこらす。家々が見える。林立するヤシの木。翻る旗。大勢の人影。三カ月間の長い苦しい航海が今ようやく終わろうとしている。こちらに向かって漕ぎ進んでくる小船に知り合いの顔を見つけた乗船者が、ちぎれるばかりに手を振っている。生きて到着したぞ、海賊にも嵐にも遭遇せず、壊血病にも罹らずに、見よ、見よ、この通り生きておるぞ。

桟橋付近に右往左往する人影もくっきりしてきた。

短く刈った黒髪と褐色の半裸の背に大きな荷を乗せた荷運びの男達、太鼓腹を突き出した黄色い顔つきの商人風の男達、その後ろから日傘をさしかける半裸の召使、色とりどりの果物や飲み物を担ぎ、声高に売り歩く物売り達、甲高い声で騒ぎ回る子供達。その人々の間を縫って騎馬の兵や荷駄を積んだ手押し車や二頭の馬に引かれた幌つきの馬車、などが忙しげに往還している。

船はいよいよ接岸の準備に入った。セビーコス船長もロドリゴの傍を離れ、忙しげに水夫達を指図し始めた。

いよいよこれからは私が、総督ロドリゴ・デ・ビベロ・イ・アベルーシアが、この島の、いやこの島を中心にしたスペイン勢力の及ぶアジア一帯の最高権力者だ。

無論、権限ばかりではない。スペインのフェリペ三世国王陛下の植民地に於ける代理人としてあらゆる業務の責任を負うことになるのだ。

本来このような大任は、スペイン本国の名門貴族で、国王の代理人としてメキシコ、ペルーに派遣される副王に次ぐ権力者が任命されるのが常だった。

二年前の一六〇六年六月、前総督ペドロ・デ・アクーニャ侯がこの地で急逝されなかったら、その後スペイン本国で後任者が即刻着任していたら、臨時とはいえ副王資格者でもない自分にこのような大任が回ってくることなどなかっただろう。

次期正総督はフワン・デ・シルバ侯と発表されていた。スペイン本国の名門老貴族だ。この任命は本人にとって寝耳に水だったという。長年のオランダ地域での反乱鎮圧任務を終え、領地に引退する間際だったからだ。

そのためか任命されて一年以上も経つというのに、スペイン本国を出立する気配すらなかった。これにしびれをきらしたのはフィリピンを統括するメキシコのルイス・デ・ベラスコ副王だった。

「これ以上待てぬ。スペイン領アジアは問題山積じゃ」

ロドリゴをメキシコ市中央の副王館に呼びつけた副王は、ロドリゴの目をひたと見つめた。ロドリゴの亡父、ロドリゴ・デ・ビベロ・イ・ベラスコの従兄弟だ。

「そちなら行ってくれるであろうな」

「喜んでお受けいたします。しかし閣下、私のような軽輩でこの任は重すぎるのでは…」

と言いかけるロドリゴの言葉を副王は制した。

「だから申しておる。汝はあくまでシルバ侯が着任するまでの臨時、せいぜい一、二年の辛抱じゃ。今こそ汝のこれまでの経験が物を言う時じゃ」

これまでの私の経歴。一五六四年、スペインの植民地メキシコに副王一族の末裔として生まれ、十二歳でスペイン本国へ渡った。現国王フェリペ三世の父君フェリペ二世のアナ王妃に小姓として仕えた。成人してからはサンタ・クルス伯爵指揮下の海軍に入隊、一五八八年、あのイギリスとの大海戦にも加わった。メキシコに帰国後はベラクルス港内のサン・フワン・デ・ウルーア要塞の司令長官に任命され、常にカリブ海を蹂躙するイギリス海賊との抗争に明け暮れた。次いでタスコ銀山の首長に任命され、折から開発された銀の「アマルガム製錬法」により同鉱山をペルーのポトシ銀山と並び称される大銀鉱山に育て上げた。その後メキシコ北部ヌエバ・ビスカヤの長官を拝命すると、その地方一帯を根城としてスペイン支配に抗う原住民の反乱も鎮圧した。一族から「若殿」と敬愛される副王閣下から「汝の経験が…」と言われたのは、そういう私の四十四年に及ぶ経歴からだろう。しかしこの経験が果たして副王閣下の言われるように「物を言うことになる」のかどうか。

また「問題山積」と副王は言われた。一六〇〇年に入って相次いで東インド会社を設立し、東南アジアに権益を拡大中のイギリスとオランダとの覇権争いの件か、マカオを基点として東南アジア貿易で鎬（しのぎ）を削るライバル国ポルトガルとの権益衝突のことか。東南アジアの海を我が物顔に荒らし回るジパングの海賊ワコウ討伐のことか。ジパング国東方にあるといわれる「金銀島」探検か。

いずれにせよ、ここアジアの地は私にとり新しい世界だ。

そう思うとロドリゴは改めて身の引き締まるのを覚えた。

カビテ港の大桟橋には出迎えの人々が到着していた。二年もの空白の後ようやく新総督が着任したのだ。先頭に立って一同を出迎えたのはスペイン植民地特有の司法・立法を兼ね、総督不在の期間は総督の任務をも兼ねる公訴院（アウディエンシア）の長官とその役員達、およびマニラ駐在のスペイン守備隊長以下その兵士達、そしてマニラ大聖堂の大司教以下司祭達だった。

下船したロドリゴは、まず大司教のかざす十字架のキリスト像に接吻し、次いで跪くと初めて踏んだ東洋の大地に接吻した。

神よ、私をこの東洋の島へつつがなく送り届けてくださったことに深く感謝いたします。これからもこの異郷の地での任務を無事果たさせたまえ。また遥かメキシコの地で私の無事を祈り、帰りを待ちわびている我が妻レオノールと三人の子供達を護らせたまえ。そして無事任務を終え、彼らと再会できる日まで我等一同を護らせたまえ。

更に、もし御心に叶えば、我が生涯の夢であるジパングへの渡航を許し給え。

下船した人々全員がロドリゴにならって次々と十字架を抱きしめ大地に額ずいた。

ロドリゴを乗せた騎馬の列は、カビテ港から湾に沿って三十キロほど北上したマニラの中心地、イントラムーロスと言われるスペイン人居留地へ向かう。

イントラムーロスは北をパシッグ川に、西をマニラ湾に面した緩やかな三角形の城塞都市で、一五七三年着工、一六〇六年に完成した。イントラムーロスとはスペイン語で城壁内という意味で、面積は〇・六七平方キロメートル。周囲を厚さ二・四メートル、高さ六・七メートルの分厚い石壁で囲まれている。この海域全体を荒らし回るオランダ人、イギリス人、ポルトガル人、チナ人、ジパング人など海賊の防御を、またパシッグ川北岸に居住するフィリピン在住チナ人の襲来を防ぐためだ。元々フィリピンに住む原住民も時に襲撃を試みるが、レガスピ初代総督とムスリム系王家ラジャ・ソリマンとの相互平和条約締結以来勢力均衡を保っている。

城門をくぐると、そこは整然と碁盤目に区画され、スペイン風に朱色の屋根瓦、石壁を持つ住民三万人の家々が立ち並んでいる。

歓呼の声の中、中央通りから西北端の総督館に入る。

広い食堂のテーブルに盛られたマンゴー、バナナの甘い芳香。取りたてのヤシの実のジュースを生命再生の妙薬のように口中いっぱいに含む。まさに甘露だ。


その夜の新総督着任の祝賀の宴は賑やかだった。あかあかと灯した大燭台のまばゆい光が総督館の贅を尽くした三階大広間を隈なく照らしている。

正装した公訴院の面々や城砦守備司令官などの武官、船長や航海士など船舶関係者、それにイエズス会・フランシスコ会・アウグスティノ会などカトリック各派の司祭や宣教師など聖職者が数多く出席していた。

彼ら聖職者はスペイン本国とローマ教皇の尖兵となり、新大陸やアジアにスペインが進出する際の前衛として、銃の代わりに十字架を掲げ原住民を洗脳、やがてはスペインの植民地の民とするべき任務を担っていた。それゆえイントラムーロス内のマニラ大聖堂はこの総督館の完成より二〇年も以前に建てられ、またそれゆえ彼らは総督より、公訴院メンバーより、一段と権威・権力を持つ集団だった。金銀糸の刺繍を施した華やかな僧服・僧帽が彼らの権威をいやがうえにも高めていた。

女性たちも数多く出席していた。純粋な東洋系かスペイン・メキシコ系混血か、いずれもあでやかな絹の衣装をまとい、華やかな笑い声をあたりに振りまいている。

チナ人商人らの平べったく黄色い顔もあった。彼らは生糸、絹織物、陶磁器など新総督への贈り物を携え、次々に如才なく挨拶にやって来る。

新大陸経由のハープと東洋産打楽器や笛が奏でられ、ワインの瓶が惜しげもなく開けられる。

二年ぶりの総督の着任だ。しかも前総督の突然の死、暗殺された、との黒い噂の流れるその死により暗雲に閉ざされていた総督館が、以前のように華やかな社交の場となる。

広い総督館大広間全体が高揚した空気に包まれた。

一同が祝杯をあげた時、更なる来客の訪問が告げられた。ジパングから総督に祝意を表すための客だという。

ジパングから！

案内に従って十人ばかりの一団が入ってきた。先頭は明らかにスペイン人の司祭。白い法衣に丸い帽子。小太りの体。

「ソテロ様！」

人々の驚きのささやきが波のように伝わってくる。

「布教のため五年前ジパングに渡ったフランシスコ会士ルイス・ソテロ神父です」

ロドリゴの背後に控える秘書が囁いた。

ソテロ神父は片手に十字架を捧げ、広間に居並ぶ人々に祝福を与えながら歩いてくる。人々は頭を垂れ、恭しく胸に十字を切った。

「新任の総督閣下に神のご加護を！」

跪いたロドリゴの頭上にソテロ神父は小柄な体を精一杯伸ばして祝福を与えた。ロドリゴより十歳若いというが、童顔なのでまるで二十代の若造のようだ。

ルイス・ソテロ。一五七四年、スペイン本国セビッリャ生まれ。一六〇〇年、フィリピンに来航。マニラでジパング人教徒からジパング語を学び、一六〇三年、ペドロ・デ・アクーニャ前総督の書簡を携えてジパング渡海、そのままかの地で布教を続けているという。

周知のようにこの僧は、後に仙台の伊達政宗に取り入り、政宗の遣欧使節支倉常長を先導して一六一三〜二〇年、メキシコ経由でスペイン、ローマを往還した。最後は禁教下の日本に潜入、一六二四年に火刑に処せられ、一八六七年、教皇ピウス九世より福者(ベアト)に列せられた。

ソテロ神父の背後に異様な風体の一団がたたずみ、神父とロドリゴの挨拶の終わるのを待っていた。

男達のほぼ全員が頭頂を剃り上げ、周囲の毛を束ねてその上に乗せている。服装はヨーロッパ人風にしている者もいるが、他はだらりと垂れ下がった袖のついた上着、足首まで届く幅広のズボン。ベルトにサーベルを二本差している者もいる。四半世紀前スペイン宮廷で見たジパング少年たちの腰に差していたカタナという鋭利な武器だ。のっぺりした顔。全体にずんぐりしているのは東アジア人の特徴だろうか。

人々の注視の中、挨拶を終えた首領格の男が、ジパング皇帝からの書状をお預かりしており、近日中にお届けいたします、と言った。

「閣下は着任せられたばかりで我が国の政情にはまだ不案内と存じますが、現皇帝陛下は前皇帝と違い、世界情勢のよくわかったお方。出来得れば未来永劫貴国との交易を望んでおられ、したがってご書面の内容も決して無理無体なことを要求しているわけではありませぬ」

なにとぞその意をお汲み取りの上、内容をご吟味くだされ、と一同は再び頭を下げ、驚愕さめやらぬ顔つきの人々の間を縫ってその場を辞して行った。

翌朝早々、新総督の執務室に公訴院の長官以下役員達、マニラ市長、守備隊長など十人ほどがやってきた。総督不在の二年間を行政・司法・軍事面で支えてきた連中だ。

総督にマニラ周辺の現状を説明したい、という。

一同は執務室の大テーブルに着席し、卓上にフィリピン諸島を含む南シナ海全体の地図が広げられた。

「まずここがマニラです。ご承知でもありましょうが」

テジェス・デ・アルマンサ公訴院長官はロドリゴの顔と卓上の地図を交互に見ながら説明を開

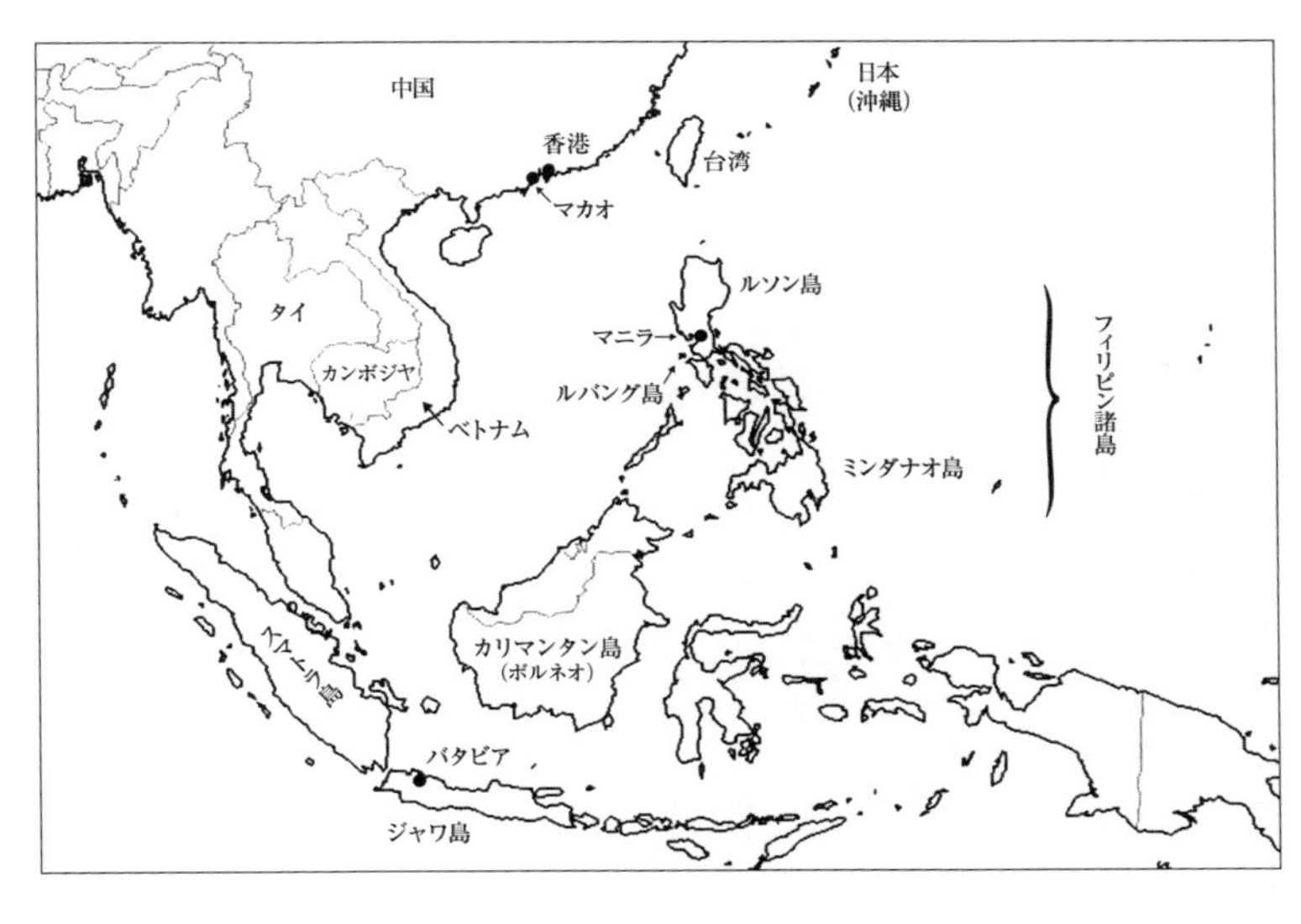
中国
日本
(沖縄)
香港
台湾
マカオ
ルソン島
タイ
マニラ
カンボジヤ
ルバング島
ベトナム
フィリピン諸島
ミンダナオ島
スマトラ島
カリマンタン島
(ボルネオ)
バタビア
ジャワ島

ルソン島
パシッグ川
マニラ湾
マニラ
イントラムーロス
カビテ半島
ルバング島
ミンドロ島

始した。新総督のこの地域における知識の程度を推し量っているような顔つきだ。あまり愉快な人物ではないな、と思いつつ、ロドリゴは老人の筋張った指が示す地図に目を移す。

ルソン島の南は、びっしりと大小様々な島々がサンゴ礁の間に連なっている。細かい砂粒が撒かれたようだ。その中に初の世界周航に成功したマゼラン提督が殺害されたマタン島があった。説明されなければ見落とすほど小さい。それら島々を飛び石伝いに南下すれば巨島カリマンタン島（ボルネオ島）、その先はオランダが基地を置くジャワ島、イギリスの基地があるスマトラ島だ。

南シナ海をはさんだルソン島の対岸の半島には安南（アンナン）（ベトナム）、シャム（タイ）、カンボジヤなどが連なり、その北はチナ大陸、その沿岸を遡るとポルトガルの基地のあるマカオ。そのマカオの対岸には台湾（フォルモッサ）、その北にあるのが琉球諸島（レキオス）、そして更にその北はジパング列島…。

おお、ジパングはここか。ロドリゴは改めてジパング列島に目を凝らした。

「オランダ艦隊が我が海域に頻繁に出没しておりまする」

長官の脇から副長官ビセンテ・デ・アルカラースが当面の最大の問題に話をつなげる。赤鼻、太鼓腹。根っからの酒好きと見えるが、それだけに人の良さがむき出しだ。

歴史を前世紀に遡れば、現スペイン国王フェリペ三世の祖父カルロス一世が神聖ローマ帝国皇帝カルロス五世になり、広大な帝国を治めることになった一五二〇年以来、オランダ、ベルギー、ルクセンブルグなどの住民はその治世に反抗してきた。

この人々は一五一七年のマルティン・ルターの宗教改革以後新教に改宗した人々で、ローマ法王の忠実な擁護者である神聖ローマ皇帝＝スペイン王を自分達の支配者として絶対に認めなかった。彼らはオランダを中心に常に反旗を翻し、そのためスペインは新大陸で獲得した金銀財宝をこの地方の反乱鎮圧に費消する有様だった。

十六世紀も後半になるとオランダの反乱は更に烈しくなった。造船業、羊毛業などで著しい経済力を蓄え、またオレンジ公ウイリアムという強力な指導者を得て、一五八一年、スペインからの独立を宣言。イギリスと並んで、それまでスペイン・ポルトガルに独占されていた世界の海への進出を図り始めたのだ。イギリスは一六〇〇年に、オランダは一六〇二年にインドに進出し、それぞれ東インド会社を設立した。

ただ両国は後発進出国で、世界の主要港はすでにスペイン・ポルトガルの支配下に置かれていたため、世界の富を獲得するにはそれらの港を襲撃して交易権を握るか、艦隊を海上で襲って財宝を略奪するしかなかった。

今でも勇名を轟かせているイギリス人海賊フランシス・ドレイクもその一人だ。彼が新大陸帰りのスペイン船団を襲撃して一回に捕獲した財宝は一五〇万ペソ相当の品々と金銀、エメラルドなどの詰まった大箱で、当時のイギリス海軍予算の何年分にも相当したという。こうした功績により、海賊ながらエリザベス一世からサーの称号を得て貴族に列せられたのは周知の通りである。

太平洋の赤道付近、モルッカ諸島は別名香料諸島とも言われるように、肉食傾向のヨーロッパ人が必要不可欠としていた香料、特に丁子（クローブ）の大産地だった。その産品をめぐってスペイン、ポルトガル、オランダ、イギリスがそれぞれ現地の住民や、十二世紀からこの地に進出しているイスラム教徒と結託しては勢力争いを演じてきた。

「この四月にもセブ島海域にオランダ船団が現れ、我が海軍が辛うじて追い払いました。この辺は小さな島々が多く、やつらはその島影に潜んでは我が船を襲い、積荷を奪い取るという海賊行為を繰り返しております」

副長官が言うと、別の役員が身を乗り出して言った。

「もう一つ恐ろしい連中が出没します」

ワコウじゃな、とロドリゴは先手を打って言った。

「ワコウはジャンク船に乗り、ジパング南方の海を根城にチナの沿岸、及びここルソン、安南（アンナン）、カンボジヤ、朝鮮（コレア）など東南アジア一帯を我が物顔に荒らし回っております。彼らの害を恐れてチナはジパングに対し国を閉ざしてしまったくらいです」

他の出席者も口々に言う。

「彼らの勇猛果敢なこと、死をも恐れぬことはこの辺りでは轟いておりまして、ひとたび海上で遭遇すると相手の船の船端に鉤を引っかけ接舷、大刀を振りかざして乗り込んで参ります。下手に抵抗しようものなら皆殺しにされ、積荷はことごとく奪い去られます」

一船に二〜三百人、なかにはサムライと呼ばれる戦士もいる。ジパングではここ何十年もの間大規模な内乱があり、その敗残兵が国外に逃亡、ワコウに加わったとか。

「ジパング側でもワコウに暴れられては貿易というものができませぬ。で、数年前から彼の国の皇帝の特別許可状を持った船が正式の貿易船として我々と交易しにやって参ります。昨日も一隻入港、昨夜の総督閣下着任祝賀の宴に挨拶に来たのも彼らです」

彼らはジパング人町ディラオ地区を根拠地として半年ほど商売に専念しては帰国する。その商人達とは別に、ディラオには本国での戦で破れた敗残兵、迫害を受け逃れてきたカトリック教徒、その他様々な連中が三千人も集まり、交易をしたり荷役や造船作業に従事している。彼ら大多数の性向は誠実・勤勉・几帳面だが、ひとたび理不尽な待遇を受けると凶暴さを発揮、手に負えない乱暴狼藉を働くという。

実は今年の二月一日にも暴動を起こし、鎮圧にてこずりました、とマニラ市長が言った。

暴動の原因はチナ人商人がジパング人職人の仕事に難癖をつけ、賃金を支払わなかったためらしい。その不正に激怒したジパング人多数がチナ人居住のパリアン地区に乱入、多数の住民を殺傷した。公訴院の仲裁にも従わなかったためスペイン守備隊が出動、鎮圧の上、ジパング人町を焼き払い、暴徒二百人を拘束したという。

拘束はしたもののその二百人の処遇をどうするかが目下の問題なのだ。これまでもこのような暴動で捕縛したジパング人は武器没収の上、国外退去させるのだが、彼等はすぐまた舞い戻って来る。今回は数も多く、どのように処断すべきか新総督の早急なご裁断を、と言う。

「チナ人はルソン島全体で数十万人もおり、ジパング人とひとたび紛争が起きますと無関係の民家や現地人が多大な被害を受け、治安上大問題です。なにしろ我がマニラ守備兵はたった五百人ですし、本国にもメキシコにも直ちには援軍を頼めませぬ」

今まで黙っていた守備隊長が重々しく口を開いた。

「かようにこの地は常に累卵の危うい均衡の上に立っている地。そうかと申して撤退は断じてできません。折角半世紀もかけてレガスピ総督やウルダネタ師はじめ先達が辛酸をなめて獲得したスペインのアジアに於ける橋頭堡でございますからな。それに我々が撤退すればオランダ人、イギリス人が即座にここを占拠するでしょう。彼らはすでにジャワやバタビアに拠点を築いておりますし、マカオのポルトガル勢力も我等が撤退すれば香料諸島との交易を一手に掌握できるとて虎視眈々とねらっております」

この地域の抱える問題は赴任以前から頭に叩き込んできた。しかし知識として把握するのと、現地で実情を説明されるのとは当然ながら重みが違った。

「貴公等の説明、ようわかった。総督としていずれの件も早急に善処いたす」

「新総督閣下はメキシコで原住民討伐に抜群の戦功を立てられた由、ここ東洋地域でのご活躍のお手並み、しかと拝見したいもので」

テジェス長官が口辺に皮肉な皺を寄せて言った。

こやつ、初日早々から余にケンカを売る気か。そういえば、歴代総督と公訴院メンバー、なかでも長官は総督の意に従わず、なにかにつけ反目してくる、と聞いた。総督不在の折は総督の任を兼務するが、ひとたび総督が着任すると総督の指揮下に委ねられる、という不安定な地位はたしかに面白くなかろう。が、彼等を敵に回してはまずい。彼等と今後いかにうまく折り合いをつけるかが、余の統治の成否にかかってくるだろう。

ロドリゴは改めて外敵以上に神経を使いそうな一同の顔を見回した。

政務関係者との初会合の後はイントラムーロス内の初視察だ。守備隊長を従え、まず最西北端のサンティアゴ要塞に赴く。突端の歩哨台から小手をかざして四方を見下ろす。砲門が海とパシッグ川対岸に向けてずらりと据えられ、歩哨が四六時中敵を見張っている。熱帯の陽光を受けてきらきらと輝く眼下の海には武装船団が常時解纜(かいらん)体勢で沖に舳先を向けていた。

守備隊長が二年ぶりの総督視察にやや緊張の面持ちで海を指さし、望遠鏡を差し出した。この新式の器械は前世紀末イタリアでガリレイという天文学者が天体観測用に発明、たちまち航海者達により採用され、今では軍事・航海になくてはならぬものになっている。

「この西方海上直線距離に大陸がございます。安南、カンボジヤ、シャム、などという諸国が連なっており、その北に明(みん)王朝が支配しているチナがあります。どこまで行っても他国との国境に行き着かぬほど広大な国でござりますが、その東岸延長上にポルトガルの基地マカオがあり、アジアにおける我が国の動静を窺っております」

同じイベリア半島の二国であり、時には同じ王を戴き、時には姻戚関係を持つ間柄でありながら、ポルトガルとスペインは織物、香料、香木などの東南アジア特産品とヨーロッパやアフリカ、新大陸の特産品の売買という競合する交易で、熾烈（しれつ）に争ってきた。

「オランダ、イギリス船は頻繁にここまで来るのか？」

ロドリゴは水平線に望遠鏡を向けながら訊いた。

「数年前までは我が艦隊を恐れて沿岸付近は航行しませんでしたが、近頃は大船団で白昼堂々沖合を通ります」

守備隊長は忌々（いまいま）しげに口を歪めた。

「時には我等の艦隊を遠く台湾（フォルモッサ）、琉球（レキオス）周辺まで追尾してくることもあり、小競り合いが絶えません。またここら一帯は元々イスラムの勢力下でした。この四月にも我が領地のレイテ島までイスラムに攻略されかけまして…」

イスラムもまたスペインの宿敵だった。そもそもヨーロッパ人がアジアに至るため遠いアフリカ周り、あるいは新大陸→太平洋経由という難路を取らざるを得ないのは、地中海から紅海、インド洋に出るアジア往還最短ルートをイスラムに押さえられているからだ。

一五七一年、スペイン・ヴェネチア連合艦隊はギリシャ沖のレパントでオスマントルコ海軍と戦い、勝利を得たものの、地中海東部海域を奪還するまでには至らなかった。

ちなみにこの時「ドン・キホーテ」の作者、ミゲル・デ・セルバンテスも参戦、左腕を失っている。
「それにジパングの海賊ワコウも出没いたします。彼らは『ハチマン』という神の旗を掲げ、敵の船に乗り込む時は『ナムハチマン』と唱えながら切り込んで参ります」
オランダ・イギリスの東南アジアへの進出
ポルトガルとの抗争
ワコウの狼藉とマニラでのジパング人の暴動
イスラム勢力との抗争
公訴院の連中との意思疎通
ロドリゴは、今更ながら自分の置かれた立場の難しさを思いつつ、沖に広がる渺々(びょうびょう)たる大海原を見やった。
今は小さな船影一つ見えないが、ふと水平線の彼方から敵か味方か、無数のガレオン船、無数のジャンク船が点々と現れ、こちらにぐんぐん近づく、と見る間にたちまち視界一杯に展開してくるように感じた。

二

周知の通りコロンブスがカリブ海の島々を発見したのが一四九二年。この発見を契機に、当時の強国スペインとポルトガルの世界覇権争いは熾烈を極めた。その争いに決着をつけるべくローマ法王アレキサンドル六世は、一四九六年、ヨーロッパ以外の世界をその両国に二分する条約を締結させた。西アフリカのセネガル沖に浮かぶベルデ岬諸島の西方千七百七十キロメートルの海上、西経四十六度三十七分地点から東側の新領土をポルトガルに、西側をスペインに属することを定めたのだ。

これによりアジアへの有利な航路を獲得したポルトガルは、スペインが日本との交流を図る半世紀も前からすでに日本との交流の歴史を持っていた。

彼らはリスボンを出航するとアフリカ大陸西岸に沿って南下、ケープタウンからインド洋に出てインドに到達。沿岸伝いに最初にゴアと、次に中国の明(みん)と、次いで日本とも交易を開始、一五四三年、種子島に鉄砲を伝来、一五四九年、フランシスコ・ザビエルが鹿児島にキリスト教を伝えた。以後は平戸、長崎を拠点に着々と交易と宣教の領域を拡大した。

一方、スペインとアジアの交易は遅れに遅れた。

マゼランに率いられたスペイン艦隊は南米最南端を周航、太平洋に出て西進、エルナン・コルテスがメキシコのアステカ帝国を滅亡させた同年の一五二一年、フィリピン諸島を「発見」した。マゼラン自身はマタン島で原住民に襲われ落命したが、その後もメキシコからアジアへ向け諸隊が出立、一五四三年、ロペス・デ・ビリャローボスが同諸島をフェリペ皇太子(後のフェリペ二世)にちなんでフィリピンと命名、スペイン領植民地とした。

しかし、メキシコ西岸のアカプルコから太平洋を越えマニラや東南アジアに至り、再びアカプルコに戻るスペイン人の往還航路は、潮流や風向の関係でなかなか開拓されなかった。当時のガレオン船の推力は十数枚の帆に受ける風と大洋の潮流にまかせるしかないからだ。

アカプルコ港を出たガレオン船がマニラに至るには、赤道北側の地球の自転に伴う偏東風と北緯十〜十八度線の西へ流れる北赤道海流に乗って西進する航路を取る。

この航路は三カ月に及ぶ長旅ではあったが、比較的容易に開拓できた。

しかし、帰路を発見しなければ往還は成り立たない。

一五六五年、ロペス・デ・レガスピ船長とアウグスティノ会宣教師アンドレス・デ・ウルダネタが新航路を発見、ようやくメキシコ＝フィリピン往復航路が成立した。

本書の主人公ロドリゴ・デ・ビベロ・イ・アベルーシア誕生の一年後だった。

発見された帰路は、まずマニラからアジア大陸沿岸に沿って北上、北緯二十四度の北回帰線を横切り日本沿岸沖を更に北上、北緯三十〜四十度線上の東へ流れる北太平洋海流に至る。その海流と偏西風に頼り一路東進。通常半年後に新大陸西岸着、更にカリフォルニア半島沿いに南下すると出発地点アカプルコに戻る。

ただし年中この航路を利用する、というわけにはいかない。マニラ→アカプルコ船団の出港最適期間は短い。海流は一定でも、季節によって風向が変化するからだ。七月から十月は南風で、北上するには順風だが、この季節は台風シーズン。これに遭遇すると暴風豪雨に見舞われ、船は海の藻屑となる危険がある。十一月から翌年四月までは北東の季節風でマニラから北上するには逆風になる。四月～五月の風は北、東、南、と目まぐるしく変化し、船は海上で翻弄される。というわけで、アカプルコ行き船団は五月初めからせいぜい六月一杯に吹く南西風を利用する年一回の定期船団とならざるを得ない。

スペインがそれほど様々な辛苦を経て東洋の島々との往還を目論んだのには中国の生糸や香料諸島の丁子(クローブ)や胡椒を運ぶためだけではない。

「金銀島」といわれるジパング、日本との交易をも視野に入れたためだ。

「金銀島」とは、マルコ・ポーロ以来西洋人に信じられてきた全島が金銀鉱石に覆われた島で、それに触発されたヨーロッパ人の「金銀島」発見熱は新大陸発見の動機となり、新大陸発見後はジパング東方沖北緯二十九度～三十五度にある、と信じられてきた。

特にスペインでは高名な地理学者でフィリピンに十年も在住したエルナンド・デ・ロス・リオス・コロネルがロドリゴのマニラ赴任中の一六〇八年九月二十七日、スペイン宮廷でその実在性と位置を証言、その言を入れたフェリペ三世は「ジパング沖金銀島探索」をメキシコ副王に認可、後のセバスティアン・ビスカイーノの日本沖金銀島探検の発端となった。

ジパング人と交流を続ければ、その島を発見・征服できるのではないか、それが当時のスペイン、ポルトガル、オランダ、イギリスの東洋探検の、貿易と並ぶ原動力となったのだ。

その日本とスペイン領マニラの正式交流は、一五八〇年代に入って活発になった。明(みん)が倭寇(わこう)の跳梁跋扈を恐れて日本との交易を禁止したため、中国産生糸、硝石、茶などを求めて多くの日本人商人が来航した。九州各地の大名も競って使者を送ってきた。と同時に、倭寇も頻繁にこの海域に出没するようになった。

脅威は倭寇ばかりではなかった。マニラのゴメス・ペレス・ダスマリーニャス総督に一五九二年五月、豊臣秀吉から臣従を誓うよう恐喝する書簡が届いたのだ。曰く、

「朝鮮はすでに降伏した。明皇帝は姫を我が国に差し出すと申した。その両国と同じ運命を辿りたくなくば、今すぐ朝貢せよ。さもなくば二十万の兵をマニラに派遣する。マニラは我が国から僅々半月の航行の上、我が兵士は勇猛果敢、スペイン要塞の取り潰しなど『山の卵を圧するが如く』造作もないことである」

これに対し総督は、「ジパングに朝貢するなどもっての外、世界の支配者は我がスペインの国王陛下以外ましまさず」の返書を送ると共に、マニラ在住の日本人の武器を没収、イントラムーロスの東側ディラオ地区に強制的に居住させた。

それを知った秀吉は怒り心頭、四国の浦戸に漂着したマニラからのスペイン船サン・フェリペ号の宣教師および日本人信者二十六人を、一五九七年二月、長崎で磔刑に処す、という暴挙に出た。マニラ側はあわてて総督の丁重な書簡と黒象一頭に金鎖数本を添えてフワン・コーポ神父を派遣。満足した秀吉は神父を黄金の茶室でもてなし、友好の印として刀剣と総督宛書簡を送り一件落着となった。

それでもこの暴君がいつまた気まぐれの暴挙に出るか、と疑心暗鬼のマニラ側は、宣教師の往還とそれに付随した細々とした交易を継続したに過ぎなかった。

その秀吉が一五九八年秋、死去する。

秀吉の死後、徳川家康が台頭してきた。

しかしまだ根強く残る豊臣勢力を制圧するため、家康は外国の進んだ武器や船が喉から手が出るほど欲しかった。ただしその入手に際しては、厄介なキリスト教の宣教目的を持たぬ連中から入手したいという。

まさにその時だ。イギリス人ウイリアム（スペイン名ギジェルモ）・アダムス以下オランダ人二十余名を乗せたオランダ船リーフデ号が豊後に漂着したのは。一六〇〇年秋の関ヶ原の戦い直前の、同年春のことだった。

家康はリーフデ号を伏見に曳航させて実見、積荷の大砲・小銃・火薬などの武器類を没収の上、直後の上杉景勝征伐にはオランダ人乗組員に大砲を持たせ従軍させたと言う。

また航海士だったアダムスを引見し、その造船技術（彼は青年時代ロンドン郊外ジリンガムの造船所で造船に携わっていた）、航海術、天文学の知識に驚嘆した。豊後漂着翌々年には伊東で二艘のガレオン船をも築造させた。

その功もあり、また彼を手元に引き留める意味もあって相模国三浦郡逸見（へみ）に領地を与え、日本名「三浦按針（あんじん）」（三浦領の航海士という意味）を名乗らせ、折あるごとに世界情勢を語らせるようになった。江戸日本橋の魚河岸付近（現按針通り）にも邸を与えた。

「きゃつはヤソ（イエス）の話をせぬから良い」というのが口癖だった。

家康の重用に応え、アダムスもすっかり日本人化、言葉も不自由なく操り、日本人妻との間に子供も二人設けた。

家康はその後も秀吉のように海外武断策は取らず、対外貿易の増加や海軍の増強に意を注いだ。その結果、それ以前は年に三～四隻以下だった日本商船がマニラに続々来航、ある年などは九隻も入港してきた。

公用船以外にもマニラ周辺海域には倭寇や密輸船が頻繁に出没。恐慌をきたした当時のマニラ政府は家康にそれらの取り締まりを強く要望した。

それに対して日本側は、直ちに六十一名の倭寇を処刑、財産没収、更に日本からの公式商船には家康の朱印状を持つ四隻以外はフィリピンとの交易を許さない、とした。

その報告書簡に対しマニラ総督はこの朱印船貿易の提案を快諾、自分も日本へ送る船にマニラ政府の許可状を付けることにした。しかも毎年六隻の日本船の来航を許可するとし、ヴェネチア産大鏡やガラス、スペイン産織物やワイン、新大陸産のタバコなどを贈った。

もっともこの手紙と高価な贈り物にはフランシスコ会、ドミニコ会、アウグスティノ会の宣教師数人の派遣許可と日本での厚遇を、という交換条件が入っていた。

更に総督は「友人として」衷心より助言するのだが、という形で次のように書簡をしめくくった。

「先年貴国にオランダ船が漂着、皇帝陛下はその乗組員を引見、彼らを前皇帝の遺臣との戦いに参戦させられた由、これはもっての外の処遇である。彼らは我が本国スペインの臣下の者共であるが、常にスペインに反抗し、我が国王への服従を拒み、海上では海賊行為に走る者共である。貴国に漂着せし者共も貴国の地形や港湾を測量偵察し、隙あらば御地を略奪せんと窺う不逞の輩。彼らを直ちに捕縛し、我が方に送還していただきたい」

この「オランダ人排斥」の懇願に対して家康は、

「彼らは偶々わが国に漂着した難民、しかも宗教上、政治上無害である」

として、マニラ送還もジパング国内での監禁も拒否した。

このスペイン側の懇願は次の総督や公訴院執政時代にも続いたが、家康は一切耳を貸さず、その一方、貿易だけは相変わらず継続していた。ちなみに家康が生涯発した対外朱印状の数は一九六通に及び、その交易先は呂宋(ルソン)以外にも、太沢(バタニ)、安南(アンナン)、柬埔塞(カンボジャ)、暹羅(シャム)、占城(チャンパ)、交趾(コウチ)、澳門(マカオ)、田弾(デンダン)など東南アジアの国々を網羅していた。

三

ソテロ神父の来訪が伝えられたのは、ロドリゴが心身ともに長旅の疲れから解放され、いよいよ総督としての任務に着手し始めてから数日経っていた。

執務室に通されたソテロ神父はジパング皇帝の正使を同行していた。着任パーティにもやって来たルイス・ニシというクリスチャンだ。

「このニシ殿はジパング皇帝の海外交渉を担当しておられ、本日は皇帝陛下と皇太子のご書簡を閣下に奉呈するためおいでになりました」

ルイス・ニシはがっしりした中背の男だが、アジア人の年齢は判断しづらく、多分自分と同年輩ではないかとロドリゴは推量した。長年荒海を枕に命を張って交易に徹している、という浅黒い精悍な面構えをしている。

紹介が済むと西類子（にしルイス）（日本の文献ではこのように表記している。長崎出身、通称九郎兵衛、後に宗真。キリシタン大名大村純忠の子喜前（よしあき）に仕え、朱印船貿易の傍ら家康の使者としてしばしばマニラ総督との交渉にあたった）は改めて持参した蒔絵箱から恭しく二通の書状を取り出し、ほぼ正確なスペイン語で説明した。

「内府（だいふ）様はすでに征夷大将軍位をご子息秀忠様に譲っておられますが、実権、特に対外交渉においてはいまだに家康公がすべて取り仕切っておられます。秀忠様はお父上のお指図で将軍として正式書状をお遣わしになるので、内容はほとんど同じです」

ロドリゴは一通を手に取った。羊皮紙に比べ薄くてしなやかな紙質だ。中の文面らしきものはヨーロッパのアルファベットともアラビア文字とも全く別種で、文様のようだ。昔スペイン宮廷で四人の少年達がフェリペ二世陛下に奉呈したジパングの大名（グラン・セニョール）からの書簡もこのようなものだった。

「書面の左端にある朱色の璽（じ）が国王の印でその右が署名です。これが正式の国璽（こくじ）であることをお認めの上、スペイン語訳をご覧下さい」

類子（ルイス）は別の書状をロドリゴの卓上に広げた。ソテロ神父とその上司でフランシスコ会日本管区長のアロンソ・ムニョス神父が訳したものという。

ロドリゴは一読した。念のため再度読み直した。

驚くべき内容だった。

まず様々な理由から、ここ数年ジパングとスペインとの正式交渉は以前ほど活発でなくなっているが、自分としては以下の理由から両国の交渉を更に発展させたいものと考えている、との書き出しだった。

それには両国交渉に障害となっている諸問題を一つずつ解決してゆかねばならぬ。

まず「倭寇」の件である。彼らの略奪によりいかに多くの船が襲撃され、いかに莫大な人命と商品が奪われていることか。これはひとえに我が国の国民の被害であるばかりでない。はるばる遠い貴殿の祖国スペインおよびその植民地から困難な旅路をたどり、ようやく目的の地域で布教や貿易をせんと志す人々にとって最大の難関となっている。

自分はこれら跋扈（ばっこ）する海賊を次々退治してきたが、彼等は追えば琉球や台湾、更に呂宋（ルソン）海域にまで逃げ、追撃の手を緩めれば直ちに北上して我が国を脅かす。

そこで偉大なる呂宋島総督に以下の如く提案する。

我々両国は今こそ提携して、この海の無法者を南北から挟撃し殲滅させようではないか。スペイン船が倭寇の障害なく日本まで到達すれば、自分は我が国内のあらゆる港を開港し、スペイン商人と商品の安全を保証し、宣教師の布教を許可するであろう……。

書面の内容は簡略なものだったが類子(ルイス)は、我が国の習慣ではその行間を説明するのが使者の役割です、と一々長い注釈を付けた。ソテロも頷いて膝を進める。

「我がフェリペ三世陛下もジパングとマニラ、すなわちスペインとの交易をお望みのはず。ワコウが掃討されれば、マニラとジパング間の往来は格段に安全なものとなりましょう」

ソテロは小柄で小太り、一見愛嬌のある体付きだが、眼光は鋭く、弁舌は爽やかだ。

「皇帝がジパングのあらゆる港を開港してくれる、というのは大変な厚遇でございます。何故なら現在はここルソン島に一番近いジパング西南の大島、キュウシュウにはフィラド、ナンガサキ、カゴシマなどという港が開かれておりますが、実はジパングの精神的な中心、いわばローマの法皇猊下にあたるテンシサマは最大の島、ホンシュウの内陸キョウトに、そして政治上の権力者であるダイフサマは更に北のスンプ（駿府）、皇太子はその東北方エドに居住しておられます。フィラド、ナンガサキからエドに陸路を辿るのはまるでベラクルスやアカプルコから内陸のメキシコ市に行くようなものと申せましょう」

ソテロは、五年間の滞日経験から、これまでのスペイン人の交易路とジパングの中枢階級の本拠地についてまくしたてた。

「ただメキシコの場合は陸路を辿る以外に方法はありませぬが、ジパングはフィリピン同様多島国、エド、スンプの権力者に謁するため陸路を行く必要はないのです」

類子が卓上に日本の地図を広げた。

「手前もこの内府様の江戸、浦賀の開港提案は貴国にとって非常に有利な条件だと思います。現在本州の港は幾つかの例外を除けば外国の船に対して開港しておらず、いきなり喫水線の高いガレオン船が行っても接岸することができませぬ。しかも住民は太閤様時代のキリシタン弾圧に恐れをなし、外国船には極度に敵愾心（てきがいしん）と恐怖心を抱いております」

ソテロ神父がさらに補足する。

「その上ジパングの法律では、難破した外国船の乗組員は捕縛、積荷は全て没収、ということになっておりますので、十年前のタイコサマの時代、ウランドに漂着したサン・フェリペ号は三万ペソに及ぶ積荷を悉く没収され、乗組員は全員逮捕、という憂き目に遭いました」

「よって、こたび内府様がご自分のお膝元の駿府や江戸近くの港を開港、スペイン船の安全を保証しておられる、というのは真に貴国にとって有利ではござりませぬか」

「そればかりでなく我等の布教をも保証してくれる、というのです。ジパングの布教は、それはそれは難しいことでござります」

ソテロは、ザビエルの布教以来過去半世紀に及ぶ日本のカトリック布教が、いかに時の支配者の意向により浮沈を繰り返したかを甲高い声と大仰な身振りで語った。

「ダイフサマは、ワコウを我等とジパングとで挟撃し、通商を安全にすると申されるのじゃな」

ロドリゴが確認するとソテロが幾度も頷いた。

ふむ、とロドリゴは腕を組んだ。それは一考に値する。よく吟味いたす。

さて、次の件ですが、と類子が箇条書きにされた書状の次の条を示した。

「内府様は銀の製錬方法につきまして貴国の協力を望んでおられます」

関が原の戦いで天下を統一した家康は、それまで毛利領だった石見はじめ佐渡など高品質の金銀鉱山をいくつも開拓、ことごとく直轄領とした。一六〇一年には伏見に大掛かりな金銀座を置き、金貨としては慶長大判・小判・一分金を、銀貨としては慶長丁銀・豆板銀を鋳造、本格的な統一通貨鋳造・流通に乗り出した。特に銀貨は、対外貿易にも国内経済発展にも大量に必要だ。

「閣下ご出身の新大陸では多量の銀が産出され、これをヨーロッパに持ち帰るため迅速に処理し得るアマルガム法を採用しておられます」

このジパングの皇帝は我がスペインの植民地の産出銀の製錬方法まで知っておるのか、とロドリゴは内心舌を巻いた。しかしいくら彼でも、私が十年前新大陸屈指の銀鉱山、タスコの首長であり、銀の製錬法に熟知していることまでは知るまい。

日本では「灰吹き法」と呼ばれる銀製錬方法が室町時代朝鮮から伝来、天文二（一五三三）年、初めて石見で実用化された。鉛を混ぜた銀鉱石を七百～八百度の高温で加熱、その後、鉛だけを灰に吸収させる方法で、高温加熱の為大量の薪と大掛かりな設備が必要になる。

他方、新大陸のアマルガム法は水銀を金銀鉱石の粉末に混ぜてアマルガムとし、この混合物から百度以下の低温で水銀を除去する。この方式だと水銀は何度でも還流、利用でき、しかも有毒な水銀を蒸留したり、高温に熱する必要もないので中毒の害も少ない。（他説では水銀を蒸留するためメキシコ、ペルー原住民鉱夫は水銀中毒でバタバタ命を落とした、とある。その場合でも水銀の沸点は三百五十七度なので灰吹き法に比べ低温で製錬できる。）

「そこで貴国の技術者を五十から百人ほど日本に招来したいと、内府様は仰せです。以前も前総督閣下にお願い致しましたが、突然のご逝去で実現に至りませんでした」

これをご覧下さい、と類子は持参した錦の袋から幾重にも包まれた銀塊を取り出した。

表面に凹凸のある棒状で、純白のスペイン銀貨に比べ、やや鈍い灰白色。一般に丁銀と言われるジパング製銀で、主に貿易取引に使われている、と言う。

「アマルガム銀と同様純度は高いのですが、貨幣として流通させるため鉛を加えて強度を高めおります。手前共商人は交易に際しその鉛量を差し引き、含有銀の秤量のみで取引致しますゆえ、鉛混入でも取引に差し支えありませぬ。むしろ鉛は、また別の用途に使えます。ですから日本に交易に来る貴国の商人たちは見返り品がなくとも和銀の取引だけで儲けになるのです。その上、明（みん）に持ち込めばヨーロッパでの取引の倍の儲けになるのですから」

十六～十七世紀、スペイン・ポルトガルはアマルガム法で生産した新大陸産銀を大量にヨーロッパに持ち込み、その結果、銀の価値は大幅に下落、それ以前は金銀比率一対十二だったものが一対十五程度に下がってしまった。

一方、中国では一対八という旧レートを維持したままだったため、ヨーロッパ商人が銀を中国貿易に使用するとそれだけで約二倍の分量の交易ができたのだ。

「我が日本は金銀国と言われる通り、まだまだ未開発の鉱山が沢山ござります。内府様はメキシコからの匠達の助けにより、それらを一挙に開発しようと仰せなのです」

そこで、と類子は膝を進めた。

メキシコ人技術者達の日本滞在中、あらゆる便宜を図ろうと申されるのです。滞在費用、往復の費用、高額の報酬、信仰の自由、すべてです。

「なによりも我らの信仰を護るため、ダイフサマは『教会堂も建て、神父(バテレン)、修道士(イルマン)どもの説教も自由にさせよう』と仰せです。布教が公認されるのです！」

とソテロは両手を大仰に振り回して叫んだ。

それに反して類子は、あくまで冷静だった。書状の第三項を指して言う。

「内府様はメキシコとの直接交易を望んでおられます」

なんと、ジパングが直接メキシコとの交易を目論む？

家康は言う。

「自分はマニラ経由より、むしろ太平洋を越えて直接メキシコと交易を行いたい。なんとなればマニラからスペイン商人が運んでくる品々はマニラ産品ではなく、中国産、メキシコ産、ヨーロッパ産品ばかりではないか。中国産、インド産品ならマニラから購入せずとも、マカオのポルトガル商人から買えばよい。また我が国産品もマニラ在住の人々の用に供するというより、マニラ経由でアカプルコへ向かう品々の方が多いと聞く」

八年前の戦いで自分は日本を掌握、統一した。今自分の関心はこの国の未来に移っている。将来我が国は戦ではなく貿易で世界と交わってゆくつもりだ。その先鞭をつけるため、自分は貿易を担うこととし、征夷大将軍という王位も息子に譲った。我が国在住のイギリス人にヨーロッパ式帆船を二隻建造もさせた。

「ジパングに漂着した我がガレオン船員も、その船でマニラに送り届けてくれたのです。私めがジパングへ渡海した翌年のことでござります」

とソテロが言った。類子が後を引き取って言う。

「しかしながら日本人船員だけでは、この船を操り、太平洋往還は困難です。今回総督となられた閣下に改めて我が船の操船を指導する船員の派遣をお願いする、と申されるのです」

この皇帝は直接メキシコとの交易を望み、そのための帆船もイギリス人に建造させた。しかし操船技術習得は自前ではできない。スペイン人にその操船技術を教えよ、というのだ。

ふむ、と再度ロドリゴは腕を組んだ。

家康の提案を胸の内で反芻する。ワコウ征伐と銀製錬工派遣の件は従来からの家康の要望だ。しかし歴代のフィリピン総督は、はかばかしい返答を与えたことがなかった。家康の要求とスペイン側の要望がかけ離れていたからだ。

ワコウ退治は無論結構だが、ワコウはフィリピン海域から追い出せばよい。自分らにとってより重要なのはイギリス、オランダの東洋進出阻止である。また銀の製法伝授はスペインの富の源泉を明かすことになってしまう。

マニラ政府の煮え切らぬ態度にしびれを切らした家康は、今回改めて具体的な数値や条件を付けてきた。

一、ワコウをマニラ政府と共同で南北から挟撃する

二、銀のアマルガム製錬工五十～百人をメキシコから招来する

その二点にさらに新たな提案が加わった。

三、ガレオン船の操船技術の伝授だ。

しかしこの新たな提案は銀製錬法伝授と並んでスペインの、決して他国には譲れない国是と正面から衝突するのだ。

一方、スペイン側の日本との交流の目的は、

一、カトリックの布教

二、マニラ～メキシコ間の航海中の寄港地としての日本各地の港の開港

三、日本に漂着したスペイン船の安全と積荷の保証などであるが、なかでも一のカトリックの布教が最大の目的であり、二、三項目は付随的な目的にすぎなかった。

実はスペイン政府はマニラに東南アジアの拠点を置いているが、それはあくまでも軍事的意味と布教活動支援のためで、東洋貿易はそれほど歓迎すべきものではなかった。フィリピンには造船産業以外見るべき産品は乏しく、マニラは南洋諸島からの香料や日本・中国の繊維製品・陶磁器・漆器とヨーロッパや新大陸の産品をメキシコ・ペルー産銀で交易する中継貿易の拠点としての役割しかなかった。しかも東洋物産がヨーロッパで熱狂的に迎えられるのに比べ、東洋人はそれほどヨーロッパ製品を欲しがらず、その結果、スペイン政府は常に大幅な赤字を強いられていた。恐慌を来したスペイン政府は度々貿易制限令を発し、一六四〇年にはマニラからメキシコへの年間輸出額を二〇万ペソと制限したほどであった。

しかしスペイン・メキシコ商人達は別だ。先の銀交換比率以外にも、この交易は有利だった。彼らは政府の軍用船にほとんどタダ乗りし、安い東洋物資を大量に買い付けては新大陸や西欧に数倍の値段で売り付けるのだ。

その上、彼らは東洋でも暴利をむさぼった。大洋航海船を持たず航海術も未熟な日本や中国に自国の公用船で乗り付け大規模交易を行う一方、マニラに来航する日本や中国商人の商品に多額の関税を課すよう植民地政府に働きかけるのだ。

それを憤った日本政府が、暴利を貪るマニラのスペイン人・メキシコ人商人の手から日本人商人に、日本政府による交易を行おうというのは当然の話で、そのためのガレオン船築造、操船技術伝授なのだった。

その上に銀の製錬職工派遣だ。ジパングにはこれから開発する銀鉱山が多々あるという。金銀島も近い。これらの銀山から採掘される銀をメキシコから伝授するアマルガム法で大量に生産されたら、現在世界一を誇るスペイン領新大陸産銀の価値は大幅に下がってしまう。

このスペインの不利益を見越した家康は新たな次の二点の譲歩条件を付けてきた。

一、宣教師の日本国内での布教活動と教会堂建設の許可。在日全スペイン・メキシコ人の安全と信仰の保障

二、国内のあらゆる港をスペイン船に開港し、乗組員と船荷の安全を保証、スペイン・メキシコ商人の自由取引を許可

しかし、こんな程度の譲歩で易々と妥協はできない。

本国政府とジパング政府との思惑の相違を考えると、

「着任早々のお申し入れ、よく吟味してお返事いたす」

としたロドリゴの返答は、これまでの総督同様あいまいなものにならざるを得なかった。

一方類子としては、ここで従来同様の返答を得ただけで引き下がっては、家康の使節としてははるばるマニラまでやってきた甲斐がない。

今回の類子のマニラ渡航は、これまでの数回に及ぶ使者派遣でもラチがあかず、業を煮やした家康が、外交団筆頭顧問とも言うべきイギリス人三浦按針、フランシスコ会日本管区長アロンソ・ムニョス、長崎奉行長谷川藤廣、船手奉行向井政綱・忠勝父子などと協議の末、ソテロ神父を付けて派遣した、というほど並々ならぬ意欲を示すものだったのだ。

類子は期限を切った。七月早々日本向けに出港するスペイン船にロドリゴの返書を託してもらいたい、という。

二人を帰すと、ロドリゴはしばらく執務室内を歩き回った。頭を整理する必要があった。ワコウ、宣教師のジパング布教、ジパングへの銀製錬職工派遣、ジパング人への操船技術伝授などが脳裏に渦を巻いた。

ジパング人の器用さは定評がある。彼らはポルトガル人から西洋式鉄砲を伝来後わずか二、三十年で世界に類のない鉄砲王国を築き上げた。もし彼等が多くの西洋式帆船を自分達の手で築造、その航海術を会得し、自国産銀で世界交易に乗り出した暁には、ルソン島はじめスペインが命がけで築いた植民地を根こそぎ簒奪(さんだつ)することは火を見るよりも明らかだ。

二階の執務室から見下ろすと、今しも類子一行が帰るところだった。これからこの要塞都市北西突端の総督館を出て石畳の中央通りをしばらく行き左折、やがてディラオ地区にあるジパング人町に行くのだろう。

もうこの要塞都市の概観は頭の中に入っている。しかし城壁の外に連綿と広がるマニラ一般住民やパシッグ川向こうのチナ人町、ジパング人町にはまだ足を踏み入れたことがない。

「一度それらを見ねばならぬ、それにジパング囚人達も」

牢は公訴院地下にあった。二百人ものジパング人が幾部屋にも分かれて収容されている。大勢の囚人が詰め込まれているのでそれぞれの部屋は蒸し暑く、近づくにつれ食物の饐(す)えた臭い、大小便の臭い、汗と埃が入り混じったなんとも形容しがたい悪臭があたりにたちこめている。なにやらわめく声、悲鳴、争う声、壁をたたく音、床を踏み鳴らす音など、この世のものとも思えぬ騒音に、地下への階段を降りかけたロドリゴは一瞬たじろいだ。

案内の牢番がロドリゴの耳元で説明する。

「それぞれの牢には頭領格の者がおり、一応規律は保たれておりまするが、なにぶんにも数が多く、病人も続出中でして。閣下には早急なご処置を」

総督とはわからぬが、誰やら身分の高い人間が視察に来た、と察したのだろう、囚人達が鉄格子ごしに物珍しげに薄暗い廊下に目をこらし、やがて理解できぬ言葉で叫び始めた。自分らを釈放せよ、と言っているに違いない。

「武器没収の上追放しても、本国へ帰る当てのない連中ですからな、すぐ舞い戻ります。そしてまた暴動を起こす、捕らえる、釈放する。まるでいたちごっこです」

牢番は苦笑した。まるで追い払っても追い払ってもたかってくるハエのごとき連中ですよ。いっそジパングまで送りつけてやりたいくらいですわ。

ロドリゴは立ち止った。

そうか、ジパングまで送りつけてやる手もあるか。

四人達がぎらぎらした目で彼を見、口々に声を発した。

「何と申しておる？」

「我らはクリスチャン、同じクリスチャンを何故このような目に遭わせるのか、と」

そうか同じクリスチャンか。彼らをジパングに送りつける、ということは…。そうか、一石二鳥、いや、三鳥、四鳥にも使えそうじゃ。


総督府の執務室に戻ると、ロドリゴは秘書官ガスパール・アルバレスに口述筆記を命じた。

「宛名はジパング国皇帝じゃ」

はっ、とガスパールは羽ペンにたっぷりインクを含ませ、ロドリゴの言葉を待った。

「余は世界に隠れもなき大スペイン帝国のフェリペ三世陛下の臣下にして同陛下より当フィリピン諸島の総督職および総司令官職、在諸島国璽尚書を拝命し、当地に渡海せしスペイン貴族ロドリゴ・デ・ビベロ・イ・アベルーシアである。ジパング国皇帝には先々代総督の時代からご厚誼をいただき、また余の代になりても両国間は雲山万里の隔てありといえども、友好親善にはいささかの隔てもあるまじき、と存ずる…」

ガスパールがここまで筆記しペンを置くのを見て、さて、ここからが肝要じゃ、とロドリゴは言った。

「余当地参着のみぎり、当所に在留のジパング人多数騒動に及びしにつき、捕縛、我が牢中に禁足せしが、当年は一人も残らず貴国に返さんと存ずる…」

ガスパールがロドリゴの顔を窺った。閣下、これはどのような意味で、という顔である。

騒動の首謀者どもを国に送還するのじゃ。追って説明するゆえ、今は続けよ。

「さりながら、貴国より毎年当地に来航せる商人（あきうど）に限りては、商い以外に他意なき者共にて、当年および向後（こうご）も例年の如く馳走してつかわす…」

ガスパールはそれ以上詮索せず無言でロドリゴの言葉を書き取ってゆく。

「他方、当所派遣のガレオン船団の貴国への渡海の件であるが、今年も従来通り四隻派遣する。その着岸地に関しては皇帝の御膝元の関東（クァント）に直行するよう、しかと我が船長（カピタン）に申し付ける。さりながら船は風向、潮流、等々必ずしも初期の予定地に入港可能とは限らぬゆえ、貴国のいずくの港に着岸せしといえども、ジパング国の海域内に着す限り、歓待されんことを願う…」

今年もサン・イルデフォンソ号でフランシスコ・モレノ・ドノッソ船長を派遣する。マニラ＝ジパング航海ベテランの彼なら着岸地を間違うことはあるまいが、ナンガサキやフィラドではなく、ダイフサマの御膝元のスンプか皇太子の座すエドにできるだけ近い港に入港するよう命じる。

ただその地の住民はいまだ我ら外国人の上陸・宿泊に対し不慣れのため、予想外の反応が危惧される。いずれの地へ着岸しても、地元民から我が艦隊乗組員、乗船者、および積荷へ及ぼす危害・没収を未然に防止していただきたい。

「次いで、御地へ布教のため渡航、もしくは既に居住しおる我が国の宣教師に対する処遇につき、寛大なるご配慮をお願いする。陛下の以前からのご高配にも増して、なお彼らの遠路、難航海をも辞さず貴国の民の救済を志す熱意に鑑み、幾層倍かのご考慮を伏して乞う次第である」

ロドリゴはここまでは一気に書かせた。

が、肝心の家康の要望二点、銀製錬職工派遣およびガレオン船操船技術の伝授については言及しなかった。こればかりは自分の一存では決められぬ。正式には本国政府かメキシコ副王の裁可を仰がねばならぬ。

あるいは別の工夫が要るが、今はここまでにしよう。

「閣下、贈り物の件はいかがいたしましょう」

歴代のフィリピン総督はジパングの為政者に、ある時は象を、ある時は黒人を贈ってきたという。布教のため、またワコウの取り締まりを依願するためだ。

しかしこれでは、大スペイン帝国皇帝がジパング皇帝の臣下であるように受け取られてしまう恐れがある。

反面あまりに些少な品物を贈った年は「スペインの実力はかような程度であるか」とて暴君タイコサマのルソン島恐喝の原因にもなったという。

スペイン産赤白ワイン、セビッリャ産黒布、チナ産金襴・緋緞子（ひどんす）、メキシコ産カイガラムシ染料で染めた猩々緋（しょうじょうひ）（これは袖無し上着の生地として大名（グラン・セニョール）達に珍重されておるそうな）、香料諸島産胡椒などはどうか。

「おお、それにメキシコ産タバコをひと壺添えよ」

タバコは新大陸で原住民に愛用されていた嗜好品だが、それがまたたくうちに全世界に伝播。ジパングにも一六〇一年、フランシスコ会のヘロニモ・デ・ヘスス神父が病気療養中のダイフサマにその膏薬と種子を献上。その効用で平癒、というので以後ジパング全国に薬品として珍重され出したというではないか。

ガスパールの作成した皇帝・皇太子宛文書二通に目を通し、一六〇八年七月九日（邦暦慶長十三年五月二十七日）の日付と自分の肩書を確かめると、ロドリゴは慎重に署名した。

いよいよ自分とジパング国皇帝との交流が始まる。

自分の「ジパング渡海」という長年の夢が、これまでは雲をつかむような話だったが、今や手の届く距離に縮まった感じがした。

ロドリゴが家康宛書簡と同時に、囚われていた二百人の暴徒を日本に送還したのはそれから半月後、家康から刀二振り、甲冑二領を添えた邦暦八月二十二日付けの返書を受け取ったのは三カ月後だった。

それによると家康は、ロドリゴの日本人送還に対する謝辞を述べ、またロドリゴの依頼通り、スペイン船の関東入港に際しては、その乗組員、乗客、積荷に対しての住民の狼藉を禁止する高札を各所に建て、さらに前政権が破壊を命じた江戸と伏見のフランシスコ会修道院の再建を許可したという。

家康は書簡の末尾を、新総督からの次の書簡を首を長くして待っている、と締めくくってきた。例のガレオン船操船技術伝授と銀製錬職工派遣の件である。

この二点は二点ともスペインの、メキシコの、マニラの国是と相反する。それを受け入れれば、我がスペインの経済の根源を揺るがしかねない重大な打撃となろう。

スペイン帝国民の自分としては思うだに心が冷える。

しかし、突っぱねるだけではこれからの両国の関係を進展させることはできぬ。

一方、スペインからジパングに要求することは三点。

まずカトリックをジパング中に弘めること。現在大勢の宣教師がジパングに渡っていて、ジパング人信徒数も三十万に上るという。それはジパングの支配者にとって脅威だ。カトリック教徒は自国の支配者を絶対者と見ず、天なる神を崇め、その神の代理人たるローマ法王とその守護者であるスペイン国王を崇めているからだ。それを察したタイコサマは宣教師や信徒の大虐殺を行った。

ダイフサマはそこまではやらぬが、カトリックを危険視している点は同じだ。この危惧を払拭し、我らが聖なる教えをジパングに定着させねばならぬ。

第二に邪悪なオランダ人や、特にアンジンという名をもらい領地まで所有しているというイギリス人ギジェルモ・アダムスをジパングから追放させることだ。

奴らオランダ・イギリスの正式交易船はまだジパングには到達していないというが、すでにこの海域に出没する以上いずれ到達は必至。その到着以前にジパングでの彼らの足がかりを叩きつぶしてしまうことだ。

それと、もう一つ。マニラからメキシコへの航路の途中の、ジパング寄港の件だ。

マニラからメキシコへ至る海路は長い。しかも危険極まりない。これをジパング経由にすれば、危険の主なる原因はかなり回避できる。

まず食料・飲料水の補給だ。四、五カ月に及ぶ長い航海中、熱帯のルソンで積み込んだ水や野菜、肉、果物はドロドロに変容し、それを食する乗船者は壊血病その他の疾病で命の危険にさらされる。これをジパングで補給すれば、北国の良好で新鮮な水や食料が入手できる。

その上、マニラから積み込む五カ月分の飲料や食料品の量を減らすことができる。マニラ出港時はジパングまでの量を積み込むだけでよいのだ。一隻三百人もの乗船者の航海中の食料や飲料水の量たるや膨大なものだ。それが軽減されれば、その分多くの商品や武器を積むことができるし、さらにジパングで欲しがる商品を積めば、ジパング交易にも大益じゃ。

その後、ジパングで新たにメキシコまでの分を補給すればよいし、マニラからジパングまでの航海で傷んだ船材はジパングで補強したり新たに購入することができる。

航海にしても今までのコースを通るよりずっと安全だ。

マニラから大陸に沿って北上するコースなら年中暴風雨の荒れ狂う盗賊（ラドローネス）諸島（マリアナ諸島）を通過せずにすむ。万一難破しても琉球（レキオス）諸島のどこかの島に漂着できよう。その島の住民の襲撃も考えられるが、彼らの全員が野蛮人で漂着者を襲撃する人種ばかりではあるまい。うまくいけば彼らとの交易もできよう。風雨で傷んだ船や船具の修理、交換もできるだろう。

しかし、この策はダイフサマの思惑と明らかに衝突する。彼はメキシコや東南アジアとの交易を自分の手で行いたい、と言うのだ。

余もスペイン・メキシコの手で、しかもマニラ経由で行いたい。

さて、どのようにすべきか。

彼の国の希望とこちらの要望をうまく合致させ、両国の利になる方策はないか。

いや、こちらの手の内を見せず、ジパング側の要望を逆に利用する手はないか。

「やはり余自身がダイフサマとサシで話すしかあるまい」

それにしても彼はどのような人物なのだろう。

また彼にこのような処置を取るよう助言したというイギリス人、三浦按針ことギジェルモ・アダムス。にっくき敵国人だが、反面どのような男か、会うてみたい。

その二人に会い、懸案の二事項に関して直接交渉し合わねばならぬ。

ロドリゴは自分のジパング渡海にようやく必然を見出した思いだった。

しかし必然だからと言って、ただ手を拱いていては実現を招きよせることはできない。

メキシコで大伯父にして第十一代副王、通称「若殿」にマニラ行きを命じられた時は、マニラに行きさえすれば、ジパング渡航は何とかなる、と思っていた。

が、いざマニラに着任し、諸般の事情がわかってくるにつれ、総督というこの地域でのスペイン大帝国を代表する最高権威者が、それほど気軽にマニラを空にして近隣諸国に赴ける地位ではない、ということがわかってきた。

総督がジパングに渡る、ということは大変な政治上の意味がある。征服者として乗り込む時か、逆に戦に負けて恭順の意を示す時だ。

が、目下のところそのどちらの可能性もゼロだ。

征服者でもなく敗軍の将でもなく、しかも誰もが納得する方法でジパングへ渡海し、その結果、誰もが予想しなかった成功を得るにはどうすればよいか。

それこそ思案のしどころだった。

四

ロドリゴが赴任して早くも半年が過ぎた。

分厚い石壁に囲まれた城砦の突端近くにある総督館の外側はマニラ湾の波打ち際だ。静寂が支配する夜、渚を洗う波の音と湾に注ぐパシッグ川の川音に囲まれ、あたかも船中にいるかのようだ。湿気と高温で熟睡できず、ベッドから降りて窓のよろい戸を開けると満天の星空。暗い海に目を転じると、ここにも星々が、と思うほど浪間に夜光虫が点滅し、渚には夜目にも白くさざ波が打ち寄せている。

再びウトウトすると間もなく夜明けだ。熱帯の朝は早い。けたたましい鳥の声。よろい戸の隙間からまばゆい太陽の光がベッドの枕にまで届いている。

ロドリゴの傍らの枕には女が眠っていた。

ドミニカ。十八歳。

ロドリゴのマニラ赴任直後、公訴院副長官ビセンテ・デ・アルカラースが、甥の娘でして、と言って引き合わせた。

スペイン人の血は四分の一しか入っていないが、彫りの深い目鼻立ち、豊かな胸はヨーロッパ系、きめ細かな皮膚はアジア系、しかも色白なのはジパング人の血が入っているからという。

「この娘の母親はマニラ生まれですが、その父親はジパングのナンガサキ生まれの商人だそうで。閣下の小間使いとして、本国宮廷の作法を直々に教えてやってくだされ」

母親を早くに亡くし、父親である甥も一昨年マラリアにやられ、天涯孤独となり申した、と言う。

強く言い含められていたとみえて、ドミニカはその夜からロドリゴの枕頭(ちんとう)に侍るようになった。

半年に及ぶ禁欲生活後の四十四歳の男の性に応えるには幼いように見えたが、若い女の体はみるみる変貌する。半月もすると黒い瞳は濡れたようにきらめき、肌は弾力を増してこちらの肌に吸い付くようだった。

時々おかしなスペイン語を話すのも愛嬌だった。どうやら現地人の言葉かジパングの言葉かチナ人乳母の言葉かが、正当なスペイン語と入り混じっているらしい。

「そのような言葉を、そなた、どこで覚えた?」

ベッドでの愛撫の最中でもドミニカの妙な言葉遣いにロドリゴは思わず噴き出す。笑われてもドミニカは、かえっていぶかしげにロドリゴを見て小首を傾げる。自分の言葉遣いが妙だとは思っていないらしい。それを逐一正してやるのもロドリゴには楽しく、まるで自分が昔スペイン宮廷でアナ王妃に仕えていた頃のようだ。あの頃は自分のメキシコ訛りを随分笑われたものだが、自分もスペイン語がうまく操れなかったオーストリア育ちの王妃は、ロドリゴを何かにつけかばってくれたものだった。

ドミニカも、ロドリゴを初めは、皆と同様に総督への敬称の「閣下」と呼んでいたが、いつの間にか植民地の現地妻の用いる「旦那様（セニョール）」となり、ベッドでの愛撫の際には、ロッド、ロッドと口走るようになった。

ドミニカが次第に自分好みの成熟した女に変貌してゆくのと同様、ロドリゴもこの熱帯の島の生活に溶け込むのにさして時間はかからなかった。

朝食はパンと茶。スペインのみならずヨーロッパ大陸一般の朝食だが、こんな基本的な食糧さえここでは採れない。小麦も茶も、チナやジパングやインドからはるばる運ばれてくる。

午前中は執務室で過ごす。

まずモルッカ諸島などマニラを基点としたスペイン領東南アジア諸地域から届く報告書に目を通し、必要事項を決裁する。フィリピン諸島内の事項にも目が離せない。パナイ島オトンやセブ島などではスペイン側の徴発した米の代金を巡って住民が訴えを起こす。訴訟は公訴院の管轄になるが、手に負えないと総督裁可になる。

その他にも、カビテ港の保税倉庫から、スペイン本国や新大陸から東南アジアに運ぶ物品、また東南アジアやインドの産出品のメキシコ経由ヨーロッパ向け物品などの関税関係の書類が届く。マニラ湾と南シナ海の境界に水門のように並ぶ二島、コレヒドール島とカバヨ島からも毎日関税日誌と出入船の情報が入る。不正入港船はここで検閲され、場合によっては入港を拒否される。ジパング皇帝の朱印状を持たない船もここで追い返す。それ以外の密輸船や海賊船、ジャワ島に本拠を置くオランダ船やスマトラ島からのイギリス船、ミンダナオ島からのイスラム系原住民もここで追い返され、場合によっては戦闘に発展する。

二時まで執務。

昼食は総督館の広い食堂でとる。総督の昼食というのは一種儀式だ。マニラ大聖堂やサン・アグスティン教会の大司教達、植民地各島の守備隊長はじめ軍関係者、公訴院役員達、船団の船長や司令官・事務長達、保税倉庫の役人達、大商人達など、政治・宗教・軍事・経済・交易関係者が長テーブルにずらりと居並ぶ。

ドミニカは女主人としてなかなか見事に食卓を切り盛りする。ロドリゴの向かいの席に座り、大勢の使用人が次々に運ぶ料理の指揮を取る。客達もドミニカを総督夫人として恭しく扱う。植民地では現地妻の存在は当然、というより不可欠なのだ。

カメ肉のぶつ切りが入ったスープには、新大陸直輸入のトマトと唐辛子が味と彩りを添える。サフラン入りのスペイン風チャーハン。デザートには、マンゴーやバナナの他にブルーチーズを更に濃厚にしたような異臭を放つドリアンが出る。

デザートを終える頃、決まってスコールがやって来る。窓の外が急速に暗くなり、早くも最初の稲妻が室内を斜めに走る。給仕たちが貝殻をはめ込んだ格子窓を閉め、テーブルの燭台に灯をつける。雷鳴が頭上から直撃するように轟きわたる。と見る間に大粒の雨がよろい戸を叩き始める。凄まじい豪雨が始まる。

が、一刻も経たぬ内、雷雨は止み、嘘の様に空が晴れ渡る。客達は何事もなかったように食事を終え、タバコの煙が開け放たれた窓から雨に洗われた南国の空へ吸われてゆく。食後の一服はたしかに至上の爽快感を与えてくれる。

トマトといい唐辛子といい、このタバコといい、これらがなかった時代のヨーロッパ人の食卓は実に無味乾燥なものだったろう。スペイン本国の宮廷人はなにかにつけ新大陸出身者を差別したがるが、これら新大陸産品がなかったら、このような口福は味わえなかったのだ。

スコールの置き土産として猛烈な湿気が辺りに充満し、満腹とアルコールとで瞼が重くなる。祖先以来何世紀も昼寝の習慣を欠かさないスペイン人ならずとも、この赤道近い島では体が重く眠くなる。

眠気をこらえて人々の別れの挨拶を受けると、昼寝用寝室に入る。チナ製の籐の簡易ベッドに乾いたタオルがかかり、細めに開いた窓から涼しい風が入ってくる。

薄い麻服に着替えたドミニカが甲斐々々しくロドリゴの汗ばんだシャツを脱がす。長年連れ添った妻同然だ。

しかし彼女をメキシコに連れてはゆけない。何年後になるかわからぬが、自分がフィリピンを去る時、この娘は副長官の手元に戻し、その後は誰かと結婚することになる。前総督の愛人という経歴で。

それがこの娘の運命だ。そう思うとなおさらこの混血娘がいとしく、せめて自分の任期中は可愛がってやろう、とロドリゴはドミニカを抱く腕に力を込めた。

考えてみれば、この娘は公訴院役員一同の暗黙の贈り物だ。当分は自分達も新総督の治政に文句は言わぬという休戦のシンボルだ。よろしい。余もそれに従う。この多事多難の折、連中との波風だけはこれで収まる。

午睡の後は浴室で汗を落とす。さっぱりしたシャツに着替えると生き返ったようだ。

ドミニカを連れて宵のアルマス広場を散策する。総督館の正面にある広場で香料諸島などに出撃する兵士を閲兵する場所だ。周囲の花壇には熱帯の花々が咲き乱れ、この世の楽園のようだ。散策後はマニラ大聖堂の夕方のミサに出ることもある。

普段の夜は質素だ。波の音を聞きながらドミニカ、執事、秘書、副官のアントンなど、ごく内輪の人達だけで家族用食卓を囲む。食後それらの人々さえ退出すると、家族用礼拝室で感謝の祈りを捧げる。

視察の日もある。イントラムーロスを出てマニラ市内を馬で巡視する。ニッパヤシで葺いた原住民の家が建て込む町々を一巡する。カビテ港まで足を伸ばすこともある。ここは常にガレオン船やジャンク船の積荷の出し入れで殷賑(いんしん)を極めている。

時には遠出もする。

フィリピンは多島国なのでマニラのあるルソン島だけでなく、南のミンドロ島、パナイ島、セブ島、ミンダナオ島にまで船足を延ばす。そんな時には小規模ながら、いつでも戦闘に入れるように武装艦隊を整えて行く。この一帯はもうスペイン、ポルトガル、オランダ、イギリス、そしてイスラムの勢力争いの地域なのだ。初の世界周航を成し遂げたマゼラン提督が命を落としたマタン島もセレベス海の南、ほんの一航海先だ。レイテ島はロドリゴ赴任の二カ月前イスラム勢力が進攻してきたところだ。

視察は一島で二～五日、総計ひと月に及ぶこともある。

諸島視察を終えたある早暁、守備隊長を従えたアントンがロドリゴの寝室のドアを切迫した様子で叩いた。

「いかがした?」

飛び起きると、すばやく身支度を整え寝室を飛び出し、要塞の突端の半円形の見張り用土塁に駆け上る。

守備隊長の指さすままにマニラ湾の向こう、遥か南シナ海に目をこらす。右手からバタアン半島がマニラ湾を抱く右腕のように伸びている。正面には遠くマニラ湾入口の門番役、コレヒドール島とカバヨ島。

その二島の先、マニラ湾と南シナ海の境界のあたりに船影らしきものが一つ、二つ動いている。差し出された望遠鏡の丸い筒を細かく動かして焦点を合わせる。

「オランダ東インド会社の船印が見えましょう」

守備隊長が緊迫した声でいう。たしかにオランダ東インド会社の旗印のＶＯＣの文字とオレンジ・白・青の三色旗がはっきりと識別できた。

「さすがにマニラ湾に侵入してくることはないようですが、コレヒドール島から念のため足の速いキャラック船を偵察に出しました。こちらからも出しますか」

「無論だ。急ぎ船支度せよ。余も参る!」

ロドリゴは叫んだ。イギリス船もオランダ船もあの無敵艦隊での戦いで散々見たが、この海域で見るのは初めてだ。久しぶりの戦闘にロドリゴの血が騒ぎ、真っ先に見張り台を駆け下りる。

総督を乗せた旗艦船が三隻の軍船を従えてマニラ湾の外洋に出たのは一時間後だった。偵察船からの報告によると、三隻のオランダ船団はマカオに向かうポルトガル商船団を追ってバタビア（ジャカルタ）方面から北上していたらしい。

外洋に出ると急に波が荒くなり、強い南西からの風が八百トンの旗艦船をマニラ湾に押し戻そうとする。この風がオランダ船団をマニラに吹き寄せたのに違いない。

彼等は早くもこちらの追走を察知したものか、ルバング島あたりを南下し始めていた。

「ルバング本島を迂回して逃げるつもりのようです」

エレラ司令官が肉眼でオランダ艦隊の帆の先端を凝視しながら言った。

四つの島からなるルバング諸島はマニラ湾から南西に約百五十キロ、最大のルバング本島でさえ周囲七十キロほどの密林に覆われた小さな島だが、この島々のお蔭で、マニラ＝ミンドロ島往還船が南シナ海からの強風をまともに受けずに航行できるのだ。

「二手に分かれよ。きゃつらが本拠地のバタビアに逃げ込む前に殲滅する」

ロドリゴの下知に応えて、エレラ司令官は乗組員一同に戦闘準備の合図を下した。二隻の随行船がルバング本島の北端から西側へ回り込もうと船足を速めた。その北のカブラ島との海峡に入るつもりだ。ロドリゴの乗る旗艦船と他の随行船はルバング本島の東側、アンビル島との水路から回り込む。敵の船団は本島の西側を回っているらしく船影は見えないが、本島のスペイン側守備隊の威嚇の大砲の音が何発も聞こえ始めた。

「ルバングには守備兵がどのくらいいる?」

「は、三十人ほどで守っております」

三十人か。ロドリゴは唇を噛んだ。あまりにも少ない。

そもそもこの海域に配備されているスペイン軍全体の数が少なすぎるのだ。無論そのスペイン兵の指揮下には現地人やチナ人傭兵がいるが、彼等はあくまでも寄せ集めの連中、いざという時の兵力とは到底言えない。いつ逃散するか寝返るかわからないのだ。

ロドリゴがルソン島に派遣される時、新たに三百人の兵士を率いて来たが、それでもこの海域全体のスペイン領植民地をカバーするには到底足りない。本拠地マニラのイントラムーロス要塞ですら守備兵五百人だ。

「若殿」には、この海域への派遣部隊を更に増員していただかねばならぬ。各地の要塞の補強も即刻必要だ。

目前の敵を追いながらもロドリゴはせわしなく思考をめぐらした。

不意に左手アンビル島の陰から一艘の船が姿を現し、先を行く随行船サン・ミゲル号の行く手を塞いだ。

何者か、どこの船籍船か。いぶかる暇もなかった。小帆船で小回りのきくサン・ミゲル号はとっさに舵を右に切り舷側すれすれにその船の前を迂回した。

が、大きく右に舵を切ったためルバング島寄りの浅瀬に乗り上げて座礁してしまった。

これを予測していたように、この国籍不明艦はいきなり至近距離から短射程のカノン砲弾を打ち出し始めた。サン・ミゲル号の甲板上の操帆手や砲兵を狙ってくる。

座礁したサン・ミゲル号には幸い大きな損傷はなかったらしい。舷側にずらりと並んだ砲から敵艦に向けて次々と弾丸を打ち出した。しかしこの長射程用カルバリン砲は敵艦との距離が近すぎて、弾丸は敵艦を飛び越えて空しく後方の海中に落下するばかりだ。

支援しようにも、狭い水路をサン・ミゲル号と敵船が斜めに遮断しているため旗艦サンタ・クルス号はこれ以上進めない。空しく手をこまねいて傍観するだけだ。

「何故こちらもカノン砲にせぬか。いやファルコネット砲か火縄銃で操帆手を仕留めよ」

ロドリゴは歯ぎしりした。二十年前苦杯を舐めた対英戦での教訓を生かさず、いまだスペイン船はこの巨砲に頼っているのだ。

その間にも敵船は座礁したサン・ミゲル号に接近し、さかんに何かを射かけ始めた。硫黄の臭いが鼻を突いた、と思う間に、帆布に移った火が大きく燃え上がった。人影がせわしなく動き、大布で火を叩き伏せているが火の回りが早く、見る見る燃え広がってゆく。

サン・ミゲル号の舷側から次々ボートが下ろされ、数十人の兵士があわただしく乗り移り、こちらに向かって漕ぎ寄せて来る。

「戻れ！　何故戻らぬか、戻れ、位置に付け！」

ロドリゴは艦首楼に立って大声で叫んだが、浮き足立った彼らにはその叫びが聞こえぬようだった。早くも最初のボートの乗組員の顔が識別できる距離になった。

「無理です。帆布に火矢が着火したのです」

「火矢が雨あられと降ってきます」

ボートから口々に叫びが上がった。その間にも後続のボートが次々に漕ぎ寄せてくる。

「おおっ！　神よ！」

ボートの連中からもサンタ・クルス号の船上からも同時に悲鳴が上がった。目を上げると、サン・ミゲル号の甲板も帆柱も火の海となり、逃げ遅れた人影が次々に海へ転落してゆく。最後に脱出したボートの頭上にも火の粉が烈しく落下している。

今やサン・ミゲル号は全艦が炎に包まれ、轟音を立てて海上に崩れ落ちようとし、その煙の彼方にいつの間にか謎の船は姿を消していた。

「残念だが、引き上げよう」

ロドリゴはエレラ司令官に言った。敗北感より敵に対する憎しみ、怒りで握った拳がわなわな震える。

オランダの海乞食共め、いつか雪辱せずにはおかぬ。

その時だった。サン・ミゲル号のあたりから泳いでくる人影が見えた。

一同が息を詰めて見守るうちに、その者は遠目からでもめざましい泳ぎぶりでこちらにぐんぐん近づいて来る。チナ人か、原住民系の顔立ちから下級船員か傭兵に相違ない。必死に片手を上げ、助けてくれ、と合図している。水夫がロープを投げ下ろした。

やがて風向きも変わり、それ以上破船からの脱出者もなかった。船長も守備隊副長も戻らなかった。

帰還中船中では誰一人口をきく者はなく、ただサン・ミゲル号から命からがら脱出してきた乗組員の点呼の声と負傷した兵士達のうめき声が聞こえるばかりだった。

帰館するやいなやロドリゴは、ルバング島、コレヒドール島の監視所の機能を拡充し、また万一に備えてイントラムーロス先端にある要塞の大幅な補強、拡充を命じた。

そんな多忙なある日、アントンが一人の若者を連れてきた。頭を布で覆い、短い上着に短いズボンを穿いている。

「お忘れでしょうか。あのサン・ミゲル号から最後に脱出してきた男です。ジパング人だそうで、是非閣下にお仕えしたい、と申しております」

「ジパング人？　ジパング人がなにゆえ余に？」

「クリスチャンだそうで、天上の神に一番近いスペイン王に、その王に一番近い総督閣下にお仕えしたい、と」

ロドリゴはあらためて若者の全身を眺めた。真っ黒に陽に焼けているが襟元から覗く胸はやや白く、髪の毛も瞳も黒い。体全体が小柄だが、引き締まってきびきびした印象だった。年齢は二十五、六歳か。

若者はトメと名乗り、自分はゴトウというジパングの島から参りました、と言った。

ゴトウはキュウシュウの北西にある小島で、島民はほぼ全員がクリスチャンだという。漁師が多いが、中には遠洋に乗り出し、外国との交易に従事する者もいる。

トメは両親を早くに亡くし、島の教会付属の孤児院で育てられた。半世紀前その教会を創立したのがポルトガル人でイエズス会士のルイス・デ・アルメイダだった。

「アルメイダ様はリスボンの裕福な家柄のご出身で医師の資格もお持ちでした。東洋貿易で莫大な富を築かれジパングに渡海、コスメ・デ・トッレス様の布教活動に感銘を受け、ご自分もイエズス会に入会、ジパングの各地に学院（セミナリオ）や病院（オスピタル）を立て貧民を救済したお方です」

と、トメはかなり正確なスペイン語で語った。

「五島には私めが生まれる二十年ほど前に領主の宇久純定（うくすみさだ）様に招かれ、ジパング人修道士（イルマン）のロレンソ了斎様を伴って来られたそうにござりまする」

そこに建てられた「慈悲の家（カサ・デ・ミゼルコルディア）」という孤児院に引き取られなかったら、トメは当時の他の赤子同様、口減らしのため海に捨てられたか扼殺（やくさつ）されていたであろう。

そもそもアルメイダが香料貿易で得た巨万の富を投げ打って日本各地に養護院や病院を建てたのも、元はといえば、庶民が窮乏のあまり誕生直後に殺し、遺棄した嬰児や幼児の死体を見、その目を覆うような酷さにいたたまれなくなったからだという。

トメが拾われた時は、すでにアルメイダ修道士もロレンソ修道士もこの島から去っていたが、平戸を中心とした教会組織は堅固に育っていて、その教会から派遣されたポルトガル人司祭や日本人信者達が孤児院や養護院、病院を守り育てていた。

留吉という名だったトメは、聖者サント・トメにちなんだ洗礼名を与えられ、八歳までその孤児院で育てられた。

元々利発で積極的な子だったので、将来は修道士にもと周囲から期待され、平戸の教会に送られたという。

平戸はそれ以前から土着の仏教徒とイエズス会宣教師たちとの間に険悪な空気が漂っていたが、一五六一年「宮ノ前事件」と呼ばれる両者の乱闘が発生。停泊中のポルトガル船の船長以下十四名が殺害された。その乱闘を機にイエズス会は本部を長崎に移したのだが、その空白を埋めるようにスペインの交易船が入港。トメが平戸の教会の学童として受け入れられた頃にはスペインは商館を建て、本格的な日西貿易に着手していた。

初めて見るスペイン船にトメの幼い心は一度に奪われた。狭い平戸の港に立ちはだかるようにそびえる四本マスト。そのてっぺんで身軽にきびきびと立ち働く水夫達。竜の胸のように曲線を描き、そびえたつ船首とその中央に取り付けられた聖母像。見上げるように高い甲板から岸壁に下ろされた縄梯子（なわばしご）を伝って、美々しい服装の南蛮人が何人も上下している。

「その光景を思い出しますると、今でも胸が躍るような気がいたします。自分も成長したら必ずやこの南蛮船に乗って海を渡り、デウスの代理人であられるローマ法王様にご挨拶したい、と決心したのでござります」

トメのその決心は決して荒唐無稽なものではなかった。

一五八二（天正十）年、アレハンドロ・バリニャーノ師により発案、実行された四人のジパング人少年達のローマ派遣。しかもかれらが出港したのは平戸から目と鼻の距離の長崎は大村からであった。

「私めが十歳の時、四人の正使とは別に随員として海を渡ったアグスティーノというお人が大村に戻って参りました。この方はイエズス会でなくフランシスコ会の方だったそうで、大方がイエズス会派員だった一行の中ではあまり良き待遇ではなかったらしゅうござります」

トメは、同じジパング布教にきたカトリック宣教師でもイエズス会とフランシスコ会の伝道方法に大きな相違があることを発見した。

イエズス会はポルトガル人を主体とし、伝道先でまずその地の有力者と接触する。きらびやかな服装をし、豪華な贈り物を献上して有力者に取り入り入信させる。その後ろ盾を得て徐々に下層の者へ信者の層を広げていく。

一方、主にスペイン人を中心にしたフランシスコ会やドミニコ会、跣足会など他の会派は違っていた。彼らは粗衣粗食をモットーに、下層民の心をつかむという伝道方法を取っていた。

トメは大村に戻り、一般の信者として過ごしていたこのアグスティーノから異国の様々な経験を聞き、いつか自分も、とますます夢を膨らませていった…。

「今何と申した？　たしかにジパングからヨーロッパに、我がスペイン経由でローマ法王猊下に謁見を賜った少年達の供をしたあのアグスティーノ、と？」

ロドリゴは急き込んで訊ねた。ようやく探し求めていたあの時の少年達の消息が聞ける。

「彼は今どうしておる？　その者の仲間たち、マンシオ、ミゲル、フリアン、マルティーノなどはジパングに無事に帰ったのじゃな。余はスペイン滞在中一行の警護をした者じゃ」

「アグスティーノ様は一五九〇年頃にはナンガサキに戻りましてございます。その後の消息も、ご同行の方々の消息も聞き及びませぬ」

ただ、とトメは体を震わせた。その時からわずか七年後のことだった。時の権力者タイコサマが長崎で二十六人ものカトリック教徒を磔刑に処したのは。トメはその光景を遠巻きにした群衆と共に見た、という。

「生涯忘れられない、むごたらしいことでござりました」

その事件の恐ろしい記憶と迫害を逃れるため、トメはルソン島へ渡海、二年前から水夫としてサン・ミゲル号に乗り組んでいたのだ、と言う。

「閣下は熱心なフランシスコ会派の方でおられるそうですし、サン・ミゲル号の沈没を機にお供の一員に加えていただければ、これ以上身に余る光栄はございませぬ」

ロドリゴは改めてトメの風体を見つめた。利発そうな顔つき、精悍な体つき。それにこれだけスペイン語ができる。フランシスコ会派というのも気に入った。

ジパングに渡航する際、この若者は必ず役に立つ。是非とも連れてゆかねばならぬ。

ロドリゴはトメの黒い瞳に自分の褐色の瞳を据えて決断した。

五

明けて一六〇九年。今年こそいよいよ正総督は着任するだろう。四月から五月、遅くも六月だ。彼が着任すれば自分は離任する。ジパングへ渡るのはその時だ。

アカプルコ＝マニラ船団は一年毎に交代する。すなわち二月にアカプルコを発った船は初夏にマニラに到着、約一年滞在する。それと入れ替わりに別の船団がアカプルコ向けにマニラを出航する。その船団が翌年マニラに帰着するのと入れ替わりにマニラを出航、という航程だった。この行程通りなら、前年ロドリゴの着任時に乗船した船はセビーコス船長指揮下のサン・フランシスコ号だったから、今年帰るとすれば帰途も同船だ。

これが別の船団だったら、とロドリゴは残念でならなかった。そうなれば船長も別人で、恐らくセビーコスほど頑迷ではなかろう。

しかしそれは言うだけ無駄だ。船長が誰であれ、自分の乗船するマニラ→メキシコ航路船がマニラ→ジパング航路船と同じコースを取るよう検討した方がよい。

まず地球儀を前にセビーコスを呼び、改めてメキシコ行き航路について訊ねる。案の定、彼は、

「かようなことを閣下ご自身がお調べになる必要はござりませぬ。我らにお任せくだされ」

と、相変わらず迷惑気な顔を隠さなかった。

「航路より何より肝要なことは出港の時期にござります。遅くとも六月末までにマニラを出航せねばなりませぬ。七月に入ると台風(ティフォン)を避けるためジパング寄りの潮流、クロシオに乗り北上せざるを得ず、その場合下手をするとジパングへの航路に入ってしまいます。左様なことのなきよう、願うばかりでござります」

ナニ、嵐を避けるため黒い潮流、クロシオに乗る？

ロドリゴの脳裏に過去何隻ものマニラ発スペイン船のジパング漂着の事例が浮かんだ。それらの船はたいてい台風(ティフォン)という大嵐に遭遇し、またはそれを避けるために通常より西寄りのコースを取ったためジパングに漂着したのだ。

すると、もし七月にマニラを発てば…。

次いでマニラ＝ジパング航路のベテラン、バウティスタ船長やモレノ船長を呼び、ジパングへの航路、その位置、渡航最適な季節、必要な装備などを訊ねる。マニラから交易船を送り出す総督として当然の心得でもあり、セビーコスと違い、両船長は不審の念を見せなかった。

マニラ→メキシコ航路の途中にジパングはある。ただ通常のマニラ→アカプルコ航路のように台湾の東方沖航路は取らず、大陸沿岸に沿って流れるクロシオに乗り、北上する。さすれば間もなくジパングの南端、北緯三十六度線上のキュウシュウだ。更に北上すればホンシュウのセスト岬（房州か潮岬）に到達する。

ロドリゴは二人の説明を聞くうちに、ジパングへの航路が、クロシオが、黄金に輝く一筋の道に思えてきた。

しかも高名な地理学者でフィリピン在住十数年というエルナンド・デ・ロス・リオス・コロネルも、ジパングの八百二十五キロ東方沖には例の「金銀島」もたしかに存在しております、と陛下の前で断言したと言うではないか。

あの地理学者が本気で信じておるのなら、間違いあるまい。彼は今スペイン滞在中で余の当地在任中に彼に会えぬのは残念だが、彼なら、閣下、是非この機にお立ち寄りなされ、と勧めるであろう。

「陛下、金の瓦、銀の壁を持つ家々の立ち並ぶと聞くあの金銀島にございます。その島民をカトリックに改宗させて陛下に臣従させれば、陛下はもはやオランダ鎮圧の費用に苦慮なさることはございませぬ。不肖私はその先鋒となって、かの地へ乗り込んでごらんにいれまする」

いつの間にかロドリゴは、本国のフェリペ三世に上申する口調になっていた。

「滅相もない！」

ロドリゴがジパング上陸計画を密かに告げると、モレノ船長は即座に反対した。

「閣下は最近のかの地の動きをご存知のはず」

ポルトガル領マカオで二年前事件が勃発した。悪天候のため風待ちをしていたジパング船のサムライ達が些細なことから住民との間に争いを起こしたのだ。

鎮圧に当たったポルトガルの守備兵は彼等を捉え処刑。その大部分はキュウシュウの大名（グラン・セニョール）、アリマ・ハルノブの家臣だったが、その他にダイフサマがシャム（タイ）に派遣した家臣二名が含まれていた。

その報は直ちにダイフサマの耳に入り、激怒した彼は、それまで毎年来航していたマカオからのポルトガル交易船の来航を禁止したという。

「もっともその禁もそろそろ解けて、今夏にもポルトガル船がマカオを出発する予定だそうです。船名も以前の『ノッサ・セニョーラ・ダ・グラッサ（恩寵の聖母）号』を『マドレ・デ・デウス（神母）号』と変え、莫大な献上品を積み、船長もアンドレス・ペッソアというベテランを派遣する、など大変な気の使いようですが」

我らもジパングの港では住民との接触にたいそう気を使っております。また、かの国のキリスト教禁教の動きは一時ほどではありませぬが、南蛮人が来た、というだけで敬遠される有様で、と言う。

また、とバウティスタ船長も声を潜めて言う。

「ジパングの大名(グラン・セニョール)達が南方に進出してきており、今年になってアリマ・ハルノブが台湾(フォルモッサ)に出兵、シマズ・イエヒサも琉球(レキオス)本島を攻略、中山王を生け捕りにしたとか聞き及びまする。夢にも閣下ご自身がジパングに乗り込むなどお考えになりませぬよう」

大丈夫じゃ、とロドリゴは言った。ぬかりなく手を打ってある。

昨年余が赴任した直後、そち等の船にて二百人のジパング人囚人をかの地へ送還、ダイフサマからはそれを多とする手紙もそち等自身が持ち帰った。覚えておろう。

我が国への彼の要求もわかっておる。銀の製錬法とガレオン船の操縦術じゃ。ジパングは大量の銀の産出で世界に名高いが、惜しいことにその製錬法では大量生産ができぬ。ダイフサマはジパングを統一してほぼ十年、それまで地方の大名(グラン・セニョール)がばらばらに発行・流通させおった貨幣を統一しようとしておる。統一貨幣こそ天下統一の象徴じゃ。我がスペインがこれだけの版図を維持できるのも統一通貨のエスクード金貨、八レアル銀貨を用いておるからじゃ。

余は数年前世界有数の銀鉱山、タスコの首長であった。「アマルガム法」という銀の大量製錬法が開発されたが、それをいち早く取り入れたのも他ならぬ余であった。

無論、それを彼に伝授するわけには参らぬ。それこそ我がスペインが世界に君臨できる資産・技術じゃからの。が、それを伝授する、と言えば彼が食いついてくるのはたしかじゃ。

それともう一つ、操船術じゃ。ダイフサマはイギリス人のアダムスにガレオン船を二隻建造させたそうじゃが、この広大な太平洋を航海するにはガレオン船ならではの操船術が要る。ジャンク船の単純な帆と違い、ガレオン船の帆数の多さ、それを操るロープの複雑さは余が申すまでもなく、そち等の方がようわかっておろう。

それ全ての構造を心得た上、変幻極まりない海上で各帆の風向・潮流への展縮方法、舵との連携を瞬時に対処する技術じゃ。いや、それよりなにより船の針路を定め、大洋の真ん中で自船の位置、僚船の位置を測り、目的地の位置を絶えず測量する、この観測技術なくしては四面渺茫たる海を航海することはできぬ。

仰せの通りでございます、と両船長は頭を下げた。

「が、彼等にこの両技術を真に伝授せずにこちらの要望のみを通すことは可能でしょうか」

そこじゃ、とロドリゴは身を乗り出した。

それこそ、余自身かの国に乗り込んでの談判となる。

銀の製錬職工派遣にしても、ジパングの職工にその技術は伝授せぬ。メキシコの鉱夫に開発させるのじゃ。さすればそれはスペインの成果となる。ジパングにはその分け前を少々くれてやればよい。

操船技術の伝授にしても同様じゃ。船をかの国で作らせ、技術を伝授すると申して当分はそち等が運航すればよい。操船技術は一朝一夕に習得できるものではない。天文学、地理学、海洋学すべてを心得ておらねばならぬ。その習得には時間がいる。彼等が習得する間に我らは次の工夫をすればよい。すべて我らが彼等より一歩先んじて歩めばよいのじゃ。

その間に我らの要求を実現するのじゃ。

左様、ジパングにカトリック、それもフランシスコ会派の本拠を築くこと。

次にオランダ、イギリスをジパングから排除すること。

最後に、ジパングをマニラ＝アカプルコ間の往還の中継地とすることだ。


三人の船長への諮問を終えると、いよいよロドリゴはジパング渡航の具体的な準備を始めた。公にフィリピン総督が嵐か戦闘以外に「ジパング寄港」という進路変更をスペイン政府、もしくはメキシコ副王の許可なしに実行するなど通常は考えられない。

しかし緊急を要した、と帰国後事後承諾の形で報告すれば、「若殿」が承認されるのは間違いない。

たしかにこれは喫緊の事案だ。ジパング皇帝にジパングの宗教弾圧について抗議し、銀の製錬職工派遣について、またガレオン船操船技術について協議するのだから。

だが問題は、あのセビーコス船長だ。ジパング嫌いで通っているあの男だ。

緊急事案のため総督命令でジパング寄港せよ、と命じたとしても、ヤツは意地になってジパング渡航を拒むだろう。あの男に相談することはできぬ。

さすれば、あの男がどうしてもジパング寄りのコースを取らざるを得ないように仕向けねばならぬ。

あの男も言ったではないか。遅くとも六月末までにマニラを出航しなければならず、遅くなると嵐を避けるためジパング寄りのクロシオに乗って北上するので、一歩間違えばジパングへの航路に入ってしまいまする、と。

一方ジパング行きの多くの船は七月、八月の嵐襲来直前の強い南風を利用する。うまくこの風とクロシオ海流に乗ればわずか二週間でかの国に到着するという。

メキシコ行きの船の出港期を一カ月か二カ月遅らせ、七月初旬にする。さすればあの船長のことだ。嵐を避けるために盗賊（ラドローネス）諸島コースよりもっと西寄りの、ジパング寄りのコースを取るに違いない。

要するに彼の長年の航海手腕を利用するのだ。

「クロシオにさえ乗れば、あとは自然にキュウシュウへの狭い水路に入ってしまいまする」

と、ジパング航路の船長共は言う。どこの港であろうとジパングへ着きさえすればよいのだ。トメに通訳をさせ、ジパング滞在の宣教師に連絡させればよい。

とにかく出港を遅らせることだ。

挑戦せねば海は渡れぬ、とはよく言うたものよ、とロドリゴは古いスペインの諺を思い出して呟いた。

「閣下がジパングへ！」

トメは細い切れ長の目を大きく見開いて言った。

「御朱印状が要りまする。内府(だいふ)様の御朱印状がないとジパングには入国できませぬ」

「心配無用じゃ。ジパング航路の我がガレオン船には通常余の総督印状を持たせる。同様の印を我が乗船するアカプルコ行きの船に携行させればよい」

その上に内府様の御朱印状があれば、なお安心でございます、とトメは言った。

もし内府様の御城下より遠隔地に漂着なさいますと、その土地の領主がどのように閣下をお扱いになるか…。外国船漂着となると、皆以前より用心する、と聞いております。カトリックへの締め付けが厳しくなっておるそうにござりますし、スペイン商人とジパング商人の競合も熾烈になっており、ジパング商人はスペイン船の入港阻止を領主に嘆願しているそうにござります。

「大事ない。余は彼に貸しがある。決して粗略には扱われぬはずじゃ。じゃが、そちの申すことも一理ある。彼の正式入国許可証を手に入れるなど造作もないことじゃ」

それに、とトメは一層声を潜めた。

「航路をなるべくクロシオに乗るよう、船長とは別に航海士にお命じになることです」

そうじゃ、航海士で操舵手のパコ・ボラーニョス、あやつはメキシコ生まれのクリオーリョだ。フランシスコ会所属の信者でもある。あやつを味方につけよう。

フワン・デ・シルバ第八代フィリピン正総督の到着はロドリゴの思惑以上に早かった。一六〇九年四月八日、二千トンのラ・コンセプシオン号を旗艦とした堂々五隻の大艦隊で、一千を超える兵員を率いていた。

　ロドリゴの胸算用では侯の到着は一年前の自分の着任時と同じ六月のはずだった。事務引き継ぎに一カ月かかるとはいえ、四月の到着ではアカプルコ行き船団の出港を七月まで引き延ばすのは難しい。

　しかもシルバ侯は高位の貴族にありがちな権高な老人だった。すべて自分の意向通りに運ばないとかんしゃくを破裂させ、余に逆らうは陛下に逆らうことじゃ、と居丈高になる。熱心なイエズス会派というのも気になる。

　事務引き継ぎの際、ロドリゴはジパング寄港の可能性をそれとなく打診してみた。これまでのマニラとジパングの交渉経過、直接交渉によらねば複雑にもつれた相互の利害得失の思惑の糸をほぐすことはできない、ついては自分の帰途、かの地に寄港、直接かの地の支配者と談判しては如何か、と持ちかけたのだ。

「ドン・ロドリゴ、まさか本気でさような話、実行に移すおつもりではあるまいの」

　危惧した通りシルバ侯は、ロドリゴのジパング直接交渉の意図に目をむいた。陛下のガレオン船団を勝手にジパングなどに寄港させることは王命違反、と言うのだ。

　その上、新総督の権限でアカプルコ船団の艦隊司令長官の人選にまで口を出してきた。

「大警吏のドン・フワン・ロンキッリョはどうかの。第四代フィリピン総督ゴンサロ・ロンキッリョ・デ・ペニャロッサ侯の甥っ子じゃ。彼ならこの大任にうってつけじゃろう」

ドン・フワン・ロンキッリョ！　立身出世と金銭欲の塊で、スペイン本国、フランドル地方、新大陸、フィリピン、と世界中を押し渡ってきた男だ。こんな男に乗り込まれたら自分の意図が曲解されるだけではない。旅程がねじ曲げられるか、副王、ひいてはスペイン本国宮廷にどのように報告されるか知れたものではない。

ロドリゴは自分でも血相が変わるのを隠せなかった。

が、幸いにも、自分はこの島でまだやることがある、とロンキッリョの方で断ってきた。するとシルバ侯は第二案を出した。

「それならフワン・エスケッラはどうじゃの」

またしてもロドリゴは耳を疑った。

あの老いぼれの？　と思わず口に出すところだった。七十歳代後半か、ひょっとしたら八十歳に手が届くだろう。三十年もマニラに在住、香料諸島やボルネオ近辺の警護に当たっていたが、今ではすでに引退しているはずだ。

「彼ならこの近海の海賊、特にワコウ情報にも詳しい。いや、実は彼も大乗り気での」

まさか、とロドリゴは信用しなかった。が聞いてみると、この老人は行く気満々だった。どうやらかなりの借金を抱えていて、ガレオン船団の司令長官の高給に目をつけ、この乗船で借財を一挙に返済、との魂胆からシルバ侯に泣きついたらしい。

ま、司令長官乗船は可としよう。海上での戦いさえなければ彼の出番はない。いや、戦いがあっても余自身が指揮を取ればよいのだ。余の方が経験は豊富だ。

司令長官任命問題が一段落すると、次はダイフサマへの進物の準備があった。漂着を装ったとは言え、彼にまみえ、交渉に及ぶにはそれ相応の贈り物が要る。

ロドリゴは少しずつ贈呈用の荷を集め始めた。表面上それらを自分個人のメキシコ帰還土産とする。

総督や高級官吏が本国や新大陸に帰任する際、赴任地の特産品や召使、奴隷を連れ帰るのは当然のことだった。トメを連れるのも怪しまれることはない。

ジパングで最も珍重されるのはチナ産生糸や絹布だという。就任祝賀パーティ以来懇意となったチナ商人ヤンセに絹や茶、染料などを注文した。これらはメキシコやスペインでも珍重される品物ゆえ怪しまれることはないし、ジパング寄港後、メキシコへの土産にも必要だ。真珠やサンゴ、象牙も両地域で人気が高いし、屏風(ビョンボ)やサーベルなどジパング製品も少しはなければ怪しまれる。

結局、ロドリゴの積荷は四十トンになったが、どうやら目論見通り六月末か七月初旬の船出になりそうだった。

ところが思わぬ事態が次々出来(しゅったい)した。

まず新総督が自分の荷も入れて欲しいと言ってきたのだ。スペイン本国や新大陸の親類や商人に東洋の産物を送りたいが、今年の便を逃すと来年まで待たねばならぬ。今年の便に間に合わせるため緊急に自分もヤンセに注文したという。その総量五十トン。その上、その商品の警護・売却人として十数人の乗客も増やしてきた。

そのヤンセの船の入港が当初の五月到着予定より一カ月も遅れ、シルバ新総督はそのため出帆延期をセビーコス船長に申し渡した。

船長は渋々承知した。何といっても現総督の命令だ。

ごった返すうちに船火事が発生した。甲板に積んだ火薬が真夏の熱帯の気温に自然発火した、という。幸い日中の火災のため甲板や一部の船荷、船具を焼失しただけで消し止めたが、水夫十数人が火傷や怪我を負った。損傷した部材の修復にも日数がかかった。

それが一段落すると、今度はマラリアが発生した。例年にない蒸し暑さで大量の蚊が発生したのだ。下級船員ばかりか操舵手、操帆長、司厨長などベテランの高級船員が次々とやられ、何人も交代させざるを得なかった。

セビーコス船長は日程が遅れるたびに地団駄を踏み、周囲に当たり散らしたが、どうすることもできない。

そうこうするうち七月も二十日過ぎ、ジパングから驚くべきニュースが入ってきた。

六月二十九日、ポルトガル船マドレ・デ・デウス号が長崎に入港し、それを追って七月一日、オランダ船のローデ・レーウ・メット・バイレン号とフリフーン号が平戸に入港した、という。

「かくなる上はなにがなんでもジパングに行かねばならぬ。オランダ人にジパングとの外交関係を作らせてはならぬ」

最初のうちは作戦が図に当たり、内心ほくそ笑んでいたロドリゴも、さすがに焦り始めた。

結局、マニラ→アカプルコ船団がルソン島カビテ港を出航したのは一六〇九年七月二十五日だった。

主艦サン・フランシスコ号（一千トン、船長フワン・セビーコス、乗船者三百七十七名）、随行船サンタ・アナ号（船長セバスティアン・アギラール）、同サン・アントニオ号（船長アロンソ・ゴンサレス）。

この日、南西からの風は爽やかに吹き、三隻の船は満帆に順風を受けマニラ湾を後にした。

いよいよ…ロドリゴの胸は高鳴った。

「挑戦せねば海は渡れぬ」、ジパングでは「虎穴に入らずんば虎児を得ず」と言うそうだ。

さて、余の行く手、どんな虎が待っておるか。

そして、どんな虎児を得られるか…。

第五章　ここはジパング（一）

一

西暦一六〇九年九月二十九日（慶長十四年八月十日）深夜、スペイン領フィリピン前臨時総督ロドリゴ・デ・ビベロ・イ・アベルーシアの乗ったガレオン船サン・フランシスコ号は、それまでのほぼ二カ月にわたる風浪との最後の一戦に死力をふりしぼっていた。

激浪はすでに主マストを失っていた甲板を洗いつくし、激しい風は辛うじて残っていた帆綱を、へし折られた帆柱の根本に叩きつけてくる。船は怒涛に翻弄され、ある時は天空へ引き上げられるかのように波頭のてっぺんに押し上げられ、次の瞬間、船首を下にまっさかさまに海底へとひきずり込まれそうになる。太平洋、「静穏な海」とはいったい誰が命名した名か。この荒れ狂う大海原を。

三隻から成る船団だったが、最初の嵐に見舞われた途端、二隻の僚船、サン・アントニオ号とサンタ・アナ号は影も形も見えなくなった。船団の旗艦で三隻中最大、一千トンのこのサン・フランシスコ号でさえ、大海原で木の葉のように翻弄されているのだから、他の二船が無事でいるはずもない。いや僚船の運命を思いやっているどころではなかった。自分達の運命が、今まさに風前の灯という瀬戸際なのだ。

航路を見失ったのは、いったいいつのことだったろう。

ルソン島のカビテ湾を出港したのが二カ月前の七月二十五日、空はどこまでも青く、熱帯の陽光が海面をまばゆく照り輝かせ、波も穏やかだった。

いよいよだ。いよいよ計画を実行に移す、まさにのるかそるかの賭けが始まったのだ。

「無事に行けば三カ月でご帰国できましょう。ただ出港が遅れましたので、この地域特有の嵐に襲われなければ、の話ですが」

あの日、傍らに立つフワン・セビーコス船長が慎重に水平線の彼方、大きく広がる南国の空を見上げげながら言った。

「嵐か。台風(ティフォン)のことだな。しかしまだその時節ではないと思うが」

ロドリゴは昨年秋ルソン一帯を襲った烈しい暴風雨を脳裏に描き、さすがに一瞬不安になった。マニラ湾岸に立つ堅固な石造りの総督官邸でさえ、吹きすさぶ猛烈な雨と凄まじい風に館全体が揺さぶられるようで一睡もできなかったのだ。あれに海上で遭遇したら、たしかにこの巨大なサン・フランシスコ号でさえひとたまりもあるまい。

しかし、それが来てくれねば困る。海路が平安ならこの腕こきの船長、二カ月の出港遅れなどものともせず易々とメキシコへ到着させてしまうだろう。

嵐は来て欲しい。それも強すぎもせず、弱すぎもせず、船は無傷でジパング着、という程度にだ。

神よ、恩寵を垂れたまえ。

こんなことはセビーコスに無論言うわけにはいかない。

このセビーコスはどうも虫が好かぬ。同じカトリック教徒とは言え、フランシスコ会派の自分と違って熱心なイエズス会派だし、そのせいか何事も権威張っていて、自分の知識を振り回しすぎる。

「船上では、前総督閣下、閣下は私めのお客様でございます。私めは船長としてこの船の全権を託されておりまするゆえ、航路、操船、全て私めの指図に従っていただきまする」

ことさらに「前総督閣下」を連発する。あからさまに、あなた様は「現」総督閣下ではない、ということを匂わせているのだ。その上、閣下はご身分こそ高いがメキシコ生まれのクリオーリョ（二世）、自分は本国、スペインはカンタラピエドラ生まれのしがない船乗りでございますからな、と平民を称しながら本国人を鼻にかける。

今では、語尾を鼻に抜かせるポルトガル風のヤツの発音を聞くだけで虫唾が走る。

年に一度のマニラ＝アカプルコ航路、通常は航路に慣れたベテランの船長が指揮を執る。そしてたしかにセビーコスは昨年のロドリゴ赴任の際、アカプルコからマニラまで見事な航海をやってのけた。あの時、この男はマニラ到着日まで予想してのけ、その予想日と実際の着岸日が五日と狂わなかったのだ。

しかし、今度は違う。この男の腕が発揮されるのは定まった航路に定まった時期の航海時だけだ。それが教条的なイエズス会派特有の人生行路だ。

今回は出航が二カ月も遅れた。

余がそれを仕掛けたのだ。それに運命をかける、と自分で決めたのだ。

「ですからその台風襲来以前に北上し、ジパング沖から一路東への航路に乗ってしまえばあとは潮流まかせ偏西風まかせ、となるはずでしたのに……」

最初の嵐襲来時、セビーコスは忌々しげに言った。

ヤツがイライラしているのはわかる。ヤツにはこの出航遅れの真相を明かしていないので、何故出港がこんなにも遅れたのか、何故積荷にこんなにも大量の明(みん)産の生糸や真珠、象牙、赤白ワインを積み込んでいるのか、が理解できないのだ。

ヤツの腹の中では疑問が渦を巻いているに違いない。

まず新総督ドン・フワン・デ・シルバ閣下のマニラ着任が四月、というのがそもそも妙な話だ。前々総督アクーニャ閣下が不慮の死を遂げられたのが三年前の一六〇六年。それから空白の二年間があり、昨年六月に臨時総督ドン・ロドリゴが着任された。ところがその臨時総督が着任後一年も経たない四月八日に正総督がマニラに着任された。三年間も空白だった総督位がわずか八カ月間で二度代わる。三年間の空白があったのだから、特にあわてて臨時総督を任命する必要などないではないか。しかも任命されたのはメキシコ副王閣下の従兄弟の息子、という以外何の取り得もない男だ。彼の着任時にも自分はメキシコからサン・フランシスコ号でマニラに送り届けたが、今から考えれば、彼は東南アジア情勢よりもジパング事情をしきりに聞きたがった。

そう言えば、アカプルコで数年前初めて会った時もジパングへの関心を隠さなかった。ルソンに着任してからはその傾向はさらに顕著になり、ジパングの皇帝に頻繁に手紙を送り、ジパング布教中のアロンソ・ムニョス師やルイス・ソテロ師などフランシスコ会の宣教師たちとも緊密に連絡を取っていたらしい。

新任のシルバ閣下が予定より早く到着し、自分がいよいよメキシコへ帰任ということになると、新総督に入れ知恵し、積荷の一部を変更させた。それが原因で出港が一カ月半も遅れてしまったのだ。

帆船にとって出港が一カ月半もずれる、ということは時に致命的になる。特にこの海域は嵐の生まれやすいところだ。スペインが新大陸から西回りでこの海域にやってきてから偏西風を捉えて東回りに再び新大陸に帰帆する航路を発見するまで四十年もかかったのを、この前総督は知らないのか。

積荷を変更しただけではない。万一ジパングに漂着した際、ジパング皇帝の許可状がないと恐ろしい目に遭う、などと言って皇帝の朱印状までもらっていた。ジパング皇帝の許可状などというものはマニラから真っ直ぐアカプルコへ向かう船団に必要か？

総督付きとしてトメと言うジパング人奴隷を乗船させたのもおかしい。ジパング人をメキシコに連れていってどうなさるおつもりか。彼がいくら熱心なカトリック教徒とは言え、だ。

さらに不遜にも船長たる自分に航路の指図までした。こんなに出帆が遅れたのだから嵐の海域を通過する盗賊（ラドローネス）諸島（北マリアナ諸島）回りより北に進路をとり、大陸に沿って北上するコースを取ったらどうか、と言うのだ。ジパング寄りコースを取ってワコウに遭遇したらどうするつもりだ。船のことは船長にまかせてもらいたい。

「黙れ、汝は旗艦船とはいえ、このサン・フランシスコ号の船長にすぎぬ」

と、ロドリゴも言い返した。僚船のサン・アントニオ号、サンタ・アナ号の三隻からなる艦隊の司令官はフワン・エスケッラ閣下だ、海上の警備は閣下のお役じゃ、と怒鳴り返し、傍らのフワン・エスケッラを顧みた。

しかしこの七十歳を遥かに越えた老人は、まるで腑抜けのようだった。すでに棺桶に片足を突っ込んだようなよぼよぼで、メキシコ航路などの長旅には耐えられそうもない、むしろこのルソン島で生涯を終えるのではないか、とロドリゴばかりか誰でもそう思っていた。

ところがシルバ新総督はこのエスケッラを任命し、世間の予想に反してエスケッラもこれを受諾したのだ。

思うに、エスケッラとシルバ総督はスペイン本国の同郷か縁戚に違いない。ひょっとしたら、かつてどこかの戦陣で上司と部下の関係だったのかもしれない。

ロドリゴが出帆は初夏でないと嵐に遭遇する危険がある、と一応進言したが、新総督は聞く耳をもたず、すでに積荷満載にかかわらず、さらに私貿易品を五十トンも積み込ませた。東洋の産物を私的にメキシコ、更にはヨーロッパへ輸出しようとの魂胆なのだ。

この積荷事件も、船出前の火災事件とマラリア蔓延（まんえん）事件も、ロドリゴの出港遅延工作には思わざる幸いだった。

むしろロドリゴの思惑よりさらに一カ月も遅れて出港する羽目になってしまい、その間に季節風の方向も微妙に変わった。ロドリゴ自身も焦ったが、セビーコスはいつもより大幅に北に進路を変えざるを得ず、その鬱憤を誰彼なくぶちまけた。

船出したのが七月二十五日。

通常の航路だと、マニラからメキシコへの航路は南から押し上げる西南西の風に乗り盗賊（ラドローネス）諸島の北を巡って太平洋のド真ん中へ乗り出す。しかし今回は、ほぼふた月も出港予定が遅れてしまった。この季節同諸島周辺は嵐のシーズン、自ら死地に飛び込むようなもので、この航路は辿れない。

こう言った時、セビーコスは実に恨みがましい目つきをした。そうだろう、ガレオン船の航行は風と潮流まかせなのだ。

「今回は台湾（フォルモッサ）、琉球（レキオス）諸島を左手に見ながらユーラシア大陸に沿って北緯三十三度あたりまで北上、そこからは偏西風をとらえて『静穏の海』へ、一路東へと進みまする」

と、セビーコスはロドリゴの質問にいやいやながら応えて言う。

「ジパングへの潮流へ乗ることはないか」

と、ロドリゴは何食わぬ顔で訊ねた。

「ジパングは北緯三十五度より北でござりますれば、そこまで北上することはありませぬ」

セビーコスは自信満々に答えた。

しかしロドリゴは、ジパング航路の船長達から確認していた。三十三度の航路まで大陸に沿って航行すると、北上する海流は二手にわかれ、一手はたしかに「静穏の海」を東に流れる海流に乗れるが、もう一手、更に大陸に沿って進む海流に乗るとジパングのキュウシュウかシコクに至る、と。ただ、この航路も三月から六月が理想的な季節で、七月も過ぎると嵐が襲ってくる確率が高い、何隻もの船が、船団がこの嵐でジパングに漂着、もしくは海底の藻屑となったかわからぬ、と。

それこそセビーコスが恐れたことだった。だからこそ恨みがましく、ロドリゴやシルバ総督の積荷の遅れをなじり、火災とマラリアの発生を呪ったのだ。

セビーコスの危惧は不幸にして的中した。出港してわずか数日後から船は大暴風雨に襲われ、自艦の位置も僚船の位置も皆目わからなくなった。

船にはセビーコスの他にフワン・デ・モルガナ航海士長以下七人もの航海士が乗り組んでいたが、その中でもパコ・ボラーニョスという操舵手をロドリゴは最も信頼していた。というのも、彼だけがセビーコスの意見に反して、ジパング寄港というのは閣下のおっしゃる通り、これからのメキシコと東南アジアの航路にとり、安全で必要なものでございます、と断言していたからだ。が、その彼にしても、ジパングはまだまだ北方でございます、まだ本船は北緯三十三度の地点を漂流しております、と荒れ狂う奔馬のような波を前に必死になって舵棒を握りながら叫んでいた。

何日このような状態が続いたことだろう。まるで黙示録の中の地獄そのものの日々、夜々だった。いや真っ暗な空は昼と夜の区別もつかず、ひっきりなしの風雨に甲板に積んだ荷はとっくに流され、滝のような水が床を洗うばかりだ。水夫達も任務を放り出して大声で神に救いを求め、商人達、兵士達は同船している宣教師たちの膝にとりすがって大声で、主よ、主よ、お見捨てなく、と叫んでいた。

「今日は何日ぞ?」

ロドリゴは傍らの従者アントン・ペケーニョに訊ねた。アントンは船酔いで蒼白になりながらも必死で声をふりしぼり、今日は九月二十九日でございます、と答えた。

「明日は聖ヘロニモの祝日か」

出港してすでに六十五日、順調にいけばジパングのどこかの港に入港していたはずだった。あるいはジパングに寄港しなくとも、この風が偏西風そのもので、この船の帆という帆を押してくれたならば、もうメキシコ沖へ到達していてもおかしくない頃だ。

ロドリゴは手すりにしがみつきながら艦尾楼甲板によろめき出た。空は真っ暗でどこにも光一つ見えず、ただ轟々と吹き付ける風に雨粒が容赦なく頬をたたくばかりだ。吹きつける空からの雨と襲いかかる波しぶきに、たちまち全身が濡れねずみになった。

突然船は大きく揺り上げられ、すうっと宙に浮いたかと思うと次の瞬間、前底が何かに乗り上げたようなゴゴゴーッともガリガリとも形容できない大音響がし、全員がその場になぎ倒された。

ロドリゴの傍らにあった巨大なロープ収納箱が甲板を滑るとたちまち海中に消えていった。

ロドリゴは帆柱のロープにしがみついた。立ち上がる暇もなくメリメリと不気味な音がしたかと思うと船は大きく横に傾き、そのまま動かなくなった。

「暗礁だ、暗礁に乗り上げたのだ」

闇の中で誰かが悲鳴をあげた。

「こんな大洋の真っ只中に暗礁などあるはずがない」

「盗賊(ラドローネス)諸島のどこかサンゴ礁に乗り上げたか」

そんな悲鳴をよそに船は急速に傾き、それ自体巨大な器となって海水を汲み込み始めた。しがみついた船材ごと波にさらわれ、神よ、ご加護を、と叫びながら数知れぬ男達が真っ暗な海中に引き込まれてゆく。

「閣下、船が砕けまする」

アントンが悲鳴をあげた。

「索具に摑まれ。船から離れてはならぬ」

ロドリゴは自分も体にロープを巻き付けながら叫んだ。水は容赦なく全身を濡らす。寒い。歯の根が合わない。体が次第にしびれてくる。

神よ、もう余の寿命はここで尽きるのでしょうか。密かにジパングへ渡りたい、と図ったことがあなたのご意志に背いたことになるのでしょうか。

なかば朦朧とした意識の中でロドリゴは神に祈り謝罪した。

どのくらいの時が経っただろう。ひたすら神に祈り、歯を食いしばって風雨と怒涛に耐えているうちに、いつの間にか時間が経っていったらしい。

空が少しずつ明るんできた。あんなにも荒れ狂った風雨が次第に鎮まってきた。見上げると、今まで鉛色の重い幕のように空を覆っていた雲がところどころちぎれ、そこから星がまたたき始めた。

「おうっ、おうっ！」

「陸地だ、陸地だ！」

あちこちから声が上がった。ロドリゴも我に返り周囲を見回した。まだ明けきれぬ薄闇の中にぼんやりと島影ともつかぬものが、しかも思いがけぬほど近くに見えた。

陸地が、しかもこんなにも近くに陸地があったとは！

船の左手わずか三百メートルもないところに切り立った断崖があった。その断崖の根元を縁どるように小さな浜辺が見える。浜辺にはまだ大波が押し寄せ、それに運ばれてサン・フランシスコ号の船具や砕けた板、樽などが打ち上げられ、船の周囲にもおびただしい残骸が漂っている。

「ここはどこじゃ？　いずくの国じゃ？」

ロドリゴは誰に訊くともなく大声をあげた。出港前、頭に叩き込んだ海図を思いめぐらし、北緯三十三度、と繰り返すセビーコスやボラーニョス操舵手の言葉から、三十三～五度地点の陸地を忙しく思い浮かべた。

台湾（フォルモッサ）か、琉球（レキオス）か、いや、それだったらもっと気温も海水も温かいはずじゃ。ひょっとしてチナ大陸に吹き寄せられたか？

いずれにしても、陸地に着いたからといって単純に喜んではいられない。

新たな恐怖が襲ってきた。東南アジアはヨーロッパ勢力と原住民とイスラム勢力の鍔（つば）ぜり合いの世界だ。

いったいどれほどの漂着船の乗組員が、陸地だ、と単純に喜んで陸地に漕ぎ寄せ、命を奪われたことか。命を奪われた上、船荷は強奪され、生存者は奴隷にされる。この船には三百七十七名の人員と二百万ドゥカードに相当する積荷があるのだ。

しかし、もはやこの巨大な残骸と化したサン・フランシスコ号に留まるのは不可能だ。船はいまだ不気味にきしみ続け、その度に船底の板は剥がれ、積荷と共に流失していた。

「誰ぞ偵察に」

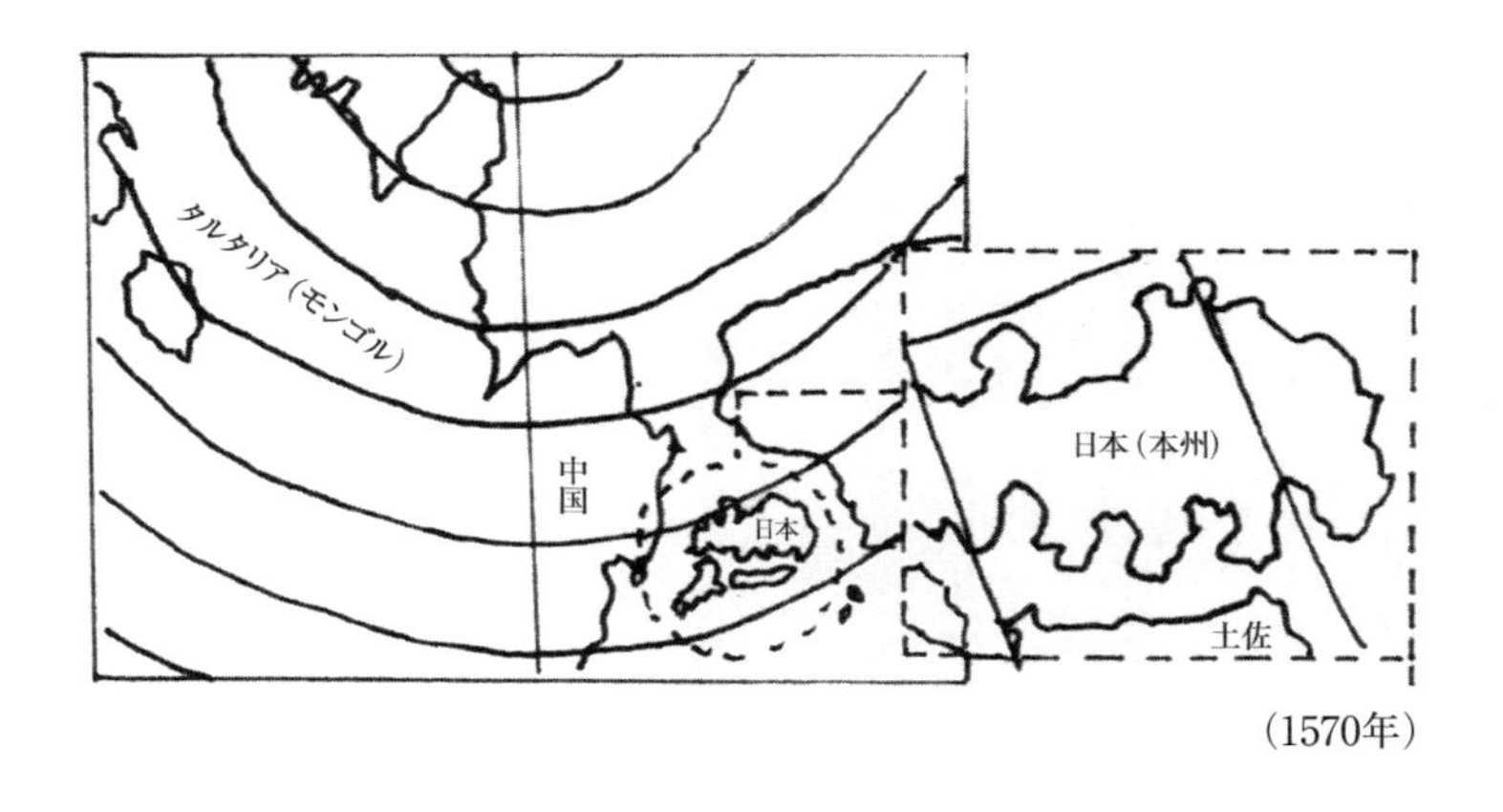

（1570年）

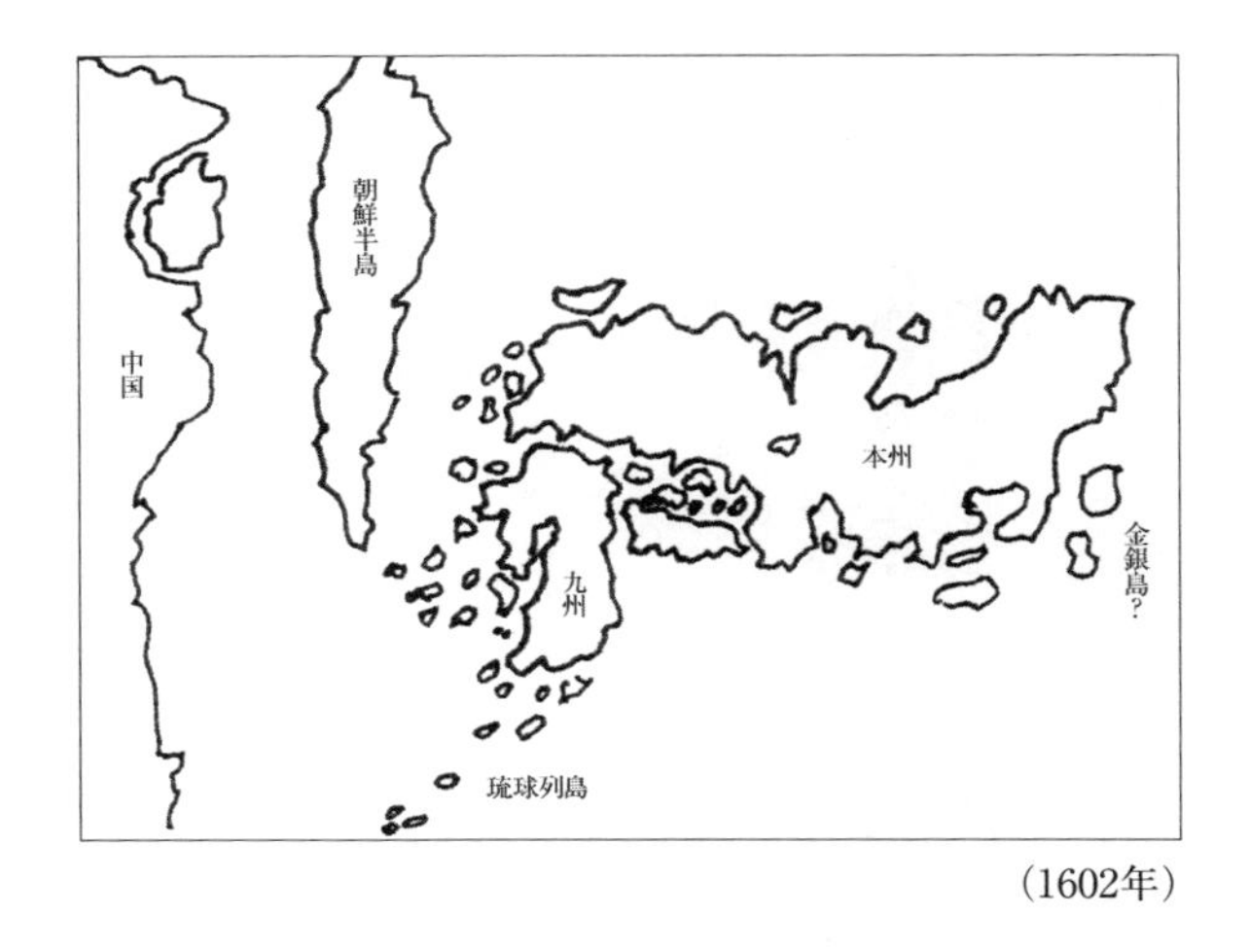

（1602年）

オルテリウスの世界地図の中の日本

言うまでもなかった。セビーコスに命じられたのだろう、ロープを腰に巻いた船員が二人浜へ向かって荒れ狂う波の中を泳ぎ出した。甲板にはボートが数隻係留されていたはずだが、打ち続いた暴風雨ですでに一隻も残っていなかった。

波に逆らい押されながら陸地へ向かって泳いでゆく二人の姿を、全員が固唾を飲んで見守っている。と、沖合からひときわ大きなうねりが押し寄せ、とどめを刺すかのようにサン・フランシスコ号を岩礁にたたきつけた。船は竜骨を砕かれ、大音響と共に横倒しになり、同時に海水がどぉっと流れ込んできた。

もはや二人の船員の報告を待ってはいられない。全員が手近な木材や樽、ロープにしがみついて陸地めざして泳ぎ始めた。ロドリゴは、自分も濡れてまといつく上着を脱ぎ捨て海中に身を投じたが、ふと傍らを見ると、司令官フワン・エスケッラの頭が海中に浮き沈みしているのが見えた。このままでは溺れる。とっさにエスケッラの豪奢な襟飾りを掴むと、残った腕に木材を抱え込み陸地へ向かった。

思いがけず陸地は近かった。押し寄せる波に体が持ち上げられ揺すり上げられた、と思うと次の瞬間、膝が陸地の固い砂地にこすりつけられていた。

立ち上がれる。おお、立ち上がれるぞ。

が、次の瞬間再び背を波に押され足元をすくわれる。そのまま再び沖にもっていかされそうになり、慌てて踏みとどまった。

ロドリゴが安全な砂地に立ち、周囲を見回した時、すでに大勢の乗船者が、ある者はよろめきつつ立ち上がり、ある者は仲間に両脇を抱え上げられ、ある者は狭い浜辺に力つきて打ち倒れ、ある者は再び波にさらわれ海中に押し流されかけていた。

ほとんどの者が半裸だった。ロドリゴも立ち上がると、濡れそぼったシャツに冷たい風が吹き付け、寒さに身震いした。北緯十度のマニラではこんな冷たさは感じたことがない。歯の根が合わず我知らずガチガチと音を立てた。

「ご無事で！」

駆け寄ってきたずぶ濡れのアントンの唇も紫色で、全身がぶるぶると震えている。

助かった、たしかに救われたのだ、と思った次の瞬間、ここは何処か、という疑問が口をついて出た。

誰ぞ判る者はおらぬか、と周囲の人間を見回す。お、操舵手のボラーニョスがおる。

「そちなら見当がつくであろう、ここは何処じゃ？」

ボラーニョスは船が座礁した折、それまでしがみついていた舵棒にでもぶつけたのだろう、口びるから血を流し、頬が赤黒く腫れ上がっていたが、それでも這うようにしてロドリゴの傍らに近寄ってくると膝をつき、

「どこやら断言はできませぬが、琉球（レキオス）周辺の小島かと…」

レキオス？

ロドリゴは必死で琉球の位置を脳裏の地図上に探した。たしかルソン島の北方、台湾（フォルモッサ）の北辺りではないか。しかしこんなにも長期に、二カ月もの間、嵐に揉まれ続けて、たったこれだけの航程しか進んではおらなかったのか。しかも九月末日とはいえ、こんなにも寒冷の地が琉球であるなど考えられぬ。

「そちはここの緯度を何度と心得る?」

「昨夜座礁する直前に測りましたが、北緯三十三度、正確には三十三・五度と…」

ロドリゴはマニラ在住時以来幾度となく確かめたジパングの緯度を思い起こして言った。ジパングは三十三度以北、と頭に叩き込んでいたのだ。

「さすればここはすでにジパングではないか?」

「左様でござりまする。ですから琉球（レキオス）とジパングの間の小島であろうかと」

「もうよい、ここで当て推量しても無駄じゃ。誰かあの崖をよじ登り、辺りを探査して参れ」

ロドリゴは命じた。通常航海中は船長が、海戦となれば艦隊司令官が指揮を取るのが順序だが、このような非常時、指揮を取るのは前総督たる余だ。余こそ全体の総大将じゃ。

浜辺は狭かった。幅十メートルもない湿った黒い砂浜の先は断崖絶壁がそびえていて、その上に何があるのか見当もつかない。渚も長さわずか百メートルか、その渚の両端も直接波洗う絶壁に阻まれてその先は見えない。三面を絶壁に囲まれた狭い砂浜に上陸したのだ。

ただ正面の草に覆われた崖には細い曲がりくねった小道が続いていて、よじ登るのはさして困難ではなさそうだ。自然に出来た道なのか人が通う道なのかも判然としないが、とにかく、この道を登らねばあたりの状況がわからない。

ロドリゴの命に応えて二人の若い兵士が草をつかみながらよじ登っていった。その二人の背を、差し昇り始めた朝日が照らし出した。二カ月ぶりに見る陽光だった。

「誰ぞあの二人の後を追え。住民に襲われてはならぬ」

ロドリゴの脳裏にフィリピンのセブ島対岸、マタン島で世界一周航路開拓者フェルナンド・マゼランが原住民の襲撃に命を落とした故事が浮かんだ。ハッ、と答えてさらに四、五人の若者が二人の後を追った。その連中も何一つ武器らしいものは手にしていない。

命からがら座礁した船から海中に躍り込んだ時、携行する余裕などなかったのだ。その丸腰の連中に混じって、ジパング人のトメがいるのをロドリゴは目ざとく見つけた。

彼らが崖上に辿り着いた時、先の二人が戻って来た。崖下から見上げる遭難者の目から見ても、彼らが大きく両手を宙に差し上げ、手を振っているのが見えた。おう、おう、と後を追った連中の歓声が聞こえ、一緒に崖を下ってくる。

「閣下、お喜び下さい。家も住民も見当たりませぬが畑が見えました。しかもその背後は森林が続いており、無人島ではなく、大きな島か大陸のように見えます」

戻ってきた最初の兵士がロドリゴの前に跪いて報告した。それを聞いてロドリゴは、むしろ気を引き締めた。大陸のようだ、とすると琉球本島(レキオス)だろうか。確かめるには住民と接触せねばならぬ。

「そちたちはそのまま崖上で見張りをしておれ」

改めて周囲を見回す。傍らに司令官フワン・エスケッラが寒さと恐怖からかブルブル震えながら、なにやら口中で祈りの文句を呟いている。これでは海上で敵に遭遇した時、艦隊司令官として戦えるのか。やはり無能というマニラでの評判通りだった。今更舌打ちする気にもなれない。老人は放っておけ、だ。

浜辺には大勢の人員が、ある者は力尽きて横たわり、ある者は倒れ付した仲間を介抱し、ある者は茫然自失して海を眺め、ある者は気が違ったように大声をあげながら人々の間を駆け巡っている。

振り返れば、海中ごく間近にサン・フランシスコ号の巨体がうずくまるように停泊していた。斜めに傾き、船首を宙に浮かせ、船尾を半ば海中に没している。船底の一部は岩礁に食い込んでいた。船の周囲にはおびただしい材木や布切れ、樽などが波に漂い、その間に溺死した者か、遅れて船から泳ぎでた者か、幾つかの人影も見えた。

「アントン、全員を集めよ。員数を確認するのじゃ。ボラーニョス、そちは船員と船の状態を確認…」

言いかけてロドリゴは、遠くの渚に船長のフワン・セビーコスの姿を見つけた。まだ膝まで水に浸かっている。さすがに船の責任者、最後に脱出してきたものだろう。

点検してみると、マニラ出航時の乗船者三百七十七名が三百十七名に減っていた。しかも全員が着のみ着のままずぶ濡れで、武器も着替えも携行せず、空腹を抱え、傷つき、疲れきっていた。これでは陸に上がったとはいえ、敵意に満ちた住民に遭遇したらひとたまりもあるまい。ただ住民に襲撃される前にこの激浪さえおさまれば、船から残った積荷を運び出すことはできるかもしれない。

その時だった。崖上から呼ぶ声に一同はハッと身構えた。トメだった。

トメを先頭に五、六人の見慣れぬ服装の男女が後に続いている。彼らは浜辺にうち倒れている人々や船の残骸を見て驚いた様子だったが、身軽に崖を駆け降りてきた。トメがロドリゴの姿を目ざとく見つけ、声をはずませた。

「閣下、お喜び下さい。ここはジパングです。今、村の人達が助けに来てくれます」

ジパング、ジパング、ジパングだと?

夢ではないか。余の密かに目論んできた「ジパング渡海」がこんな形で実現したとは。

しかし喜ぶのは早い。ジパング渡海を強硬に反対した連中の反対理由は、ジパングに漂着すると積荷は没収、乗組員は逮捕、中でも宣教師は磔刑(たっけい)に処せられる、というものだった。

だが余はジパングの皇帝ダイフサマを信じる。彼には昨年の余のフィリピン着任時から誼(よし)みを通じていた。着任早々彼に、「当公訴院で捕縛中の二百人のジパング人を出牢させ、祖国まで船を、旅費を立て替え送り届ける」と書き送り、実際それを実行、折り返し、彼から深甚の謝意を表す手紙を受け取った。

今年もジパング航路の船長モリーナに手紙と進物を持たせ送っている。もう届いたはずだし、皇帝がそれを忘れるはずがない。皇帝はそれだけの度量のある人間のはずじゃ。後は余のこの期待に彼の行動が合致するか否か、それこそ余の最後の賭けじゃ。その賭けは、おいおいわかるだろう。


それにしても、おお、ジパング。ここはジパングなのだ。

今こそジパングに、ジパングの地に、余は立っておるのじゃ。

ロドリゴの胸に歓喜の念が湧き起こってきた。今こそジパングの地に自分はいる。

それにしても、この地はジパングの何処じゃ？

歓喜の念が冷静な分析に変わってゆく。

「この地はユバンダ（岩和田）という村だと言っておりまする。私めの知らない場所ですが、内府様のお城にむしろ近いそうにござります」

トメの報告の間、ジパング人達はおびただしい数の遭難者達やすぐ間近に座礁している巨大な外国船に驚き、また遭難者達が寒さと恐怖にうち震えているのを素早く見てとった。

遭難者達も見慣れぬ男達の出現に素手ながら戦闘態勢を取り、身構えた。それを見て男達もぎょっとしたように立ち止まり、女達は男達の後ろに身を隠した。

「違う違う、このジパング人達は我らの様子を見、ことによると助けてくれるのです」

トメは必死に皆を制した。

おう、ジパング！

遭難者達が複雑な声をあげた。

ユバンダの村民と名乗る男女はかたまってなにやら相談しているようだったが、二、三人が年かさの男の指図で元来た崖を身軽によじ登り、姿を消した。

残った男女がトメを先頭にロドリゴに近寄ってきた。身なりはマニラのジパング人商人の服装より貧しそうだったが、温かそうに重ね着していた。小柄な女が自分の羽織っていた上着を脱いで寒さにうち震えているフワン・エスケッラに着せかけた。日頃の尊大な態度もどこへやら、ただの打ちひしがれた老人にかえった司令官は唇を震わせて礼をつぶやいた。

「ただ今、村から救出の人々が来てくれるそうですが、なにせ我らが多人数なので、自力で歩ける方々は一緒においでください、と申しております」

年かさの男と話していたトメが言った。

ご心配なされませぬよう。

その言葉に、浜辺にうずくまり、ひたすら神の加護を祈っていた連中がよろめきながら立ち上がった。屈強な者らが弱りきって自力で歩けぬ者を両脇に抱えて立ち上がらせ、崖をよじ登り始めた。

セビーコス船長は、船を打ち捨てて離れるのは気がかりでならぬ、このジパング人達の言を頭から信じることはできぬ、自分たちがこの場を去っている間に何を企むかわからぬ、浪間に漂うか船に残っている積荷を盗まれるかもしれぬ、誰かここに残って見張りをせねばならぬ、と部下をぐるりと見渡した。

この激浪に逆らって誰が敢えて難破船の積荷を盗みに行けるものか。下手をすれば岩礁か絶壁かどちらかにぶつかって木端微塵になってしまう。見張るだけ無駄なことだ。それより一刻も早く温まりたい、熱い物で飢えを凌ぎたい、と誰の顔にも書いてあった。

誰一人名乗り出るどころか、セビーコスが顔を向けると視線をはずす、という有様。とうとうセビーコス自身その場に留まり見張っている、と主張したが、自分でもその無益さに気づき、不承々々皆の後に従った。

傷ついたり、弱り切って崖を登れぬ者をひとまず村の女達と共にその場に残し、二百人ほどの男達が狭い小道を一列になってよろよろと奥地へ進んだ。崖をよじ登ると風が一段と冷たく、濡れたシャツが肌を刺すようだ。

道はゆるやかな勾配を繰り返しながら畑地や森を巡って続いている。後から聞くと、わずか八キロほどの道程だったと言うが、それがこんなにも長く辛いものだったとは！　そうだ、スペインでも九月末と言えば秋、緯度から言えば、大差はない。歯の根が合わないのも無理はない。ただ幸いなことに、途中で救出に来た数十人の村人達と出会い、彼らが携えてきたキモノという綿入れや、竹筒に入った生暖かいカユがしばしの寒さを凌がせてくれた。

また彼らは、村落が間近いことを身振りで伝え、自分達は浜辺に取り残された人々の救出に向かうのだ、と知らせた。

カユやキモノより遥かに漂着者達を安堵させたのは、彼らがいかなる敵意も示さないことだった。顔つきにも声音にもそれが感じられた。とりあえず命だけは保証されたようだ。

ロドリゴが四半世紀前唯一覚えたジパングの言葉「カタジケナイ」を言うと、人々は最初驚き、次いで喜びを率直に表した。漂着したばかりの異人が我らの言葉を使うとは！


やがて眼下に長く広い浜辺が見え、それに沿って村落が見えてきた。朝靄の中、数十戸の小さな家々が固まっていて、どの家からも煮炊きの煙が上がっている。狭い村道を人々があわただしく行き来したり立ち話をしたり、家から何かを持ち出し、どこかへ走り去っていく。

この国では住人も住居も、いや、畑地や森さえもスペインやメキシコと比べて万事小振りに出来上がっている。まるでキリスト御生誕祭の時のまぐさ小屋模型を見るようだ。

先導の老人と話していたトメがロドリゴに言った。

「到着いたしました。ここがユバンダとは地続きのオンジュク村にござりまする。皆様はとりあえずダイグジ（大宮寺）でお休みいただく、とのことで」

ダイグジが異教の神、ホトケを祀った寺院と聞いてセビーコスはまたしても嫌な顔を隠さなかった。

が、ロドリゴは納得した。メキシコでもスペインでも小さな村落では宗教施設しか大勢の人間を収容できる場所はないのだ。

それにしてもなんという貧弱な集落だろう。あの二十年前に見た少年達の美々しい衣装、精緻な工芸品、ビョンボに描かれた壮麗な城や色彩豊かでチマチマした商店の並ぶ通りはどこにあるのだ？

海岸線に沿ってポツンポツンと建つ家はちっぽけな掘立小屋ばかりだ。木の柱に木の屋根板。そこに風よけの小石を乗せている。これがあんなにも憧れたジパングなのだろうか。いや、どこの国にも威容を誇る壮大な首都と、うらさびれた農村や漁師町があるが、おそらくこのオンジュクという部落もジパング国の中で最も寂しく貧しい村に違いない。我がアカプルコもコルテス侯が開拓する前はわずか二十戸ほどの寒村だったそうだ。

ただダイグジの敷地も建物もさすがに広大で、柱も太く屋根には黒い瓦が整然と並べられている。庭には数カ所に火が焚かれ、その上の大鍋がぐつぐつ音を立てていた。その周りで女達が忙しく立ち働いている。魚や野菜のスープの香りが飢えた人々の食欲をいやが上にもかき立てる。暖気と食物の誘惑に我慢ならず、焚き火に駆け寄る者、安堵のせいか力尽きて倒れる者、跪いて神に感謝の祈りを捧げる者、庭中が騒然となった。

村人と話していたトメが駆け戻ってきた。

「村長が閣下にお目通りしたい、と申しておりまする」

村長は杖をついた老人で、漁師だったのだろうか、長年の海風にさらされて古い羊皮紙のような肌をしていた。

この国の人々は身振りも小さく、話す時も口をあまり開けず発音するので、表情や身振りからは何を考えているのか推し量ることはできない。

トメの通訳で、ロドリゴとセビーコスは村長の歯のない口から発せられる話の内容を理解した。それによると、このオンジュクは人口三百人にも満たない海辺の半農半漁の村で、領主のホンダドノはここから三十五キロのオンダキ（大多喜）に城を構えている。

トノ（領主）には早速一行の漂着を報告する使いを出したので、間もなくお沙汰が下ろう。それまではご一行はみだりにこの村から出てはならぬし、村人と勝手に接触してはならぬ、と言う。

ロドリゴはトメに自分のことを説明したか、と訊いた。

「閣下がルソン島の前総督であられたこと、在任中内府様とお手紙のやり取りをしておられたこと、メキシコに帰任される途中難破したこと、ジパングに到着したからには内府様に連絡して欲しいことなど、すべて話しました」

ロドリゴもトメの説明だけでは心もとなく、自分でもダイフサマ、ダイフサマを繰り返した。この言葉が護符のようにこれからの自分らの運命を決めるのだ。

しかしどこまでこの護符の言葉とトメの説明が功を奏したのであろう。ロドリゴは村長その他の村人のその後の自分達への取り扱いのちぐはぐさに半信半疑となった。

御宿（オンジュク）は漁村だったから海の遭難者の救助や介護には慣れていた。彼等はてきぱきと遭難者の救護と介護に手を尽くしてくれた。

大宮寺に自力でたどり着いた者達へは炊き出しの暖かいカユと乾いた綿入れを、浜辺にへたり込んだ人々にはその場で焚火を起こし、濡れた衣服を乾いたキモノに着替えさせ、冷え切った体をこすって温めてくれた。自分の温かい体で冷え切った瀕死の者を抱きかかえ温めてくれた人達もいたという。

若者達は、まだ荒れ狂う波浪を物ともせず海中に躍り込んでは漂流物を回収し、浜辺へ運んだ。またサン・フランシスコ号の船内に取り残された人々を捜索するため傾いた船内に乗り込み、隈なく探索してくれた。

その一方、一行の主だった者達は村長の家や寺の奥座敷に収容され、厳重に見張られている。部屋の外では屈強な若者達が緊張した顔つきで太い木の棒を片手に油断なく控えている。寺の大広間では村長を囲んで男達がひそひそと会議をしている。時折、スペイン人達をうかがう目つきがぎらぎらしている。トメが落ち着かぬ様子で男達の話の内容を探っているが、真相はわからぬ。

ただ良い話ではないらしい。

そうこうするうちに若者数人を従えた村役風の男が、この船の責任者は誰か、と訊いてきた。誰かがロドリゴを指さすと、若者達はいきなりロドリゴを縛り上げようとした。トメが割って入り、このお方は尊いご身分であり、内府様とは従来から書面のやりとりをなさる間柄、また内府様の発行した朱印状を携えている、と繰り返した。

男達は互いに顔を見合わせ、不承々々ロドリゴの捕縛を解いた。

それというのも、トメによると、大多喜（オンダキ）城内の会議でも数人の武士（サムライ）たちが刀の柄に手を掛け、「キリシタンの南蛮人を受け入れると殿にまであらぬとばっちりを受けかねぬ。早いところバテレンと主だった連中を殺害して、エドやスンプから嫌疑を受けぬようにせねばならぬ」と主張、気の早い者が武装して今にもこちらに押しかけかねない有様だという。

それはトノの、「しばし待て。内府様や秀忠様のお沙汰を待つ」の鶴の一声で一応沙汰止みになった。が、縄こそかけないが、「トノがこちらに出向かれるまで、頭領のドン・ロドリゴとやらをはじめ、他の主だった者たちの軟禁は続けよ」、とのことだった。

それまでロドリゴ達上層部の者の緊張は当分続きそうだった。

ロドリゴはウランド（浦戸）に漂着したサン・フェリペ号の苛烈な運命を思いやった。積荷没収。カトリックの司祭や信者の磔刑。あれは暴君タイコサマの執政時代で、今はダイフサマの世というが、たかだか十二年前の話だ。楽観はできぬ。

二

海も凪いできた。あんなに荒れ狂ったのが嘘のようだ。秋の日に青々した色をたたえ、ここ御宿の広い砂浜に波が規則正しく打ち寄せては引いてゆく。

サン・フランシスコ号がユバンダでなくこのオンジュクに打ち上げられていたら、と幾度ロドリゴは歯噛みしたことだろう。この広々した砂浜に乗り上げていたら、船底は傷まず、積荷も乗組員もさほどの損傷を受けず、自分も計画通りにジパングに来られた、と内心ほくそえんでいられたことだろう。

村人達の話では、ユバンダの浜からは手の届くほどの距離にサン・フランシスコ号が見えるという。

相変わらず船首を高く宙に浮かせ、舵のあった辺りの船底を岩礁に噛ませ、船尾の船底を海中に没している。寄せて来る波の勢いは衰えてきているが、それでも嵐の後の波は高く激しく、それが舷側を襲う度に元々損傷していた舟板ははがれ、そこから侵入した海水が引き波となって三層になった甲板上や破損した船室、果ては船底の積荷を海上に浮き沈みさせている。ワインや蜂蜜の樽、ビスケットの箱、ロープ、帆布、などおびただしい物資が、あるものは浜辺に打ち上げられ、あるものは遥か沖合に運ばれてゆく。小舟さえあれば容易に拾い上げられる衣類の入った木箱などが数十メートル目の前をあざ笑うかのように漂い流れてゆく、と聞くのはいかにも口惜しかった。屈強の水夫や兵士が海に飛び込んで回収した物もあったが、所詮高(たか)が知れていた。

それに引き換え、

「近郷近在の人間やエドあたりの野次馬まで、小舟を出して拾得物をねらっているようだ」

という噂を聞いたセビーコスは、気がくるったようになってロドリゴに食ってかかった。

「閣下、ダイフサマとやらに積荷を回収して我らの手元に返還するように交渉してくだされ。あれは我らの物にござります。我らが仕入れた東洋の産物。我らがマニラ在住の商人達より預り、メキシコや本国にて高値での売却を委託され、利益を彼らに還元すべきもの。ジパングの盗人どもにかすめ盗られるいわれはござりませぬ」

ロドリゴの耳にも、どこの連中か大船を出して船尾楼の無傷の積荷を積み替えている、との報まで届いた。

船尾楼にはロドリゴの船室もあり、そこには高価なルビーや工芸品など妻のレオノールはじめ副王閣下など親しい親類たちへの土産物があった。自分の衣類も手付かずで残っているはずだ。いつまでも村長の妻の貸与してくれたツンツルテンの綿入れを着ているわけにもゆかぬ。それにダイフサマとの交渉時に必要な贈り物もあるはずだ。

「なんとか手を打たねば」

自分が目論んだとはいえ、予想外の出来事が突発するので、さすがにロドリゴもその対処に追われ、うまい知恵が出なかった。ダイフサマと一刻も早く連絡を取りたかった。

最も頼りにしているフランシスコ会の宣教師でマニラで謁見したルイス・ソテロもなぜか来ない。

そうこうするうちに、ようやくオンダキのトノが面会に来るとの知らせが入った。

トノは若いが、その父親ホンダ・タダカツドノ（本多忠勝殿）はダイフサマのお気に入り。彼のジパング統一戦争の折には槍の名手として数々の武功を立て「四天王」（四人の代表的近衛騎士）の一人と称えられているという。その功により広大な領地を与えられ、オンダキもその一つとして次男のタダトモドノ（忠朝殿）が領主として君臨している。まだ三十歳にもならないが、父に似て豪儀な性格と言う。

そのトノは三百人もの家来を従えて颯爽とやって来た。馬に乗ったトノの周りを槍、火縄銃、なぎなたを持った屈強な兵達が守っている。一行は粛々とロドリゴの宿舎に入って来た。

ロドリゴは満腔の敬意を込めて跪き、胸に手を当て名乗りを上げた。

その名乗りを受けてトノも丁重に「ホンダ・タダトモである」と名乗った。

それにしても初対面同士、なんという風変わりな挨拶の仕方だろう。ロドリゴにとってはトノの立ったままの会釈が、トノにとってはロドリゴの跪き胸に手を当てての挨拶が、まず驚きの始めだった。

が、その挨拶を交わす過程で、ロドリゴはトノが単にダイフサマの家臣として丁重に自分を遇するばかりでなく、若く旺盛な好奇心で自分のような異人を客として遇することに喜びを抱いているのを感じた。

その証拠に、豪華な衣類や、ジパング人達が決して口にしないという食用の牛や鶏を贈ってくれた。そればかりか四半世紀前少年使節達が携行し、ロドリゴが武人として密かに憧れていたカタナまであった。

この分なら、ダイフサマからなんらかのお沙汰があったに違いない。それもただのお沙汰ではなく、自分に対する丁重で好意的な意向であろう。

それに応えるためにも卑屈な態度は取るまい、とロドリゴは胸を張った。自分が現在無一物であり、借り着に身をやつしているとはいえ、血統正しきスペイン貴族であり、メキシコ副王宮廷の高級官吏であり、フィリピン前総督である、という自負が今こそ必要だった。

ひとまず双方の挨拶がすむと、さて、とトノは膝を進めた。

「ロドリゴ殿、早速じゃが、内府様と秀忠様に貴公から使いをやられてはいかがじゃ」

待ちかねた提案だった。ロドリゴは意気込んで、使者でなく、余自らが参る、と叫んだ。とにかくダイフサマに会わねばこの国に来た甲斐がない。

が、トノは、それは得策でない、と言った。

「我が国の習いでは高位の人間が軽々しく使者の役はせぬものだ。そうかと申してあまりに下位の使者だと相手への敬意に欠け、相手の地位をも貶(おとし)めることになる」

ではどのような地位の者が良いというのか。

「左様、貴公の代理としての地位のある者、例えば船長(ふなおさ)か海軍大将ならいかがじゃ」

船長？　セビーコスか？　それこそまずい。

同じ船長でもマニラから発するジパング交易船の船長ならまだ良い。しかしセビーコスは最悪だ。

まずジパングを毛嫌いしている。

救難の上、当面の命の保証ももらっておきながら、いまだに「いつ殺されるかわかりませぬ」と言い、あてがわれた食物にも寝具にも、「これは人間の食べる物ではございませぬ、ワラの上に直に寝かせるなど、我らをまるで豚か羊のように扱っております」、と不平たらたらだ。

その上、今回の漂着をロドリゴの当初からの偽装工作ではないか、と疑っている。それを口にしさえしている。

また積荷の件でもジパング人が難破船から搬出し、横領没収してしまうだろう、と気が違ったようにわめきちらしている。彼は最悪だ。

では外に誰がいる？　ロドリゴは周囲を見回した。

エスケッラ司令官、これはもっとまずい。遭難以来まるで腑抜けだ。何か言っても歯のない口でフガフガつぶやくばかりだ。

ロドリゴは決断した。

セビーコス船長をやる。ただ彼だけでは心もとない。彼に腹心の部下、アントン・ペケーニョを付ける。彼なら万事抜かりはあるまい。

二人はロドリゴの書簡を携え、トノの家臣に付き添われ直ちに出発した。皇太子の居城のエドまで二百三十キロ、ダイフサマの居城まではエドからさらに二百三十キロ、往復二十日はかかると言う。

「それまでゆるりと過ごされい。この地は戦もなければ、気候も温順じゃ。使者の戻りを待つ間、船から貴公らの衣服など必要物は引き揚げてつかわす」

と、トノは約束、漁師らに命じて乗組員の衣類、手回り品を回収し、引き渡してくれた。ただそれらはあくまで乗員の必需品のみで、セビーコスがこだわった商品や土産物は、「お沙汰があるまで」と封印されてしまった。

二人の使者の帰りを待つ二十日間は長かった。

その間ロドリゴ達上級捕虜は大宮寺や村長宅に軟禁されていたが、漁師や百姓の家々に分宿していた三百人の乗船者、下級水夫や兵士たちは自分達の運命を過剰に嘆くでもなく、これからの身の処し方を憂うでもなく呑気だった。村人達はそれぞれ日々の暮らしに追われていたから、四六時中彼等を監視している暇はない。

村内に居る限り自由だ。とにかくあの荒れ狂う海から助かり、当面食べる物、寝る場所に不自由しない。どうせこれからの身のふり方は上の人々が決めてくれる。どこにいたってその日暮らしだ。

ある者は面白半分、海に出る漁師達の漁の手伝いをし、ある者は好奇心から畑の収穫を手伝い、ある者は自分らの食事ごしらえをする女達の台所仕事に手を貸した。村人達から暖かな衣服を借り、日向ぼっこをしたり、耳覚えのジパング語で若い娘にざれ口をきいたり、言葉の通じないのをいいことに仲間同士声高に村の娘達の品定めをしたりしている。

上級者はこんなことがトノの耳にでも入り、それが伝わってダイフサマの気嫌を損ねるのではないか、とエドやスンプの絶対権力者の意向を恐れてヒヤヒヤした。

最も気を使ったのは乗船していたカトリック宣教師達の動きだった。たしかにダイフサマはフィリピン在住時のロドリゴに対し、ジパング国内での宣教や教会建設を認めていた。

しかしタイコサマの先例もある。またダイフサマの傍らで重用されているというイギリス人が、スペイン人ポルトガル人によるカトリック布教を警戒するよう吹き込んでいる、とも聞いた。とにかく「お沙汰が出る」まではひたすら辞を低く、謹慎していなくてはならないのだ。みだりにジパング人に布教してはならぬし、ジパング人が警戒するようなおおっぴらな宗教活動も慎まれたい、とロドリゴは彼らに言い渡した。

そうこうするうち、この北緯三十五度にある御宿村にも初冬の風が吹き付けてきた。ジパングの暦ではまだ九月末日というがグレゴリオ暦では多分十月も末だろう。

その頃になってようやく待ちかねたセビーコスとアントンが戻ってきた。

彼らと共にダイフサマから派遣されたという例のイギリス人もやってきた。

ウィリアム・アダムス。数奇な運命を辿って現在はダイフサマの側近として外国人との交渉に当たっているという。彼の経歴はこうだ。

一五六四年生まれ。

そうか、余と同じ年齢か、とロドリゴは改めてアダムスの顔を見つめた。

ロンドン近郊ジリンガム出身。一五九八年春、オランダ船リーフデ号の航海士としてロッテルダム港を三隻の船団で出港。出港以来悪天候続きで船は傷み航路ははずれ、出帆して間もないアフリカ沖の海で司令官が壊血病で亡くなった。新鮮な水や糧食が不足したのだ。それを補給しようにも、主要な港は敵対するスペイン・ポルトガル領のため近寄っただけで守備兵に撃退される。アフリカの最西端ネグロス列島から大西洋を横切り南アメリカ東沿岸を南下、真冬のマゼラン海峡では寒風と氷に阻まれ岬を周航するだけで半年もかかった。

ようやく太平洋に出てペルー沿岸を北上、やれやれと思う間もなく南太平洋の島々では原住民に襲撃され、アダムス自身の弟を含む多くの乗組員が殺された。命からがら香料諸島近辺にたどり着いた頃には、三隻の船団はわずか一隻となり、千人近かった乗組員も三十人足らずとなっていた。

ところが、赤道直下の島々ではオランダから積んで来た分厚いラシャや毛織物が到底商売にならない。仲間の提案で北方のジパングに最後の運を賭けようということになり、一六〇〇年春、ジパングの豊後国佐志生（さしう）に到着した。

乗組員も船も寿命の限界に達し、到着というより漂着したのだ。

ジパングを目指した点でも余と同じか…。

結果は、同じかどうか、これはわからぬ。全てこれからじゃ。

ジパングでも一時は全員が牢に繋がれ、さらに目論んだ毛織物は商売にならず、ここでも苦難は去らなかったが、最後に彼らの積んでいた武器が皇帝の興味をそそった。

当時、皇帝ダイフサマ（まだ当時はダイフサマという敬称ではなかったそうだ）は前皇帝タイコサマの遺児トヨトミ・ヒデヨリ（豊臣秀頼）とジパング統一の戦い（関ケ原の陣）を仕掛ける直前だった。それが一行を救い、アダムスは家康の側近となった。今では「三浦按針（ミウラアンジン）」というジパング名とミウラという領地までもらい、ジパング人の妻と、その妻との間に二人の子供までいるという。

今、そのアダムスが目の前にいる。痩せて背高く、青色の瞳、金色の髪、同色のあごひげ。

アダムスを正面に迎えてロドリゴは胸をそらせた。この相手に弱みを見せてはならぬ。

例え軟禁されているとはいえ、余は大スペイン帝国の貴族にして前フィリピン総督、また、そちの国と戦った軍人じゃ。そちの仕えるダイフサマと対等に渡り合う者じゃ。

アダムスはそんなロドリゴの対抗心に気付かぬふりで身軽く馬をおり、手を差し出した。

「閣下、ご機嫌いかがですかな？」

妙なアクセントだったがスペイン語だった。

「スペイン語は耳覚えですが、それでも閣下と多少はお話ができましょう。この度のご災難心よりお悔やみ申し上げる」

その片言のスペイン語には心底からの同情があふれていた。ダイフサマの威光を笠にきた居丈高な調子でもなく、ましてやイギリスのスペインへの宿年の怨みを込めたものでもなかった。大嵐に遭い、命一つで漂着した人間への心からなる同情がほとばしっていた。

「こ、こやつ」

ロドリゴは内心狼狽した。意外じゃ。ひょっとして好いやつかもしれぬ。

「同情痛み入る。神の御加護で命永らえることができた。しかも貴公に目通りできるとは更なる神の御加護じゃ」

我ながら驚くほど自然にその言葉が出た。アダムスも微笑した。

「内府様は閣下にお会いできるのを楽しみにしておられます。そのご居城へのご案内を申し付かりました」

アダムスはテキパキとロドリゴの内府様謁見のスケジュールの腹案を述べた。

なるほど、この頭脳明晰さ、決断力の速さ、如才のなさが、ジパング統一を成し遂げたダイフサマの側近にまでのし上がった理由なのだろう。

スケジュールの事案ばかりではない。セビーコスがやっきとなっていた船からの引き揚げ物も一括して返還してくれたのだ。難破船の積荷はジパングの法ではすべて没収、中央政府か土地の領主の所有になるのだが、

「この荷の処分も、マニラ前総督に任せよ、と内府様は申しておられます」

と、アダムスはそれらを保管していた倉庫の鍵をロドリゴに手渡した。ここまで内府様に寛大な

処置を取らせたアダムスの力腕は並み大抵のものではあるまい。

これまでも恐らく彼はマニラからのロドリゴの書簡を皇帝の傍らにあってつぶさに読み、適切な助言をしていたに違いない。

多少の積荷の破損、損失、盗難はやむを得ない。漂流中流失、破損、腐蝕、腐敗した物、船内でいまだ水浸しになっている物も大量にあるはず、これだけ戻ってくるのはやはり天の御加護、とロドリゴは感謝した。

が、セビーコスは不平たらたらだった。戻ってきたのは全体の半分もない、なかでも金目の物は少ない、引き揚げ、運搬、保管の過程で何者かに盗まれたに違いない、と言う。マニラで東洋の産物を買い込み、メキシコでの売却を私めに委託した商人達の積荷でございます。彼らの財産を補償してやるのは船長たる私めの責務にございます、と執拗に言う。

「この荷の処分はそちに任せる。メキシコに帰れるならば、当初の予定通りメキシコで売却、その売却益はアカプルコ＝マニラ便でマニラに、またジパングよりマニラに戻る便あれば、その便で荷ごと送り返せばよい。いずれにせよ、そちの采配で処分せよ」

ロドリゴは言った。閣下のご命令とあれば、とセビーコスは不承々々うなずいた。

その内輪もめを見て見ぬふりをしたらしいアダムスは話題を変えた。

「そうそう、お聞き及びでしょうが、閣下のお船と共にマニラを出航したサンタ・アナ号もキユウシュウのウスキに漂着。セバスティアン・アギラール船長および乗組員全員が無事で目下は船の修理中です。閣下はじめサン・フランシスコ号乗り組みの方々の御乗船次第メキシコ行き出帆の準備をしております」

ロドリゴは耳を疑った。

「サンタ・アナ号が？　アギラール船長が？　皆無事とな」

よかった。心底嬉しかった。あのペルー生まれのクリオーリョ。セビーコスのジパング嫌い、東洋嫌いとは逆に、東洋は面白い、閣下も是非一度ご覧を、とアカプルコにいた時から勧めていたセバスティアン。

自分の乗船するサン・フランシスコ号の船長に、と内心希望していたのだがそれはならず、代わりに随行するサンタ・アナ号の船長になった。そのセバスティアンが遠いキュウシュウとはいえ、同じジパングに漂着していたのだ。これが喜ばずにはおられようか。すぐにも相まみえたいものだ。

「左様です。閣下、サンタ・アナ号は我らより二十日も早く漂着したようです」

アントンが弾んだ声で申し添えた。

それ以後、矢継ぎ早の報告が届いた。

セビーコスとアントンが御宿に帰り着いた当日、マニラからのスペイン定期船が平戸に到着、船長がダイフサマにシルバ総督からの手紙を奉呈したという。それにはサン・フランシスコ号、サンタ・アナ号のジパング漂着に際し、乗員の保護、積荷の保証、という日本側の厚遇への深甚の感謝が記されていた。しかも思い切った贈り物まで用意、スンプに向け出発したというのだ。

ロドリゴの内心は複雑だった。自分らが二カ月間マニラ↓ジパング間で漂流、オンジュクに到着後一カ月も空費しているうちに、マニラへはその報と、それに対する総督からの感謝状を添えた返書までですでにジパングへ到達しているとは！

ロドリゴの脳裏にシルバ総督の得意顔が浮かんだ。前総督の救難お礼にかこつけて、スペイン本国の宮廷には自分の優位を、メキシコ副王には恩義を売りつけているのだ。

ロドリゴは歯ぎしりした。かくなる上は、あの老獪なドン・フワン総督の鼻をあかしてやらねばならぬ。それを上回る実績をここで挙げねばならぬ。

それには一日も早くダイフサマに、皇太子に面会せねばならぬ。

ロドリゴの時の政権を担う二人に一刻も早く会わねば、という思いに更に拍車をかけたのは、青天の霹靂（へきれき）のような別のニュースだった。それを聞いた時は到底真実とは思えなかった。

六月二十九日、ポルトガル船マドレ・デ・デウス号が長崎に入港し、それを追って七月一日、オランダ船団ローデ・レーウ・メット・バイレン号とフリフーン号が平戸に入港した、というマニラ出港直前に入ってきたニュースの続編だった。

このポルトガル船の入港にも曰くがあった。ポルトガルはマカオを根拠地としてジパングへ毎年交易船を派遣。ジパングからの東南アジア交易船もマカオに立ち寄ることになっていた。

二年前、シャム（タイ）に向かおうとしていたジパング船が悪天候のためマカオで足止めを食った。退屈しのぎに港町に出たジパング人と現地チナ人とが酒の上で口論、遂には大乱闘となった。鎮圧に乗り出したポルトガル植民地政府は乱闘に加わったジパング人六十数名を捕縛、直ちに処刑してしまった。これは植民地政府の正当な現地統治方式で、それに対し処罰された人間の本国政府が抗議する権利はなく、通常ならば、「構いなし」で一件落着のはずだった。

ところが間の悪いことに、処刑されたサムライ達の中に二名の内府様からシャムに送られた公使が含まれていたのだ。彼らは内府様の要望した珍楠香を求めチャンパ（インドシナ）に派遣された使者だった。

「大変なことになった。報復されるぞ」

と、慌てたポルトガル政府は翌年の公式交易船の日本派遣を自粛した。

だがジパングとの交易の中止は双方にとり莫大な損失になる。なんとしても復活させねばならない。

特に平戸の松浦藩にとっては、これまで交易で潤っていたポルトガル船の来航停止は痛い。外国貿易に依存していた平戸の商店、旅籠、酒場、なども大恐慌を来していた。是非ともポルトガル船には来て欲しい。松浦藩は密かにマカオに来航依願の使者を立てたりした。

その結果、ポルトガルも二年振りにジパング行きの船、マドレ・デ・デウス号を仕立てた。同号は二年間の貿易の空白を埋めるべく大量の船荷を積み、船長にはこの海域のベテラン、アンドレス・ペッソアを任命、マカオを出航した。

この報はオランダ東インド会社の東南アジア諜報網に直ちに引っかかった。ジャワ島を中心に獲物を求めて絶えずこの海域を航海している彼らは高速艇で北上した。

マドレ・デ・デウス号が長崎に入港したのが六月二十九日、それから二日後の七月一日、二隻のオランダ船が白昼堂々と平戸に入港したのだ。

その驚くべき報をマニラ出港直前に耳にし、急ぎ出航したロドリゴが二カ月も嵐の海をさまよい、御宿に漂着し、足止めを食っている間、彼らオランダ人は追い払われるどころか堂々と列島を縦断、八月十日には駿府に到着。家康にオランダ総督からの国書を奉呈。それに添えて印字杯二個、糸三百五十斤、鉛三千斤、象牙二本を贈り、まんまと相互貿易と平戸に商館設置の許可まで得たという。

「捨て置けぬ。一刻の猶予もならぬ」

ロドリゴはあせった。オランダ人の神をも恐れぬ戦略、狡猾極まりない商法を考えると、自分の海上での日数の空費を思わずにはいられなかった。

あの嵐さえなかったら！

いや、後悔は武人のすべきことではない。いかなる窮地に立たされようとも、それに屈してはならぬ。それどころか、それを反転への足がかりとせねばならぬ。

三

ロドリゴがセビーコス船長、フワン・エスケッラ司令官など主だった乗員を供に御宿を後にしたのはそれから数日後だった。

返還された積荷からスペイン貴族としての正装、しかるべき贈品を整えての美々しい行列になった。トノ、本多忠朝からもたくましい栗毛の馬が贈られた。フランシスコ会の宣教師も通訳兼道案内として同行した。

が、何故か依然として当てにしていたルイス・ソテロの姿はなかった。

まず行程の第一訪問地はトノの居城のあるオンダキ（大多喜）。

ジパングではそれほど大規模な城ではないというが、それでも高さ百メートルほどの小岡の頂きにあり、周囲は深い濠に囲まれ、城の大手門には見事な跳ね橋が架かっている。

城門は頑丈な鉄製、城壁は高さ四メートル半、幅数メートルもの盛土だった。百人もの火縄銃兵が第一門を守っていた。門内には住居や野菜畑や水田が整備され、これなら何カ月もの籠城に耐えられるだろう。

第二門には三十人の槍兵が整列し、その隊長がロドリゴ一行をトノの居城に案内した。

ジパングの城とはかような造りになっておるのか。

建物はすべて木造で、スペインやメキシコの石造りの城、砦とはなんという違いか。見る物聞く物にロドリゴは目を見張った。

トノに面会するまでに様々な家臣が要所々々で待ち構え、その度に家臣も上位の者となり、応対の仕方も格式張り、建物や部屋の設えも豪華になっていった。

トノはホンマル（本館）の入口で一行を待ち受けていた。御宿での初対面時より更に城主としての風格を見せながらも親しげで、ロドリゴを友人として遇したい、という気持ちがありありと見てとれた。

再会の挨拶の後、誇らしげに館内を案内してくれたが、各室はそれぞれ金銀の装飾が施され、また武器庫には手入れの行き届いた銃、槍、カタナ、などがいつでも使用可能の状態で配置され、この国が統一されて間もない、いつ反対勢力との戦闘が勃発するかわからぬ状態がいまだ続いている、ということを実感させた。


七日後、大多喜から百六十キロの皇太子の城下町エドに入った。ロドリゴには何もかも珍しく、一つでも見落とすまいと馬上から目を皿のようにして眺め渡した。

これがあんなにも憧れ、決死の覚悟で渡海してきた国の新都なのだ。ユバンダやオンジュクのような寒村ではなく、あのビョンボに描かれたような美しい活気に満ちた東洋の町なのだ。

江戸は海岸沿いの町で、人口十五万。首都としてはもっと西の方に千年近い歴史を持つミヤコという大きな町があるそうだが、皇帝が新政権を樹立し、人心を一新するためにミヤコからほぼ五百キロのこの地を政治的「首都」と定めたという。そのせいか溌剌とした気分が町中にあふれている。

新都になってまだ十年も経たないため、あちこちに道路や運河が建設中で、道路には荷駄や人足が、運河では小舟が右往左往していた。街路はチェス盤のようにきちんと区画され、皆同じような幅で統一されている。道にはチリ一つ落ちていないし、ヨーロッパの町のように糞尿を道路に投げ捨てることもないので、いやな臭いもなく清潔だ。

家々は木造で二階建てもあるが、石造家屋は全くと言っていいほど見られない。どうやら家の方はスペインの方が立派だ。ただそれは外観のみの判断で、家の内部は見ないとわからぬ。オンダキの城では奥に行くほど家具調度も家の造りも豪華絢爛になっていたからだ。

街路の辻には仮拵えの番屋（ばんや）という事務所が建てられ、厳めしい服装のサムライが図面を見ながら下役や大工達になにやら指図していた。若者たちが威勢よく唄で拍子を取りながら地ならしをしたり、家々の屋根や柱を組み上げたりしていた。女達が甲斐々々しく炊事にいそしんでいた。

商店街や職人町もあった。あのビョンボに描かれたおもちゃのような店々そのものだ。よく見ると、一地域に一つの職業の店舗や仕事場ばかり集められていて、その区画全体が例えば大工町とか履物町とか、その職業名で呼ばれているらしい。スペインやメキシコでは全く想像もつかない職業の職人町もあった。

鮮魚が生簀（いけす）で売られている。鳥市場では鷓鴣（しゃこ）、雁、鶏などあらゆる種類のトリが、また肉市場では兎、野兎、猪、鹿などいわゆる野生動物肉(ジビエ)が商われている。牛、豚、羊、などヨーロッパ人が食べなれている家畜肉がないのが不思議なくらいだ。

野菜や果物の市場もそれぞれ独立している。ジパング人は物事をきちんと区別するのが好きなのかもしれない。

皇太子の城を中心にサムライの居住区がある。庶民の住いとはかけ離れて豪華で、邸の正門にはその家の家紋(エスクード)が金箔で描かれ、さすが「黄金国」の面目躍如だ。

国の統一なって旅人の往来が頻繁になったのだろう。旅館や旅籠も非常に多い。伝馬のための馬宿やその馭者や売買人の待機、常駐する町もあった。

到着二日後の午後四時頃、ようやく皇太子の謁見が実現した。オンダキを出発する前から謁見希望を表明していたのだが、皇太子側近のサドドノ(家康の知恵袋と言われた本多佐渡守正信。家康は秀忠に将軍職を譲る際、正信を秀忠付きとし、正信の長男正純を自分の側近とした)より正式に謁見許可を知らされたのだ。

いよいよ第一関門だ。

第一正装に身を包んだロドリゴは大きく息を吸った。白繻子(しゅす)のシャツ、幾重にも襞(ひだ)を取った襟飾り、ビロードの黒い上着、真紅の半ズボン、純白の絹の靴下、金の拍車のついた黒いエナメル靴、つば広で鷹の羽飾り付きのフェルト帽。エナメルの鞘に金象嵌の柄が光る細身のサーベル。

最後に真紅の裏地のついた黒羅紗のマントを羽織る。これなら国王陛下の前でも法王猊下の前でも通用する第一礼装だ。

この国の冬の日は早くも暮れ始め、町々には灯りが点り始めていた。それを前庭に見立て、皇太子の城が正面に黒々とそびえる。その後方、西の空は茜色に染まり、金色の雲の彼方にこの国最高峰といわれる「フジヤマ」が雪を頂いた秀麗な姿を浮かべていた。メキシコのポポカテペトルに似たコニーデ型の活火山らしい。ただ噴煙は見えない。

城は途方もなく大きかった。周囲を川のような幅広い堀に囲まれ、方形の切石を積み上げた石垣の処々に大砲用の銃眼が穿(うが)ってある。火縄銃とマスケット銃を携帯した千人もの兵士が頑丈な城門付近を警護していた。

第一門から二門までほぼ三百歩。その間を四百人の槍兵が固めている。第三門をくぐると高さ三〜四メートルもの石壁に囲まれた武器庫があり、中には火縄銃、マスケット銃、矛、槍、長刀などがずらりと保管されていた。武器庫の周囲には兵士の住居も立ち並んでいる。

テンシュカクという五層の塔もあった。黒瓦の屋根に金箔を貼った屋根飾りが夕陽に輝いて、これぞ黄金の国ジパングのシンボルのようだ。三年前に建造されたという。

いよいよ皇太子の住居、ホンマル、が始まる。敷地に入ってまず目に入ったのは厩(うまや)だった。軍馬が二百頭ほど、一頭ずつ二本の鎖で頭を入口に向けてつながれている。

サムライ十万人分という武器庫があった。甲冑、槍、火縄銃、刀剣などすべて金銀、象嵌、蒔絵が施され、武器という本来の目的以外に工芸品として第一級のものでもあった。

「これだ、まさしくこれらが余をこの国に招いたのじゃ」

ロドリゴは何度目かの嘆声をもらした。

四半世紀前、スペインの前国王の宮廷でジパング四少年の献上した数々の工芸品がまざまざと思い浮かんだ。

あの素晴らしさ、見事さに感銘したからこそ、この国に憧れ、いつか来ようと長年夢に見、そのために遥かの道のりを一歩一歩近づいてきた。

それがオンジュクに漂着してその貧しさに、工芸品の少なさに夢砕かれる思いもしたが、反面人々の素朴で温かな心情、礼儀正しさは、あの時の少年達と共通したものであった。

ようやく最初の広間に通された。木製の壁も天井も金銀箔の地に豊かな色彩で描かれた動植物の絵で埋め尽くされている。床には金布やサテン地の縁飾りのついたタタミと呼ばれる四角い美しい敷物が隙間なく敷き詰められている。

第二広間に案内されると第一広間がみすぼらしく思えるほどの美しさ、荘厳さだ。そして第三の広間はさらにその数段上の豪華さだった。

案内されて奥に進むほどに案内係のサムライの階級が上がるのはオンダキの城と同じだ。

皇太子は最奥の部屋のさらに奥、一段高いタタミの床に金の刺繍を施した赤い敷物の上に腰を下ろしていた。緑と黄色のキモノを二枚重ね、頭髪は五色のリボンで束ねている。褐色に近い肌色、端正な顔立ち、引き締まった体付きから、年齢はロドリゴより十歳余り若いように見えた。

皇太子が手招きしたのでロドリゴと連れのセビーコス、エスケッラ、それに通辞のフランシスコ会ジパング管区長アロンソ・ムニョスが謁見室に入った。ロドリゴはまずフェルトの帽子を胸にあてて跪き一礼、側近の合図通り皇太子の四歩ばかり前に置かれた椅子に座った。

皇太子が帽子を被れ、と身振りで示したので、ロドリゴはうなずき帽子を被った。皇太子はゆったりと微笑を浮かべ、身を乗り出した。

「ドン・ロドリゴとやら、待ちかねておったぞ。よう遠路はるばる訪ねてきてくれた。途中嵐に遭うたのは気の毒じゃったが、天命により一命をとりとめ、それがため我らはここに相まみえられたのじゃ」

通辞がこれを訳している間、皇太子はロドリゴに意味ありげな目配せをした。あたかもロドリゴの偽装漂着を見抜いているかのようだった。ロドリゴは無言で頭を下げた。セビーコスやエスケッラに気取られてはならぬ。

皇太子はそれ以上遭難事件には触れず、スペインやメキシコ、フィリピン間の航海日数や海の様子などを事細かく訊ねた。

ただロドリゴと内府様がマニラで交わした双方の要望など、具体的な内容は最後まで出なかった。

ロドリゴは、この交渉は皇太子とでなく、やはり父の皇帝と詰めるべきだ、と覚った。

皇太子は統一したばかりの国内の内政を、皇帝は外国貿易や国防など外政を担っているのだ。とすると一刻も早く皇帝に会わねばならぬ。キュウシュウのウスキでは修理完了したサンタ・アナ号がロドリゴの乗船を待ち構えている今、なおさらだ。

皇太子との謁見終了の際、明日にでもお父上のダイフサマにお目通りのためスンプに出発したい、とロドリゴは懇願した。だが皇太子は、まず皇帝の許可を得、道中の宿泊先の手配や接遇を宿泊予定地に命ずる必要がある、という。そして最後に、

「折角わが国に詣でられたのじゃ、ゆるりと江戸を楽しまれよ」

と言って微笑した。この「折角」という言葉にロドリゴは再び皇太子が自分の偽装漂着を見抜いている、と確信した。

皇太子の言葉ではないが、道中の手配を待つ間は「ゆるりと」この町を探求せざるを得ない。しかし外国人が滅多に来ないこの町では、こちらがまず探求の対象にされてしまった。大勢の人々が面会に来る。中でも海軍大将のムカイドノ（船手奉行向井兵庫頭正綱）をはじめ、皇太子の幕閣ならば相手を問わず会わねばならなかった。

ジパング人達ばかりではない。江戸を根拠地にした宣教師達との会見も断るわけにはいかなかった。彼等とは常に連絡を密にしなければならぬ。特にアロンソ・ムニョス神父は、皇太子がこの地にフランシスコ会の修道院建設の許可を下された直後、というので宗教関係担当者（寺社奉行）へのお礼言上に是非ロドリゴに同道してくれ、という。

そのような重要人物ばかりではない。幕府高官でもなく、教会関係者でもない人々が好奇心から自宅に招待する。一般庶民も一行が宿舎から外出するたびに物見高く人垣を作る。役人が声高に制御するのだが、一向に効き目がない。

あの四人のジパング少年達がスペインを旅行した時もそうだった。どこへ行っても人垣に囲まれた。あの時彼らは窓を厳重に塞がれた馬車で往来したのだが、それでも人々は殺到したのだ。

今回のロドリゴ一行の外出は徒歩か騎馬だ。見物の群衆は総じて背が低く、ロドリゴ達の羽根飾りを付けた帽子は遠くからでも見分けがつく。近くで見れば、長いマントは翻るし、サーベルは輝く。

子供らはついて歩きながら「イジンだ、ナンバンジンだ」と大声で囃し立てる。異人（イジン）とは外国人、南蛮人（ナンバンジン）とはスペイン人ポルトガル人を指すのだという。ナンガサキやフィラドでは外国人を見るのはそれほど珍しくもないらしいが、ここでは滅多に見られないので、まるで見世物でも見るように人が集まってくる。

ただ彼らの顔つきはどれも敵意を表しているようには見えず、母親の背中から伸び上がって一行を見上げる子供は何の恐怖も見せず、無邪気に笑っている。

こうした人垣に囲まれるわずらわしさを別にすれば、この探索は満更悪いものではない。

ロドリゴは人々との応接、街々のたたずまいから、この国の政治形態について様々な情報を得ることができた。

エドの町はスペインの町のように城壁で囲まれているわけではないが、町毎に区画され、各町は出入口を木戸で仕切られている。両端二つの木戸は四六時中番兵が警護し、さらに夜間閉鎖される。

町にはダイカンと言う行政の責任者がいて、町が幾つか集まった集合体の長はブギョウと言われる。ダイカンもブギョウもここでは皇太子に任命される。地方の場合は領主に任命されるのだが、その領主も皇帝か皇太子に任命されるのだ。

ダイカンの下にマチドシヨリや下級役人が任命され、民事も刑事もすべての訴訟は彼らが担当する。自分らでの決裁が難しい場合はダイカン、更にその上のブギョウに委ねる。それによって常に正義が行われるわけだ。

待ちかねた出発許可が出たのは皇太子の謁見から四日後だった。ダイフサマの居城のあるスンプまでは、また二百三十キロほど歩かねばならぬ。

この国には人が乗る馬車というものがない。メキシコにはスペイン征服以前、車がなかったが、この国にはある。ただ何故か人は乗らない。牛馬は屋根も壁もないむき出しの荷車を曳くが、それは武器や農産物や重い家具などを運搬する時だけだ。したがって馭者も居ず、ただマゴと呼ばれる馬丁が付き添うだけだ。サムライは馬には乗るが牛には誰も乗らない。

特に高貴な人々や女性はカゴという小さな乗物に乗る。一本の長い棒の中央に四角い木箱を吊るしたものだが、その箱に乗客が一人乗る。棒の前後を二人または四人のカゴカキという屈強な男達が担ぐ仕組みだ。試しにロドリゴも一度乗ってみたが、窮屈ですぐ降りた。靴を脱ぎ、膝を折り曲げて乗るだけでも無理な姿勢なのに、小さすぎて頭がつかえてしまうのだ。

町と町を結ぶ街道は実によく整備されていた。街道の両側には松並木があり、四キロ毎に道標が置かれ、その脇に二本ずつ松が植わっている。その道標地点に人家があれば、住民を立ち退かせ、家を取り壊して道標を置くのだという。

だいたい十キロ毎に宿場町が置かれ、旅人は食事と風呂と寝床を確保できるし、馬の世話、替馬、カゴの手配もしてもらえる。

そんな点でも新たに国を統一した皇帝の新国家建設への意気込みが感じられた。

皇帝か皇太子の指図だろうが、ロドリゴ一行の旅路は快適この上もなかった。

至れり尽くせりだ、とロドリゴは思った。

もしこの国が野蛮な宗教を排し、三位一体の尊い神を頂いていたなら、そして自分がスペイン国王の臣下でなかったら、今すぐにでもこのジパングの国人になっても悔いはあるまい、とさえ思った。

第六章　ここはジパング（二）

一

いよいよ皇帝の城下町スンプに入った。エドほどではないがやはり大きな町で人口は十二万人ほどという。役人が町の入口で待ち受け、宿泊先まで案内してくれる。ただここでも見物人が詰めかけるので十歩歩くのも容易なことではなかった。

宿に到着すると、すでに皇帝から金糸の花模様を刺繍した豪華なキモノが十二着も届いていた。テーブルの上にはスペイン産の二倍もの大きさの梨をはじめ、珍しい果物や干菓子などが漆の器に彩りよく盛られている。

しかしロドリゴの気持ちは落ち着かなかった。

キモノも果物もありがたいが、なにより早くこの城の主に拝謁しなければならぬ。それには外交担当の皇帝の側近中の側近、ホンダ・マサズミドノ（本多正純殿）に話を通じなければならない。

ようやくその皇帝に謁見できたのは到着後六日目、グレゴリオ暦一六〇九年十一月二日（邦暦十月六日）だった。午後二時マサズミドノが迎えに来た。

城の造りは皇太子の城の方が立派だったが、これはダイフサマが形式上は皇太子に実権を譲ったからで、兵力、実力はまだまだ父親の方が上、と聞いた。

二人の外交担当の坊主（ボンソ）が控えの間で待ち受けていた。一人はカンシツ・ゲンキッ（閑室元佶）、もう一人がコンチイン・スデン（金地院崇伝）（なんという発音の難しさだ！）と言う。

二人は謁見の礼式についてくどくどと説明した。

「ロドリゴ殿、よろしいか。三百万石の領主でも大御所様（オオゴショサマ）（これが内府様を指す言葉らしい）の御前では百歩以上離れた場所で膝をつき、額を地に付けて挨拶をされるのです。しかもその際、一言も直接言上されることはなりませぬ」

と一人が説明した。またもう一人が付け加えた。

「大御所様も言葉をお掛けにならず、そのまま退出させます。それが謁見の礼なのです」

では自分はどのように彼とサシで話し合ったらよかろう、とロドリゴは当惑した。

今一度彼らの言葉を訳してみよ、と通辞に訊ねる。この通辞はあまり信用できない。フワン・バウティスタ・ポッロ。ジパングに永く滞在しているイエズス会士だ。これがフランシスコ会士なら安心だが、他に適当な通辞がいなかったのだから仕方がない。

ポッロはむっとして、間違いございません、と強調した。

「では、余の言葉を逐一訳すように」

とロドリゴはポッロに向かって言った。

自分は主君、スペイン国王フェリペ三世よりフィリピン総督に任命され、帰国途上で嵐に遭遇、遥かこの国に漂着してしまった。当初はどこの恐ろしい国に漂着したのかと恐れたが、この国が外国人に慈悲深い支配者が統治するジパングであることがわかった。これからの我らの運命はひとえにダイフサマのご意思にかかっているのだから、彼からの格別の温情を期待している。これが前置きじゃ。

「さて、次にこれから申すことを間違いなく伝えよ」

ロドリゴは深呼吸した。ここでしくじってはならぬ。急いてもならぬ。ここで取次役の坊主(ボンソ)に自分の交渉事を細かく言う必要はないかもしれぬ。ダイフサマに直接言上すべきかもしれぬ。だがダイフサマの前で一言も言上してはならない、ということであれば、この二人に伝言してもらわねばならぬ。

二度手間かもしれぬ。それでも何度でも言わねばならぬ。さもなければ余がはるばる命の危険を冒してこの国に渡ってきたことが徒労に帰してしまう。

二人の坊主(ボンソ)は固唾を飲み、ロドリゴの顔を見つめた。

「まずダイフサマにはどのような資格で自分とお会いいただくのかを知りたい。それによって言上する中身が違ってくる。すなわち自分を単なる漂着外国人個人として謁見なさるのか、それともスペイン国王陛下の代理人としてお扱いなさるか」

何故かと申すと、スペイン国王は世界中で最も権威ある王で、その勢力や領土はヨーロッパはもとより新世界からアジアにまで広がっており、その王の代理人としての余の扱いは、余個人の漂着者としての扱いとは自ずから違ってくるはずだからじゃ、とロドリゴはポッロに念を押した。

ポッロは畏(かしこ)まってござります、と頭を下げ、二人の坊主(ボンソ)に向かって長々と通訳した。二人はポッロの話に熱心に耳を傾け、聞き終わると、

「お話、よくわかり申した。大御所にお伝え申す故、しばしお待ちを」

と告げ、奥へ入った。そのまま半時間、ロドリゴはともすれば不安でくじけそうになる気持ちを引き締め、胸をそらせて前をにらんだ。正面の壁には金色の地に太い松の枝、一羽の大鷹が描かれている。今にも獲物に躍りかかりそうなその鋭い目つきを逆にねめつける。

余は戦に勝った将軍の前に引き出される敗軍の将ではない。畏れ多くも世に並びなき大スペイン帝国皇帝陛下の外交官じゃ。何を恐れることがあろう。

やがて二人の坊主(ボンソ)は戻り、ロドリゴを促して更に二部屋ほど奥の謁見室に通した。

そこは予想より狭い部屋だったが、部屋の中央より奥は一段高くなっていて、格子状の天井の桝目には極彩色の草花が描かれている。下段の部屋の左右両側に二十人ほどの家臣がずらりと座っていたが、上段の間に皇帝が着座するまで全員が手や額をタタミに擦り付け平伏していた。全員足先から四十センチも床に引きずるような長いズボンを履き、上着の上にカミシモという異様に肩の張ったチョッキを身に付けている。

皇帝は青のサテンの生地に銀の星と半月の刺繍をあしらったキモノを身に付け、正面にゆったりと着座した。無帽で五色の紐で髪をきつく束ねている。中背で、息子の皇太子より色白で彼よりずっと太っていた。ジパング人の年齢はわかりづらく、六十歳くらいかと思ったが、後で訊くと、もう七十歳だという。だが六十歳と見間違うほど壮健そうで、威厳に満ち、しかも磊落（らいらく）な人物に見えた。

青いビロードの布を張った椅子に腰を下ろし、ロドリゴを手招きして、六歩ほど離れた場所に置かれた同じ作りの椅子に座るよう促した。

その間、誰も一言も発しなかった。

ロドリゴは先ほど側近の坊主（ボンソ）に教えられた通り、帽子を胸に椅子の傍らに立ち、恭しく腰を折って辞儀をした。握手や抱擁はいけませぬ、とポッロが戒めるまでもない。スペインだって国王陛下に軽々しく握手したり抱擁したりはせぬものだ。

すると、それまで眉一筋動かさなかったダイフサマがわずかに頭を下げ、手で再び着席の合図をした。が、ロドリゴは自制した。ここで安易に座ってはならぬ。ただ先ほどより大仰な身振りで好意を謝すお辞儀をすると、ダイフサマは再度身振りで席を勧めた。

これ以上遠慮するのは却って彼の機嫌を損じる。ロドリゴは三度お辞儀をすると微笑して着席した。すると老為政者はロドリゴの帽子を指さし被れという合図をした。

ここまで双方とも無言でのやり取りだったが、この一連の無言劇で座が和んだ。

ロドリゴの着席を見届けると、家康は初めて口を開いた。ただそれは直接ロドリゴに向かって言うのではなく、傍らの家臣に言うのだった。しかもその家臣が更に先ほどの外交官＝坊主（ボンソ）から通辞に伝え翻訳させるのだ。

「ご身分の高い方は直接ご自分の言葉を相手に伝えるのではなく、まず取次担当官に言い、その担当官がそれを相手に伝えるのです。相手がどんなに近い席に侍ろうともその作法は守られなければなりませぬ。また相手も内府様に直接言上してはならず、取次に言上し、取次がその言葉を伝えるのです」

と、事前にポッロがダイフサマへの言上の仕方を教えてくれたが、まさにその通りだ。

その形式は初めのうち煩わしいものだったが、慣れてくるとむしろ好都合に思えてきた。双方のやり取りの長い間合いに相手の思考方法や反応もわかり、それに対するこちらの返答を熟考できるからだ。

無論これは相手も同じだが。

「ドン・ロドリゴとやら、こたびの御身の被られた災難、不運、誠に気の毒に存じる」

ダイフサマの親しげな言葉にロドリゴも親近感を込めて頭を下げた。

「じゃが、それにより貴公に直に相まみえることができたのは恐悦至極。先年来からの御身の書と我が国人のルソンよりの送還、誠に感に堪えぬ」

やはりこの君主にはこちらの気持ちが通じたのだ。

「そちが以前書いて寄越した通り、我らとルソン、メキシコ、スペインは雲山万里海路遥か隔つといえども、心はその儀にあらず。我が国滞在中なんぞ申すこと、やりたきことあらば、なんの遠慮も要らぬ。はばかりなく申すがよい」

かなり肥満した皇帝はここまで言うと息をついだ。ロドリゴは今日の会見はこれで終わりかもしれぬ、初対面の儀式に交渉事を持ち出さぬのがジパングのやり方かもしれぬ、と立ち上がってひとまず謝意を述べることとした。それに双方の会話に二人もの取次が入るので、すでにかなりの時間が経過していた。

「かように偉大な君主の存在があればこそ、そのお力添えで私は命拾いをし…」

と辞去の表明をしかけたところ、家康は疲れの色も見せず引き留めにかかった。

「されば…」

ロドリゴが言いかけた時だった。エヘンと咳払いをさせて一人の取次官が入ってきた。両手を恭しく床につくと、何やら皇帝に言上する。片手を挙げてロドリゴの言葉を中断させた皇帝はかすかにうなずいた。するとロドリゴの背後の襖が開かれ、その気配に振り返ると、一人の大名が二部屋ほど奥の部屋の入口にうずくまって平伏していた。

それはまるで長い旅路を辿った巡礼がサンティアゴ大聖堂の床に接吻するかのようだった。彼の後ろから家来達が様々な品物を乗せた脚付き盆を捧げて入室してきた。盆には金銀の延べ棒、絹の反物、巻物、乾物、等々二万ドゥカードもしそうな献上品が盛られている。

それほどの貢物を自分の目の前に積み上げられても、皇帝は礼を言うどころか満足の意すら示さなかった。眉一つ動かさず言葉一つ掛けるでもなかった。すべての献上品が積み上げられ大名が退出すると、取次官はすぐ合図をしてそれらを片づけさせた。

次に入室してきたのは献上品を携えたフワン・エスケッラ司令官とアロンソ・ムニョス司祭だった。とは言え、それはロドリゴがマニラからサン・フランシスコ号に積み込ませたジパング行きの四十トンの荷物の中の贈り物ではない。ロドリゴ漂着二十日後にナンガサキに到着したマニラからのスペイン定期船で運ばれた皇帝宛の贈品で、金襴三反、羅紗二反、繻子七反、朱珍三反、ワインなど品質、数量ともに特に優品でもなければ大量でもなかった。

前総督座乗船が漂着し救助されたと知っての謝礼品ではあるが、通常の漂着民より優遇されているなどとはマニラ側では知るよしもなかっただろうから仕方がない。いや、例え知っていたとしても、あの権高なシルバ侯のこと、世界最強のスペイン帝国が、臣下が救助されたからといってジパング如きに最敬礼し、最上級の進物奉呈など到底許すべからざることなのだ。

それにしても、これがシルバ総督の言う「思い切った贈り物」か？　以前マニラから献上したという黒人奴隷や象とまでは言わぬが、もう少し見栄えするようなものを何とかできなかったのだろうか？

二人は先ほどの大名と同じような儀式で額をタタミに擦り付け、次いで立ち上がると目を伏せたたましずしずと御前まであと十歩か十二歩のところまで進み、贈品を捧げた。その間主人側から一言の挨拶もなかった。

二人は再び無言で礼をし、退出した。

同じ漂着者とは言え、自分とエスケッラ司令官とのなんという待遇の違いだ。ダイフサマは自分をメキシコ政府の、いやスペイン本国の、スペイン王の高級官僚として政治交渉の首席代表と見なしているわけだ。そして通常ならばエスケッラ司令官やアロンソ・ムニョス司祭はその副代表や随員と見なしてもいいはずなのに、まるでこの二人はただの供回りとしか見なしていないようだ。

ともあれ、二組もの拝謁者の進入に時間はかなり経過してしまった。エスケッラとアロンソの拝謁があんなにもあっさり、ほとんど無視されてしまったのだったら、いっそのこと今日やる必要はなかったのだ。自分達はルソンからの贈品が自分とダイフサマの交渉に有利に働いてくれるかもしれぬ、と期待したのだが、それは空しい期待だった。

贈り物如きで自分の政策は変更されぬ、という皇帝の強い意志が感じられた。

そう言えば、自分との会談中にあの大名の拝謁を許したのも、自分に彼の偉大さを見せつけるために違いない。密かに家臣達から「タヌキ親爺」と評されている彼ならそれくらいやりかねない。タヌキとはこの国では人間を騙す動物とのことだ。人の好さそうな顔で漂着者を労り、恩に着せ、その陰で交渉事を有利に導く。あっぱれな為政者だ。侮れぬ交渉相手だ。

が、余は負けぬぞ。相手にとって不足なしじゃ。

エスケッラとアロンソが退出すると、マサズミドノがロドリゴに目配せした。退出を促しているのだ。しかしロドリゴは、今退出はできぬ、と思った。

謁見するだけでこれだけの手間暇を取ったのだ。この機会を逃したら、いつまた謁見できるかわからぬ。皇帝は多忙、と聞いていたし、自分はもっと急いでいる。ウスキでサンタ・アナ号が自分の乗船を待ちかねているのだ。

ロドリゴは改めて家康に向き直った。

「折角お目通りできたこの機会じゃ。また貴殿も、もし希望があれば遠慮のう申せ、と申された。されば申し上げたきことがござる。まずはお人払いを」

ロドリゴの予期せぬ切り出し方に家康はぎょろりとした大目玉をさらに見開いてロドリゴを見た。正純が家康の顔を窺った。家康は片手を上げて正純を制し、うなずいた。正純は一声で他の側近の退出を促した。

ロドリゴは家康と正純と双方の通訳だけが残ったのを確かめると、声を潜めた。ここで自分の漂着が単に偶然の出来事ではなく、実は命を賭けた綿密に計算された策略であった、と言わねばならぬ。

ロドリゴは口火を切った。

「実は私はこの国に漂着したのではない。漂着を装ったのだ」

家康は何も言わず大きな目玉でこちらを見返す。そんなことはとっくにわかっておる、と言いたげだった。しかし、なんのための偽装漂着じゃ。それが聞きたい。

「貴公にお会いしたかった。この国をこの目で見たかった。それも二十五年前からじゃ」

ロドリゴは長年胸の裡に秘めていたジパングへの自分の関心を語った。憧れや夢、とは言わなかった。あまりにも子供じみた言葉で、それを口に出すだけで侮られるだろう。

どんなに話が長くなろうとも、どんなに途中で遮られようとも、この国の指導者と交渉するにはこの機しかないのだ。

二十五年前、スペインの宮廷で見た四人のジパングの少年達のこと、メキシコでのタイコサマの噂、そしてフィリピンに渡ってからの、マニラ在住のサムライ達の暴動事件と彼らの本国送還、またそれに伴うダイフサマとの書簡の往来、それによって見えてきたジパングの、すなわちダイフサマの、スペインに対する要望を知り、これは書簡の往還だけではラチがあかぬ、自分が直接乗り込まねば、と決心したことをまず語った。

しかし事前に本国やメキシコ政府にジパング訪問の許可を申請していたのでは時間ばかり空費してしまう。事態は一刻を争うのだ。何故なら、オランダ人がジパングに通商を求めて今夏来着したこと、彼らを貴公が引見し、フィラドでの交易館建設を許可されたことを耳にしたからだ。

かくして漂着を偽装したが、これほど嵐に揉まれようとは！

「それだけが誤算でござった。…それでも危険を顧みずやって来てよかった」

とロドリゴは正直に言った。

それに、と更に膝を進める。ダイフサマ、貴公はご存じないのです。

「彼らはとんでもない海賊であり、神を冒涜する者共であり、長年スペインと抗争している民族であり、彼らと通商を結べばこのジパングに災厄をもたらすことは必定。逆にダイフサマがこれまで通りスペインとポルトガルのような神と直接絆を持っている国々との交易や友好関係をお続けなら、ジパングにとり、また我々にとり、すなわち双方にとり、これ以上の便宜はない、ということなどを直接話し合うため、漂着の形でやって来たのです」

家康は瞑目(めいもく)した。拙い通訳を通したロドリゴの言葉を通常の日本語に置き換えて咀嚼しているように見えた。やがて眼を開けると、

「そちの申したこと、ようわかった。だが我らには我らの、我が国の拠って立つ方針というものがある」

オランダ船が交易を求めてはるばる我が国にやってきた。そのオランダとスペインが敵国同士というのも知っておる。しかし、直接我が国とはかかわりのない話じゃ。スペインとオランダ、どちらの国と交易をすれば我が国の利となるか、あるいは同時に両国と交易すれば更に利を得られるか、よう吟味せねばならぬ。

また、と家康は口元に狡猾な笑みを浮かべた。

「ドン・ロドリゴとやら、そちは元銀鉱山町の代官だったそうじゃの」

ロドリゴは家康の顔を見た。たしかにタスコ銀山の首長だった。それがどうした?

「儂は再三ルソンの総督にメキシコより銀の製錬職工を派遣して欲しいと頼んできた。が、歴代の総督はそれに対してはかばかしい返事をくれなんだ。そちもそうじゃ。返事を渋っておったのはわかる。メキシコは銀の一大産地。ペルーとやらの銀と並んでスペインの世界支配の源泉じゃ。一方、我が国もこのところ次々銀鉱脈を発見しての。明(みん)の絹、東南アジアのスオウや香木、鉄砲用の鉛など外国から買い入れるにはこれが大いに役に立つ。我が国の銀はメキシコやペルー産などと比べて純度が高い、と海外では珍重されておる」

ロドリゴは舌を巻いた。メキシコ、ペルーなど遥か遠いスペインの植民地の名前やその産出物、またそれがスペイン帝国の世界支配の原動力になっているなど、つい先頃までジパング統一のため戦いに明け暮れていたこの支配者が、いかにして知り得たのであろう。

それだけでも驚くべきことなのに、この自分がタスコ銀山の長官であったことまで知っている……。この男の耳は顎より長く垂れ下がっているが、それは単に肉体的な「福耳」などではなく、世界情勢に対し不断に「耳をそばだてて」いるからではないか？

「どうじゃ、そちはスペイン王家に連なる名家の出身で、メキシコ政府の中枢におり、しかも銀山の代官経験者という。そちなら歴代のルソン総督のように『素人ゆえ銀製錬技術は存ぜぬ』と言い張り、儂の職工派遣依頼という積年の要求を無下に退けることはなかろう。今そちは儂にスペインの仇敵であるオランダを我が国より追放せよ、と申す。またキリシタン布教を公認せよ、とも申す。あまりにも一方的な要求が多いとは思わぬか」

家康は畳み込んできた。だが、次の瞬間、これはそちが被救難者であり、儂が救助者であるからとてそれを笠に着て銀職工派遣を命令するわけではない、と声を和らげる。

「そちは命の危険をも顧みず、漂着を装ってまで我が国への渡航を企てたほどの剛の者。交渉相手としてこれ以上の相手はおらぬ。これまではルソンの総督とはじれったい書簡での交渉しかなく、我が国に来る者共はどいつもこいつもなにかと言えば『神様の思し召し』と申すバテレンばかりじゃった。じゃが、そちは違う。政治家じゃ。よって儂はそちを良き交渉相手として話をする。故にこれは個人対個人の談判ではない。一国と一国の代表者としての談判じゃ。もう一度申す。銀職工をメキシコから送りゃれ。五十人でも百人でもよい。しかもその者らの我が国での衣食住は保証する。高額の労賃も取らせよう」

どうじゃ、と家康はぎらぎらした大目玉でロドリゴの顔を見据えて言った。青いビロード張りの椅子から身を乗り出している。その気迫は到底七十歳の老人とは思えなかった。

その勢いに危うく気圧されそうになるのをロドリゴは深く息をして食い止めた。

「左様。ただ、これは私個人の一存にては難しゅうござる。私の上司であるメキシコの副王閣下に相談しなければならぬ。また副王閣下も本国政府にご裁断を仰がねばならぬ」

「この期に及びてもまだそのような逃げ口上を申すか。これまでのルソン総督と同様、ずっと返事を引き延ばすおつもりか。もうかれこれ十年も待たされたわ」

家康は気色ばんだ。ロドリゴは片手を挙げた。

「お待ちあれ。たしかに貴公はここ十年来我が国にそのような要望を出されてきた。じゃが、ここは一つ容赦して欲しい。何と申してもメキシコは遠く、その本国スペインはさらに遠い。直行してもスペインのミヤコ、マドリードには二年近くかかるであろう」

ロドリゴは息を大きく吸い、ゆっくりと吐き出す。

今度ばかりはこの皇帝の要求を言下に断る訳にはいかぬだろう。ただそれをカトリック布教許可の引き換えに無条件で引き受けるべきや否や？

家康がロドリゴの顔色を窺っている。

そうじゃ、まずは一歩譲ろう。「若殿」に上奏してダイフサマの依頼通り銀職工を五十人と言わず、百人でも派遣しよう。彼らの一部を銀鉱山に送り、採掘、アマルガム法による銀製錬に従事させる。その一方、他の者達はジパング各地で金銀鉱脈を調査・開発させる。それらの労力への報償は採掘・製錬銀から得られる銀価格の半分を当てる。その上、新たな金銀鉱脈発見、開発となれば、その功績は副王閣下、いや、本国のフェリペ三世陛下のものとなる。それをこのダイフサマと折半、すればよい。すなわちジパングにスペイン・メキシコの開発による金銀鉱山を発掘するのだ。

ジパングにはその餌でもって鉱山のある町に宣教師を派遣する。職工の心の拠り所は我らの神への信心だからだ。当面その宣教師の住いを教会とすればよいし、ゆくゆくは独立した教会にする、あるいはセミナリオにする。

しかし、スペイン・ジパング両国の取り分までここで言及することは控えよう。これは次のカードだ。ここまで思案するとロドリゴは顔を上げた。

「タスコ銀山の長官であった私が直接貴公とこうして膝付き合って交渉しておるからには、私にお任せあれ。私が責任を持って申し上げる。よろしい、メキシコからの職工派遣の件、たしかに承った。銀工を百人、メキシコに帰り次第、副王閣下にお願いして派遣しよう。私は彼の縁戚にあたり、しかも一方ならぬご寵愛を受けておる身じゃ。私の一命を救い、船荷を返却し、我ら二隻の船の船員や商人を厚遇してくれたジパングの皇帝からの依頼とあれば、副王閣下の許可を得る前に私の一存で決めたと申しても、副王は事後承諾してくれよう」

それは確約できる。それに派遣工はそれほど熟練した技術者でなくてもよい。あのアマルガム法はそれほど難しい技術ではないし、その上、その成果の四分の三が我が国の取り分となるのだ。

「さすがじゃ。ロドリゴ殿、儂も確約しよう。バテレンの鉱夫への説教、許す。彼らの居住もヤソ教会の設立も認めよう。さすれば、この件落着よな」

家康は念を押し、愉快気に哄笑した。やはりお主が来られたことは万通の書簡にも勝る。

「すると我がカトリックの布教、司祭の駐在、教会堂の建設、お認めになられるのですな」

ロドリゴも確約を求めた。家康は再び微笑した。

「なんの、お安い御用じゃ。我が神国には三十五もの宗派がある。バテレンの持ち込む宗派が三十六番目の宗派じゃと思えばなんの障(さわ)りもない」

ウッとロドリゴは絶句した。三十六番目の宗派？　しかしここで宗教論争をしても無駄だ。それは別の機会としよう。なによりここで、カトリックのジパング人への布教を認めさせること、宣教師の駐在を許可させることこそ肝要なのだ。

家康はこの件は済んだ、という顔つきで、さて、と更に膝を乗り出した。

「もう一つ、この絶好の機会にお主に頼みがある」

疲れを知らぬ男だ、とロドリゴは感嘆した。七十歳を過ぎているはずなのに頭も体も壮年のようだ。

そう言えば我が副王閣下も同じだ。七十歳を過ぎて陛下の代理としてメキシコを精力的に統治しておられる。二人に比べ格段に自分は若い。負けてはおられぬ。

さて、その頼みとは、とロドリゴは身構えた。あの航海術の件に相違ない。

その気配を察した家康は磊落な微笑を浮かべた。

「西洋の船というものは真によう出来ておる。儂はエゲレス人三浦按針、アダムスじゃ、ヤツが乗船して参ったリーフデ丸を回航させての、初めて瀬戸内を乗り回した。その速さ、乗り心地の良さ、なにより大海原に乗り出してもびくともせぬ設計の優秀さに舌をまいた」

家康はその爽快感を思い出したように再び愉快気に頬に皺を寄せた。

「だがその船は長い航海でオンボロじゃった。この儂のようにの。ようやく江戸湾に曳航させたがそれが精一杯じゃった。で、按針に西洋式の船を二隻作らせた。ヤツはエゲレスで造船所に勤めておったそうじゃで。それを江戸湾に浮かべて早速試乗した。これならお主の国、メキシコまで行くことができる。それどころか遠くエゲレス、イスパニアまでも行けると思うた」

ところがのう、と一転して家康は眉を寄せた。

「按針が申すには、船はでけたが乗組員が足りぬ。和船や明のジャンク船とは操船技術が根本的に違う、とな。帆の数からして違う。しかも一枚々々の帆の役割が違う。それを使いこなさねば広大な太平洋の荒波を乗り越えられぬと申す」

そこでお主に相談じゃ、と家康は膝を乗り出した。

お主がルソン総督に着任したばかりの頃、儂の使いとして西九郎兵衛を遣わしたが、その時お主に申し入れさせたものじゃ。まさか忘れてはおらぬであろう。

「今一度申す。お主の国から操帆技術、いや操船技術全般を教授してくれる甲比丹（カピタン）を派遣してくれぬか？　いや、わざわざお国から派遣してもらわずともよい。ルソンから毎年我が国に派遣される貿易船の船長や操帆手でよい。彼らは我が国に駐留しておる間、暇であろ。その間に船手奉行以下、我が水軍の舟子達にその技術を伝授してくれればよい」

思った通りだ。スペインの、十五世紀からこの世紀まで常に世界制覇を成し遂げてきた我が国の基幹産業たるガレオン船の航海術ではないか。それをこの男は伝授せよと言う。

「歴代のルソン総督は二言目にはヤソの布教、布教、と申す。それがお主らの世界進出の要という。それを古来からの神仏国である我が国で許すとしたら、その見返りとしてガレオン船の操船技術を教える、これも物品に勝るとも劣らぬ交易ではあるまいか。のう?」

ガレオン船の操船技術をジパング人に伝授したら、彼らはポルトガル人やスペイン人が独占していた東洋貿易のみならず西欧貿易にも進出してこよう、それをやられたらスペイン人の東洋に拠って立つ根拠がなくなってしまう。

しかし、その返答は考えてきている。いや、直にその返答をするためにこそ、自分はここ、ジパングにやって来たのだ。

ロドリゴは上唇をなめた。

「ダイフサマが我がメキシコと交易をなさりたい、そのためお国のフネヤ(船舶関係者)にガレオン船の操船技術を習得させる、というのはかなり時間がかかることです。ご承知のようにあれを動かすには数百人の熟練した操帆技術者、操舵技術者を必要とする。しかもそれらを習得したとしても、実際の海は千変万化、台風(ティフォン)や凪に遭遇した場合、いかに安全に船を運航させるか。それには天体や海流の観測、自船の位置、すべてを常に把握し、いかなる場合にも対処すべき熟練と経験が物を言うのです」

家康は目を閉じ腕を組んだままじっと動かない。先ほどの熱弁が嘘のようで、まるで居眠りをしているようだ。ロドリゴは声を一段高めた。

「それより手っ取り早い方法がござる」

家康がぎょろりと目をむいた。ロドリゴは身を乗り出した。

「我がルソン→メキシコ航路船をお国に寄港させるのです。そしてその際、お国の商品を積んでメキシコへ、南米へ、あるいはお望みなら本国スペインへもお運びいたそう」

その上、自前の船では海賊に対抗するため多くのサムライを乗船させねばならぬ。メキシコ沿岸にはイギリス・オランダ海賊が虎視眈々と商船を狙っております。ワコウの船より何倍も船足早く、しかも最新式の武器で武装しています。彼らに対抗するためには、我らのように彼らと対等以上に強い武力を持った護衛軍艦が必要になるのです。

それはジパングだけの利益ではない。我がメキシコとて大いなる利益を得る。マニラからメキシコ直行の航海は様々な意味で不利益だ。まず航路が長すぎる。その間大量の飲食料が要る。しかもそれは長い航海で腐敗する。それらを積載するための大スペースも必要だ。重い積荷、遅い船足のまま恐ろしい魔の海、盗賊(ラドローネス)諸島沖を回らねばならぬ。

反面、マニラからジパングへ来るだけならその半分以下の量で充分だ。その空きスペースにジパング向け、あるいはメキシコ向けの商品を大量に積むことができる。

ジパングへ着港したら、そこで初めてメキシコ向けジパング製品や飲食料を積み込めばよい。マニラよりジパングはずっと北の寒冷地ゆえ食料の腐敗度も少ないし、この国の水の甘きこと、まさに甘露だ。

「またお国の寄港地では、我々の買い付ける食料や飲料の売却益、船の修理や予備材の調達費用、船大工の日当など、これまでなかった収入を得ることができよう。さすれば、お国の商人・

職人・大工は喜ぶし、フネヤの人々も荒れる太平洋で命の危険を冒す必要がない」

フム、家康は天井を仰いだ。

そうだ、ルソンを我が帝国の東南アジアにおける橋頭堡とすることがなければ、マニラ貿易など止めて、直接メキシコ＝ジパング交易だけにしたいくらいだ。恐ろしい嵐に遭遇することもなかろうし、南海に出没するワコウやオランダ海賊にも遭わずにすむ。

本多正純が家康に、「恐れながら」と会見時間の終了を告げた。家康はうなずきロドリゴに向き直った。

「お主の言い分ようわかった。ただ、いずれも互いに即答できる提案ではない。儂もじっくり考えるし、お主もそうであろ。お主の言い分を文書にしてこの正純にまで差し出すように。できるだけ早うに返答いたす」

二

宿への帰途は全身が今日一日の緊張で疲れ切っていたにも関わらず、頭の中は興奮で冴え返っていた。ここ半年間の命を賭けた苦心が、今日という今日、報われたのだ。

「なかなかの真剣勝負であったが、会うてよかった」

ダイフサマという男、やはり只者ではない。息子の皇太子とは雲泥の違いだ。余が渡り合うに格好の相手であった。そしてその男に、こちらの要望を余すところなく伝えることができた。後はそれを文書にして双方に確約させることだ。相手には未来永劫こちらの要求を遵守させ、こちらは交渉の成果を副王閣下とスペイン政府に報告し、承認をいただくだけだ。

宿に到着すると休息もせず、食も取らず、先ほどまで渡り合った家康との協議事項を秘書の手も借りず自身で文書に認め始めた。全文終了してから邦訳にかかるのでは遅すぎる、と各条項が出来上がり次第邦訳させたのだが、九条に及ぶ議定書の全文翻訳には丸一日かかり、ようやく完成したのは翌日も夜半だった。

一刻も早くダイフサマに、とその夜の内に正純に取り次ぎを申し込むと、大御所様は明朝早くキョウト・オーザカご出御のため再謁見できない。代わりに拙者がお相手いたす、という。

仕方がない。考えようによっては、その方がよいのかもしれぬ。交渉事とは大筋を首脳同士で決定したら、再度会うことはむしろ初回の交渉の効果を薄めることになる。昨日長座を遠慮せず、懸案事項を一気に開陳してよかった。細かい詰めは秘書的要職にあるものに文書として確認した方がよいのだ。

ただ書類提出に当たっての気がかりはアロンソ・ムニョス神父の言葉だ。

「皇帝と皇太子の間柄は父子とは言えあまり親密ではなく、皇帝は息子の反逆を恐れ、密かに莫大な軍資金を蓄え、家臣にも精鋭を揃えておりまする。長年片腕として仕えさせたホンダ・マサノブドノを皇太子付きにしたのも皇太子一派の動きを牽制したり通報させるためだからだ、と言われております。そしてそれまで皇太子側近として送り込んでおいたマサノブドノの子息マサズミドノをお手元に戻させたそうにござりますが」

すると、認めた文書を皇帝に差し出した方がよいのか、皇太子側に提出した方がよいのか。

二人に会った印象では、ダイフサマの方がジパングを統一した人物だけあって一回りも二回りも大きな政治家だと思える。だが彼はかなりの年齢だ。あと何年生きられるかわからない。聞くところによると、彼は年中鷹狩り、猪狩り、冬場でも水泳をして体を鍛え、薬は自ら調合するなど健康に人一倍気を使っているという。

それは裏返せば自分の老齢を自覚しているということだ。

それに比べ皇太子は若い。まだ三十三、四ではないか。我がフェリペ三世陛下とほぼ同年齢だ。今はまだ父親の権力の下で畏まっているが、父親亡き後は彼が世界を相手にするはずだ。今後スペインが、メキシコが、フィリピンが相手にするのは皇太子なのだ。

しかし自分としては皇太子の世を待ってはいられない。現時点で最高権力の座にいる人間と交渉しなければならぬ。さすれば、今は父親が相手、ということになる。ここ二、三年内に父親に何かが起きる、ということはひとまず想定外としなければならぬ。

それに今ダイフサマ側近のマサズミドノはマサノブドノの息、彼なら皇太子の世になっても、スペイン側の意図を皇太子に説明してくれるはず。いわば両天秤だ。

無論、将来を見据えた長期展望も必要だ。いずれ皇帝が弱ってくるのは必然。皇太子と世代交代する。多分この十年以内だろう。自分の見るところ、皇太子はその父親より統治能力で遥かに劣っているから国内は再び混乱するだろう。

まさにその時だ。カトリックの信徒とスペイン・メキシコの宣教師が一致してこの地に「地上の天国」を作るのは。その時、この国を、三十五もの異神を奉ずるこの国を救ってくれるのは我らがカトリックの神であり、その教えを具現してくれるのはスペイン本国であり、その擁護者であるスペイン国王だ。

それには皇太子の世になる前にジパング人キリスト教徒の数を増やす。今や三十万人にも増加したという。新たにメキシコ人鉱夫の来日・滞在を機に現在より宣教師の数も増やそう。ジパング各地にカトリックの強固な地盤を作るのだ。

そしてその暁にこそ、フェリペ三世陛下のお出ましを願う。陛下に「至福の艦隊」を率いてこのジパングに臨御いただくのだ。

しかもその大遠征の費用に関しては、いささかもスペイン政府の出費とはならない。何故かというと、スペインや新大陸の余剰品や武器をジパング人は喜んで購入し、その代金はジパング銀、もしくは金で支払うからだ。

「陛下、是非とも陛下のジパング臨幸をお願い申し上げます。ジパングへの航路は実際長い旅路ではございまするが、神はそれだけの見返りを用意しておられます。まず陛下はジパングにてカトリック信仰が力強く根付くのを御覧になり、またその東北東八百二十五キロの海上には金銀島が陛下のご来臨をお待ちしております。またジパングの隣国朝鮮（コレア）はジパングと違っていと容易く征伐できる国にござります。その暁には不肖このロドリゴ、先鋒を承り、ひとかどの手柄を立てご覧にいれまする」

ロドリゴはフェリペ三世の前に跪き、ジパングおよび朝鮮（コレア）征服への戦で多大なる手柄の功により、侯爵か伯爵の位を受ける自分の姿をまざまざと思い描いた。

ロドリゴとアロンソ・ムニョス神父が本多正純の私邸に到着した時は夜もだいぶ更けていたが、邸前にはまだ明々と灯が点り、大勢の面会者が順番を待っていた。家来達も紙製のランタンを片手に右往左往している。マサズミドノは若いが相当な実力者なのだ。

案内を乞うと、間もなく主の正純が玄関まで自ら迎えに出、ロドリゴ一行を奥座敷に招じ入れた。規模は比べるべくもないが、ここでも城主の居室さながらの漆や金銀装飾など贅沢な設（しつら）えの調度品が揃っていた。ヨーロッパ式の椅子とテーブルが部屋の中央に置かれている。ロドリゴ一行のため、というよりここを訪れる外国人のためらしい。例のアダムスやその仲間のヤン・ヨーステンとやらのイギリス人・オランダ人も頻繁にここを訪れるに違いない。

正純はそういう外国人のもてなしに慣れた様子で酒肴も自ら命じた。

その前に、とロドリゴは着座した途端口を開いた。

「昨日、ダイフサマにお目通りした際申し上げた諸条を書面に認めて参った」

正純は、ご免、と威儀を正してスペイン語と日本語で書かれた二通の書面を開いた。昨日の会見内容と今夜の書面内容を確認する必要がある。

ロドリゴは咳払いし、正純に渡したスペイン語の書面を読み上げた。

「まずこの協定書の前文である。不肖私、ロドリゴ・デ・ビベロ・イ・アベルーシアがその仕える主君フェリペ三世の意を重んじ、当ジパング国の皇帝トクガワ・イエヤスドノに両国の友好関係を樹立するよう提案した条項と条件は以下の如くである」

ロドリゴが前文を読み上げると、ムニョス師が日本語版を読み、正純がそれを追ってゆく。

「第一、ジパング皇帝はメキシコとフィリピンおよび他のスペイン諸領地からのガレオン船団の毎年の来航とその希望する期間の滞在を許可する。そのため関東の港を開き、その港に倉庫と造船所を設ける。また彼等の用に供するため托鉢修道会に属する宣教師と修道士等を派遣し、その居住のための宿舎を提供する。また彼等のジパング全土での自由な活動を尊重し、万一の場合は彼らの身体および教会や活動拠点を保護する」

正純はアロンソのたどたどしく読み上げる日本語訳を目で追いながら、やはりスペイン人だな、坊主も政治家も要求することは同じだ、という顔つきを隠さなかった。

第二に、とアロンソは正純を横目で見ながら、淡々と翻訳文を読み上げた。

「同皇帝はメキシコとフィリピンおよび他のスペイン諸領地からのガレオン船団のジパング国への正規の来航、漂着、難破を問わず、すべての港の入港を可能にし、乗船者の生命と財産に危害を及ぼさぬよう、かつ病者・負傷者には適切な医療を与える。

第三、またそれらの船舶には公正な価格で食料や船舶用品を、また破損船には適切な修理とそれを扱う修理職人を斡旋し、更に歓迎の意を表した上、良好な取り扱いを保証する」

この訳文は、前年家康がロドリゴに確約した通り、駿府に建立されたフランシスコ会の教会に属するジパング人信徒がアロンソの直訳文を正規の和文に書き直したものだ。

「第四、同皇帝は平和通商条約を締結するため、スペイン本国ならびにメキシコ副王が派遣する大使のジパング入港の際は大いに厚遇し、これに相応しい一切の待遇と名誉を授与する。使節とその使用人、および司祭は安全な宿泊先と教会を設立し、食料その他必需品、ならびに商品をジパングで流通する公定価格で享受できる。またスペインやフィリピンからの商品は一括売りや統制価格ではなく、自由な販売方式で売買できるよう保証すること。同皇帝はスペインとの友好関係をさらに発展させるよう努める。スペインは世界に冠たる大帝国で国王フェリペ三世は広大な領地と海を支配下に治め、しかもその支配地は仁慈と寛容の精神で統治されている。もしジパングがそのスペインと友好関係を結べば、それは両国に取りこの上ない利益をもたらすことになろう…」

フム、と正純はロドリゴの顔を見た。具体的にはどのような利益があるというのだ？

以下の条をご覧あれ、とロドリゴは神父に次を、と促した。

「第五、ジパング国内の銀鉱山の採掘・製錬のためメキシコからの製錬工来航の件に関し…」

この部分をアロンソが読み上げると正純が居住まいをただした。

「それこそ上様の貴国と交渉する最重点事項でござる。貴殿はかつてメキシコ有数の銀山町の奉行であり、銀の製錬技術に精通しておられる。上様の製錬技術者派遣要請にお応えできるのは貴殿しかおられぬ。そのようなお方が我が国に漂着なされたことは正に天の配剤としか思えぬ、と上様は仰せられました」

と正純は、アロンソ・ムニョスに気付かれぬよう目配せした。

余談だがこの正純、秀忠の代になり、あまりに権勢を振るった結果、他の家臣団の恨みを買って、世に言う「宇都宮釣り天井事件」なるものをでっち上げられ失脚した。あるいはそれだけでなく、家康・秀忠父子の確執に際し、常に家康に加担していた正信・正純への秀忠の復讐の結果なのかもしれない。特に正純が家康の後継者として秀忠の兄結城秀康を推挙したことも原因の一つ、という説もある。

「昨夜貴殿は上様にメキシコの副王閣下に我が国への銀製錬職工派遣を約束なされましたが、ただの約束だけでは心もとない、更なる具体的な提案を、しかも文書にて、と上様は仰せです」

されば、とロドリゴは膝を進めた。これは自分の腹案として最後の切り札とするつもりだった。しかしここまで言わねば、わざわざ自分が漂着の危険を冒してまでこの国に来た甲斐がない。

「百人から二百人の鉱夫をメキシコから呼び寄せ、ジパングの鉱山で試掘、採掘に従事させる。試掘から採掘にかかる暁には、そこから得られる銀の半分は彼等鉱夫の収入とし、残りの半分をさらに二分してダイフサマとフェリペ三世陛下の取り分とする、ということでいかがであろうか。この条件で本国政府に打診するつもりでござる」

それにこの条件なら我が国に取って決して不利なものではない。スペイン側にとっては、鉱夫の取り分を入れると全体の採掘銀のうち七十五パーセントの取り分になるのだ。

逆にこの条件が自分らにとって不利だと日本側が気付けば、そこから交渉になる。交渉の結果七十五が七十、ひょっとして六十五になってもまだ有利だ。

ふむ、と正純は腕を組んだ。

「新たに発見、発掘する鉱山に関してはよろしかろう。ただその配分比率は上様のご意向を伺ってのこと。すでに採掘中の鉱山での新製錬法に関してはどのようにするのじゃ」

「その場合は、別途双方で協議しようではないか。更にアマルガム法による製錬時の水銀が、もしお国で調達不可能の場合は、適正価格にて当方より売却いたそう」

正純は一応納得したようだった。次は、と促す。

「第六、メキシコ人鉱夫の居住地域には教会建設、宣教師の居住が認められ、鉱夫および関係者は自由にミサを受けることができる。その地には、日本側の役人とスペイン政府の役人がそれぞれの住民に対し徴税および裁事権と処罰権を行使できる。もしジパング人がスペインからの使節、その船の乗組員、あるいは教会関係者に理不尽な危害や経済的不利益をもたらした場合、ジパング人役人がそのジパング人を処罰する。反対にスペイン人がジパング人に対し不当な行動に及んだ場合は、スペイン人司直がそのスペイン人を処罰する…」

次の第七であるが、これは昨日もダイフサマに申し上げた通り、双方の国にとり看過されざる大問題であり、ゆえに今一度申し上げる。

ロドリゴはアロンソに、これは我がスペインにとり、より重要じゃ、と念を押した。

「両国友好交流を促進する上で障害ありとすれば、それはスペインの敵たるオランダの存在である。本年夏フィラドにオランダ船が入港、両国の交流を請願したとのこと。これはスペインにとり、決して看過できない事象である。オランダはスペイン領内の一地方に過ぎず、故に一地方がその宗主国の許可も得ず単独で他国と友好関係を結ぶことなど論外だからである。この地方は長年にわたり宗主国に反旗を翻し、宗主国領なる世界中の船舶・港湾を襲い、壊滅的な被害を及ぼしてきた。故に貴国が我らの許可を得ず彼ら反乱分子と友好関係を結べば、貴国の港湾都市は彼らの暴虐に踏みにじられること必定。またそのまま認可すれば必ずや天罰、あるいは我らの報復を受けるであろう。それ故、皇帝は直ちにオランダ人の退去を命じるべきである。これが実行されなければ、貴国とスペインの友好関係は保持不可能である…」

これに対し正純は、

「そうは申されても、今夏平戸に入港した二隻のオランダ船の特使は七月十一日、駿府で上様に国書を提出、上様は平戸に商館建設の許可をお与えになった。上様が一度下されたお許しを撤回するのは至難のわざじゃ」

と、前日の家康の言を繰り返した。

「貴国が彼らの蹂躙（じゅうりん）を被らぬうちに、ただちに彼らをこの国より追放すべきです。それが我等の請願、というよりこれはスペインからの真摯な警告、助言、と思っていただきたい」

ロドリゴは駆け引き抜きで衷心より言った。十年前のフランス領カレー近郊でのオランダ人との遭遇、死闘がまざまざと思い浮かんだ。

「オランダ人にはこの世にもあの世にも安住の地はござりませぬ」

と、アロンソも白髪頭を振り立てて言った。

「そこもとらのご忠告よくよく上様に申し上げる。次の第八は？」

正純は同じ話題を蒸し返すのは無益、という顔で次を促した。

「第八、すべて関東の港はスペイン船の安全入港のため測量されねばならない。またその港の住人、またその領主は入港するスペイン船を歓待しなければならない。

第九、以上八条の協定事項は三通の文書に明記し皇帝印を捺印の上、二通をロドリゴ・デ・ビベロ・イ・アベルーシアがスペイン国王およびメキシコ副王に奉呈、同二王の承認を得た上で発効するものとする。残り一通は皇帝側で保持し、代々後継者に引き継がれんことを。

当方の提案は以上である」

ロドリゴの結びの言葉に直接応えず、正純は用意した小さな盃を取り上げて言った。

「正式書状たしかにお預かりいたす。早急に上様にお取り次ぎ申そう。お返事をいただき次第明日にでも貴公にご伝達申す。…さて折角のご来駕、ゆるりとご酒など召されよ」

サケという米から作った酒を注いだ。


約束通り翌朝十時、正純は直接ロドリゴの宿までやって来て、家康からの口頭の回答を伝えた。ロドリゴの請願は一点を除き全て認める、とのことだった。

「サムライに二言はない、というのが我が国武士の約束です」

違えればハラキリせねばなりませぬ、と正純は言った。そして、

「その一点と申すは、オランダ人に関しての貴殿の忠告の件でござる。ご忠告には感謝する、しかしながら、いったん入国を認めたからには、ただちに政策を変更することは難しい。が、以後彼等の気質・国策には十二分に留意する、とのお言葉でござりました」

と報告した。

また上様は、ご貴殿らの帰国の船につきましてもお心遣いをお示しになりまして、万一メキシコへお帰りの際、臼杵で漂着、修理した貴国船にご乗船されずとも、当地でイギリス人に築造させた洋式船があるので、それをお使いいただけるし、その際の諸掛かりも用立てよう、と仰せでした、という。

ロドリゴは頭を下げた。

「まずはサンタ・アナ号の無事を確認し、乗船できればそれにて帰国いたしたい。それが無理

であれば、お言葉に甘えてお国の船を借用しよう」

さてこれにてご用向きの件は落着いたしました、と正純も頭を下げ、最後に付け加えた。

上様は先年貴殿が送還なされた二百人の日本人のキリシタン信仰をお認めになられました。彼らは再びマニラに戻ることなく、生まれ故郷で元々の生業に復しております。上様は、かくも寛大かつ約束を守られるお方、貴殿もかような上様のご気質をよう斟酌(しんしゃく)の上、銀製錬職工渡来の件しかとお頼み申す。


ロドリゴは、銀製錬職工派遣とその条件につき、家康がどのような反応を示すか、回答を待ったがこれに関する家康からの即答はなかった。オオクボ・チョーアンなる金銀鉱山担当官と協議しているのだろう。また書面には記さなかったが、マニラからのスペイン船寄港に関して家康がいかなる意向を持っているか、それも知りたかった。が、流石のダイフサマも一夜では回答できぬ事項なのだし、アダムスの意見もあるだろう。それを待つ間にウスキに行き、サンタ・アナ号の修理状況を確認しなければならない。

他方、皇帝との交渉事の第一段階を終えた今、いよいよ自分の長年の夢、ジパング国探訪を実現せねばならぬ、と思った。いよいよその時が来たのだ。

三

スンプからミヤコまでの旅は、かねて思い描いていたより更に楽しい旅となった。エドからスンプを経過して古都のキョウトへの五百キロのこの街道は、ジパングでも一番旅人が多い街道といい、道中、人とすれ違わないところはただの一カ所もなかった。

オワリ迄の半分は海沿いの道で、左手には海を、右手は小さな平野が幾つも続き、その向こうに山々が連なる。我が祖国メキシコの風景と比べると万事小振りで箱庭のようだ。

スペインのグアダルキビール川やポルトガルのテージョ川にも匹敵するような大河や大きな塩入湖もあったが、頑丈な堤防が築かれ、また快適な渡し舟があり、旅人は何の不安もなく乗船し対岸に渡った。上流に遡る舟は両岸から人馬が綱で曳いている。

大勢の旅人が街道を往還していた。街道は四キロ毎に塚が整備され、道標の松が植えられている。途中に人家があっても容赦なく取り壊し、塚を建てるという。ダイフサマの周到な全国統一基盤整備の一端なのだろう。わずか十年前にはこのように整備されていなかったというのが嘘のようだ。

クサツという宿場を過ぎると、この国最大という湖に出る。この湖畔を北に辿るとアヅチという場所があり、二十七年前この地にあった壮麗な城が戦禍で焼失したそうだ。その城こそロドリ

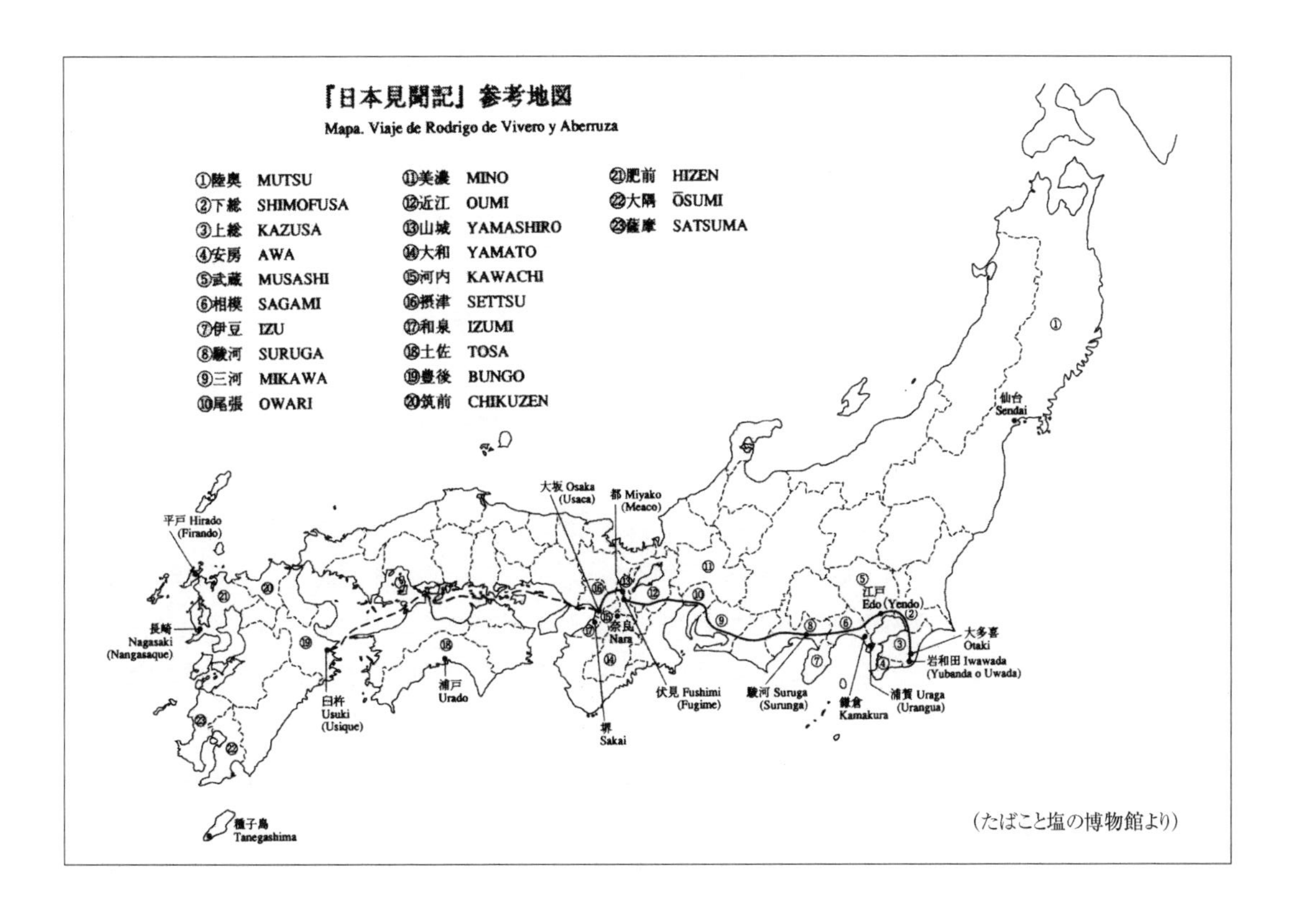

（たばこと塩の博物館より）

ゴがスペイン宮廷で見たビョンボに描かれた城だという。時間さえ許せば訪れたい場所だったが、それもかなわぬことだし、今は跡かたもないと聞けば、是非もない。

この湖の南端に架かる橋を渡り、いよいよミヤコという首都として八百年も続いた古都に出る。そのミヤコも活気づいていた。ここも十五、十六世紀とほぼ二世紀に渡り戦乱の巷と化していたそうだが、あちらこちらに復興の槌音が響き、人口も八十万に上るという。それが本当なら世界一の都だろう。オドイと呼ばれる土塁がぐるりと首都を取り囲んでいる。タイコサマが築かせたそうだが、あの暴君のこと、あちこちに敵を作り、その敵から自分を守るため築いたのだろう。マニラのイントラムーロスと同じだ。ただマニラの城壁より域内はずっと広く、端から端まで歩くのに丸一日かかった。

この町にはダイリと呼ばれる宮廷があり、ジパング国の創立時から直系継承されてきたミカドと言われる、いわばローマ法王のような精神的支柱が住んでいる。武力は持たないが精神的な王で、あのダイフサマもこの王の承認がなければ、国の統一王とは認められないという。ただローマ法王よりさらに厳重に宮廷内に閉じこもっていて、彼を取り巻く貴族以外はほとんど目通りすることはできない。

ロドリゴ一行を接待したのは京都所司代の板倉勝重だった。板倉は琉球の中山王やオランダ使節を案内したように、外国人や地方からの大名が上京する時の慣習に従い、一行を御所、豊臣秀吉菩提寺、三十三間堂などの名所を得意気に案内した。

なかでもロドリゴを驚嘆させたのは、秀吉の発願で一五九五年完成した方広寺の大仏殿だった。ロドリゴはこれまでこんなにも大きな偶像を見たことはなかった。これはまさしく世界七不思議の一だ。仏教の数ある神の中でも最高神の姿を象（かたど）った像（木像だが金箔に覆われていたので、ロドリゴはブロンズ像と信じてしまった）と言うが、とにかく巨大だった。さすがにこの大きさでの直立像は無理だろうから、アラビア人のようにあぐらをかいた姿だが、それでも座高十九メートル（六丈三尺）はあるだろう。ロドリゴはせめてその大きさの一部でも記録し帰国の際は報告できるようにと、供の男を登らせ、像の右手親指を測らせてみた。男は両腕でその指を抱えてみたが五十センチほど足りなかった。ジパング人は全体に小柄なのに、その建造物が途方もなく大きいのはどういうことなのだろう。

資料によると当時の方広寺は奈良東大寺の大仏殿より大きかったらしい。現存する巨岩を積み上げた石垣が往時の大建築を彷彿とさせる。

しかしその規模や壮麗さと裏腹に、創建直後からこの寺は不幸な運命を担っていた。まず完成翌年の一五九六年、慶長伏見大地震で倒壊。同九八年の秀吉逝去後、九九年秀吉の遺児秀頼が再建したが、一六〇二年焼失。一六〇八年秀頼再々建工事。（ロドリゴが訪れた一六〇九年時は折しも再々建途中だった。）

一六一二年、ようやく大仏開眼供養一歩手前まで進捗した。が、この時、鐘に彫られた「国家安康」の文字事件が起こり、これが豊臣家の徳川家に対する陰謀とみなされ、大坂の冬・夏陣の発端とされた。

本尊の大仏自身も一六六二年の地震で大破、大仏殿は一七九八年の落雷による火災で焼失している。

ちなみに慶長二十（一六一五）年に描かれた岩佐又兵衛筆の「洛中洛外図屏風」には、この大仏殿が黒々した屋根瓦、朱塗りの柱、矩形の回廊を持つ堂々たる大寺院として描かれ、また南蛮人らしき人々も多数描き込まれている。


ミヤコにもフランシスコ会その他の托鉢修道会の修道院があり、大勢の信者が礼拝していた。ジパングではカトリックが弾圧され信者は迫害されている、とのマニラで聞いた噂と、この教会や修道院の活況ぶりはどうだ。やはり渡海せねば実態はわからぬ。


ミヤコからフシミという町へ向かう。この町はタイコサマが政務を執ったり諸大名を謁見した政治都市で、一六〇三年にフランシスコ会も修道院を設立したと言う。ロドリゴはその修道院で是非とも降誕祭のミサにあずかり、ジパングへの渡航感謝とこれからの交渉成功を祈願したい、と道中を急いだ。

十二月二十日、降誕祭直前伏見に到着したロドリゴに思いがけない者が待ち構えていた。

小柄な体、丸顔が駆け寄って来たのだ。マニラ邂逅以来会えなかったルイス・ソテロ、マニラでジパング事情を聞いたフランシスコ会の宣教師だ。

「もう心配はござりませぬよ。いと高き神は栄光と憐れみを持って窮地にある心貧しき者をお救いくださりまする」

ロドリゴの胸中は複雑だった。あのユバンダ漂着直後、明日をも知れぬ不安におののいていた最も困難な時期、真っ先に駆けつけてくれるはずの人間がこのソテロだった。マニラを出帆した時から当てにしていたのがこのソテロだったのだ。

あの時、何故はせ参じてくれなんだ？　となじりたい気持ちを、彼にも何か事情があったのだろうと、とりあえず胸に収めて彼と抱擁した。

ソテロはロドリゴと家康との会見内容を聞き、

「それはようございました。が、それでダイフサマからのご書面による正式お返事は？」

と訊ね、ロドリゴがまだじゃ、と答えると、

「それはまだ正式な両国の協定書とは申せませぬ。今一度正式書面として作成なされませ。それをこの私めが直接携えまして、皇帝にお渡しいたします」

という。何を言う、スペイン本国政府、メキシコ副王閣下からの全権を委任された余が皇帝と正式に交わした協定ぞ、そちの指図は受けぬ、とロドリゴは気色ばんで言った。

しかしソテロは、

「閣下はジパング政府の対外交渉事には失礼ながら不慣れでいらっしゃいます。それに交渉事

と申すは幾度も折衝なされることが肝要にござります。私めも近々ダイフサマにお目通りする用向きがござりますゆえ、念押しの意味で閣下のご意向を申し伝えまする」

と主張して譲らない。仕方がない。ロドリゴは、先に本多正純を通じて家康に提案した協定文を今一度整理修正加筆し、ソテロに託した。ソテロはその書類を懐にすると、ロドリゴが降誕祭の一連のミサに出席していた間に駿府を目指して出発していった。

フシミで主の降誕祭を祝った後、ヨド川を船で下り、新年をオーザカのフランシスコ会修道院で過ごす。オーザカは商人の多く住む町とかで、人口二十万人。イエズス会、ドミニコ会の修道院もあり、いずれも多くの信徒を擁しているという。やはりこの国でカトリックは着実に根を下ろしているのだ。

この近くに人口八万人のサカイという港町があり、マニラ交易に従事する商人も多数住するというので、ひょっとしたら西類子（ルイス）（ダイフサマは西九郎兵衛と言ったぞ）の邸もあるのだろうが、残念だが寄る時間がない。一刻も早くサンタ・アナ号が停泊しているというウスキに向かわねばならぬ。

セトという地中海のように四方を陸地や島に囲まれた内海を船で渡る。本物の地中海とは比べ物にならぬほど狭いが、潮の流れは速く、干満潮の交替時は処々に大きな渦が出現、下手をすると船もろとも真っ逆さまに海中に引きずり込まれるという。ただ、夜間や悪天候時は航海せず、手近な陸地の港に停泊するので難破の危険はまずない。その代わり、陸路の旅と違って沿岸の諸都市を見物する機会はなかった。

半月の船旅の後、いよいよサンタ・アナ号が漂着し修理なったというブンゴのウスキ港に到着した。

船長のセバスティアン・アギラールが抱きつかんばかりの勢いで駆け寄って来る。

「閣下、いつでも出港できる体制を整えてお待ちしておりました」

船はその言葉通り、外観はほとんどマニラ出港時と変わらぬ姿で、これがあの数度に及ぶ嵐で散々に痛めつけられたという船とは思えなかった。が、アギラールに案内されて艦内に踏み込むと随所に痛手の跡が見られた。これで荒波の太平洋を越えることができようか。

「隙間は槙肌(まきはだ)繊維を詰めさせましたゆえ、浸水の心配などありませぬし、帆綱も補強してございます。ジパングの船大工に命じ完璧に修理をしましたので、これならメキシコどころかスペインまでもお供できます」

船長が保証するからには大丈夫だろう。ただサン・フランシスコ号の乗組員全員と、元々乗り組んでいるサンタ・アナ号乗船者全員を乗せるにはちと過積載になるのではないか。

「いえ、このままメキシコへ帰る者ばかりではありませぬ。セビーコス船長のようにマニラに帰る人も少なくありませぬ」

ロドリゴはそれを聞いて内心ホッとした。これ以上ヤツの顔など見とうもない。

セビーコスはスペインのマニラ＝ジパング往還船で、もしくはジパング船でも構わぬから一刻も早くマニラに帰りたいということだった。

「それより、閣下、お聞き及びでしょうか。大変な事件が起きてしまいました」

歴史上「マドレ・デ・デウス号事件」と呼ばれ、日本＝ポルトガル交易史のみならず大航海時代の日本の対外折衝史上でも大きな波紋を残した事件が勃発したのだ。慶長十四年十二月十二日（一六一〇年一月六日）の夜半だった。

三年前マカオで家康の特使を殺害し、謝罪のため、昨年六月長崎に入港したポルトガル船マドレ・デ・デウス号。日本側が釈明聴取のためアンドレス・ペッソア船長を駿府に召喚したが、船長はマカオへの出帆予定日が迫っているという理由で呼び出しに応じなかった。断罪を恐れたのだ。有馬晴信および長崎奉行長谷川藤廣兄弟が糾弾に赴くと、逆上したペッソアは船に立てこもりフランキ砲で対抗した。

予想外の反攻に怒った日本側がワラを積んだ漁船で焼き討ちにかかると、ペッソアは更に抵抗、多数の死傷者が出る始末となった。しかもペッソア側の積載火薬に先のワラ船からの火が引火、マドレ・デ・デウス号は轟沈（ごうちん）、ペッソアも三百人の乗組員を道連れに水中に没した、というのである。

「ポルトガル人の起こした事件とは申せ、断じてこれを見過ごすわけにはゆかぬ。我がフェリペ三世陛下は一五九八年以来ポルトガル王位も継承しておられるゆえ、この事件は同国人の被りし災難とも言える。また我がスペインとて何時いかなる事態の推移で同様の憂き目に遭わぬとも限らぬ。ペッソア等の蛮行は蛮行としても、ダイフサマに会うて真相は如何なるものか確かめ、またペッソアになり代わって申し開きをせねばならぬ」

説明を聞いたロドリゴは即座に言った。

「しかし、閣下、我らは閣下のご到着を待ち構えておりましたゆえ、一日も早うにご乗船いただき、出帆いたしたいものと考えております」

セバスティアンはロドリゴを急かせた。

「では、オンジュクに残してきた者共の到着を待つ間に、まずはダイフサマに一筆認める」

ロドリゴは臼杵の宿で家康宛の手紙を書き出した。

この度の皇帝のお怒りは当然である。が、ポルトガル人船長の取った態度は同じ王を戴く自分として無念でならぬ。もし自分が彼の立場に置かれたとしたら…。

ここまで書きかけた時、今度は別報が飛び込んできた。これも寝耳に水、の知らせだった。

家康に謁見したソテロが、ロドリゴの提案と全く異なる申し立てをしたというのだ。

ソテロはロドリゴと家康の会見の顚末を聞き、それに自分が更に念を押すべく面会する、と言って駿府に赴いた。しかしそれはロドリゴを欺き、フランシスコ会、ひいてはカトリック宗教界全体における自分の権威を吹聴し、さらに家康から重要な任務を獲得しようとの魂胆からだったのだ。

家康に面会したソテロは、

「ダイフサマご自身がスペインの国王陛下に直接使節をお送りなさることをお奨めいたします。ドン・ロドリゴがメキシコに帰り、副王閣下に報告、そのお許しを得た上でスペイン本国に出向き、フェリペ三世陛下および宰相のレルマ公のご裁可を仰ぎ、それをまたメキシコ副王閣下に復命、その後マニラ経由でダイフサマにお取り次ぎ、というのはいかにも悠長な手続きでござります。もしお許しをいただければ、不肖このルイス・ソテロが、あなた様のご書面をお預かりし、直接スペイン宮廷にお届けいたしまする」

と、胸を張って言ったという。

「私めはセビッリャ出身で、かの地には親類縁者も大勢おり、レルマ公とも直に接触できまする。レルマ公は宰相としてスペインの全政務を担っており、私めがこのジパング布教に邁進しておることもようご存じですので、陛下に直ちにお取り次ぎいただけましょう」

家康はその提案に大乗り気となり、財務担当の後藤庄三郎光次と協議の上、「源家康」名で日本からスペイン国王およびメキシコ副王へ使節派遣を決定、ソテロを正式な全権大使に任命した。そのソテロに託す書面には慶長十五年一月九日（一六一〇年二月二日）付けで日本とスペインの通商貿易樹立を中心とする平和協定条項が記されたという。

ロドリゴには信じられなかった。

あのダイフサマは自分よりソテロを信じたのか。一介の宣教師に過ぎぬ、しかも自分より十歳も年下の若造を！　しかもフランシスコ会ジパング支部で最高責任者であるアロンソ・ムニョス管区長を差し置いて！　しかも、しかもだ。

「これは看過できぬ」

真相を究明するのだ。まずソテロが申し立てたという元本の協定事項を取得し、内容を確認しなければならぬ。それが報告通りなら、自分が命を賭してこの国に来た甲斐がない。

傍らからセバスティアンが心配そうな顔でロドリゴの顔を覗き込んだ。その顔を見てロドリゴは決断した。

「折角待ってくれておったが、余は今一度ダイフサマに目通りして参る。帰国はその後じゃ」

「何を仰せられます。サンタ・アナ号はもう出帆直前、閣下のご乗船を待つばかりにござります。閣下とお供の方用のキャビンも用意してござれば」

「このまま帰るわけには参らぬ。何としてもソテロのスペイン行きを阻まねばならぬ」

ロドリゴは奥歯をぎりぎり噛みしめた。

ソテロめ！　余をコケにする気じゃな。

余になり代わって自分のジパングにおける地位を吹聴し、自分を差し置いてはジパングとスペインとの友好関係は成立せぬ、とダイフサマに吹き込んだに違いない。

ダイフサマもダイフサマだ。余を信用するフリをして余の提案をことごとく無視し、ソテロ如きフランシスコ会でも軽輩の坊主を重用しおるなど。

このままではおかぬ。このままむざむざ余が引き下がるとでも思うてか！

「フェリペ陛下と副王閣下に書面を奉呈する。そちはこのまま帰国の途に着き、到着次第直ちに副王閣下にお手渡しするのじゃ。余はスンプに引き返す」

ロドリゴの決心は堅かった。何としてもソテロをジパングの全権大使としてスペインに赴かせてはならぬ。そんなことになれば、余は何の面目あっておめおめメキシコに帰国できよう。オランダ人イギリス人のジパング交渉を阻止できねば、副王閣下にも国王陛下にも二度とお目通りできぬ。爵位を戴くどころか、あらゆる公職を剥奪されるかもしれぬ。

そうならぬためには早急に二つの策を取らねばならない。

まずソテロ派遣中止の要請文を認め、家康に早便で送る。時を移さず自分も出発し、家康の居所がどこであれ直談判し、ソテロとの「平和協定条項」なるものを破棄させ、先に確認した自分との協定を履行させせねばならぬ。

今一つは、出港するサンタ・アナ号にスペイン国王とメキシコ副王への釈明と両王のジパング出御を仰ぐことだ。

そう決心すると直ちに家康宛てペンを執った。先ほど書きかけたマドレ・デ・デウス号事件とは別件になるが、目通りが叶えば両件を一挙に片づけることができる。

「本日ナンガサキから来た手紙で、貴下の我が本国およびメキシコとの友好親善の書をソテロ師が正使として伝達する、との報を入手した。余、ロドリゴ・デ・ビベロ・イ・アベルーシアは、サンタ・アナ号にて帰国する予定であったが、急遽乗船を中止、貴下にお目通りのため今からスンプに向かう。そのわけは、ひとえに貴下、ダイフサマのおんため、またこの国で余が受けた恩恵と名誉を我が祖国メキシコおよびスペイン本国で披露し、翻って貴下の派遣される使者が余の受けたご厚誼と同じ厚誼をかの地で享受可能とするためである」

また、同胞を貶めるのは自分自身をも貶める、という先人の言葉は重々承知の上で申し上げるのだが、こたび貴下が選ばれたスペイン人使者は貴国の正使として相応しい人物とは到底申されぬ。かの者は身分も低く、スペイン宮廷の誰からも相手にされず、またフランシスコ会本部内でも何の権限も有さぬ一介の聖職者に過ぎない。つまりあの男が使者として赴く限りは、あの男ばかりか、同行する貴下のご家来衆まで必ずしも歓迎されるとは申されぬ。

それゆえ伏して申し上げる。貴下には即刻その使者、ルイス・ソテロの派遣を破棄していただきたい。その代わり新たな使者としてフランシスコ会日本管区長のアロンソ・ムニョス司祭を推薦する。

彼ならば、スペイン本国宮廷でも、またメキシコ副王政府でも、尊敬と丁重さを持って迎えられ、その権威をもってすれば貴下のご書面も十分な敬意を払われ、内容も丁重に検討され、必ず好意ある返事を得られると断言できる。

更にそのムニョス司祭には自分が同伴しよう。なんとなれば、同司祭は貴国とメキシコの中央政府内やフランシスコ会本部では司祭として広く知られた人物ではあるが、万一目的地以外の小港に停泊したような場合、その土地の住民は同司祭の誰たるかをわきまえず、いかなる無礼を働くかわからない。ひいては貴下の権威を汚すことにもなろう。

さような場合、メキシコ副王と縁戚関係にあり、政府の要職を歴任した自分が同行すれば、メキシコ国内のいかなる辺鄙な土地でも使節一行の安全と快適な旅を確約することができる。また貴下の御名で赴く人々に、副王はじめ政府高官が敬意を持って応対し、しかるべき宿やもてなしを与えられるように要請できるのは、自分しかいないからだ。

一六一〇年三月八日　ブンゴ、ウスキにて、の日付と署名を入れると、ロドリゴは至急使者を送り出し、自分も旅支度を整え出発した。

四

結局サンタ・アナ号はロドリゴの乗船をあきらめ西暦一六一〇年四月二十六日、臼杵港を出航した。ロドリゴはそれを見送ることなく、往路と同じ経路で至急駿府に引き返した。

その道中新たな別報が入ってきた。

フワン・セビーコス船長がロドリゴと家康との協定に真っ向から反対する「弁論書」なるものをメキシコの異端審問所経由でスペインの異端審問所宛て送った、というのだ。それもロドリゴが乗船を断念したサンタ・アナ号を使ってだ。

セビーコス自身は六月二十日、日本のジャンク船に乗ってマニラに向け帰還の途に着いた。

余談だが、この船長、よくよく日本航路には向いていなかったのだろう。マニラ港沖でオランダの海賊船に拿捕され、その後ようよう釈放されマニラに生還した。その後彼はシルバ総督の命で再び日本への使節に任命され、俸給千ペソまで受領したのだが、心底日本行きがいやだったのだろう、突然契約を無断破棄、マニラのイエズス会付属サン・ホセ神学校に入学してしまった。ただこの契約違反がそれほど表沙汰にならなかったのは、シルバ総督自身が熱烈なイエズス会派で、おそらく彼をかばったからだろうと言われる。

しかもセビーコスは、マニラに戻ってもまだロドリゴへの反感が消えず、マニラ帰還の翌日付けで再び国王宛の上申書を提出している。

それによると、まずサン・フランシスコ号が日本の御宿に漂着した時点から筆を進め、その地で自分達がいかに不当な待遇（捕縛され危うく処刑されるところだった）を受けたかを詳細に記し、積んでいた二百万ペソ以上の船荷の大半を没収された。

一方日本人は、十年前に漂着したイギリス人を重用し、その男の助言によりスペインの仇敵なるオランダ人の入港を認め、彼らとの通商を許可し、更にポルトガルの植民地マカオからの派遣船マドレ・デ・デウス号を船長もろとも爆沈した。

それだけでも日本をオランダの同盟国として国交断絶すべきであるのに、自分と同じサン・フランシスコ号で漂着したさる身分高きお方（はっきりとそのお名を出すのははばかられる）が、日本側の策略にまんまとはまり、「ジパング皇帝から多大な援助を受け、名誉ある扱いを受けた」と感謝しているが、それは彼自身および陛下や副王閣下を欺いているに過ぎない。自分がその地に故意に漂着したにもかかわらず、期待に反して冷遇されたのを糊塗するためだ。

その上彼は、僭越にも日本とメキシコおよびスペイン本国との直接交渉を日本国皇帝に進言、陛下ならびにメキシコ副王閣下に無断で協定案まで作成した。

自分、スペインはカンタラピエドラ出身、生粋のイベリア半島人であるこのセビーコスは、彼の提案に真っ向から反対する者である。なんとなれば、日本人の性向は好戦的で、虚栄心の塊、そのくせ、利益がからめば過剰に強欲。異教を拝し、しかもその信仰度は非常に低い。皇帝は武力と権謀術数で国を統治し、思いつきで自分の欲望を実現するので、一度他国と交わした協定も平気で破棄したり、変更したりする。故に彼、上記の上流スペイン貴族であるが、の勧めるメキシコと日本の直接交渉は全く無益どころか有害でさえある。なんとなれば、その御仁の主張するように、マニラ＝日本交易を今以上に発展させても、それはむしろマカオ＝日本交易を圧迫するばかりだからだ。以前のスペイン、ポルトガルが別国であった場合なら、それはスペインにとり有益だっただろう。が、陛下がポルトガル国王を兼任されてからは、その競争は全く不要になるばかりか、マニラ・マカオ間の日本市場での競合に発展しよう。狡猾な日本商人およびそれを操る同国政府は、より有利な価格で貿易品を商おうとするからだ。

マカオからの貿易品もマニラからの貿易品も、元はといえば同じ仕入れ先の明やインドからの絹や綿が主要品目であるから、その売り手が買い手間の競争を見越して値段を吊り上げるのは目に見えている。

またアジア向けのスペイン産品、ポルトガル産品は臙脂(えんじ)染料、石鹸、ヤギ皮、牛革など同じような製品ばかりだから、もし両国が同じ日本市場で争えば、一方、あるいは双方ともが多大な損失を被ることとなろう。また小麦粉、釘類、銅など日本からマニラへの輸出品も、マカオ経由で運んだとてなんの障壁にもならない。

マニラからメキシコへの直行船が嵐その他の事情で日本を待避所とする件も、マカオから同様にすればよい。ただし初めから日本を経由地とすると、十年前のサン・フェリペ号の被ったような甚大な被害が生じる恐れがあるゆえ、定期航路としての日本寄港は決して勧められるものではない。

とは言え、マニラ=日本交易に関しては無下に閉鎖するのも得策ではない。日本人は先に述べたように強欲で好戦的なので、海賊を使ってでもマニラ来航を強行し、他方オランダ人イギリス人の自国への来航を歓迎し、それとの貿易を発展させる恐れがあるからだ。

さらにマカオ経由で日本に入国した宣教師と、マニラ経由での宣教師とでは教化する内容に違いがあり、しかも双方の宣教師が日本国内で勢力争いをしている現状を鑑みれば、これは宣教歴の長いマカオからのイエズス会士のみの宣教に絞った方が単純な日本人を混乱させずにすむ。以後はイエズス会士のみにまかせるべきである。

また日本皇帝の日本船による日本＝アカプルコ交易路に関しても実現の余地は全くない。日本人はまるで力も軍規律も乏しい人間達で、自国の領海や自領地を守ることに汲々としているからだ。その意味で皇帝の意欲だけが空回りしていると言える。

それをかの高貴なお方は本気で取り上げ、スペインの他国には決して許してはならないガレオン船の操船技術まで彼等に伝授しようとしている…。

こんなことをあのセビーコスが思っておったのか。

セビーコスが自分に反対なのは最初からわかっていた。だが異端審問所に提訴するほどあこぎな真似をするとは思わなかった。

ソテロといいセビーコスといい、自分の真の敵はダイフサマでもなければ、イギリス人オランダ人でもなく、同国人だったのか。

ロドリゴは、これまでの生涯で感じたことのない無力感、絶望感に打ちのめされた。その絶望感はあの大嵐の時、メーンマストが折れ、大洋の真っ只中で船が暗礁に乗り上げた時でさえ感じたことのなかった感情だった。

あらゆることが自分の思惑とはずれてゆく。

自分の建白書とまるで陰陽裏返しのようなセビーコスの建白書が、同じサンタ・アナ号で出帆してしまったとは。もっと前に知っていたら、あるいは自分が乗船していたなら、それを取り戻し破棄することもできただろうに。

「余は、余の政治生命は、これで終わりかもしれぬ」

ロドリゴは髪の毛をかきむしった。

「閣下、お早まりなさいますな。まだ策はございましょう。それに同じ建白書でしたら、副王閣下は閣下のご提言をまずお取り上げなさいましょう」

いつも忠実に傍らにあって陰日向なく仕えてくれるアントン・ペケーニョだった。

そうあって欲しいものじゃ。しかし公平を重んじる「若殿」のこと、セビーコスの言をもよく吟味されるであろう。その時お傍にいられたら…。やはりあの時、サンタ・アナ号に乗って帰るべきだった…。

いや、後悔は武人の取るべき方策ではない。

それにアントンの言葉で地獄の底に一筋の光明が見えた気がした。

そうじゃ、ソテロ派遣の件はまだ中止させられる。これこそ余の死活を制す重大な案件だ。それも急がねばならぬ。

絶望だ、などと甘えてはおられぬ。

ロドリゴは駿府までの道のりをやみくもに急いだ。

ダイフサマとの謁見の約束を取り付けてから、など悠長なことは言っておられぬ。万事はスンプに着してからでよい。

アロンソ・ムニョス司祭が同行した。温厚な彼もソテロの独断にはかなり立腹し、今度ばかりは腹に据えかねるといった顔つきだった。

「かの男の独断と自己主張の強さには当会聖職者ばかりか一般信者もほとほと手を焼いておりまして、いつか出過ぎたことをしでかし、この国での布教そのものを不利な状態に貶めるのではないかと危惧していたところでした」

温厚な伏見フランシスコ会のホアン・デ・サンタ・マルタ修道院長もよくよくソテロには愛想が尽きた、と言う。

「なにかにつけ人より前に出たがるのです。自分がこの国の布教を一手に引き受け成果を上げているように、フランシスコ会ご本部にも、またこの国の為政者達にも思わせたいのです」

院長はロドリゴの予定を聞くと、家康の所在地と日程を調べてくれた。

「あのお年でいまだに国内を縦横に走り回られておられますので、閣下がスンプに到着されてもお留守になっている可能性がございます」

ソテロ一行のメキシコ出発は八月予定と聞いております。その前に閣下とダイフサマとの接見の日程は私共で早急に取り計らいましょう。それを待つ間、気晴らしにミヤコをご案内いたしまする。またこの国の歴史を知る上でもこの町は格好の場所でござりまする。

「いや、そうしてはおられぬ。とにかくダイフサマと会わねばならぬ」

駿府に到着すると直ちに本多正純に来意を告げた。が、正純は、

「上様はただ今ご多忙にて、メキシコ・スペインの事由については金地院崇伝殿と拙者に万事取り計らえとの仰せでござる」

と、家康に会わせようとはしなかった。その代わり、

「たしかに上様は、現在江戸湾に係留中の船をメキシコに送ると決められました。この船にはスペイン国王とメキシコ副王に宛てた我が国との友好関係設立のご書面奉呈のため、貴国の宣教師ソテロ殿が正使として乗船の予定です」

と、長崎からロドリゴが受け取った報を確認した。

「余が戻って参ったのはまさにその件じゃ。先にウスキよりダイフサマ宛に送った我が書状の通り、ルイス・ソテロとダイフサマが交わした一連の協定および彼を皇帝の正使として『スペイン・メキシコに派遣』の件はすべて白紙に戻していただきたい」

ロドリゴは急き込んで言った。必死だった。

「上様は一度お約束された事項を軽々しく撤回はなさいませぬ」

「じゃが、明らかに使者の資格もなき者、むしろ使者としてそれを派遣する者の不利となるような言行をなす者の任命を撤回することは王者の尊厳のためにも必要であろう」

それに、一度約束した事項は撤回せぬ、と言いながら、自分との協定はこちらの知らぬうちに

破棄したではないか。

「破棄したわけではござらぬ。貴殿のお申し入れをソテロ殿が正式書面に作成され提出されたもの。当方としては同国人ソテロ殿の提出されたものを、当然貴国政府の代表者たる貴殿の承認済み正式書類として受領しただけの話でござる」

「とにかく、ダイフサマに会わせていただきたい」

あの老人に今一度面談すれば話は早い、とロドリゴは判断した。この官僚と協定書の中身や使者の件で話し合ってもラチはあくまい。ダイフサマの面前で決着をつけるのが手っ取り早い。

「先にも申した通り、上様はただ今ご多忙にて、ご面会は無理でござる」

正純も頑として譲らなかった。それ以上取りつく島もない。

「それでは改めてソテロとダイフサマの取り交わしたという協定書の写しを拝見したい」

ソテロの言は信用できぬ。本人に写しを見せよと言っても素直に見せるわけがない。その上、彼はエドにいるという。正純は崇伝の許可を得た上で写しを手渡してくれた。

宛名はフェリペ三世の宰相レルマ侯爵。マニラの前総督がメキシコ＝日本間に貿易船の往還を提案したのは至極満足である、との書き出しだった。その詳細は以下の如くで、当使節ルイス・ソテロ神父に全権限を委任する、とある。

内容は、

一、メキシコからの船は彼らの好む港に入港を許可し、陸上に居住地が与えられる

二、同様に修道者は日本全国いずれの地にも滞在可能である
三、同様にルソンからメキシコに向かう船には日本入港を認める。同船は日本に望む期間滞在し、望む時に自由に出港できる
四、スペイン王の領土から来航するいかなる船も、破損や損害を受けた場合、航海の続行に必要な部品の交換、修理、さらに新船を建造し直す場合、必要な材料、人員、用具を適正な価格で購入することを認める。
五、これらの友好と通商を永続化するため、ドン・フェリペ王の使節がスペインから、あるいは副王使節がメキシコから来航する際は友好的かつしかるべき名誉ある待遇がなされる
六、日本からメキシコに船と商人が赴く時は彼らを労り、厚遇されんことを願う
七、同様に貿易商品船載のスペイン、もしくはメキシコ船が日本に来航した際は、彼等商人と日本人商人が一堂に会し、彼らの自由と意思によりその販売方法や価格を適正に決定することを認める。その際いかなる侮辱にも強権にも不正にも左右されない
以上の協定を日本の王は提示同意の上、それを一切破ることなく永久に守ることを約束する。
フェリペ三世陛下には贈り物として甲冑三体と段平(だんびら)一振りを贈り、使節としてルイス・ソテロ師を送る。

天使の聖母の教会暦(グレゴリオ暦)

一六一〇年二月二日（慶長十五年一月九日）
伏見のヌエストラ・セニョーラ・デ・ロス・アンヘレス教会。
公証人アントニオ・デル・プエルト立会いの下

ルイス・ソテロ

この写しを見てロドリゴは愕然とした。

自分がソテロに託した書面の内容が驚くほど短縮され、自分がダイフサマに最重要項目として請願したオランダ人追放の件が全く取り上げられていない。また、ダイフサマの宿願である銀の製錬職工派遣要請もない。採掘銀の分配方法、ガレオン船操船技術伝授に関しても一行どころか一言半句も書かれていない。

わずかに第六項にジパング船のメキシコ来航についての記述があるが、それすらジパング人によるガレオン船操縦については一言も述べられていない。

ロドリゴとムニョスは思わず顔を見合わせた。

「これは余がダイフサマと協定した事項とまるで異なる。何故彼はこれらの件を取り上げなかったのか」

ロドリゴは呻（うめ）いた。

銀製錬工派遣と操船術伝授に関しての記述がなかったのはスペインの国益を鑑み、ロドリゴは一応胸をなで下ろしたが、反面、自分の目論見が外れたことも確かだった。マニラ↓日本↓メキシコ航路の開設、およびスペイン人の、スペイン王の銀取得分を多くする、という目論見だ。

まさか、ダイフサマがこれに気付いて断念したとは思えない。が、思い当るのは昨年西類子（ルイス）がマニラに来航し、ダイフサマの書簡を自分に手渡した時、ジパングでは最も重要な点は書状には記さず、それを持参してきた使者が直接相手に口上する、と言ったことだった。

たしかにあの時も、類子は書面にないダイフサマの希望を口頭で述べたのだ。

今回もソテロを派遣するということは、その希望を副王閣下およびフェリペ三世陛下にソテロから直々に述べさせるつもりに違いない。

これはエドにいるソテロに直接会って問いただすべきだ。問いただした上、またここスンプに戻り、協定を作り直すべきか。それには時間がかかろう。ダイフサマと面談するにもこの頑固なマサズミドノを説得しなければならぬ。

それよりソテロの派遣自体をまず中止させるのが先決だ。

「エドへ参ろう」

ロドリゴは決断した。ソテロをまず使者の座からはずすのだ。

エドでロドリゴはソテロを使者の座から外し、代わりにアロンソ・ムニョスを正使として任命させることに成功した。ソテロは初めのうちかなり抵抗したが、管区長の命とあり渋々受諾した。

ただ、よほど悔しかったのだろう。

「実は折悪しく、私めも何やら体調が思わしくなく、この体で太平洋の長航海に耐えられるかどうか、心もとなく、良き代わりのお人があれば私の方から辞退するつもりでした」

と、あくまで自分の意思でこの件を辞退するのだ、と匂わせた揚句、わざとらしく声を潜め、

「皇帝と皇太子のお仲はまるで仇敵のように一触即発。それに皇帝の御命もそう長くはありませぬ。いずれは内乱になりましょう。その時、真に頼りになりそうなのは北方のダテ様だと一般の評でございます。で、体調回復次第、センダイのダテ様に我がフランシスコ会の守護を他の会派の誰よりも早くお願いしに行くところでした」

ソテロが仙台の雄、伊達政宗の知遇を得たのはこれ以後のことで、彼に先導されて政宗が家臣の支倉常長をメキシコ経由でヨーロッパに派遣したのは三年後の一六一三年十月二十八日（慶長十八年九月十五日）のことだった。

また、この使者交代劇の成功には徳川政権の、特にあのイギリス人航海士アダムスの判断があったのではないか、とロドリゴは推測した。何やら胡散臭さ（うさん）をソテロに感じていたのはロドリゴばかりではなかったらしい。

ただその胡散臭さがソテロばかりでなく、

「我らスペイン人全体が左様に見られたら困る」

と、ロドリゴは懸念した。

いずれにせよ、できるだけ早く帰国し、副王閣下にジパング皇帝との交渉を報告することだ。自分が帰国し、改めて副王閣下に奏上すれば、そしてすでに皇帝の内諾を得た、と申し上げれば、自分のジパング渡航の目的についての疑惑を（そんなことはあるまいが、セビーコスのような腹黒い人間が他にもいるかもしれぬ）、払拭することができるだろう。

アダムスの造船した船は百二十トン。サンタ・アナ号より遥かに小さいが、新造船で造りも頑丈だった。「ブエナ・ベントゥーラ号」（幸運丸）という名も幸先が良い。

一六一〇年八月一日（慶長十五年六月十三日）、浦賀よりロドリゴは故国メキシコに向けて出港した。船長はパコ・ボラーニョス。サン・フランシスコ号の操舵手で敬虔なフランシスコ会派の者だ。

家康の正使はアロンソ・ムニョス、副使ペドロ・バウティスタ。また京都商人田中勝介、朱屋隆成、それに家康の財務長官後藤庄三郎の甥など二十三名の日本人官僚・商人も乗り込んでいた。トメも新天地を求めてメキシコに随行するという。通辞としてこれからも必要不可欠の人物だ。

「日本からの土産の買い付けや道中の足し、その他に用立てるため」

として、家康から四千ドゥカードの金子も貸与された。

「あんたはこれからもいろんな海に行くよ。面白い人生だよ」

と、若い頃マドリードの占い女は言った。

この予言通りならまだこれからの余の人生、ひと海もふた海も未知の海に遭遇するだろう。

その前に、まずダイフサマとの再会を果たさねばならぬ。彼との交渉の詰めがまだまだ残っている。

副王閣下にお目通りし、次いでスペインへ渡り、陛下に上申する。そしてそのお墨付きをいただいた暁、余は再びこの海を渡る。

面白い。実に面白い。人生は挑戦じゃ。挑戦せねば、何の人生か。

ロドリゴは遥か後方に遠ざかり行くジパングの島影を振り返り、行く手に茫々と広がる果てしない大海原に小手をかざした。

あとがき

いつの頃からドン・ロドリゴについて調べたいと思ったのだろう。

思い起こせばもうかれこれ四十年前くらいからかもしれない。

偶然『ドン・ロドリゴ物語』（金井英一郎著、新人物往来社）という本を手にした。冒険小説風に描かれた作品で、スペイン系メキシコ貴族、ドン・ロドリゴが、当時スペイン植民地だったフィリピンから同じスペイン領のメキシコへの帰国途上台風に遭遇、外房の御宿に漂着、地元の漁民に救出されたという物語だ。

最初は「へぇぇ、御宿にスペイン系メキシコ人貴族がねぇ…」としか思わなかった。

その後、陶芸家で夫の岸本恭一が陶磁器学校設立のためメキシコに政府派遣となった時、出発前に御宿町長だったT氏が拙宅を訪ねてみえ、ロドリゴ漂着が縁で同町とメキシコ有数の観光地アカプルコが姉妹都市関係にあること、ついては私達の渡墨（メキシコの漢字表記は墨西哥、墨是哥など様々に書かれるが、いずれも墨の字が語頭にあるので、同国の略字は「墨」を使う。日墨友好、などである。同様にスペインは西班牙と表記されるので同国の略字は「西」）の機会にアカプルコ市長宛てプレゼントを渡してもらいたい、との希望だった。

この時もドン・ロドリゴが自分に結びつくとは当時まったく考えもしなかった。

夫のスペイン語通訳としてメキシコ各地を駆け回っても、ロドリゴについては頭にも浮かばず、ただただ夫の事業完遂に協力することしか頭になかった。(この経験は拙著『太陽の国の陶芸家』(文園社)に記した通りである。)

帰国後、子供達も成長、ようやく自分の住むここ市原市鶴舞の、また千葉県全体の歴史に目を向けるようになった、その時、眼前に立ち上がってきたのが、あのドン・ロドリゴ。

大学でスペイン語を専攻し、卒論にメキシコ文学を選び、NHK国際局スペイン語放送に従事、メキシコ居住や数度のスペイン旅行を経験した私。しかも御宿は鶴舞から車で一時間弱。ロドリゴ漂着海岸、メキシコ塔、等々ゆかりの建造物や史跡を訪れたのも一度や二度ではない。

そんな私がロドリゴ漂着に関する研究をしないで、誰がする?

『ドン・ロドリゴ物語』は面白さ抜群。が、一方冒険小説・恋愛小説風だ。

失礼ながら史実的には、物足りない。

そうだ、私は史実から追ってみよう。そうでなければ、新たに私が筆を起こす必要はない。

そう思ってまずロドリゴの生涯から追い始めた。各種文献を手当たり次第当たった。

一五六四年、メキシコのテカマチャルコで出生。父はスペイン貴族、母はエルナン・コルテスと共にアステカ帝国を征服したスペイン征服者から遺産を継承した大荘園主。

十二歳でスペイン本国の宮廷に王妃付き小姓として仕えた。

一五八四年、日本から四人の少年がローマ法王謁見のためスペインを通過した。宣教師バリニャーノの派遣した歴史に残る天正少年遣欧使節団だ。

少年達を迎えたスペイン人の熱狂ぶりは大変なものだった。はるか東方、ジパングから来た少年達。これはキリスト生誕の際、東方（中東）から宝物を捧げにやってきた東方三博士の再来だ、として国王まで彼らの宿舎を訪問、皇太子の立太子礼では最上級の待遇で参列させた。

少年達も信長から法王に献上された安土城図屏風まで開陳した、という。

それほどの大イベントを宮廷に仕えたロドリゴが知らないはずがない。しかも自身は、アメリカ大陸を征服したスペイン人征服者の子孫だ。自分より年少の少年達がはるばる万里の波濤を越えてやってきた、という事実を前に、冒険者としての自身の血が波立たないはずがない。しかも当時は、まだマルコ・ポーロの『東方見聞録』の影響でジパングは「金銀国」という観念が流布していた。

自分もいつか金銀国ジパングへ行きたい、と二十歳の青年が夢見ないはずがない。

しかし、ロドリゴの壮大な夢の実現には様々な紆余曲折があった。

まず、一五八八年のイギリス・オランダとの海戦だ。

ロドリゴが宮廷致仕後、スペイン海軍に所属していたことは確かだから、この海戦に参加していたことは容易に推測できる。

一五九〇年頃、生国メキシコに帰国。数年後世界有数の銀鉱山タスコの長官に任じられ、首長として新技術のアマルガム法による銀製錬法を推進した。

一六〇八年、やはりスペインの植民地だったフィリピンのマニラに臨時総督として任命される。もしかしたら、この任命はロドリゴの希望だったかもしれない。任命したのは父の従兄弟で当時メキシコの最高権力者、副王だからだ。そして、マニラは憧れのジパングと同じ東洋の海域にあるからだ。ロドリゴは勇躍して任地に赴いたに違いない。

ロドリゴのマニラ赴任直後、そのジパングから時の権力者、徳川家康からの書簡が届く。

それもただの外交辞令ではない。マニラ総督との交渉を希望しているのだ。

その一つは銀製錬技術の伝授。日本を統一した家康は国中に流通する統一貨幣鋳造を喫緊の課題としたが、それには従来の灰吹き法より安価で大量生産できるアマルガム製錬法による銀を生産したかった。当時スペインは新大陸の各地で金銀鉱山を開発、同技術によって製錬した銀を本国に大量搬入、それを資本に世界の覇権を握っていたからだ。

もう一つはガレオン船の操船技術伝授である。

秀吉の武力による東アジア征服が挫折した後の家康の対外政策は、日本を貿易立国として世界の海に乗り出していくことだった。それが開幕わずか三年後に息子秀忠に将軍職を譲り、自らは「貿易将軍」として海外貿易に乗り出したい家康の将来構想だった。その実現には、和船より格段に大洋航海に適している西洋式帆船（ガレオン船）が欲しい。

その家康に絶好の人物が出現した。一六〇〇（慶長五）年、臼杵に漂着したイギリス人ウイリアム・アダムスである。ロンドンで造船技術を身に付け、数学、天文学、航海術等を修得、世界中を航海したアダムス。彼を利用しない手はない。早速、彼に伊東でガレオン船二隻を造船させた。

しかしその船の操縦には特別な技術が必要だ。乗組員それぞれが操帆、操楫など専門的な技術を獲得していなければならない。地理学や天文学も必要だ。

銀製錬技術と西洋船の操船技術伝授。家康はマニラ総督に頻繁にその二件の要望を持ちかけた。しかし、歴代マニラ総督は、その家康の要望に応えようとはしなかった。二件ともスペインの最重要国是に反することだったからだ。

しかも彼らには、日本の技術力への恐れがあった。一五四三年の鉄砲伝来以降わずか数十年で日本は世界一の鉄砲生産国にのし上がった。もし日本人に銀製錬法とガレオン船操縦術を伝授したら、日本国内で次々開発された鉱山から採掘した大量の銀を元手に、日本人乗組員の操縦する西洋船で日本人は世界交易に乗り出すだろう。さすれば、スペインが世界に君臨できている二大源泉が脅かされることになる。これは由々しき事態だ。

一方スペインには、カトリックを全世界に普及させるという強固な国是があった。そのためにこそ新大陸住民を改宗させ、いまやアジアに進出してきているのだ。

だが日本政府は、それを体制の根幹を揺るがすものとして危険視していた。新大陸でのスペインの植民地政策は、まず宣教師により住民をカトリックに改宗させ、神への仲介者としてローマる。

法王を崇めさせる。次に、そのローマ法王の守護者であるスペイン王の治政下に組み入れる、というもので、そうなると日本国民は知らず知らずスペイン王の支配下に組み入れられることにな

統一成った日本をむざむざスペイン王の支配下になど組み入れられてなるものか。

それが家康のカトリック危険視である。

ロドリゴは赴任直後家康から書簡を得たことで、頓挫している日西・日墨交渉に自分の手で決着をつけようと考えた。

まず、自分の赴任以前にマニラ政府が拘束していた日本人暴動者二百人を日本まで送還し、対日交渉の足掛かりとした。そしてそこから家康との頻繁な書簡と贈品の交換が始まった。

しかし、両国の相反する利害を解決するには、いくら頻繁な書簡や贈品の交換でも進展しない。

いっそ自分が日本へ渡海し、家康と直接交渉すれば、打開の糸口が見つかるかもしれない。

ロドリゴは決心した。

青年時代からの憧れの国、ジパング。そこで操船術と銀製錬法伝授という家康の要望を逆手にとって、自国のカトリック宣教と宿敵オランダ人排斥を取引材料とする。

しかし、マニラ総督というスペイン政府を代表する重い地位の人間が軽々しく交渉相手国に乗り込むことはできない。それができるのは戦争で勝つか、負けるか、の重大事件時のみだ。

そこでロドリゴは一計を案じる。自分のメキシコ帰任時にジパング漂着を装えばどうか。

これは私、著者の根拠の無い想像ではない。それを示すいくつかの資料がある。

まず出港時期だ。通常マニラ→メキシコ航路は年一回、しかも風向と潮流の関係で五月下旬から六月初旬に出港しないとメキシコへの潮流と偏西風にうまく乗れない。その期をはずすと台風に翻弄されて海中に没するか、運が良くても日本に漂着するか、どちらかだからだ。

それ以前も、嵐に遭遇してマニラからメキシコへ向かうスペイン船が度々日本に漂着している。一五九六年七月、マニラを出航したサン・フェリペ号は複数の台風に遭遇、四国の浦戸に漂着。太閤秀吉によって船荷没収の上、宣教師と信者二十六名が長崎で磔刑の憂き目に遭っている。

その悲劇がマニラ総督だったロドリゴが知らないはずがない。それを知っていれば、むしろ出港時期を早めるはずだ。それなのに、ロドリゴがフィリピンのマニラ港を出航したのが一六〇九年七月二十五日。通常より二カ月近く遅れての出港だ。

しかも、日本人が一人乗船している。御宿漂着後通訳として大活躍する男だ。が、マニラからメキシコに直行するのに日本人が乗船しているのは、どうみても怪しい。

また積荷の中に日本の支配層が喜びそうな品が入っているのも怪しい。

その他にもいくつか疑問の点があり、これを主なる根拠として、私は本稿を組み立てたものだが、私以外にもロドリゴ偽装漂着説を提唱している学者もおられるので心強いし、いつの日かこれが定説になってくれればと願う。

だって「ドン・ロドリゴは偶然御宿に漂着したのではなくて、日本に憧れ、日本への漂着を装ってまで日本に来たかったのだ」という方が、日本人としてうれしいから。

それにロドリゴの一見徒労に終わった家康との会見が、江戸時代初期の家康、秀忠、家光の対外政策史に大きな影響を与えたのは間違いないところだからだ。カトリック宣教を国是とするスペイン・ポルトガルは排斥、宗教と貿易は別物として日本に取り入ったオランダ・イギリス（後に撤退）のみが二百五十年以上に及ぶ徳川政権時の対外窓口としての役割を担うことになったからだ。

今後多くの専門家、研究者の方々から反論、疑問が寄せられるかもしれないが、それをバネにまた勉強させて頂きたい、と思っている。


本稿は「ここはジパング」というタイトルで同人誌「槇」に六年に亘って掲載した作品だが、この度幸運にも冨山房インターナショナル社で出版してくださることになった。

この幸運を天に感謝すると共に、同社の坂本嘉廣会長及び喜杏社長ご夫妻に、また細部にわたってご指導頂いた同社編集主幹の新井正光氏に、また快く表紙絵をお引き受け頂いた高名なアートディレクター浅葉克己氏に、そして常に傍らにあって叱咤激励してくれた夫、岸本恭一に深甚の感謝を捧げたい。

岸本（下尾）静江

二〇一九年九月

参考資料

“*Orizaba: nobles criollos, negros esclavos e indios de repartimiento*” Gonzalo Aguirre Beltrán, Universidad Veracruzana, 1989

『ドン・ロドリゴ物語』金井英一郎　新人物往来社　一九八四

『慶長遣欧使節―徳川家康と南蛮人』松田毅一　朝文社　二〇〇二

『三浦按針の生涯　航海者（上・下）』白石一郎　文春文庫　二〇〇五

『家康とウィリアム・アダムス』立石優　恒文社　一九九六

『ガレオン船が運んだ友好の夢』たばこと塩の博物館　同上　二〇一〇

『さむらいウィリアム』ジャイルズ・ミルトン　築地誠子訳　原書房　二〇〇五

『影武者・徳川家康（上・中・下）』隆慶一郎　新潮文庫　一九九三

『黄金の日日』城山三郎　新潮社　一九七八

『日本見聞記（*Relación y Noticia del Reino del Japón*）』ロドリゴ・デ・ビベロ　たばこと塩の博物館　一九九三

『ジパング島発見記』山本兼一　集英社　二〇〇九

『クアトロ・ラガッツィ』若桑みどり　集英社　二〇〇三

『地歴高等地図』帝国書院編集部　帝国書院　一九九七

『世界史詳覧』浜島書店　同右　二〇〇一
『世界史総覧』東京法令出版　同右　一九九五
『日本史総覧』東京法令出版　同右　一九九五
『地方史より見た江戸初期の日西交渉と鎖国』古山豊　一九八四
『資料にみるロドリゴ上総漂着とその意義』古山豊　？
『阿蘭陀とＮＩＰＰＯＮ』長崎歴史博物館　たばこと塩の博物館　二〇〇九
『覇王の家』司馬遼太郎　新潮社　一九九七
『関ヶ原（上・中・下）』司馬遼太郎　新潮文庫　一九七四
『インディアス破壊を弾劾する簡略なる陳述』ラス・カサス　石原保徳訳　現代企画室　一九八七
『カトリーヌ・ド・メディシス』Ｏ・ネーミ、Ｈ・ファースト　千種堅訳　中公文庫　一九八八
『イダルゴとサムライ―16・17世紀のイスパニアと日本』Juan Gil　平山篤子訳　法政大学出版局　二〇〇〇
『信長と十字架』立花京子　集英社新書　二〇〇四
『徳川家康のスペイン外交』鈴木かほる　新人物往来社　二〇一〇
『地図で訪ねる歴史の舞台（世界）』帝国書院　二〇〇九
『地図で訪ねる歴史の舞台（日本）』帝国書院　二〇〇九
『侍とキリスト―ザビエル日本航海記』ラモン・ビラロ　宇野和美訳　平凡社　二〇一一

『日本古地図（370年前元禄時代作成）』古地図資料出版
『地図（アジア全図）1:12,000,000』
『南蛮美術の光と影：泰西王侯騎馬図屏風の謎』サントリー美術館他編　日本経済新聞社　二〇一一
『地球の歩き方（スペイン）'09～'10』ダイヤモンドビッグ社　二〇〇九
『天正遣欧使節』松田毅一　講談社学術文庫　一九九九
『大航海時代の冒険者たち』（平戸歴史文庫）平戸市史編纂委員会　一九九七
『蘭英商館と平戸藩』（平戸歴史文庫2）平戸市史編纂委員会　一九九九
『平戸オランダ商館』平戸オランダ商館　二〇一一
『歴史とロマンの島　平戸（大航海時代の城下町）』平戸市役所観光課　二〇一四
『おおむら浪漫』（大村ガイドブック）大村市観光振興課　二〇〇六
『旅する長崎学　キリシタン文化編2』長崎文献社　二〇〇六
"*Nagasaki Museum of History and Culture*" 長崎歴史文化博物館
『出島（Nagasaki）』長崎市教育委員会　二〇〇六
"*Michelin España Portugal 1986*" Michelin　一九八六
『メキシコの歴史』国本伊代　新評論　二〇〇二
『ドン・ロドリゴ日本見聞録・ビスカイノ金銀島探険報告』村上直次郎訳注　奥川書房　一九二九
『世界文学全集古典篇　スペイン小説篇』会田由訳　河出書房　一九五三

『女王陛下は海賊だった―私掠で戦ったイギリス』櫻井正一郎　ミネルヴァ書房　二〇一二
『世界の戦争6　大航海時代の戦争―エリザベス女王と無敵艦隊』樺山紘一編　講談社学術文庫　一九八五
『図説スペイン無敵艦隊　エリザベス海軍とアルマダの戦い』アンガス・コンスタム　大森洋子訳　原書房　二〇一一
『大航海時代と日本』五野井隆史　渡辺出版　二〇〇三
『スペイン王権史』川成洋・坂東省次・桑原真夫　中公選書　二〇一三
『世界の国ぐにの歴史10「メキシコ」』中山義昭　岩崎書店　一九九〇
『16-17世紀　日本・スペイン交渉史』パステルス　松田毅一訳　大修館書店　一九九四
『スペインと日本―ザビエルから日西交流の新時代へ』坂東省次・川成洋編　行路社　二〇〇〇
"*Le testament de Rodrigo de Vivero*"（ロドリゴ・デ・ビベロの遺言状）岸本静江訳　御宿町国際交流協会　二〇一三
『ヨーロッパ文化と日本文化』ルイス・フロイス　岡田章雄訳注　岩波文庫　一九九一
『マゼラン　最初の世界一周航海』長南実訳　岩波文庫　二〇一一
『オランダ東インド会社』永積昭　講談社学術文庫　二〇〇〇
『東アジアの「近世」』岸本美緒　山川出版社　一九九八
『黄金の島ジパング伝説』宮崎正勝　吉川弘文館　二〇〇七

『慶長年間ポルトガル船の爆沈事件について』五野井隆史　論文
『16～17世紀の日本におけるフランシスコ会士たち』トマス・オイテンブルグ　石井健吾訳　中央出版　一九八〇
『キリシタン時代におけるフランシスコ会の活動』ベルンヴァルト・ヴィレケ　伊能哲大訳　光明社　一九九三
『日出ずる国のフランシスコ会士たち』トマス・オイテンブルグ　伊能哲大訳　光明社　一九九三
『フロイス日本史②　信長とフロイス』ルイス・フロイス　松田毅一・川崎桃太訳　中公文庫　二〇〇〇
『フロイス日本史③　安土城と本能寺の変』ルイス・フロイス　松田毅一・川崎桃太訳　中公文庫　二〇〇〇
『信長公記（上・下）』太田牛一著　中川太古訳　新人物往来社　二〇〇六
『南蛮のバテレン』松田毅一　朝文社　一九九九
『安土往還記』辻邦生　新潮文庫　一九七二
『ベアト・ルイス・ソテーロ伝』ロレンソ・ペレス　野間一正訳　東海大学出版会　一九六八
『近世初期の外交』永積洋子　創文社　一九九〇
『「鎖国」への道すじ』今村明生　文芸社　二〇一二
『家康、江戸を建てる』門井慶喜　祥伝社　二〇一六

"*They came to Japan*" Edited by Michael Cooper, The University of Michigan, 1965
"*ANJIN-The Life & Times of Samurai William Adamus, 1564-1620*" Hiromi T. Rogers, RENAISSANCE BOOKS, 2016
『異国往復書翰集・増訂異国日記抄』村上直次郎訳註　雄松堂書店　一九六六
『信長はなぜ葬られたのか（世界史の中の本能寺の変）』安部龍太郎　幻冬舎新書　二〇一八
『歴史道（戦国武将の家臣団）』週刊朝日ムック　二〇一八
『戦国日本と大航海時代―秀吉・家康・政宗の外交戦略』平川新　中公新書　二〇一八
『日本暦・西暦　月日対照表』野島寿三郎編　日外アソシエイツ　一九八六
"*La amistad del Japón : Rodrigo de Vivero y Velasco la alaba frente a Juan Cevicos, capitán y maestro del Galeón San Francisco*" Emilio Sola Castaño, 2005

大航海時代年表（ヨーロッパ、新大陸、日本を主に）

西暦	月	日	和暦	月	日	事象
一四九二						コロンブス、カリブ海のサン・サルバドル島に到達
一四九四	6	7				トルデシッリャス条約（ヨーロッパ以外の世界をスペインとポルトガルで分割するという条約）
一五一七	10	31				マルティン・ルター宗教改革
一五一九～二二						マゼラン艦隊世界周航
一五二一	8	13				エルナン・コルテス　アステカ王国征服
一五四二			天文11	12	26	徳川家康誕生
一五四三	9	23	天文12	8	25	ポルトガル人種子島に鉄砲を伝来
一五四九	8	15	天文18	7		フランシスコ・ザビエル来日。日本にカトリック布教
一五五〇～						中南米各地で銀鉱脈発見。一五五六年以降アマルガム法による銀製錬法で銀の大量産出
一五六三	3	25				ロドリゴの父ロドリゴ・デ・ビベロ・イ・ベラスコと母メルチョーラ結婚

一五六四						ロドリゴ（ロドリゴ・デ・ビベロ・イ・アベルーシア）テカマチャルコで誕生。ウイリアム・アダムス、イギリスで誕生
一五七〇						メキシコで鉱山ブーム（世界の銀生産量の半分を産出）。平戸にポルトガル船入港
一五七一						メキシコから太平洋経由のスペイン人、フィリピンのマニラ占拠。東洋への拠点とする
一五七六						ロドリゴ、十二歳でスペイン王妃アナ・デ・アウストリアの小姓としてスペイン宮廷に
			天正4			信長、安土城を築く
一五七九						この頃ロドリゴ、サンタ・クルス公爵指揮下のスペイン海軍に加わる
一五八一	7	21				オランダ、スペインより独立宣言
一五八二	2	20	天正10	1	28	バリニャーノ、天正遣欧少年使節を伴いローマへ出発
	6	21		6	2	信長、本能寺の変
一五八四	7			6		マニラ経由のスペイン船平戸初入港。藩主松浦侯と交易条約

	11	11		10	9	フェリペ二世とアナ王妃の王子フェリペ（後の三世）の立太子宣誓式に天正使節出席。その後ローマへ
一五八五	4	10		3	11	天正遣欧使節を歓迎したローマ法王グレゴリウス十三世死去。後継シクストゥス五世
一五八八	7	31		6	8	スペイン無敵艦隊イギリスに敗る（～八月八日頃まで）
?						ロドリゴ、メキシコに帰国？
一五九〇	1	25				ロドリゴの大伯父ルイス・デ・ベラスコ（通称「若殿」）メキシコの第八代副王に（～一五九五・十一・五）
						ロドリゴ、レオノール・デ・サーベードラとの間にロドリゴ・デ・ビベロを私生児として誕生させる
	7	21	天正18	6	20	天正遣欧使節、長崎に帰着
一五九一						ロドリゴ、レオノール・デ・メンドサ・イ・デ・イルシオ（スペイン貴族三名家の末裔）と結婚
一五九二						スペイン、メキシコ北方のサン・ルイス・ポトシで銀鉱脈発見。チチメカ族の領域侵入↓ロドリゴ討伐に出征
一五九二～九八			文禄1			秀吉、文禄の役開始。秀吉の恐喝に対しマニラ総督、フ

						アン・コーボ司祭を日本派遣。帰途遭難
一五九四頃						ロドリゴの正嫡子ルイス誕生
一五九五						ロドリゴ、ベラクルス首長としてサン・ファン・デ・ウルーア港をイギリス海軍・海賊より防衛
一五九六						オランダ、コルネリス・ド・ハウトマン艦隊東インド到達
	10	19	文禄5	8	28	マニラからのスペイン船サン・フェリペ号、四国の浦戸漂着
一五九七	2	5	慶長1	12	19	サン・フェリペ号乗船の宣教師および日本人信者、長崎で磔刑（二十六聖人）
一五九八	6	24	慶長3	5	21	イギリス人ウイリアム・アダムス、オランダ商船隊の一員としてロッテルダム出航
	7	24		6	21	ロドリゴの父、テカマチャルコにて死去
	9	13		8	13	スペインのフェリペ二世死去。フェリペ三世即位（〜一六二一）
	9	18		8	18	豊臣秀吉死去
一五九九	7	21	慶長4	5	29	マニラ総督、ヘロニモ・デ・ヘススを日本に派遣。八幡

						船の取締と江戸に最初の教会設置を要望。家康返書に海賊討伐、磔刑に処したと。またフィリピン在住のスペイン人造船技師や職工の来日を打診。この頃ロドリゴ、タスコ銀鉱山の首長を経てヌエバ・ビスカヤ地方総督・総司令官に任命さる。一六〇六年までに約六〇のチチメカ族村落を屈服させる
一六〇〇	4	29	慶長5	3	16	ウイリアム・アダムス乗船のオランダ船リーフデ号、豊後佐志生漂着
	5	12		3	29	家康、大坂城でアダムス謁見。リーフデ号を堺に回航させ自ら視察。後浦賀に回航させる
				6		家康、伏見より会津上杉討伐へ。リーフデ号の乗組員を上杉討伐に同行させる？
	10	21		9	15	関ヶ原の戦い ルイス・ソテロ、スペインよりマニラのディラオ着。日本人町担当。日本語を学ぶ この頃家康、アダムスに造船を命ず。伊豆伊東松川（大川）と唐人川の合流地点。向井父子・ピーテル・ヤンス

						ゾーンが相談役。公儀大工与十郎、船乗りの鹿之助・越之介、地元大工十余名。八〇トン船、次に百二十トン船。完成後江戸浅草川に回航。家康乗船。後アダムスこの船にて京都まで航海。沿岸港測量
	12	31		11	26	イギリス、東インド会社設立
一六〇一			慶長6	1		家康、東海道伝馬制制定
	4			3		家康、マニラのフランシスコ・テッジョス・グスマン総督に手紙。四隻の朱印船以外マニラに送らぬ、と
	6			5		家康、伏見に銀座をおき金銀貨鋳造
	7	1		6	2	ヘロニモ、ルイス・ゴメス、ペドロ・デ・ブルギリョスを伴い平戸着。家康にタバコの膏薬と種子を献上
	9			8		マニラ発スペイン船（船名等詳細不明）上総漂着。積荷漂失、乗組員救助
	10	31		10	6	長崎奉行寺沢広高、マニラ総督に家康がメキシコとの貿易希望との書をブルギリョスに託す 家康、宗義智らを朝鮮に派遣修好を求める 佐渡相川に金・銀鉱山開坑。佐渡だけで四十四ケ所の鉱

						山から江戸時代全体で金四十t、銀千七百八十t産出
一六〇二	3		慶長7	1		オランダ、東インド会社設立
				2		家康、マニラ総督に書状。関ヶ原の戦いで勝利したので自分が今後朱印船にて一手に貿易を担うが日本人だけでは太平洋往還は困難につきメキシコより船員を派遣させてほしい、と
	8	12		6	25	マニラ総督アクーニャ、日本に商船小サンチャゴ号派遣。フランシスコ会士八名。江戸で僧院と病院設置
	9	24		8	9	マニラのスペイン船エスピリツ・サント号、土佐清水港漂着。家康、マニラ総督アクーニャに書簡。遭難者を保護、漂着船の積荷没収せず。安心して日本に寄港せよ、と。朱印状八通添え。ただしキリスト教は厳禁。この年、佐渡・石見などで金銀多量産出
一六〇三	3	24	慶長8	2	12	家康、征夷大将軍に任じられ幕府を開く
	5			4		家康、長崎奉行を置く
	6			5		マニラ総督アクーニャ、日本に商船派遣。ルイス・ソテロ来日。豊後着もアダムスの献策で浦賀に回航。家康、

西暦	月	日	和暦	月	日	事項
						小型船しか寄越さないスペイン側対応に不満
一六〇四			慶長9	5		幕府、糸割符法制定
	6	28		6	2	慶長六年漂着したスペイン人に、浅草川に係留されていた唐船（アダムス造船）が提供されマニラに帰国
	7	2		6	6	マニラ総督アクーニャ、家康にキリスト教徒の保護を請う手紙。家康返書に「我が国は神国…」 この年諸街道に一里塚を築く この頃家康、朱印船貿易制度化
			※			家康在位中の国書往還国…呂宋（ルソン）・太沢（パタニ）・安南（アンナン）・柬埔塞（カンボジャ）・暹羅（シャム）・占城（チャンパ）・交趾（コウチ）・澳門（マカオ）・田弾（デンダン）
			※			家康生存中の朱印状総数…百九十六通（一航海毎に所定貿易家に限り所定地域に限定）
			※			朱印状使用の貿易家…百五名、内日本人八十三名（島津家久・松浦鎮信・鍋島直茂・加藤清正・細川忠興等その他は茶屋四郎次郎などの商人）
			※			朱印状持参の船数…三百五十六隻・平常年二回の航海
			※			商人の貿易船方法…融資方法は「投銀（なげがね）」法。利子が一航

						海につき三割五分〜十一割、平均五割。投資家は一口銀六貫目以下の小口融資が多かったがそれでも外国貿易は儲かった
			※			糸割符制…大都市の商人がポルトガル船が持ち込む中国産生糸を京都百、長崎百、堺百二十（後に江戸五十、大坂三十が加わる）の割で分配
			※			家康「貿易将軍」の異名
一六〇五	4		慶長10	3		家康、朝鮮国使を引見し本多正信らを講和にあたらせる。この年、関東諸国大風水害大凶作。タバコ流行幕府栽培禁止
一六〇六	3	31	慶長11			マドリードで開催の枢密会議の報告。「家康は三年前から日本とフィリピンとの通商を望み毎年一船がマニラから中国商品とフィリピンの余剰物資を、復路には日本から多量の銀、小麦粉，干し肉、船具用麻製品、鉄、鋼、火薬、等持ち帰った」と。船は浦賀に約一年碇泊
	7	19		6	15	マニラより返礼大使（慶長九年六月送還してやった漂着船の返礼）浦賀着

	7	22		6	18	フランシスコ会日本管区長アロンソ・ムニョス日本着。伏見にて家康に謁見さる
一六〇七	6	29	慶長12	5	6	朝鮮使節来日。秀忠に国書奉呈
	7	2				ロドリゴの大伯父ルイス・デ・ベラスコ（通称「若殿」）メキシコの第十一代副王に（〜一六一一・六・二）
一六〇八	1		慶長13	11	?	有馬晴信の朱印船占城（チャンパ）国（ベトナム南部）へ。マカオに寄港中船員乱暴狼藉。マカオ当局鎮圧。日本人六十人余（内家康家臣二名）死亡。マドレ・デ・ディオス号事件の原因
	2	1		12	15	マニラ市在住の日本人暴動。二百人がマニラ政府により拘束
	6	13		5	1	ロドリゴ臨時総督・総司令官としてマニラ、カビテ港着
	6	15		5	3	ロドリゴ、日西貿易を円滑に実施したいとの家康からの書簡を受領
	7	9		5	27	ロドリゴ、家康・秀忠に返書（サン・イルデフォンソ号浦賀着にて）。マニラに拘束中の日本人を日本に送還。

西暦			和暦	月	日	事項
						家康に「金襴五端、緋緞子三端、繻子三端、猩々緋一丈一尺、葡萄酒二壺、緞子一端、長蝋燭五挺、伴天連手巾三、玻璃器五。縮緬十端、綸子一端献上」（当代記より）
				7	14	家康、ロドリゴに返書。甲冑二領、長刀五柄添える。浦賀にスペイン人への狼藉を禁止する高札を建てる
				7	22	カンボジア王より奇楠香一束、同一木、砂糖六桶、蝋四包、象牙二本献上
				8	5	マニラからの船浦賀港に着。書簡と贈物献上。家康の返書には交易のため貴国に渡海する我が国民等もし不良の挙動するものは其国法のごとく処置すべしと。太刀二柄、甲冑二領も。またカンボジア王にも返書。刀脇差各五、馬二匹、王舅にも馬一匹
				9	27	フェリペ三世、ロドリゴに日本近海の金銀島の探検を認可
			※			この頃オランダで望遠鏡の特許論争。ガリレオも望遠鏡を製作。翌年木星の衛星発見
一六〇九	4	8	慶長14	3	4	ロドリゴと交代のためマニラ正総督フワン・デ・シルバ

					着任（〜一六一六）
5	4		4	1	島津家久、琉球の中山王尚寧を生け捕り帰国の途へ。四月二十九日薩摩に凱旋
6	13		5	12	ロドリゴ、臨時総督最後の任務として日本行の船「サンタ・マリア・デ・ラ・アンティグア号」をカビテ港より送り出す。十九人の日本人船大工乗船。家康への書簡も
6	29		5	28	ポルトガル船マドレ・デ・デウス号長崎入港
7	1		5	30	オランダ船ローデ・レーウ・メット・バイレン号、フリフーン号平戸入港
7	25		6	24	ロドリゴ、サン・フランシスコ号にてマニラ出港メキシコへ（サンタ・アナ号、サン・アントニオ号随行）
8	6		7	7	琉球を島津の所管とする
8			7		金銀貨の交換比率を金一両＝銀五十匁＝京銭四貫文＝永楽銭一貫文とする
8	10		7	11	オランダ使節、家康に駿府で国書奉呈。印字杯二個、糸三百五十斤、鉛三千斤、象牙二本奉呈。家康貿易許可。平戸に商館設置許可

					この頃タバコが火災の原因になるとて禁止
8	20		7	21	家康、オランダ国王宛返書（蘭船来着の時、何れの港たりとも異議あるべからず。今より後此旨を守り往来すべし）。マニラ総督宛返書（在マニラの日本人の不穏分子の処罰を許可）、マカオ宛朱印状、オランダ人四名宛朱印状、以上七通に朱印押印
9	12		8	14	ロドリゴ乗船のサン・フランシスコ号随行のサンタ・アナ号（船長アギラール）豊後臼杵に漂着
9			8		幕府、西国大名に五百石積以上の大船没収。これは家康に南蛮貿易を独占された西国大名が自分らも朱印状をもらって独自に交易したいとて大船を競って造船したのを家康が封じたもの
10	1		9	4	ロドリゴ乗船のサン・フランシスコ号（司令官エスケッラ、船長セビーコス）岩和田に漂着。漁民により救助されるも縛され村に連行さる（御宿滞在四十八日間→洋暦十一月十七日頃まで）
			9	?	アダムス、大多喜にてロドリゴと会見？

			9	?	スペイン船平戸入港。マニラ総督より書簡。家康に在日本宣教師の待遇とロドリゴなど救出に謝意
11	2		10	6	家康、ロドリゴと謁見。ロドリゴに対し帰国用船と支度金提示。見返りにスペイン人銀製錬職工五十人の派遣斡旋と帆船の操船術伝授要請。フランシスコ会アロンソ・ムニョス司祭、マニラのシルバ総督からの進物奉呈（金襴三反、繻子七反、朱珍三反、羅紗二反、緞子五反、葡萄酒二壺）。ロドリゴと家康会見時の同席者はアロンソの他、船長モリーナ、イエズス会フワン・バウティスタ・ポッロ、アウグスティノ会エルナンド・デ・サン・ホセ
11	3		10	7	ロドリゴ、家康に四カ条の請願書提出（1．日本にいる諸派の宣教師の布教を認め、自由に修道院建設・居住させること。2．スペインのフェリペ三世国王との親交を継続し増進すること。3．日本にいるオランダ人の滞留を許さず、彼らを日本から退却せしめること

西暦	月	日	和暦	月	日	事項
	11	4		10	8	上記請願への家康の返事（1．日本在住宣教師は今後迫害されない。2．スペインとの友好の持続。3．オランダ人の国外放逐の件は、すでに彼らの保護を約しているので本年は困難である。4．スペイン船の航海中台風などで日本に漂着の場合も厚遇）
	12	24		11	28	ロドリゴ、伏見のフランシスコ会修練所で降誕祭を祝う。ソテロ神父と邂逅。ソテロ、家康に謁見のため駿府へ
一六一〇	1	6	慶長14	12	12	有馬晴信、長崎でポルトガル船マドレ・デ・デウス号を撃沈
	1			12	20	ロドリゴ、再度家康に協定案提出。1．関東に開港。宣教師の駐留。2．スペイン交易船の保護と厚遇。3．交易船に対する糧食供給と労働者の提供。4．スペイン本国派遣の大使&随員&同行司祭の保護と商品の自由販売。5．オランダ人の排斥を願う
	1			12	28	ソテロ、駿府城へ伺候。ロドリゴの提案した議案と異なる議案を提出
	2	2	慶長15	1	9	家康、ソテロと新たな「平和協定条項」作成。使節とし

						てソテロのスペイン本国派遣を決定
	3	8		2	13	ロドリゴ、臼杵より家康に手紙。アロンソ・ムニョスを日本の正使として自分と共にメキシコへの派遣要請
	4	26		3	3	臼杵よりサンタ・アナ号出航。ロドリゴ乗船せず、フェリペ三世に日本との交易推進を勧める手紙託す。同船には反ロドリゴの船長セビーコスの異端審問所への提訴状も
	6	29		5	9	家康、アロンソ・ムニョス（正使）とペドロ・バウティスタ（副使）をメキシコに派遣の信任状発行
	8	1		6	13	ロドリゴ、アダムス築造のブエナ・ベントゥーラ号で帰国の途へ。京都商人田中勝介・朱屋隆成・後藤庄三郎の甥も乗船。日本政府よりの正使はアロンソ・ムニョス
	10	7		8	21	サンタ・アナ号、アカプルコ着
	10	27		9	11	ロドリゴ、メキシコ（マタンチェル港）帰着
一六一一	6	10	慶長16	4	29	ロドリゴ、救出の謝礼にメキシコ副王派遣の返礼大使ビスカイノ浦賀着。五十一人の船員と（ロドリゴと共にメキシコへ行った）京の商人田中勝介・朱屋隆成など日本

						人十七名帰国
	7	4		5	24	ビスカイノ、駿府城にて家康に拝謁。時計その他奉呈品は自鳴鐘一、蓑一具、巻物一端、南蛮酒二樽、鷹具二、沓一足、金筋緒一條、鞢二具、蛮国図三枚（異国日記より）
	7	18		6	20	家康メキシコに返書。内容は、両国は通商要求のみでキリスト教禁止。国王へは押金屏風五隻を贈る。
	8	22		7	15	本多正純阿媽（マカオ）よりの書簡（マドレ・デ・ディオス号事件謝罪）に返書を送り、ポルトガルに通商再開許可（ゴア副王宛）
一六一二	4	21	慶長17	3	21	岡本大八事件首謀者岡本大八火刑に処せらる。家康天領に禁教令
	6	6		5	7	岡本大八事件当事者有馬晴信自殺
	11	9		10	17	オランダ国主より書簡。マニラより緞子および蜜二台を献上
一六一三	6	11	慶長18	4	23	イギリスの国使ジョン・セーリス、平戸来航
	8	2		6	16	公家諸法度と勅許紫衣・諸寺入院の法度定める

西暦	月	日	和暦	月	日	事項
	9	17		8	3	イギリス人、家康に猩々緋、弩、鉄砲、望遠鏡を献上。イギリスとの通商成立
	10	6		8	22	マニラ総督より葡萄酒、氷糖、巻物献上
	10	13		8	28	幕府、イギリス国王へ返書。押金屏風五隻および通商の条例を含む
	10	28		9	15	支倉常長ら遣欧使節、サン・フワン・バウティスタ号で仙台藩月の浦を出発。向井将監家臣、ソテロ、ビスカイノら計百五十余人乗船
	10			9		イギリス、平戸に商館設置し貿易開始
一六一四	1	28	慶長18	12	19	家康、全国にキリスト教禁止、宣教師・教徒追放。高山右近らキリシタン百四十八名をマニラ・マカオに追放
	8	31	慶長19	7	26	方広寺鐘銘事件
	11	3		10	2	大坂冬の陣
一六一五	5~6		慶長20	4~5		大坂夏の陣
	9		元和1	7		武家諸法度（元和令）制定。禁中並公家諸法度制定。諸宗本山・本寺の諸法度制定

年	月	日	和暦	月	日	事項
一六一六	6	1	元和2	4	17	家康死去（七十五歳）
	9			8		外国商船寄港地を長崎・平戸に限定
一六一八	9		元和4	8		幕府、キリスト教禁令を出す。長崎・平戸両港をイギリス通商港とする
一六一九	9		元和5	8		大坂町奉行設置。キリスト教徒六十余人火刑（京都の大殉教）
一六二〇	5	16	元和6	4	24	ウイリアム・アダムス、平戸で死去（五十六歳）
	8			7		支倉常長帰国
一六二二	9	10	元和8	8	5	長崎で木村セバスチアンら五十五名処刑（元和大殉教）
一六二三	8	23	元和9	7	27	将軍徳川家光（〜五一）
一六二四	1	2	元和9	11	12	イギリス人、平戸商館を閉鎖。日本を去る
	5		寛永1	3		幕府、スペインと断交
一六二七			寛永4			ロドリゴ、バジェ・デ・オリサバ伯爵の称号を授与さる
一六三二	3	14	寛永9	1	24	徳川秀忠死去
一六三三	3		寛永10	2		奉書船以外の海外渡航・渡航者の帰還を禁ず（鎖国令の始め） この頃踏絵さかん。海外往来・通商を制限

西暦	月	日	和暦	月	日	事項
一六三五	7		寛永12	5		外国商船入港を長崎に限定。日本人の海外渡航・在外日本人の帰国を禁ず（鎖国令強化）
				6～11		武家諸法度改定。参勤交代制確立。寺社奉行設置。評定所諸職制を制定
						この年五百石積以上大船建造禁止。海外密航・帰国者の処罰規則制定
一六三六	6	15	寛永13	5	12	ロドリゴ、メキシコのオリサバにて死去（七十二歳）
一六三七	12	11	寛永14	10	25	島原の乱起こる（～三八年四月一二日〈寛永一五年二月二八日〉）
一六三九	5		寛永16	4		諸大名にキリスト教厳禁を命ず
	8			7		ポルトガル船の来航禁止（鎖国完成）。ポルトガル人とその混血児を追放
一六四〇	7		寛永17	6		宗門改め役を置く
一六四一	7		寛永18	5		オランダ、平戸商館を長崎出島に移す
一六四八	10		慶安1			オランダ、スペインより独立

岸本（下尾）静江（きしもと　しずえ）
千葉県習志野市出身。東京外国語大学スペイン科卒。NHK 国際局ヨーロッパ・中南米向けスペイン語放送班勤務。時事通信社国際部中南米向けニュース翻訳・送信班勤務。1980〜82年、家族と共にメキシコ在住。JICA（国際協力事業団）専門家としてメキシコに派遣された陶芸家の夫、岸本恭一がトルーカ市に「トルーカ陶磁器学校」を設立した際、通訳として支える。現在、各所でスペイン語を教えるかたわら、翻訳、創作、エッセー、その他の執筆活動および講演活動に従事。文学グループ「槇の会」同人。
著書：『太陽の国の陶芸家』『コーヒーを挽きながら』（共に文園社）、『ユニーク個人文学館・記念館』（共著、新人物往来社）
訳書：M. A. アストゥリアス『マヤの三つの太陽』（新潮社）、J. L. ボルヘス『エバリスト・カリエゴ』（国書刊行会）、『世界短編名作選ラテンアメリカ編』（共訳、新日本出版社）、その他。

家康とドン・ロドリゴ

2019年11月10日　第1刷発行

著　者　岸本静江
発行者　坂本喜杏
発行所　株式会社冨山房インターナショナル
〒101-0051
東京都千代田区神田神保町1-3
TEL 03(3291)2578
FAX 03(3219)4866
URL.www.fuzambo-intl.com

印　刷　株式会社冨山房インターナショナル
製　本　加藤製本株式会社

ISBN 978-4-86600-074-9 C0021